Batya Gur

Denn am Sabbat sollst du ruhen

Roman

Aus dem Hebräischen
von Margalit Zibaso

Goldmann Verlag

Die Originalausgabe erschien unter dem Titel
רצח בשבת בבוקר
bei Keter Publishing House, Jerusalem

Der Goldmann Verlag
ist ein Unternehmen der Verlagsgruppe Bertelsmann

1. Auflage
Copyright © by Keter Publishing House, Jerusalem Ltd.
Copyright © der deutschsprachigen Ausgabe 1992
by Wilhelm Goldmann Verlag, München
Satz: Uhl + Massopust, Aalen
Druck: Pressedruck Augsburg
Bindung: Großbuchbinderei Monheim
Printed in Germany
ISBN 3-442-30450-4

Erstes Kapitel

Es würde, das wußte Schlomo Gold, noch Jahre dauern, bis er sein Auto vor dem Institut parken könnte, ohne eine kalte Hand zu spüren, die nach seinem Herzen griff. Er dachte manchmal sogar, das Institut solle seinen Sitz verlegen, damit ihm diese immer wiederkehrende Panik erspart bliebe. Auch die Möglichkeit, mit einer besonderen Erlaubnis seine Patienten an einem anderen Ort zu behandeln, hatte er schon erwogen. Aber seine Supervisoren waren der Ansicht, daß in seiner Situation innere Prozesse nötig seien, keine äußeren Veränderungen.

Noch immer klangen die Worte des alten Hildesheimer in ihm nach. Es gehe doch nicht um das Gebäude, hatte der Alte gesagt, nicht das Gebäude versetze ihn in Angst, sondern das, was jenes Ereignis in ihm ausgelöst habe. Seit jenem Tag hörte Gold den Alten jedesmal, wenn er sich dem Haus näherte, er hörte den schwerfälligen deutschen Akzent, er hörte diesen einen Satz: Mit seinen Gefühlen solle er sich auseinandersetzen, nicht mit Wänden aus Stein.

Allerdings, so hatte Hildesheimer dann gesagt, sei es eine Tatsache, daß es um seine, Golds, Analytikerin gegangen sei, und das müsse man in Rechnung stellen. Vielleicht sollte er versuchen, sich den »Schwierigkeiten zu stellen und dann an ihnen zu wachsen«, hatte der alte Mann gesagt und Gold mit einem kühlen, durchdringenden Blick angesehen. Schlomo Gold aber, der einmal sehr stolz gewesen war, als man ihm die Schlüssel zum Gebäude ausgehändigt hatte, konnte sein Zimmer im Institut nicht mehr betreten, ohne von Entsetzen gepackt zu werden.

Wenn er nur daran dachte, was er alles hatte durchmachen müssen, bis man ihm die Schlüssel überhaupt anvertraute. Erst Ende seines zweiten Jahres als Kandidat trat die Unterrichtskommission zusammen und fand ihn geeignet, sich tatsächlich als voller Analytiker zu versuchen und seinen ersten Patienten (selbstverständlich unter Supervision) zu behandeln. Und nun war alles dahin, der Stolz über die Schlüssel und die Freude über das Besitzrecht an dem Haus, die ihn jedesmal überkommen hatte, wenn er die Tür öffnete – nichts würde wieder so werden wie es war, seit jenem Sabbat.

Einige machten sich lustig über Golds gefühlsbetonte Beziehung zu dem Gebäude, das sich das Institut zum Sitz gewählt hatte. Bis zu jenem Sabbat pflegte Gold jedem Gast, der nach Jerusalem kam, das Haus zu zeigen. Er tat das immer aus freien Stücken und verbarg nie sein Zugehörigkeitsgefühl zu dem Ort. Er hatte seine Arme ausgebreitet, als wolle er das Haus umarmen, seine beiden Stockwerke, die runde Veranda, den kleinen Park, in dem zu jeder Jahreszeit Rosen blühten, die Steintreppen, die sich zu beiden Seiten der Veranda wanden und zur Haustür führten. Dann hielt er inne und erwartete einen Ausdruck der Begeisterung, die Zustimmung, daß dieses herrliche Gebäude wirklich seinem Zweck gerecht wurde.

Das alles war verschwunden. Seine Naivität, die rückhaltlose Verehrung, das Zugehörigkeitsgefühl zu einer geheimen Verbindung, der Stolz auf den ersten Patienten – alles wich dem Gefühl einer quälend-drückenden Belastung, und die nackte Angst verfolgte ihn seit jenem Sabbat, den er den »schwarzen Sabbat« nannte – jenem Sabbat, für den er sich freiwillig gemeldet hatte, um das Haus vorzubereiten für Eva Neidorf, die gerade nach einem vierwöchigen Aufenthalt bei ihrer Tochter in Chicago zurückgekehrt war und die einen Vortrag halten sollte.

An jenem Sabbat hatte er sich dem Gebäude genähert, ohne zu ahnen, daß sich sein Leben gänzlich ändern sollte. Ein Sabbat im März, mit Sonne und zwitschernden Vögeln, an dem Gold, da er vor der Begegnung mit Neidorf aufgeregt war, sein Haus frühzeitig verließ, um den Saal in Ordnung zu bringen und die Stühle aufzustellen, die zusammengeklappt im Lagerraum standen, und den großen Wasserkessel mit Wasser zu füllen. Alle, das wußte er, wollten am Sabbatmorgen eine Tasse Kaffee. Die Vorlesung sollte um halb zehn beginnen, und einige Minuten vor neun glitt sein Auto die Straße hinab.

In Jerusalem herrschte die Ruhe eines Sabbatmorgens, und das Viertel, an dem er vorbeifuhr und das auch sonst immer ruhig dalag, war jetzt in völliges Schweigen gehüllt.

Gold atmete die frische, reine Luft ein und wich aufmerksam der schwarzen Katze aus, die den Fahrdamm mit großartiger Gleichgültigkeit überquerte. Er lächelte über den Aberglauben angeblich vernünftiger Menschen, über die Furcht vor schwarzen Katzen, doch auch darüber sollte er später nicht mehr lächeln. Die bevorstehende Vorlesung ließ eine besondere, aufgeregte Erwartung in ihm aufglimmen: Er sollte seine Analytikerin nach ihrem vierwöchigen Urlaub wiedersehen.

Im Laufe der vier Jahre, in denen Neidorf Golds Analytikerin gewesen war, hatte er einige ihrer Vorlesungen gehört, und jede war ein aufwühlendes Erlebnis gewesen. Sicher, stets war ein gewisses Gefühl der eigenen Bedeutungslosigkeit in ihm aufgekeimt, der dumpfe Verdacht, daß er niemals ein wirklich großer Therapeut werden würde. Aber das wurde immer aufgewogen von dem einmaligen Erlebnis selbst und dem Bewußtsein, daß er teilhatte an der seltenen Gottesgabe, über die Eva Neidorf verfügte – die gesegnete Intuition, das absolute Wissen, wann man einem Patienten was sagen muß, und das präzise Gespür für das erforderliche Maß Wärme; und er wußte, daß er all dies von ihr bekommen hatte, als er ihr Patient gewesen war.

In dem Rundschreiben des Instituts, in welchem die Veranstaltung angekündigt worden war, stand auch der Vorlesungstitel: »Einige Aspekte der ethischen und forensischen Probleme bei der analytischen Behandlung«. Niemand ließ sich von den Worten »einige Aspekte« beirren. Schlomo Gold wußte, daß die heutige Vorlesung, die mit einer bescheidenen Einleitung eröffnet werden würde, die ganze Weite der Fragestellung umfassen würde. Er wußte, daß auch diese Vorlesung, in den Fachzeitschriften veröffentlicht, erregte Debatten auslösen würde, und er genoß die Vorstellung, daß er die kleinen Änderungen erkennen würde, die Dr. Neidorf vor der Veröffentlichung an dem Aufsatz vornehmen würde. Er würde sich wieder in dem berauschenden Gefühl ergehen können, daß er »wirklich dabeigewesen war«, wie jemand, der im Radio ein Konzert hört, das er bereits live im Konzertsaal erlebt hat.

Gold parkte sein Auto vor dem Eingang zum Gebäude, die Straße gehörte ihm noch ganz. Aus dem Handschuhfach nahm er den Schlüsselbund des Instituts – er hielt ihn stets getrennt –, an dem sich die Schlüssel zur Haustür, zum Telefonschloß und zum Lagerraum befanden. Er schloß sein Auto ab und öffnete das grüne Eisentor; nur ein genauer Beobachter bemerkte das breite goldene Schild daran, das über die Art des Instituts Auskunft gab. Er stieg die gewundene Treppe bis zu der hölzernen Tür empor, die man von der Straße aus nicht sehen konnte. Wieder konnte er der Versuchung nicht widerstehen, er wandte sich um und überblickte von der erhöhten Veranda die Straße und den großen blühenden Garten, von dem der Duft von Jasmin und Geißblatt hochstieg. Dann öffnete er mit einem leichten Lächeln die Tür zur Eingangshalle, die, wie immer, im Dunkeln lag.

Schwere Vorhänge hingen vor den geschlossenen Fenstern. Gold erinnerte sich nicht, wer die gestiftet hatte, aber sie erfüllten ihren Zweck. Jede Einzelheit in der Eingangshalle war ihm so vertraut wie das Haus seiner Kindheit. Durch die Eingangshalle gelangte man zu sechs Räumen mit massiven Holztüren; sie waren alle geschlossen.

Rückblickend begann alles mit dem Geräusch zersplitternden Glases. Es geschah in dem Augenblick, als es Gold gelungen war, den Tisch an die Wand zu schieben und er sich schwerfällig auf ihm abstützte. Als er das splitternde Glas hörte, brauchte er nicht einmal seine Augen zu heben. Einen Moment war er wie gelähmt, aber im gleichen Augenblick wußte er auch genau, welche Fotografie zu Boden gefallen war.

Jahrelang hatte er in diesem Vortragssaal Fallstudien und theoretische Diskussionen verfolgt, während sein Blick über die Wände geschweift war. Er kannte wie alle anderen hier den Platz eines jeden Bildes.

Die Porträts der Verstorbenen hingen an den Wänden, und nachdem vor einigen Monaten das letzte Bild aufgehängt worden war, hatte jemand gescherzt, nun müsse man die kommenden in den Mittelgang hängen. Viele Stunden hatte

Gold dort verbracht, in die Augen der Toten gestarrt und aus ihren Blicken alles gelesen, was zu wissen war. Er erinnerte sich zum Beispiel an Fruma Holländer und ihre lachenden Augen. Sie war Kontrollanalytikerin gewesen und hatte der ersten Generation nach dem Gründer angehört. Mit einundsechzig Jahren war sie überraschend an einem Herzanfall gestorben. Ihr Bild hing rechts vom Eingang, und wer am rechtsseitigen Ende des Saales saß, konnte ihre Augen sehen, ohne daß ihn die Verglasung störte. Links, direkt neben der Tür, hing das Porträt Seymour Levensteins, der vom New Yorker Institut gekommen und an Krebs gestorben war, als er zweiundfünfzig war. Geburts- und Todesjahr waren neben dem Namen auf dem Bilderrahmen verzeichnet. Wenn ein Analytiker auf einen sich verspätenden Patienten wartete, konnte er von Bild zu Bild gehen, die Einzelheiten studieren und die Gesichtszüge all der Toten des Instituts betrachten.

Hinuntergefallen war das Bild von Mimi Silbertal, die gestorben war, bevor Gold ans Institut kam. Er hatte sie nicht gekannt und wußte nicht, woran sie gestorben war. Er erinnerte sich, wie er sich einmal während einer Kaffeepause bei einem der älteren Analytiker erkundigt hatte. Der hatte mit der Frage, weshalb er das wissen wolle, geantwortet. Ein anderer hätte vielleicht Nachforschungen angestellt, aber Gold, der spürte, daß etwas an der Sache besonders unangenehm war, zog es vor, nichts zu wissen.

An jenem Sabbat aber, an dem alles zerbrochen war, schnappte Gold den Teil eines Gespräches zwischen Joe Linder und Rosenfeld auf. Joe entfernte die Splitter von dem Bild und sagte zu Rosenfeld, daß sie kein Recht hätten, das Bild verschwinden zu lassen, nur weil sich eine günstige

Gelegenheit ergeben hätte. Joe Linder sprach erregt, er schrie fast, und die Worte, an die Gold sich erinnerte, waren: »Nur weil jemand Selbstmord begeht, entfernt man nicht sein Bild von der Wand. Du weißt, ich werde es nicht zulassen, daß das Bild in einem Schrank versteckt wird.« Die beiden waren in der Küche, sie bemerkten Gold nicht, der in der Tür stand. Nach dem, was er an diesem Morgen erlebt hatte, konnte ihn die ungeheure Information nicht mehr erschüttern.

Eilig kehrte Gold die Glasscherben zusammen und legte das Bild in die Küche neben den kleinen Kühlschrank. Danach ging er zum Lagerraum, um die Stühle zu holen. Es war erst einige Minuten nach neun, ihm blieb noch viel Zeit, obwohl er schätzte, daß an die hundert Stühle nötig waren (man mußte davon ausgehen, daß Menschen aus dem ganzen Land kommen würden, um die Neidorf zu hören). Nachdem er neunzig Stühle im Halbkreis angeordnet hatte, betrachtete er zufrieden sein Werk, beschloß aber, noch Stühle aus den anliegenden Räumen zu holen.

Jedesmal, wenn er einen der Institutsräume betrat, insbesondere wenn er allein im Gebäude war, war er aufs neue überrascht, wie zweckmäßig die ganze Einrichtung war. Der erste Raum, dessen Tür er öffnete, lag rechts vom Eingang und war wie alle anderen halbdunkel. Die hohen Fenster, das massige Mobiliar erzeugten eine ernste, mysteriöse Atmosphäre. Immer, wenn er die schweren Vorhänge aufzog, erweckte der Raum in ihm die Vorstellung von charakteristischen Formen einer gotischen Kathedrale.

In jedem Zimmer des Instituts befand sich eine Couch und dahinter der Sessel des Analytikers, ein schwerer Sessel, der bequemer aussah, als er in Wirklichkeit war – jeder, der hier arbeitete, klagte über Rückenschmerzen, und viele besaßen ein kleines Kissen, das sie sich während der Sitzungen heimlich in den Rücken schoben. An den Wänden hingen matte Bilder, außerdem gab es, für die Seminare, einige Stühle.

Die wöchentlichen Seminare, zu denen sich die Kandidaten aller Jahrgänge trafen, fanden – für gewöhnlich dienstags – in den Abendstunden statt. Einmal in der Woche waren die Zimmer erleuchtet. Die bedrückende Atmosphäre entspannte sich ein wenig. In allen Zimmern waren die Stühle kreisförmig angeordnet, und in der Küche breitete sich der Duft von Kaffee und Kuchen aus, die in der Pause begeistert verzehrt wurden.

Einmal in der Woche also ließ sich – zur Zufriedenheit Hildesheimers, der »das Haus leben und atmen« sehen wollte – Stimmengewirr im Institut vernehmen, und die Straße war zugeparkt. Während der Pause hörte man Gespräche und sogar Lachen: Lehrer und Schüler standen beieinander und erzählten sich die Ereignisse der vergangenen Woche. Immer gab es jemanden, der Kaffee brachte, und wer an der Reihe war, Kuchen zu besorgen, nahm diese Aufgabe sehr ernst.

Dagegen aber waren die Sabbattage etwas ganz Besonderes. Während an den Dienstagen, den Seminartagen, immer jemand im letzten Augenblick aus seinem Zimmer sprang und die Zufrühkommenden ersuchte, kurz in die Küche zu gehen, damit er seinen Patienten ungesehen zur Tür begleiten konnte, gab es am Sabbat keine Patienten. Dann fanden auch die Frühaufsteher die Zimmertüren weit geöffnet und wußten, daß sie, wenn sie wollten, ein albernes Lied pfeifen konnten, ohne die Menschen auf der Couch zu stören.

Es gab nicht genügend Räume für die dreißig Kandidaten und all die Patienten. Deshalb kam es zu Problemen bei der Zuteilung der Räume und der Erstellung des Stundenplans. Wenn aber bei Sitzungen der Unterrichtskommission Klagen aufkamen, insistierte der alte Hildesheimer, die Kandidaten sollten ihre Patienten so lange im Institut empfangen, bis sie Mitglieder würden. Das Gebäude müsse benutzt werden, es müsse von Leben erfüllt werden, zitierte man ihn.

Niemand konnte behaupten, daß es ernstlich Streit um die Räume gegeben hätte, aber man konnte die Unterschiede zwischen den Kandidaten fühlen, was Jahrgang und Status betraf. Es verstand sich von selbst, daß der Anfänger in das kleine Zimmer gesteckt wurde, der rangältere Kandidat jedoch, der schon drei Patienten behandelte, selbstverständlich sein Arbeitszimmer frei wählen konnte.

Das kleine Zimmer war sehr klein, aber das war nicht sein einziger Mangel. Sein größter Nachteil war, daß es neben der Küche lag: Die flüsternden Stimmen der Kaffeetrinker, die sich in den kurzen Pausen zwischen zwei Patienten in der Küche trafen, das Läuten des Telefons und die langsame, zögernde Stimme der Sekretärin – all diese Geräusche drangen trotz des doppelten Vorhangs an der Innenseite der Tür herein.

Die Patienten, die in dem Raum behandelt wurden, reagierten unweigerlich darauf. Golds zweiter Fall, eine Frau, konnte die Befürchtung, man könne ihre Worte draußen hören, nie überwinden, und Gold verbrachte Stunden damit, das zu interpretieren.

Aber wenn sich die Angehörigen des Instituts am Sabbat zu Vorträgen und Abstimmungen trafen, war alles erlaubt.

Die Fenster waren weit geöffnet, das Licht und die Welt drangen herein. Gerade betrat Gold, freudig vor sich hinpfeifend, das kleine Zimmer, um die letzten Stühle heraufzuholen. Es schien ihm auch jetzt vertraut und freundlich. Gold war »seinem« Zimmer, in dem er arbeitete, liebevoll zugetan, obwohl er ungeduldig den Tag erwartete, der den Wechsel in das erste Zimmer rechts vom Eingang bringen würde; es war auch dies eine Frage des Dienstalters. Er nannte jenes Zimmer für sich »Frumas Zimmer«, weil Fruma Holländer, eine kinderlose Junggesellin, dem Institut ihre schweren und gemütlichen Möbel vererbt hatte. Etwas von ihrer Wärme und Liebenswürdigkeit, von ihrer Lebensfreude, von ihrem freundlichen Blick haftete den Möbeln und sogar den farblosen Bildern noch an.

Gold blieb in der Tür des kleinen Zimmers stehen. Die Vorhänge waren zugezogen, das Zimmer war so dunkel, daß er kaum die Umrisse der Möbel erkennen konnte. Er zog die Vorhänge zurück, während er daran dachte, daß er sich noch um die Kaffeetassen kümmern mußte und um die Aschenbecher. Er selbst rauchte nicht, aber man mußte an die anderen denken.

An Professor Nachum Rosenfeld zum Beispiel. Die Zigarillos, die fortwährend in seinem Mundwinkel steckten, verliehen ihm einen verschlossenen, mürrischen Ausdruck. Wenn niemand einen Aschenbecher in seine unmittelbare Nähe stellte, lagen überall die braunen Stummel um ihn herum. Etwas von Rosenfelds Bosheit offenbarte sich in seiner gleichgültigen Art, die Stummel auszudrücken und sich das nächste Zigarillo anzustecken. Manchmal erbitterte es Gold, und er fühlte eine gewisse Solidarität mit dem zerdrückten Zigarillo.

Er wandte sich vom Fenster ab und sah sich um. Und dann hörte er auf zu atmen, im wahrsten Sinne des Wortes. Später, als er sein Gefühl beschreiben wollte, sprach er von einem Schock, von einer Unterbrechung des Herzschlags.

Im Sessel, im Analytikersessel, saß Dr. Eva Neidorf. »Sie selbst saß dort«, wiederholte Gold später immer wieder. Natürlich traute er seinen Augen nicht. Die Vorlesung sollte um halb elf beginnen, es war noch nicht halb zehn, und erst gestern war sie aus Chicago zurückgekehrt. Es war auch nicht ihre Art, so früh zu kommen. Eva Neidorf saß bewegungslos im Sessel, zurückgelehnt, die linke Hand stützte die Wange, ihr Kopf war leicht nach links geneigt. Die schlafende Neidorf erschien Gold wie ein Mensch, in dessen Nähe er sich nicht aufhalten durfte. Nicht allein, daß er das Gefühl hatte, in eine private Situation einzudringen; vor seinen Augen enthüllte sich ein Bereich ihrer Existenz, der vor ihm hätte verschlossen bleiben müssen. Er erinnerte sich, wie er sie zum ersten Mal hatte Kaffee trinken sehen. Wie schwer war es ihm damals gefallen, sie bei einer so gewöhnlichen Handlung zu beobachten. Sogar das leichte Zittern ihrer Hand, die die Tasse hielt, hatte er nicht vergessen. Auch damals wußte er, daß die Beziehung zum Therapeuten eines der großen Themen der Psychotherapie ist und sich alle psychoanalytischen Theorien damit beschäftigen.

Jetzt stand er da und fragte sich, wie er sie ansprechen sollte. Er flüsterte immer wieder: »Dr. Neidorf.« Sie reagierte nicht. Etwas in ihm, erläuterte er später, zwang ihn, seine vorsichtigen Versuche, sie zu wecken, fortzusetzen. Er wußte nicht weshalb, nur seine Verlegenheit war ihm verständlich. Es mußte unangenehm sein für Eva Neidorf, wenn sie aufwachte und er vor ihr stand.

Einen Moment lang betrachtete er ihr Gesicht. Er sah einen Ausdruck darin, der ihm vollkommen fremd war. Eine Art Schwäche, dachte er, vielleicht sogar Leblosigkeit. Immer lag in ihrem Gesicht eine so umwerfende Intensität, die jeden anderen Ausdruck beherrschte. Dieser Ausdruck von Schwäche, dachte er, könnte von den geschlossenen Augen herrühren; die Quelle ihrer Energie lag in den Augen, in diesen wundervollen, alles durchdringenden Augen. Nur selten hatte er sich getraut, ihr direkt in die Augen zu schauen, und jedesmal war eine unerträgliche Hitze in ihm hochgestiegen. Und nun wagte er es, zum ersten Mal in seinem Leben, sie von nahem zu betrachten, wie ein Junge, der seiner Mutter beim Anziehen zusieht, während sie glaubt, er würde schlafen.

Alle waren sich einig darüber, daß Eva Neidorf eine außergewöhnlich schöne Frau war. Die schönste Frau am Institut, pflegte Joe Linder zu sagen, um dann hinzuzufügen, daß die Konkurrenz dort nicht allzu groß sei. Aber in Wahrheit zog sie noch immer alle Blicke auf sich, sobald sie einen Raum betrat, trotz ihrer einundfünfzig Jahre. Ihre Schönheit forderte die Reaktion von Frauen und Männern gleichermaßen heraus. Sie wußte, daß sie schön war, war aber nicht hochmütig; sie behandelte ihren Körper wie ein eigenes, von ihr getrenntes Wesen: Sie pflegte etwas, das der Pflege bedurfte, mehr nicht. Ihre Kleidung war der Gegenstand langer Debatten, sogar zwischen Männern. Kandidaten, Assistenten und Analytiker – niemand konnte ihrer Erscheinung gegenüber gleichgültig bleiben. Sogar der alte Hildesheimer hatte – das wußten alle – eine Schwäche für sie. Während der Vorträge pflegte er ihr vertraulich zuzulächeln, und in den Kaffeepausen unterhielten sie sich in einer

Ecke, beide mit ernsthaftem Gesichtsausdruck. Sie nickten einander zu, und ein Gefühl tiefen Verständnisses ging von ihnen aus und erfüllte den Raum.

Nun schlief sie im Analytikersessel, und Gold konnte sie ausführlich betrachten. Ihr Haar, von zahlreichen Silberfäden durchzogen, war im Scheitel zusammengenommen, das dick aufgetragene Make-up auf den feinen Wangenknochen und auf dem spitzen Kinn war deutlich zu sehen. Auch ihre Augenlider waren stark geschminkt. Aus der Nähe konnte Gold erkennen, daß sie in der letzten Zeit sehr gealtert war. Er dachte daran, daß sie bereits Großmutter geworden war und daß sie erschöpft wirkte, seit ihr Mann gestorben war. Häufig hatte er sich gefragt, wie ihre Beziehung zu ihrem Mann gewesen war, aber wenn er versuchte, sie sich in der vertrauten Umgebung ihres Hauses vorzustellen, sah er sie stets in einem ihrer eleganten Kleider, wie heute. Sie trug ein scheinbar schlichtes, weißes Kleid, das sogar ihm, obwohl er davon nichts verstand, außergewöhnlich und teuer erschien; der hohe weiße Stehkragen verlieh ihrem Gesicht einen besonderen Glanz.

Viele Stunden widmeten Neidorf und Gold seinem Unvermögen, einen gewöhnlichen Menschen in ihr zu sehen, seinem Unvermögen, sie sich außerhalb der Behandlungszeit vorzustellen. Er behauptete, er könne sie nie anders sehen als in einem ihrer Kleider, er könne sie sich zum Beispiel unter keinen Umständen in der Küche vorstellen. Und er war nicht der einzige. Keiner konnte sich Eva Neidorf in einem Morgenmantel vorstellen. Manche behaupteten ernsthaft, daß sie wahrscheinlich niemals esse.

Gleichzeitig bewunderten alle ihre Fähigkeiten als Therapeutin. Und was ihre Begabung als Kontrollanalytikerin anging – da konnte es niemand mit ihr aufnehmen. Alle ihre Kandidaten verfolgten konzentriert ihre Ausführungen. Sie wurden nicht müde, ihren »Blick in das Innere« zu loben, ihre »seltene Intuition« und ihre »unendlichen Energiereserven«. Ihre Schüler versuchten, ihren Behandlungsstil nachzuahmen, aber niemand verfügte über ihre Intuition, die sie immer wieder das richtige Wort im richtigen Augenblick finden ließ.

Alle kamen, wenn Eva Neidorf ihre Vorträge hielt. Sie kamen aus Haifa und Tel Aviv, und sogar zwei Kibbuzniks aus dem Süden reisten an. Immer lösten ihre Vorträge stürmische Kontroversen aus, immer brachten sie etwas Neues. Manchmal klangen einzelne Sätze aus Vorträgen viele Tage in Golds Bewußtsein nach und vermischten sich mit Dingen, die sie während seiner Behandlung sagte.

Jetzt hielt er den Atem an und berührte leise ihren Arm. Weich war der Stoff ihres Ärmels. Er freute sich, daß Winter war; der lange weiße Ärmel vermied, daß er ihre bloße Haut berührte. Auch so mußte er sich beherrschen, um nicht wieder über den Ärmel zu streichen. Er war entsetzt über die widersprüchlichen Triebe und Ängste, die von ihm Besitz ergriffen. Gold hätte nicht gedacht, daß sie in einen tiefen Schlaf fallen konnte. Und hätte er jemals aufgehört, sich darüber Gedanken zu machen, dann mit der Überzeugung, daß sie einen leichten Schlaf hätte. Zugleich fragte er sich wieder, beinahe laut, warum sie so früh im Institut war. Sie war noch immer nicht aufgewacht, er berührte sie erneut, und diesmal war er besorgt.

Etwas war nicht, wie es sein sollte, aber er wußte nicht, was.

Rein instinktiv, so erklärte er später, berührte er ihr

Handgelenk. Es war kalt. Doch da der Gasofen nicht brannte und sie so schmal war, maß er dem zunächst keine besondere Bedeutung bei. Wieder berührte er das zarte Handgelenk, unbewußt suchte er den Puls, und plötzlich fühlte er sich zurückversetzt in eine der Nachtschichten, die er zu Beginn seiner Laufbahn im Krankenhaus verbracht hatte. Da war kein Puls. Das Wort Tod war noch nicht in sein Bewußtsein gedrungen, er beschäftigte sich nur mit dem Puls. Plötzlich kamen ihm all die Erzählungen über ähnliche Fälle, denen er nie recht Glauben geschenkt hatte, in den Sinn. Da gab es die Geschichte von dem Therapeuten, der, ohne zu reagieren, in seinem Sessel sitzt, während der Patient sich seine ganze unterdrückte Wut auf den Psychologen von der Seele redet. Als die Stunde zu Ende ist und er nichts gesagt hatte, setzt sich der Patient auf, sieht den Therapeuten an und bemerkt, daß er tot ist. Oder die Geschichte von dem ersten Patienten am Morgen, der die Kliniktür öffnet, nachdem niemand auf sein Läuten geantwortet hat, und der seinen Therapeuten ohne ein Lebenszeichen im Sessel vorfindet. Er hatte, wie sich später herausstellte, sofort nach seinem Morgenlauf das Zeitliche gesegnet.

Doch das waren triviale Geschichten, und in Wirklichkeit stand Gold in der Mitte des Zimmers mit einer schrecklichen Leere in der Magengrube und fühlte, daß er etwas tun mußte. Er versuchte, sich alle Tatsachen zu vergegenwärtigen: Neidorf, Sessel, Institut, Sabbatmorgen, Tod.

Gold, der seine Ausbildung zum Psychiater noch nicht lange abgeschlossen hatte, war dem Tod schon oft begegnet. Als Arzt war es ihm gelungen, sich ein Verteidigungssystem anzueignen, das es ihm ermöglichte, mit dem Tod zu leben.

Er hatte es geschafft, wie er Neidorf einmal erklärte, einen gesunden Abstand zu toten Menschen herzustellen. Ein Vorhang senkte sich über etwas, das er seine »Gefühlsdrüsen« nannte, wenn er zu einem Toten gerufen wurde.

Diesmal senkte sich der Vorhang nicht. Statt dessen senkte sich ein anderer Vorhang. Alles versank in einem Nebel, er war wie in einem Traum, der nicht unbedingt ein Alptraum war, nur der Kontakt zum Fußboden war anders als sonst, und die Tür öffnete sich wie von selbst. Obwohl er fühlte, daß seine Glieder ihm nicht mehr gehorchten, war es doch seine Hand, die vorsichtig die Tür schloß, waren es seine Füße, die ihn aus dem Zimmer führten. Er sackte in einen Stuhl nahe der Tür und starrte das Bild des alten Erich Levin an, der ihn freundlich durch das Glas hindurch anlächelte. Obwohl er ahnte, daß sein Verhalten auf einen geradezu schulbuchmäßigen Schockzustand hindeutete, versuchte er, die Fassung wiederzugewinnen. Und er erkannte dunkel, daß er etwas tun mußte.

Ohne ganz bei Bewußtsein zu sein, erhob er sich aus dem Sessel, nickte mit dem Kopf, holte Luft und gelangte auf einem ihm unbekannten Weg zum Telefon in der Küche.

Es war nicht – wie gewohnt – abgeschlossen, und das Schloß lag daneben mit einem großen Schlüsselbund darin. Doch Gold fragte sich in jenem Augenblick nicht, wer es so eilig gehabt haben könnte, daß er das Telefon offenließ und seine Schlüssel auf dem Küchentisch vergaß. Später erinnerte er sich gut an den Schlüsselbund, auch an das Futteral aus feinem Leder mit dem eingestickten Muster.

Aber später erinnerte er sich auch an viele andere Details: an das Tropfen des Wasserhahns, an die fast volle Kaffeetasse in der Spüle unter dem Schild: »Die Kollegen werden gebeten, die Tassen nach dem Gebrauch gut abzuspülen und den Stecker aus der Steckdose zu ziehen. Erst vor einem Monat mußte der Boiler ausgewechselt werden, da ein Heizstab kaputtgegangen war.« Darunter war die krakelige Unterschrift von Pnina, der Sekretärin, gesetzt. Aber all das kehrte erst später in sein Gedächtnis zurück. Im Moment war er ganz und gar auf das Telefon konzentriert, und während er wählte, setzte er sich, mit dem Hörer am Ohr, auf den Stuhl der Sekretärin und wartete.

Es kam ihm vor, als ob Jahre vergingen, bis am anderen Ende der Leitung abgenommen wurde. Die Stimme einer alten Frau mit schwerfälligem deutschem Akzent sagte nur ein Wort: »Ja.«

Gold war wohlvertraut mit den Gerüchten um Frau Dr. Hildesheimer, und dieses eine Wort bewahrheitete alle Legenden über sie. Die Dame, so sagte man, verhält sich zum Telefon, zur Türglocke und zum Briefkasten wie zu Vertretern einer feindlichen Macht, die kommen, um ihren Mann zu rauben und ihn mit ihren nicht endenden Forderungen umzubringen.

Einige behaupteten, nur ihr sei es zu verdanken, daß Hildesheimer so alt geworden sei – seinen achtzigsten Geburtstag sollte er im kommenden Monat feiern –, ohne, und dabei pflegten sie auf Holz zu klopfen, ohne je ernstlich krank gewesen zu sein.

Zum einen hatte sie dafür gesorgt, daß der Tagesablauf des Alten in den vergangenen fünfzig Jahren unverändert geblieben war: Er arbeitete acht Stunden täglich während der ersten dreißig Jahre, von acht bis eins und von vier bis sieben, und sechs Stunden in den folgenden zwanzig Jahren, vier morgens und zwei nachmittags. Zwischen zwei und vier aber existierte er für den Rest der Welt nicht. Außerdem war sie äußerst streng, was seine weiteren Aktivitäten betraf, selbst wenn es Arbeiten waren, die als weniger aufreibend galten. Sie bestimmte, wie oft er Vorlesungen halten oder ihnen beiwohnen durfte, selbst die Zahl der Unterrichtsstunden, all dies hing von ihr ab. Die Legende berichtete, daß es unmöglich sei, zum alten Hildesheimer vorzudringen, ohne von seiner Frau die Erlaubnis zu erhalten.

Frau Hildesheimer sagte: »Ja«, und Gold sagte mit deutlicher Stimme seinen Namen und teilte mit, daß er vom Haus aus spreche – und natürlich fragte sie nicht, von welchem Haus. Nach kurzer Pause entschuldigte sich Gold für die Störung am Sabbat und erklärte, es sei ein Notfall. Von der anderen Seite ließ sich nichts vernehmen, und Gold war nicht mehr sicher, ob sie noch da war. Er wiederholte zweimal das Wort »Notfall«, und schließlich geschah das Wunder.

Die Stimme des Alten klang, als habe er nie geschlafen, lebhaft und völlig wach. Gold wußte, daß er zu der Vorlesung erwartet wurde. Wahrscheinlich hatte er geplant, zu Fuß zu gehen, sein Haus lag nicht weit vom Institut, und an schönen Tagen förderte seine Frau körperliche Betätigung – in Maßen.

Der alte Mann sagte: »Hallo«, und augenblicklich fiel die ganze Last der Verantwortung von Gold ab. Da er nicht genau wußte, wie er alles berichten sollte, sagte er noch einmal, daß Schlomo Gold spreche und daß er sich im Institut befinde und daß er früher gekommen sei, um alles vorzubereiten. Hildesheimer gab ein langes, erwartungsvolles »Ja« von sich. Gold schwieg, er fand die Worte nicht. Da fragte der Alte etwas besorgt: »Dr. Gold?«, und Gold antwortete, er sei noch da. Dann fügte er eilig hinzu, daß etwas Schreckliches geschehen sei, seine Stimme zitterte bereits, etwas Schreckliches, Hildesheimer solle bitte sofort kommen. Einige Sekunden vergingen, bevor der Alte antwortete: »Gut, sofort.«

Gold legte den Hörer auf und fühlte eine große Erleichterung. Danach schaltete er den großen Boiler an, was absolut unsinnig war, weil das Wasser erst nach ungefähr einer Stunde kochen würde, aber die praktische Beschäftigung beruhigte ihn.

Draußen müssen die Vögel gezwitschert haben, Gold hörte es nicht. Nur ein Geräusch interessierte ihn, und als er es endlich vernahm, klang es wie die großartigste Musik, das Motorgeräusch des Taxis, das Hildesheimer brachte. Gold stürzte zur Eingangstür und blickte hinaus.

Wegen der gewundenen Form der beiden Treppen, die hinauf zum Eingang führten, war es unmöglich, den Ankommenden zu sehen. Der runde Glatzkopf des Alten erschien plötzlich auf einer der obersten Stufen der rechtsseitigen Treppe. Es war kaum zu glauben, daß es erst halb zehn war.

Bis zu diesem Augenblick hatte Gold den Gedanken an das, was er nun sagen sollte, vollkommen verdrängt. Jetzt, da der runde Kopf vor ihm auftauchte, begriff er, was er dem Alten berichten mußte: Eva Neidorf war tot, Hildesheimers ehemalige Patientin und spätere Schülerin, seine enge Freundin —, vielleicht, wie manche behaupteten —, auch seine große Liebe, die Frau, die ihm in der Leitung der Ausbildungskommission hatte nachfolgen sollen. Als diese Gedanken in Golds Bewußtsein drangen, wich die Erleichterung, die das Telefongespräch gebracht hatte, der Angst, und wieder öffnete sich ein bodenloses Loch in seiner Magengrube. Hildesheimer erreichte Gold, der in der Eingangstür stand, er sah ihn fragend und besorgt an. Gold bemerkte, daß seine Kehle wie ausgetrocknet, seine Zunge wie gelähmt war: Er brachte kein Wort zustande. Schließlich streckte er seine Hand aus und winkte dem Alten, ihm zu folgen.

Hildesheimer begleitete Gold mit festen Schritten bis zu dem kleinen Zimmer. Dort trat Gold zurück und forderte den Alten mit einer Bewegung des Armes auf, einzutreten. Der Alte betrat den Raum.

Zweites Kapitel

Schließlich verließ Ernst Hildesheimer das Zimmer und schloß hinter sich die Tür. Gold saß gespannt auf einem Stuhl im Flur. Der Alte war sehr blaß, er preßte die Lippen aufeinander, in seinen Augen lag etwas, das Gold erst später als Furcht erkannte. Das Gesicht drückte einen Zorn aus, den Gold nicht verstand, dessen Ursache er nicht kannte.

Mit leiser Stimme fragte Hildesheimer, ob er noch etwas unternommen habe, außer ihn anzurufen. Verwirrt sah Gold ihn an. Nein, die Ambulanz habe er noch nicht benachrichtigt. Und Hildesheimer, der nicht überrascht schien, murmelte, er könne verstehen, daß Gold es vorziehe, wenn er, Hildesheimer, sich mit der Polizei befassen würde.

Schon eilte der Alte in die Küche, und Gold, in dessen Magen sich der Knoten fester zusammenzog, folgte ihm.

Dann saßen sie in der Küche, und während sich die Fingergelenke des Alten langsam blau färbten, während sich seine Hand an die Tischkante klammerte, hörte Gold zum ersten Mal von dem Revolver.

Später konnte er das Gespräch nicht mehr rekonstruieren, er erinnerte sich nur an Bruchstücke und daß das Wort »Revolver« einige Male gefallen war, er wußte noch, daß Hildesheimer »vielleicht« gesagt hatte und auch das Wort »Unfall«. Die wenigen Informationen, die sein Bewußtsein erreichten, als er dem Alten in der Küche des Instituts gegenübersaß, beleuchteten das Vorgefallene in einem so bedrohlichen Licht, daß er sich plötzlich erhob und nach Luft schnappte. Außer schwarzen Ringen, die vor seinen Augen kreisten, sah er nichts mehr. Das Blut wich aus seinem Gesicht, er fühlte ein rhythmisches Pochen in seinen Schläfen, und ihm war klar, daß er für die kommende Stunde völlig außer Gefecht gesetzt sein würde. Er wurde überwältigt von der »gräßlichsten Migräne seines Lebens«, wie er es später ausdrückte.

Gold hatte in seiner Jugend häufig unter Migräne gelitten. Bis zu seiner Lehranalyse mit Eva Neidorf war er nicht in der Lage gewesen, ihre wiederkehrenden Ursachen zu erkennen. Eva Neidorf bot eine Erklärung an: Die Migräne wurde durch nicht ausgelebte Spannungen verursacht. Er konnte ihre weiche Stimme noch hören, wie sie »Spannungen, die Sie nicht ausleben« sagte, er hörte sie so nah, als wäre sie bei ihm, und er erinnerte sich, daß er sie gefragt hatte, ob sie verdrängte Spannungen meine. Sie hatte ihn nach einer kurzen Pause an ihre Vereinbarung erinnert, in der Analyse keine Fachausdrücke zu verwenden. Sie habe etwas anderes gemeint, ein akutes Gefühl der Wut nämlich, das er nicht herauslassen könne. Er wußte, daß er nicht nur entsetzt war, er war auch wütend, vielleicht auf eine ähnliche Weise wie Hildesheimer, als er das Zimmer verlassen hatte. Aber auch über diese kindische Wut dachte er erst später nach. Man hatte ihm den Morgen zerstört, man hatte ihm das Institut zerstört, nichts sonst zählte. Ihm wurde in jenem Augenblick nicht einmal bewußt, welche wichtige Rolle Eva Neidorf für ihn gespielt hatte. Die Tatsache ihres Todes war so unwirklich, daß sie tatsächlich völlig irrelevant blieb. Er schloß seine Augen, öffnete sie und ging zum Arzneimittelschrank, der über dem Küchentisch hing (Wundpflaster, Aspirin, Jod, Akamol – »wie ein Erste-Hilfe-Koffer im Kindergarten, es fehlen nur die Zäpfchen«, bemerkte Joe Linder stets trocken, wenn er eine Tablette brauchte). Der bloße Gedanke an Wasser erregte in ihm Übelkeit, so schluckte er die zwei Aspirin trocken.

Hildesheimer stand schweigend am Fenster. Es war kurz vor zehn, und Gold erwartete mit Schrecken, aber auch mit einer gewissen gemeinen Vorfreude, daß schockierte und aufgewühlte Menschen in wenigen Minuten das Haus füllen würden. Er begriff nicht ganz die Sache mit der Polizei und dem Revolver, aber Hildesheimer wirkte so distanziert, daß er nicht wußte, wie er sich an ihn wenden oder sogar Erklärungen von ihm verlangen sollte. Daher beschloß Gold, stoisch zu warten, bis sich alles von selbst aufklären würde. Und dann begann der Alte zu sprechen: Es sei sicher ein furchtbares Erlebnis für ihn gewesen, sie so vorzufinden. Er bedaure dies wirklich. Gold, dankbar für jedes Wort, staunte über die seelischen Kräfte des Alten. Aber du staunst immer über ihn, dachte Gold. Wenn nicht über seinen Mut, so über seine Einsicht oder darüber, wie er sein

Alter trägt, über seine Genauigkeit, seine Bescheidenheit, seine Zurückhaltung.

Bis Hildesheimer ihm begegnet war, hatte sich Gold einen tatsächlich fleischgewordenen Mythos nicht vorstellen können. Nun war Hildesheimers bloße Anwesenheit eine Art Versprechen, daß nicht alles gänzlich zusammenbrechen werde. Wenn Hildesheimer die notwendigen Worte finden konnte, war noch nichts verloren. Gleichwohl, gestand er sich, waren seine Worte nicht von derselben emotionalen Wärme gewesen, die ihn sonst auszeichnete; vielmehr zeugten die Worte von einer Selbstdisziplin, die ihn einschüchterte und daran hinderte, sein Erstaunen offen kundzutun. Es war ihm beispielsweise unmöglich, laut sein Erstaunen über die Existenz eines Revolvers auszudrücken. Er beschloß daher, weiter zu warten.

Und gerade, als er beschloß, weiter schweigend zu verharren, hob der Aufruhr an, dessen Echo seit jenem Tag in ihm widerhallte, wann immer er sich dem Institut näherte.

Der Arzt, der in einem Krankenwagen mit zwei Pflegern kam, klopfte an die Tür, die abgeschlossen war, und Hildesheimer eilte mit einer für sein Alter unglaublichen Behendigkeit zum Eingang. Alle, die später kamen, mußten weder klopfen noch klingeln. Die Tür, die das Institut immer von der Welt getrennt hatte, die Tür, die den Ort, der für Gold der sicherste auf der Welt gewesen war, geschützt hatte – die Tür blieb den ganzen Morgen über offenstehen. Und durch sie drangen Dinge in das Institut, die nicht dorthin gehörten, die bis dahin nur in den Ängsten und Ahnungen der Patienten existiert hatten. Jetzt wurden sie Wirklichkeit, und nichts paßte mehr zusammen.

Gold fiel es schwer, dem Geschehen zu folgen. Um ihn

herum waren mit einem Mal Menschen, die sich in verschiedenen Ecken zusammenscharten, um bruchstückhafte Informationen auszutauschen. Er konnte nicht begreifen, wer diese Menschen waren und welche Rolle sie spielten. Sie erfüllten das Haus mit einem hektischen Hin- und Hergelaufe, und es gelang ihnen, sich in wenigen Minuten alles anzueignen: Das Telefon, die Tische, die Sessel und selbst die Kaffeetassen – alles nahmen sie den Angehörigen des Instituts. In der Nacht, als Gold versuchte, die Ereignisse des Morgens in ihrer Reihenfolge zu rekonstruieren, erinnerte er sich, daß gleich nach dem Arzt ein Polizist gekommen war. Er erinnerte sich, wie der Polizist nach Hildesheimer und dem Arzt nun auch das kleine Zimmer betrat und auch daran, wie schnell er es wieder verließ. Der Polizist, dessen Dienstgrad er nicht registriert hatte, rannte – nicht aber ans Telefon, sondern hinaus. Gold, der hinter ihm auf die Veranda vor dem Eingang trat, vernahm Stimmen, die vom Streifenwagen kamen, in dem der Polizist mit einem Sprechfunkgerät in den Händen saß. Und auf der Straße, die noch immer völlig still lag, fielen Ausdrücke, die Gold bis dahin nur aus Kriminalfilmen kannte.

Der Polizist blieb bei dem Streifenwagen; Gold konnte die Stimmen hören, die aus dem Sprechfunkgerät kamen. Das Blaulicht auf dem Dach des Streifenwagens kam Gold albern vor. Er mied das Gebäude; dort waren der Arzt, die beiden Pfleger und Hildesheimer, der, wie sich Gold plötzlich erinnerte, selbst Arzt war. Gold fühlte sich dort überflüssig und eingeschüchtert. Überdies, dachte er, mußten in wenigen Minuten alle eintreffen; inzwischen konnte er draußen auf der Veranda stehen, hinausblicken, so tun, als sei nichts gewesen, die Märzsonne genießen und den Duft des Jasmins einatmen, dessen Süße nichts mit den Ereignissen des Morgens zu tun hatte. Der Duft ließ ihn an das Viertel der Deutschen denken, an Neidorf; nach dieser letzten Erinnerung war die Sonne nicht mehr warm und angenehm, sie wurde beunruhigend und grell. Dann erschien ein weiteres Auto, ein Renault mit Polizeikennzeichen. Ein hochgewachsener Mann stieg mit bedächtigen Bewegungen aus, gefolgt von einem kleineren mit fuchsroten Locken. Der Streifenpolizist entfernte sich von seinem Wagen, und Gold hörte, wie er rief: »Ich wußte gar nicht, daß Sie heute Dienst haben, Herr Inspektor.« Er sah den Langen antworten, konnte aber seine Worte nicht verstehen. Der Fuchsrote sagte laut: »Das kommt davon, wenn man im Revier rumsitzt und wartet, daß etwas geschieht.« Er klopfte dem Langen auf den Arm, bis zu dessen Schultern kam er nicht. Die drei bewegten sich auf die Haustür zu. Gold floh, ohne zu wissen, weshalb, ins Haus und ließ die Tür weit offen. Er setzte sich auf einen der Stühle, die noch in Reihen angeordnet waren, und beobachtete die Polizisten. Der Lange, der sich dem Streifenpolizisten an den Fersen heftete, trug Jeans und ein blaukariertes Hemd. Ohne sich dessen bewußt zu sein, nahm Gold die kleinsten Einzelheiten wahr. Aus der Entfernung hatte der Lange jugendlich gewirkt, doch nun bemerkte Gold, daß er über vierzig sein mußte.

Noch bevor sie miteinander gesprochen hatten, ärgerte Gold die jugendliche Lässigkeit, mit der sich der Lange bewegte, und er begann, die dunklen, bohrenden Augen zwischen den langen, kräftigen Brauen und den hohen Bakkenknochen zu hassen. Zum ersten Mal traf ihn der Blick dieser Augen, als ihn der Lange fragte, ob er die Polizei verständigt habe.

Plötzlich kam Gold sich klein und dick und überflüssig vor, er schüttelte verneinend den Kopf und zeigte auf das kleine Zimmer. Der Streifenpolizist flüsterte dem Langen etwas ins Ohr, worauf der sich noch einmal an Gold wandte: Er möge warten. Dann betrat er das Zimmer, gefolgt von dem Rothaarigen.

Kurz darauf überkam Gold das Gefühl, daß er den Dingen nicht mehr folgen könne. Zunächst erschien eine kräftige junge Frau mit einigen Aktendeckeln unter dem Arm, von zwei Männern begleitet. Der Lange mußte sie gehört haben, er kam heraus und teilte seinen Kollegen in dem kleinen Zimmer mit, die Spurensicherung sei angekommen. Der Fotograf auch, fügte er hinzu.

Dann kamen noch vier Leute, die Gold, was ihn sehr erleichterte, gut kannte. Sie kamen aus Haifa, es waren die ersten, die wegen Eva Neidorfs Vortrag erschienen. »Die mit dem längsten Weg kommen wie immer zuerst«, dachte Gold, als ihn die Jüngeren aus der Gruppe mit Fragen bestürmten. Wieso die Streifenwagen vor dem Haus stehen würden, wollten sie wissen und ob jemand eingebrochen sei.

Es war ihm unmöglich zu antworten, vor allem, weil die fast siebzigjährige Lizzi Sternfeld mit verstörtem Gesichtsausdruck in ihrer Nähe stand. Daher klopfte er an die Tür des kleinen Zimmers und bat Hildesheimer, herauszukommen. Auf der Stelle verließ der Alte das Zimmer und zog Lizzi in die Küche, und kurz darauf hörte man von dort Schreie des Entsetzens auf deutsch, eine sanfte, beruhigende Männerstimme, die auch deutsch sprach, und eine tränenerstickte Stimme, von der man nicht genau sagen konnte, ob es die einer Frau war. Die vier Haifaer sahen Gold erschrokken an, und nun wäre es unmöglich gewesen, die Erklärung weiter hinauszuschieben, wenn nicht im selben Augenblick drei ältere Herren eingetreten wären. Obwohl sie Zivilkleidung trugen, wußte er sofort, daß sie Polizisten waren; ihm war auch klar, daß sie wichtiger waren als die anderen. Und ohne daß man ihn gefragt hätte, deutete er auf die Tür zum kleinen Zimmer. Er fragte sich, wie sie dort alle hineinpaßten. Später, als sie Hildesheimer vorgestellt wurden, hörte Gold, um wen es sich handelte: Der kleine Dickliche war der Polizeichef von Jerusalem, der Alte der Leiter des Jerusalemer Hauptkommissariats und der junge Blonde mit dem Schnurrbart der Jerusalemer Polizeipressesprecher. Nach ihnen trat noch jemand ein, der sich als Offizier des polizeilichen Nachrichtendienstes vorstellte und fragte: »Wo stecken die Jungs?« Daraufhin trat er ins kleine Zimmer, aus dem gerade der Rothaarige herauskam. Er bat alle Anwesenden, sich zur Veranda zu begeben oder wenigstens in der Eingangshalle zu bleiben, dann wandte er sich an die Angehörigen des Instituts, die jetzt grüppchenweise eintrafen. Alle fragten, was die Streifenwagen zu bedeuten hätten und was das für eine Unruhe sei. Der Rothaarige, den der Polizeisprecher später Einsatzleiter nannte, wandte sich an einen weiteren Beamten, der eben eingetreten war. Er nannte ihn nur »mein Herr«, wechselte einige Worte mit ihm und teilte denen im Zimmer mit, daß ein Offizier der Untersuchungsabteilung eingetroffen sei, worauf er noch einen Augenblick draußen blieb. Die polizeilichen Abkürzungen und Rangbezeichnungen verursachten Gold Schwindel, und er hörte auf, sich mit dem unaufhörlichen Strom von Polizisten zu beschäftigen.

Joe Linder war inzwischen eingetroffen und äußerte sich

mit Bemerkungen wie: Vielleicht ist eingebrochen worden, und man hat alle Sessel gestohlen, und jetzt wächst eine neue Analytikergeneration heran, die keine Rückenschmerzen mehr kennt. Hätte doch Linder die Neidorf gefunden, dachte Gold einen Moment lang. Er hätte zu gern einmal einen Linder gesehen, dem es die Sprache verschlagen hat.

Aber ansonsten war niemand zu Scherzen aufgelegt, und jeder, der in die Küche spähte, machte schnell kehrt und blickte sich fragend um. Gott sei Dank nahm keiner an, er könne von Gold Erklärungen erhalten. Der gab sich alle Mühe zu sehen, ohne gesehen zu werden. Aus dem kleinen Zimmer trat der Arzt, ihm folgten die beiden Sanitäter. Wortlos verließen sie das Gebäude. Dann erschien der Lange und flüsterte dem Rothaarigen etwas zu, der daraufhin das Haus ebenfalls kurz verließ, nach einigen Minuten aber zurückkehrte. Der Lange öffnete die Tür zum kleinen Zimmer und sagte: »Die Pathologie ist auf dem Wege, außerdem noch mehr Leute von der Spurensicherung.«

Einige der Anwesenden standen herum, andere saßen auf den Stühlen, die Gold aufgestellt hatte, als alles noch in Ordnung gewesen war. In der ausufernden Menschenansammlung sah er für den Bruchteil einer Sekunde die beiden Kibbuznikim aus dem Süden. Neben ihnen standen zwei Männer, die aus ihren Ledertaschen kleine Apparate zogen, die wie Kassettenrecorder aussahen und sich nach genauem Hinsehen auch als solche erwiesen. Das Gewirr der Stimmen wurde ihm unerträglich, so daß Gold beschloß, sich in die Küche zurückzuziehen und die Aufregung hinter sich zu lassen. Der Gedanke, das Haus zu verlassen, kam ihm gar nicht.

In der Küche sah es nicht besser aus. Dort drang er in den

Bereich der beiden Alten ein, die ganz dicht beieinander saßen. Lizzi Sternfeld wischte sich die Augen mit einem sorgfältig geplätteten Herrentaschentuch, das offensichtlich aus Hildesheimers Tasche stammte. Er streichelte ihre Hand. Bei so etwas hatte ihn Gold nie zuvor beobachtet, und doch schien es das Selbstverständlichste auf der Welt. Der hochgewachsene Inspektor betrat die Küche und wandte sich an Hildesheimer: »Was genau wird an diesem Ort gemacht?« Wobei er das Wort »genau« betonte. Hildesheimer musterte ihn zunächst müde, dann beinahe ungehalten, und erläuterte schließlich mit sorgfältig gewählten Worten, daß dies ein Ort sei, an dem man sich der Psychoanalyse widme. Die Ausführungen hinterließen einen fragenden Ausdruck auf dem Gesicht des Polizeibeamten, und Gold begriff sofort, daß der Terminus dem Mann nicht geläufig war. Aber dann öffnete dieser zu seiner Überraschung den Mund und fragte: »Ach, Sie meinen Analyse? Das mit der Couch und so?« Der Alte nickte, und auf dem Gesicht des Polizisten erschien ein dünnes Lächeln. Er unterdrückte es schnell und sagte, fast entschuldigend, er habe nicht gewußt, daß man so etwas noch praktiziere und daß es dafür ein besonderes Institut gäbe. Offensichtlich war ihm klargeworden, daß Hildesheimer nicht zu den Menschen zählte, die über dieses Thema Witze machten, auch unter angenehmeren Umständen nicht. Sobald der Alte den entschuldigenden Ton bemerkte, fuhr er fort, daß man an diesem Institut jungen Psychologen die Methode vermittle. Dabei hielt er sich bei dem, was man »genau« an »diesem Ort« mache, etwas auf.

Der Ausdruck des Zuhörenden wandelte sich, und die Verwunderung wich, je länger der Alte sprach, echtem Interesse. Gold bemerkte wohl, daß ihn die Reaktion des Polizisten überraschte. Seine Voreingenommenheit war ihm auf eine gewisse Art unangenehm. Sicher, dachte er, mußte er seine Ansichten revidieren, doch er hatte eben angefangen, darüber nachzudenken, als ihn eine laute Stimme unterbrach, die ins Zimmer drang. Gold verließ die Küche und sah den blonden Schnurrbartträger, der sich als Polizeipressesprecher vorstellte und die Anwesenden bat, die Eingangshalle zu verlassen. Der Pressesprecher begleitete die Mitglieder des Instituts auf die Veranda, sprach mit ihnen, kehrte zurück, faßte die beiden Männer mit den Kassettenrecordern bei den Armen und sagte: »Auch die Journalisten werden gebeten, hinauszugehen. Warten Sie bitte draußen.«

Entsetzt begriff Gold mit einem Mal, daß Journalisten anwesend waren. Das mußte er sofort Hildesheimer mitteilen. Doch bevor er etwas unternehmen konnte, setzten sich alle in Bewegung, verließen die Eingangshalle, und einige verlangten lautstark Aufklärung über das Vorgefallene. Das Gerücht von einem Todesfall war aufgekommen und verbreitete sich, überall sah man Verstörung und Schrecken. Auf der Veranda scharten sich Zweier- und Dreiergruppen, doch niemand verließ das Institut.

Aus den Augenwinkeln sah Gold, wie die beiden hohen Beamten, der Chef des Hauptkommissariats und der Polizeichef, das kleine Zimmer verließen, offensichtlich, um dem Langen in die Küche zu folgen. Gold näherte sich der Küche, niemand hielt ihn auf. Er stand neben der Tür und lauschte dem Gespräch. Der Lange setzte dem Chef des Hauptkommissariats auseinander, welche Probleme eine zu schnelle Veröffentlichung des Vorfalls nach sich ziehen

34

würde. Dr. Hildesheimer, so der Lange, habe ihm erklärt, man müsse die Presse zurückhalten, da die Tote – es war schrecklich für Gold, dieses Wort zu hören – viele Patienten gehabt hätte, die man behutsam benachrichtigen müßte.

Der Gesichtsausdruck des Langen wirkte sehr ernst bei den letzten Worten, doch der Polizeichef bezweifelte, daß man eine Nachrichtensperre über »das Geschehen«, wie er es nannte, verhängen könnte. Er schlug vor, den Journalisten »irgendwas zu fressen« zu geben. Hildesheimer schnitt ihm das Wort ab und fragte mit zurückgehaltener Wut, wieso die Zeitungsleute überhaupt so schnell hier sein konnten.

Der Polizeichef erklärte geduldig, dies hänge mit Funkfrequenzen zusammen: Die Radiogeräte der Kriminalreporter seien auf die Frequenz des Polizeisprechfunks eingestellt. Hildesheimer verschlug es die Sprache. Er wandte sich an Lizzi, die inzwischen aufgehört hatte zu weinen, und streckte seine Hände mit einem Ausdruck der Hilflosigkeit aus. Gold erinnerte sich, daß der Jerusalemer Polizeichef daraufhin zu dem Langen gesagt hatte: »Komm, Ochajon, lassen Sie uns hier ein paar Sachen zu Ende bringen.« Gold, der sich den Namen sofort merkte, blickte ihnen nach, ohne seinen Platz zu verlassen.

Ochajon und seine Vorgesetzten traten in eins der Zimmer; ihnen folgten, in feierlicher Prozession, alle anwesenden Polizisten. Dieser Zug war, wie Gold sich später erinnerte, das einzig Komische, was sich an diesem Tag ereignete. Nur weil es einem Reporter gelungen war, wieder hereinzuschleichen und neben der Tür des Zimmers auf seinen Recorder zu sprechen begann, erfuhr Gold, wer die Polizisten waren.

Der Reporter, ein kleiner und energischer Mann, diktierte, daß Polizeiinspektor Michael Ochajon eingetreten sei, der stellvertretende Leiter des Hauptkommissariats, gefolgt von dem Chef der Jerusalemer Kriminalpolizei und dem Leiter des Hauptkommissariats sowie dem Polizeipressesprecher. Der Polizeisprecher warf dem Reporter einen vernichtenden Blick zu, worauf dieser für einen Augenblick innehielt. Aber kaum war der Sprecher wieder in dem Zimmer verschwunden, fuhr der Reporter fort. Er erzählte seinem kleinen Gerät, daß nun der Einsatzleiter ins Zimmer gekommen sei und mit ihm Leute von der Spurensicherung.

Als die Prozession der Polizisten das Zimmer wieder verließ, kam Michael Ochajon als letzter, zusammen mit seinem direkten Vorgesetzten, dem Leiter der Untersuchungskommission. Sie waren in ein Gespräch vertieft, von dem Gold nur Fetzen aufschnappen konnte, abgesehen von einem vollständigen Satz, den Ochajon sagte: »Gut, warten wir ab, bis die Obduktion abgeschlossen und die Spurensicherung fertig ist, dann werden wir ein bißchen klüger sein.« Von der Antwort des Vorgesetzten konnte Gold nur einige Worte in scherzhaftem Ton, etwas von Ochajons »persönlichem Charme« verstehen.

Ochajon ging mit den beiden Polizeichefs zum Ausgang, wo sie in einen Tumult gerieten. Aufgeregte Menschen umzingelten die drei und verlangten lautstark Informationen. Gold hörte den Chef der Kriminalpolizei, der beinahe schrie: »Meine Herren, meine Herren. Bitte beruhigen Sie sich.« Und dann: »Das ist Inspektor Michael Ochajon. Er wird die Ermittlungen führen. Er wird alle Fragen beantworten, wenn es soweit ist.« Mit diesen Worten verschwand er schnell und ließ eine große Gruppe ungeduldiger und verstörter Menschen zurück.

Eine drückende Stille griff um sich, doch es war klar, daß sie nur wenige Sekunden andauern würde. Ochajon, dem dies offensichtlich bewußt war, wandte sich an Professor Hildesheimer, der hinter ihm stand, und ersuchte ihn, seinen Kollegen Auskunft zu geben, ohne freilich auf Details einzugehen. Gold beobachtete, wie sich alle Besucher schweigend auf die Stühle setzten, die er vor kurzem erst aufgestellt hatte. Hildesheimer, der neben dem kleinen Tisch stand, der für die Vortragende bestimmt war, wartete geduldig.

Gold konnte nicht bleiben und zuhören, da sich nun der Lange sehr höflich ihm zuwandte und fragte, ob er in einem der Zimmer mit ihm sprechen könne. Ohne seine Antwort abzuwarten, öffnete er die Tür zu »Frumas Zimmer«.

Außer der Couch und dem Analytikersessel dahinter befanden sich zwei weitere Lehnstühle in diesem Zimmer, die für gewöhnlich in einer Ecke standen, jetzt aber in einem Winkel von fünfundvierzig Grad in den Raum gerückt waren. Diese besondere Anordnung war üblich für die Vorbesprechung zwischen Therapeut und Patient, sie sollte verhindern, daß der Patient dem Blickkontakt mit dem Therapeuten auswich. Der Therapeut saß immer in dem Sessel nahe der Tür, auch dies geschah mit einer bestimmten Absicht. Auf diesen Platz setzte sich jetzt Ochajon, dann bedeutete er Gold, ebenfalls Platz zu nehmen. Gold hatte das Gefühl, er müsse protestieren, doch er wußte nicht, wie. Er wußte nicht einmal, gegen was genau er protestieren wollte, er merkte nur, daß ein gewaltiger Zorn in ihm aufstieg gegen diesen Eindringling, der sich so entspannt und unbeeindruckt gab und damit in Golds Augen ein Repräsentant für die Zerstörung aller Regeln zu werden begann.

Zunächst schwiegen beide. In Gold wuchs die Spannung mit jedem Augenblick, zugleich war er überzeugt, daß der Polizist, im Gegensatz zu ihm, mit jedem Augenblick ruhiger wurde. Und plötzlich schien Ochajons Gesicht spitz wie das einer Raubkatze. Im gleichen Augenblick aber ertönte seine ruhige und feste Stimme, und sie widerlegte alle Ängste und offenbarte, was tatsächlich hinter Golds Emotionen steckte – eine Projektion, wie sich die Kollegen ausgedrückt hätten, Golds eigene Projektion, die Übertragung seines Erschreckens auf sein Gegenüber. Dessen angenehme und ruhige Stimme bat ihn, alle Ereignisse des Morgens möglichst detailliert zu schildern.

Golds Kehle war ausgetrocknet und wie zugeschnürt, aber selbstverständlich konnte er jetzt nicht hinausgehen, um etwas zu trinken. Daher räusperte er sich und versuchte zu sprechen, schaffte es aber erst nach einigen Anläufen, einen klaren Ton zu treffen. Der dumpfe Schmerz pochte noch in seinen Schläfen, die Migräne konnte jeden Augenblick erneut ausbrechen. Ochajon war ausgesprochen geduldig. Er saß schweigend im Sessel, zurückgelehnt, seine langen Beine hatte er ausgestreckt, die Hände gefaltet, und trotzdem vermittelte er Gold den Eindruck, daß ihm nicht ein Wort entging. Erst als er sicher sein konnte, daß Gold ausgeredet hatte, fragte er: »Und als Sie am Morgen kamen, war niemand in der Umgebung?«

Gold rief sich die leergefegte Straße ins Gedächtnis, auch die schwarze Katze und schüttelte verneinend den Kopf.

Ochajon fragte, ob er ein Auto auf der Straße gesehen habe. Gold erklärte, daß man die abschüssige Straße leicht überblicken könne. In der unmittelbaren Umgebung des Instituts hätte kein einziges Auto gestanden, denn Parkplatzsuche wäre nicht problematisch gewesen. Und dann begann der Inspektor, alles, was Gold an diesem Morgen widerfahren war, Stück für Stück zu rekonstruieren. Was über eine Stunde dauern sollte.

Später berichtete Gold Hildesheimer, wie sehr es ihn gedemütigt habe, wie ein Verdächtiger behandelt zu werden. Wiederholt mußte er die Richtigkeit seiner Aussagen beweisen. Der Polizist stellte ihm Fallen, um ihn in Widersprüche zu verwickeln. Unzählige Male mußte er berichten, weshalb gerade er das Haus freiwillig zur Vorlesung hergerichtet habe. Er mußte Auskunft geben über jeden Schritt, den er seit dem vergangenen Abend getan hatte, er mußte darlegen, woher seine Kenntnisse über Feuerwaffen stammten, er mußte über seine Reserveeinheit reden – »und über was eigentlich nicht?« beschwerte er sich am gleichen Abend bei seiner Frau. »Wonach hat er mich nicht gefragt? Er hat mich so lange ausgefragt, bis ich selbst nicht mehr wußte, was wahr und was unwahr ist. Es blieb kein Augenblick des Tagesablaufs übrig, über den ich nicht berichtet hätte. Ob ich Spuren gesehen habe, ob ich Spuren hinterlassen habe, ob ich einen Revolver gesehen habe... Er fragte sogar, ob ich geschossen hätte! Und trotzdem konnte ich das Gefühl nicht loswerden, daß er mir nicht glaubte!«

Erst als Ochajon fragte, welches Auto Dr. Neidorf gefahren habe, und Gold ihm den weißen Peugeot genau beschrieb: Modell, Herstellungsjahr und so weiter, da erst empfand er, daß eine Wende im Verhör eintrat. »Gegen

Ende ließ er von mir ab«, murmelte Gold, während er sich zurücklegte und dem Regen lauschte. Mina war schon eingeschlafen.

Wie, fragte der Polizist, gelangte Neidorf wohl zum Institut, und wo hatte sie ihr Auto geparkt?

Gold wußte es wirklich nicht. Vielleicht hatte jemand sie gebracht, sagte er und bereute es sofort, ohne zu wissen, weshalb. Und er beeilte sich hinzuzufügen, daß sie vielleicht mit einem Taxi gekommen oder zu Fuß gegangen sei.

Daraufhin begann er von ihrem Aufenthalt in Chicago zu sprechen. Gestern erst sei sie zurückgekehrt, und möglicherweise habe sie das Auto die ganze Zeit bei ihrem Sohn gelassen. Er hatte das Gefühl, geschwätzig zu werden und schwieg.

Dann fragte Ochajon nach der Persönlichkeit Neidorfs und betonte, er solle alles berichten, was ihm in den Sinn käme, alles sei wichtig. Gold traute seinen Ohren nicht.

Dieser Polizist gebrauchte die Wendung »alles, was einem in den Sinn kommt«. Diesen Satz verwenden die Therapeuten häufig während der Analysesitzungen. Gold betrachtete Ochajon mißtrauisch und forschte nach einem Anzeichen von Spott oder Ironie in seinem Gesicht, konnte aber nichts davon entdecken. »Deswegen wenden Sie sich besser an Dr. Hildesheimer«, sagte er aggressiv. Doch da Ochajon auf seine Aggressivität nicht reagierte, erklärte Gold, daß Hildesheimer Eva Neidorf gut gekannt habe, besser als jeder andere. Und an diesem Punkt lächelte Ochajon zum ersten Mal. Er lächelte verständnisvoll und sagte, Herrn Dr. Hildesheimer werde er natürlich auch fragen.

Gold begann sich darüber Gedanken zu machen, was der Polizist eigentlich über ihn wußte und woher dieses Wissen stammte. Er erinnerte sich, daß sich Ochajon mit Hildesheimer in das kleine Zimmer zurückgezogen hatte; sicher hatte ihm der Alte dort seinen Namen und die formelle Beziehung zwischen ihm und Neidorf mitgeteilt. Und auch, daß Gold ihre Leiche gefunden habe. Ochajon sagte nichts, aber es war zu erkennen, daß er hartnäckig bleiben würde.

Schließlich begann Gold – stets im Präsens – von ihrer beruflichen Stellung zu reden. Sie sei eine erfahrene Analytikerin, Mitglied der Ausbildungskommission, eine erfahrene Lehrerin und außerdem sei sie – er beschloß, sich nicht lange mit Erklärungen aufzuhalten – auch als Lehranalytikerin tätig.

Ochajon unterbrach ihn mit einer Handbewegung und fragte, was das bedeute.

Ein Lehranalytiker, erklärte Gold, habe die Aufgabe, die Kandidaten des Instituts im Rahmen ihrer Ausbildung zu behandeln. Es gibt, sagte Gold mit einem gewissen Stolz, nur wenige davon auf der ganzen Welt, und in Israel könne man sie an fünf Fingern abzählen.

Ochajon fragte, wie man Lehranalytiker werde und wozu eine Lehranalyse notwendig sei. Er bat Gold entschuldigend, langsam zu erklären, da er mit der Materie nicht vertraut sei. Zum ersten Mal, seit er Neidorf gefunden hatte, fühlte sich Gold etwas entspannt, und er begann ausführlich zu erklären. Jeder Kandidat des Instituts müsse selbst eine Analyse durchmachen, dies sei ein integraler Teil seiner Ausbildung. Es sei den Kandidaten nicht gestattet, Patienten zu behandeln, wenn sie sich nicht selbst in der analytischen Behandlung befänden.

Michael Ochajon, der mit der Streichholzschachtel

spielte, die er, ohne die Augen einen Augenblick von Gold zu lassen, aus der Tasche gezogen hatte, fragte, wie lange diese Behandlung dauere. Gold mußte über diese Frage lächeln. »Das kommt darauf an«, sagte er. Manchmal vier Jahre, manchmal fünf oder sechs, manchmal sieben Jahre.

»Und wie lange dauert die Ausbildung im Institut?« fragte Ochajon, und auch diese Frage ließ Gold lächeln. Bei großer Anstrengung könne man die Ausbildung innerhalb von sieben Jahren beenden, sagte er. Dann betrachtete er für einen Augenblick das Gesicht Ochajons und fragte, ob es nicht besser sei, wenn er sich bei einem solchen doch recht komplexen Thema Aufzeichnungen mache.

Der Inspektor erwiderte, daß im Moment nichts zu notieren sei. Gold, der das als Zurechtweisung empfand, schwieg und wartete.

Die Tür wurde geöffnet, und der Fotograf trat herein. »Ich glaube, ich bin dann fertig«, sagte er und fragte, ob er noch bleiben müsse. Ochajon antwortete: »Nur, bis man die Tote abgeholt hat.« Gold erschauerte. Dann kam eine Frauenstimme vom Flur her: »Michael, ich bin fertig. Hast du noch irgendwelche Wünsche?« Ochajon wandte den Kopf, und auch Gold blickte in das breite, rotwangige Gesicht, das nach seinem Empfinden ganz und gar nicht zu der Beschäftigung paßte, die sich die Frau ausgesucht hatte. Nachdem Ochajon verneint hatte, fügte sie hinzu: »Von uns aus steht dir das Zimmer zur Verfügung. Ich habe um eine zusätzliche Wache gebeten, damit niemand reingeht. Wenn du noch etwas brauchst – du weißt ja, wo du mich findest.« Ochajon erhob sich und ging auf die Frau zu, faßte sie am Arm und verließ mit ihr den Raum. »Auch der Pathologe möchte gehen«, hörte Gold sie beinahe fröhlich sagen, dann wurde die Tür geschlossen. Kurz darauf öffnete sie sich wieder, und abermals saß ihm der Polizeibeamte im Winkel von fünfundvierzig Grad gegenüber.

Die Reaktionen, die Gold für gewöhnlich mit Schilderungen, wie er sie eben Ochajon gegeben hatte, hervorrief, waren immer ähnlich und bestanden aus Erstaunen, Skepsis und auch Heiterkeit. Wenn er den Menschen, die er die »Nichteingeweihten« nannte, die Dauer der Ausbildungszeit und ihren Charakter auseinandersetzte, folgten zuerst Fragen und dann Scherze. Beides war vorhersehbar: »Wozu ist das gut?« oder »Wie kann man nur so verrückt sein?« oder »Wer das macht, braucht wirklich eine Analyse.« Am schlimmsten waren die befreundeten Ärzte, besonders diejenigen, die sich auf Psychiatrie spezialisiert und nicht die Analytikerlaufbahn gewählt hatten. Er war daran gewöhnt, Sätze zu hören wie: »Du mußt ja verrückt sein, nach dem ganzen Medizinstudium und der klinischen Ausbildung so etwas anzufangen. Sieh mich an, ich leite die Psychiatrische Abteilung.« Diese Art der Reaktion kannte er. Seine Eltern, zum Beispiel, hatten niemals verstanden, was er in dem Institut so genau machte.

Doch Ochajon war anders. Er gab keine Witze von sich, keine sarkastischen Bemerkungen, staunte nicht einmal; er war nur interessiert. Er versuchte die Angelegenheit zu verstehen, sonst nichts. Und seltsamerweise gelang es Ochajon auch, mit dieser einfach vernünftigen Reaktion, Gold zu verunsichern.

Wie ein fleißiger Schüler bat er Gold, daß er fortfahre und den Verlauf der Ausbildung schildere, und erinnerte ihn daran, daß die Frage gelautet hatte, wie man Lehranalytiker werde.

Wieder wagte Gold zu fragen, warum das gerade so wichtig sei, es gehöre doch gar nicht zur Sache.

Ochajon antwortete nicht, sondern wartete geduldig wie jemand, der wußte, daß er schließlich das Gewünschte erhalten würde, und Gold hatte wieder das Gefühl, vorlaut gewesen zu sein; er war angespannt und unsicher wie zuweilen in der Gegenwart von Hildesheimer.

»Nun«, begann er zögernd, »grundsätzlich können Psychiater oder klinische Psychologen mit einer gewissen Berufserfahrung vom Institut angenommen werden. Es werden aber längst nicht alle akzeptiert«, fügte er schnell hinzu.

Die nächste Frage kam, ohne daß Ochajon den Blick von Gold wandte oder das Spiel mit der Streichholzschachtel unterbrochen hätte: »Wie viele werden angenommen?« Ein Kurs würde aus ungefähr fünfzehn Kandidaten bestehen, antwortete Gold.

»Ein Kurs?« fragte Ochajon. »Beginnt jedes Jahr ein neuer Kurs?« Er leerte die Streichholzschachtel auf den Tisch, der zwischen ihnen stand, zog eine völlig zerdrückte Schachtel Zigaretten aus seiner Hemdtasche und zündete sich eine an. Die Streichholzschachtel benutzte er als Aschenbecher.

»Nein, nicht jedes Jahr. Alle zwei Jahre wird ein Kurs eröffnet«, erwiderte Gold. Er lehnte die zerknautschte Zigarette, die Ochajon ihm anbot, ab. Er rauche niemals, erklärte er. In den fünfunddreißig Jahren seines Lebens habe er keine Zigarette angerührt. Der Polizist bedeutete ihm mit einer Handbewegung, fortzufahren, doch Gold hatte den Faden verloren. Gedämpfte Stimmen drangen vom Flur ins Zimmer. Er war vollkommen erschöpft und wäre jetzt gerne draußen gewesen, zusammen mit denen, die Stunden nach ihm ins Haus gekommen waren.

»Welche Kriterien entscheiden über eine Aufnahme?« fragte Ochajon beharrlich und erhielt einen ausführlichen Bericht, in dem es um Empfehlungsschreiben ging und um die drei Gespräche, die jeder Kandidat bestehen mußte. Diese Gespräche waren lang und qualvoll, sie bereiteten dem Bewerber Bauchschmerzen. Anschließend trete die Ausbildungskommission zusammen.

»Wer führt diese Gespräche?« Es schien, als wisse Ochajon die Antwort bereits.

»Die dienstältesten Analytiker, die Lehranalytiker.«

»Was uns zur Eingangsfrage zurückführt«, lächelte Ochajon: »Wie wird man Lehranalytiker?«

Gold mußte an ein Gespräch denken, das er, vor einigen Jahren schon, mit einem Kandidaten geführt hatte, der ebenfalls von Neidorf behandelt wurde. Sie hatten ihre Aufzeichnungen verglichen, und der andere sagte: »Sie ist wie eine Bulldogge. Du sagst etwas, und sie schnappt es auf und läßt nicht locker, bis sie den Knochen geknackt hat.« Es gibt Menschen, dachte Gold, deren Ausdauer einen fertigmachen kann. Es reicht der bloße Gedanke an ihre Ausdauer. Der Polizist, der ihm gegenübersaß, erschöpfte ihn. Es war unzweifelhaft, daß er nichts übersah, nichts vergaß, aber Gold wußte nicht, warum es ihm so schwerfiel zu antworten. Er sagte, daß die Ausbildungskommission nach einem Zeitraum, der nicht festgelegt sei, beschließe, wer Lehranalytiker werde.

»Verstehe. Es ist also einfach eine Frage des Dienstalters.«

Ganz so, erklärte Gold, sei es nicht. Dem Außenstehenden könne der Beschluß willkürlich vorkommen, aber das sei nicht der Fall. Genausowenig handle es sich um eine zwangsläufige Beförderungsprozedur. Es sei eine Frage der Qualifikation. Für die Entscheidung sei eine Zweidrittelmehrheit erforderlich, fügte er hinzu, um zu verdeutlichen, daß es sich um eine seriöse Angelegenheit handele.

»Und wer gehört der Kommission an, die so bedeutende Entscheidungen trifft?« fragte Ochajon und ergänzte, er möchte die Hierarchie kennenlernen.

Der Kommission gehörten zehn Kollegen an, ausgebildete Analytiker, die in anonymer Abstimmung gewählt würden. Nein, natürlich würden Kandidaten nicht an dieser oder irgendeiner anderen Abstimmung teilnehmen. Ja, zur Zeit stehe Hildesheimer dieser Kommission vor. Bereits seit zehn Jahren. »Er wird stets wiedergewählt.«

Ochajon fragte, ob sie wieder über Neidorf sprechen könnten.

Gold wollte das nicht. Er wollte das Institut verlassen. Es kam ihm jetzt wie ausgestorben vor. Dennoch antwortete er, sie sei seine Analytikerin gewesen. Er stellte fest, daß er in der Vergangenheitsform von ihr sprach. Verstohlen sah er auf seine Uhr. Es war zwölf.

Ochajon mußte seine Frage ein zweites Mal stellen. Gold wußte nicht, ob er seinen Ohren trauen sollte. »Feinde?« wiederholte er, »was meinen Sie damit? Das hier ist doch kein Serienkrimi!« Nein, natürlich nicht, alle haben sie verehrt. Vielleicht unterdrückten manche ihre Eifersucht auf den Menschen, die Frau, die Analytikerin, aber »es gab niemanden, der ihr auf eine Weise schaden wollte, wie es Thema von Kriminalromanen ist«.

Ihm war nicht einmal klargeworden, daß sie erschossen

worden war. Und einen Revolver hatte er schon gar nicht gesehen. Er hatte an einen plötzlichen Tod geglaubt, an einen Schlaganfall oder etwas ähnliches. Sicher, er sei Arzt, aber es sei ihm unmöglich gewesen, sie anzurühren. Nein, er habe sich nicht gefürchtet. Man müsse seine Beziehung zu ihr verstehen. Sie sei seine Analytikerin gewesen. Die letzten Worte wurden fast zu einem Schrei. Dann senkte Gold die Stimme und sagte beinahe flüsternd, daß sie für ihn unberührbar gewesen sei.

Ochajon stellte die nächste Frage, während er sich wieder eine Zigarette anzündete, ohne Gold aus den Augen zu lassen.

Gold, der eben noch die mit Asche und Zigarettenstummeln gefüllte Streichholzschachtel betrachtet hatte, konnte sich kaum auf seinem Sessel halten. Nein, ein Selbstmord sei ausgeschlossen. Noch dazu im Institut! Eine zornige Kopfbewegung begleitete das Wort »nein«, das er mehrmals wiederholte: »Nein, ein solcher Mensch war sie nicht, nein, auf gar keinen Fall, nein, darüber brauchen Sie nicht weiter nachzudenken.« Sie wollte doch, fuhr er fort, indem er sich mit dieser unakzeptablen Hypothese auseinandersetzte, am selben Morgen den Vortrag halten. Ein Mensch, der so verantwortungsbewußt war wie sie? Nein.

Doch das Ärgerlichste kam erst. Ochajon bat Gold, zusammen mit dem Einsatzleiter (Gold wußte bereits, daß damit der Rothaarige gemeint war) aufs Revier zu fahren, um die Zeugenaussage zu protokollieren. Anfangs versuchte Gold vorzuschlagen, es auf den folgenden Tag zu verschieben, was Ochajon aber freundlich und bestimmt ablehnte. Sie betraten die Halle, wo der Rothaarige bereits wartete. Er lächelte Gold an und öffnete ihm sogar die

Eingangstür. »Wie lange wird es dauern?« fragte Gold
Ochajon, der sie beide betrachtete. »Nicht lange«, antwortete der Rothaarige und führte ihn zu demselben Renault,
aus dem er am Morgen mit Ochajon gestiegen war.

Das Bild, das sich Gold bot, bevor er das Institut verließ,
sollte sich tief in sein Gedächtnis einprägen: In der Eingangshalle saßen die Mitglieder der Ausbildungskommission um den runden Tisch, der wieder an seinem ange-
stammten Platz in der Mitte des Raumes stand; die Klapp-
stühle waren verschwunden. Diese erfahrenen Analytiker
wirkten verstört, sie standen vor einem Problem, mit dem
sie noch nie konfrontiert worden waren. Hildesheimer, der
eine dampfende Tasse Kaffee in der Hand hielt, hob den
Blick und forderte Ochajon auf, sich zu ihnen zu setzen. Die
Menschen am Tisch schienen Gold nicht besonders stark zu
sein, nicht stärker als er selbst.

Auf der Straße war es warm, nach einer verregneten
Woche schien wieder die Sonne. Äußerlich war das Institut
unverändert – das grüne Tor führte in den Garten, darüber
erhob sich die runde Veranda, dahinter erstreckte sich das
große Gebäude im orientalischen Stil. Die banale Vorstellung, daß alles gar nicht wahr sei, daß es nur ein böser
Traum gewesen sei, drängte sich unweigerlich auf; vielleicht
war er nur einer psychotischen Wahnvorstellung erlegen.
Das Auto aber, das er bestieg, war real und auch der rothaarige Polizist hinter dem Steuer, genauso wie die Menschen,
die um das Institut herumstanden und sich die Augen wisch-
ten. Es blieb kein Zweifel: Nichts würde mehr sein, wie es
gewesen war.

Drittes Kapitel

Auch sie sind nur Menschen, sagte sich Michael Ochajon und ließ sich nichts anmerken, als ihm bewußt wurde, daß es die Mitglieder der Ausbildungskommission waren, die sich um den runden, klobigen Tisch versammelt hatten. Und durchsichtig bist du auch nicht.

Der Tisch war riesig groß, neun Menschen saßen an ihm, und doch blieben dreiviertel des Platzes unbesetzt. Aus den Zimmern hörte man gedämpft die Stimmen der beiden Leute von der Spurensicherung, die er gebeten hatte, alles »Zentimeter für Zentimeter« abzusuchen.

Hildesheimer flüsterte ihm zu, daß er der versammelten Kommission mitgeteilt habe, daß Dr. Neidorf tot im Haus gefunden worden sei, ohne jedoch die Todesursache mitgeteilt zu haben. Er halte es für besser, wenn der Inspektor selbst darüber berichte. Eigentlich habe er ihn deswegen gebeten, sich »dieser Versammlung« anzuschließen. Seine Hände umklammerten die Kaffeetasse, als er sagte, daß alle die Nachricht mit Bestürzung aufgenommen hätten. Michael Ochajon fragte, ob jemand ungewöhnlich überrascht oder heftig reagiert habe, oder ob etwas seine besondere Aufmerksamkeit erregt habe. Der Alte schwieg einen Augenblick, dann sagte er, daß er sich an nichts Außergewöhnliches erinnern könne – im Moment, fügte er vorsichtig hinzu. Die Reaktionen wären – was aber zu erwarten gewesen sei – sehr emotional ausgefallen.

Er bot dem Inspektor etwas zu trinken an, und Ochajon, dem der verheißungsvolle Duft des Kaffees aus der Tasse des Alten in die Nase stieg, sagte, ein Kaffee wäre ihm, wenn es keine Umstände mache, sehr angenehm. Jemand, der neben Hildesheimer saß, sagte mit fremdem Akzent, es gebe Mokka und Nescafé, allerdings keine Milch. »Mokka«, sagte Ochajon und fügte sofort hinzu: »Mit drei Löffeln Zucker, bitte.«

Der kleine Mann mit dem schwarzen Rollkragenpullover und dem kindlichen, mürrisch wirkendem Gesicht wölbte die Augenbrauen und fragte erstaunt: »Drei?«

Ochajon bestätigte lächelnd: »Drei Teelöffel, wenn es sich um eine solche Tasse handelt«, wobei er auf Hildesheimers Tasse deutete.

Hildesheimer begann, ihm die Anwesenden vorzustellen, nachdem er zunächst vorausgeschickt hatte, daß es sicher schwer für ihn sei, all die Namen zu behalten.

Ochajon widersprach ihm nicht, sondern betrachtete aufmerksam die vorgestellten Personen. Sich neun Namen zu merken, von denen er einen bereits kannte, war nicht sonderlich schwer für jemanden, der beim Studium der mittelalterlichen Geschichte den Neid seiner Kommilitonen mit der Fähigkeit geweckt hatte, die Namen sämtlicher Königsgeschlechter und Päpste der europäischen Geschichte zu behalten. Im Moment lag ihm nicht daran, diese Fähigkeit zu offenbaren: nicht aufgrund falscher Bescheidenheit, sondern um diesen Trumpf in der Hand zu behalten.

Es war Joe Linder, der den Kaffee brachte, Dr. Joe Linder natürlich, denn hier trugen alle einen Doktortitel. Die beiden Frauen, die nahe beieinander saßen, blaß, aber gefaßt, hießen Nechama Szold und Sara Schejnhar. Nechama Szold, die jüngere, mußte Mitte Vierzig sein. Sie war unauffällig und schlicht gekleidet; eine Frau, die eigentlich attrak-

tiv war, aber offensichtlich den Versuch unternahm, dies zu
verbergen, wie Michael Ochajon bemerkte. Sara Schejnhar
war mindestens sechzig. Sie wirkte wie die gute Großmutter
aus einem Märchen und hatte den Pullover über die Schultern gelegt. In ihrem gutmütigen Gesicht stand der Schock.

Des weiteren saß ein magerer Mann mit weißer Mähne
namens Nachum Rosenfeld am Tisch, er hatte unentwegt
ein Zigarillo im Mund und erinnerte Michael an den Satz
seiner Mutter, der ihn seine gesamte Kindheit lang begleitet
hatte: »Iß, Michael, iß, sonst wirst du ein Magerer und
Böser.« Zweifellos lag es an dieser Ermahnung, daß ihm in
Gegenwart besonders dünner Menschen stets unbehaglich
war. Auch ein sehr gutaussehender Mann war dort, der
ebenfalls um die fünfzig sein mußte, Daniel Waller, und
noch vier andere Männer, die etwas entfernter in dem un-
vollständigen Kreis saßen, drei von ihnen waren etwa anfang Sechzig und einer, Shalom Kirschner, ausgesprochen
dick und ganz glatzköpfig, näherte sich den Siebzigern. Sie
brachten während der ganzen Begegnung kein Wort heraus.

Nechama Szold rauchte Zigaretten und hinterließ an den
Stummeln Lippenstiftspuren. Joe Linder kaute auf einer
Pfeife herum, Rosenfeld rauchte ein Zigarillo. Michael zog
die zerknautschte Zigarettenpackung aus seiner Tasche,
und jemand reichte ihm einen Aschenbecher.

Nachdem Hildesheimer seine Kollegen vorgestellt hatte,
machte er die Anwesenden mit Michael Ochajon bekannt,
»der sich von seiten der Polizei mit der Tragödie, die über
uns gekommen ist, befassen wird«. Er erwähnte auch Ochajons Dienstgrad, was niemanden besonders beeindruckte.
Dann fügte er hinzu, als ob er sich eben daran erinnerte, daß
»Inspektor Ochajon auf meine Bitte hin freundlicherweise

bereit ist, uns über bestimmte Dinge aufzuklären und uns zu
helfen«. Eine Stille breitete sich aus, in der Michael zurückgelehnt in seinem Stuhl verharrte, an der Zigarette zog und
nicht wagte, einen Schluck von dem heißen Kaffee zu trinken, der vor ihm stand. Alle Augen waren auf ihn gerichtet,
und er konnte die Welle des Mißtrauens, die ihm entgegen-
schwappte, beinahe körperlich spüren. Diese Leute, dachte
er, sind in keiner Weise überzeugt von meinen Fähigkeiten,
sie sind ganz im Gegenteil voreingenommen gegenüber der
Polizei und möglicherweise überhaupt gegenüber Menschen, deren Vorfahren nicht aus Europa stammen.

Es kostete ihn einige Überwindung, von dem Kaffee zu
trinken und zu sprechen, da alle Augen auf ihn gerichtet
waren. Am sichersten war es, möglichst sofort die Frage zu
stellen, die ihn selbst am meisten beschäftigte, seit sie Hildesheimer aufgebracht hatte, noch als sie bei der Toten
gestanden hatten. In dem großen Raum herrschte absolute
Stille, nachdem er gefragt hatte, wieso Dr. Neidorf zu so
früher Stunde im Institut gewesen sei. Er nahm einen
Schluck Kaffee und betrachtete aufmerksam die Tisch-
runde. Rosenfeld saß wie erstarrt, Linder verwirrt, Nechama Szold fragend, Sara Schejnhar erschrocken. Alle
rutschten unbehaglich auf ihren Stühlen, während Hildesheimer selbst damit beschäftigt war, sie zu beobachten.

Joe Linder brach das Schweigen: »Vielleicht ist sie gekommen, um ihren Vortrag noch einmal durchzusehen.«
Aber er schien von seinen eigenen Worten nicht überzeugt.
Nechama Szold widersprach auf der Stelle und fragte mit
näselnder Stimme, was sie daran gehindert hätte, dies in
ihrem eigenen großen und leeren Haus zu tun. Sara Schejnhar nickte zustimmend und murmelte etwas von den Kin-

dern, die ausgezogen seien, und der Ruhe, die dort eingekehrt
wäre.

Rosenfeld bemerkte, daß die Vorlesung sicher bis ins Detail ausgearbeitet gewesen sei. Alle wüßten, wie perfekt sie
solche Vorlesungen vorbereitet habe. Alle nickten. »Der Vortrag muß schon seit Wochen fertig gewesen sein«, sagte er.

»Was ist mit der Familie«, fragte Nechama, »wer wird die
Kinder benachrichtigen?« Sie wischte sich mit dem rechten
Handrücken das rechte Auge. Hildesheimer erklärte, daß
sich der Sohn noch auf einer biologischen Studienreise in
Galiläa befinde, deswegen sei er auch nicht zum Flugplatz
gekommen. Die Polizei, und dabei blickte er auf Michael, der
sich beeilte zu nicken, versuche bereits, ihn zu erreichen.
»Der Schwiegersohn, der mit Eva zusammen zurückgekehrt
ist«, sagte der Alte, »befindet sich in Tel Aviv, im Haus seiner
Eltern. Sicher hat man ihn bereits verständigt.« Wieder sah er
Michael an, der das bestätigte.

Michael fragte, ob es möglich sei, daß sie sich am Morgen
mit jemand im Institut getroffen habe.

Diesmal herrschte kein Schweigen, sondern Stimmengewirr erhob sich, und die Wörter »Patient« und »Kandidat«
schwirrten durch den Raum. Wieder war es Joe Linder, der
laut antwortete, daß sie ihre Patienten zu Hause in ihrem
Arbeitszimmer empfangen habe. »Weshalb hätte sie davon
abweichen sollen? Es sei denn, daß nach der Reise vielleicht...«, seine Stimme nahm allmählich ab. Einzelne nickten. Michael Ochajon, der einen letzten Schluck Kaffee
nahm, fragte, während er sich noch eine Zigarette anzündete, ob er die Patientenliste von Dr. Neidorf bekommen
könne.

Im Zimmer erhob sich ein Sturm, als sei eine Bombe

eingeschlagen. Außer Hildesheimer sprachen alle gleichzeitig. Der gemeinsame Grundton war Protest. Rosenfeld nahm das braune Zigarillo aus dem Mund und sagte nachdrücklich, daß ein solcher Bruch der ärztlichen Schweigepflicht nicht in Frage komme. Unmöglich. Alle unterstützten ihn.

»Ich verstehe Ihren Standpunkt«, sagte Michael ruhig, »aber hier ist jemand eines unnatürlichen Todes gestorben. Und da die Patienten Kandidaten des Instituts sind und die Analyse ein wichtiger Teil ihrer Ausbildung ist, verstehe ich nicht ganz, was an all dem so geheimnisvoll ist.«

Es wurde vollkommen still im Zimmer. Sogar Hildesheimer blickte auf Ochajon, der mit seiner Zigarette beschäftigt war und es genoß, alle so erstaunt über seine Informationsquelle zu sehen. Keiner wagte, laut seine Überraschung auszudrücken.

»Allem Anschein nach starb Eva Neidorf infolge eines Revolverschusses in die Schläfe. Das ist kein natürlicher Tod. Unter den gegebenen Umständen müssen wir wissen, wer heute morgen bei ihr war; ich hoffe, Sie verstehen das. Es besteht auch die Möglichkeit, daß sie sich selbst erschossen hat. Dann aber erhebt sich die Frage, weshalb der Revolver nicht neben ihr lag. In jedem Fall muß jemand hier gewesen sein, ob nun vor oder nach ihrem Tod. Wir suchen natürlich den Revolver. Sie aber bitte ich, mit uns zusammenzuarbeiten und meine Fragen zu beantworten. Zunächst: Kann man die Möglichkeit in Betracht ziehen, daß sie sich erschossen hat? Und wenn ja – wer könnte den Revolver entfernt haben?« Er schwieg und ließ seinen Blick von einem zum anderen wandern: Alle schienen wie gelähmt.

Michael erwähnte nicht, daß der Pathologe mit der üblichen Zurückhaltung – Genaues könne man erst nach der Obduktion wissen – festgestellt hatte, daß die Entfernung, aus der der Schuß abgegeben worden war, Selbstmord ausschließe. Er verschwieg auch, daß er die Beschlagnahmung der vertraulichen Unterlagen gerichtlich erwirken könnte. Er wartete geduldig.

Hildesheimer bat mit einem Blick um das Wort, und Michael erteilte es ihm. Mit etwas zitternder Stimme bekräftigte der Alte die Worte des Inspektors und berichtete ausführlich über die Ereignisse des Morgens. Rosenfelds Gesicht, das weiß wie Kalk war, begann sich zu verzerren, Joe Linder erhob sich von seinem Platz, Nechama Szold zitterte am ganzen Körper. Hildesheimer entschuldigte sich wegen der Art und Weise, durch die alles bekannt wurde. Keiner sagte ein Wort. Diese Menschen, dachte Michael, sind ausgesprochen beherrscht. Von neuem betrachtete er forschend ihre Gesichter. Er fand Entsetzen, auch Bedauern, vor allem aber ungläubige Angst – gewiß nichts Außergewöhnliches. Schließlich blieb sein Blick auf Joe Linder haften. Linder hob die Augen. Michael folgte seinem Blick und betrachtete ebenfalls die Bilder der Toten.

»Wenn hier ein Mord geschehen ist«, fuhr Michael ungerührt fort, »dann frage ich mich, warum der Mörder nicht seine Waffe Dr. Neidorf in die Hände gelegt hat, um einen Selbstmord vorzutäuschen. Das hätte uns wenigstens zunächst in die Irre geführt. In jedem Fall muß noch jemand in die Sache verwickelt sein, jemand, der mehr weiß als wir.« Er sprach sehr langsam, und er wußte nicht, ob sie die Bedeutung seiner Worte in ihrem momentanen Zustand begreifen konnten.

Die Mitglieder der Ausbildungskommission sahen Michael an, sie tauschten untereinander Blicke. Endlich sagte Joe Linder, Eva habe keinen Selbstmord begangen. Dann ergriff Rosenfeld das Wort: »Selbst wenn sie beschlossen hätte, sich das Leben zu nehmen – was ich nicht glaube –, dann hätte sie das zweifellos nicht im Institut getan. Sie müssen wissen«, sagte er zu Ochajon gewendet, »daß ein Selbstmord stets ein Akt der Rache an der nächsten Umwelt ist. Eva Neidorf ist ein Mensch gewesen, der frei von Haß gewesen war. Sie war nicht egoistisch genug, um so etwas im Institut oder überhaupt zu tun.« Er zündete sich mit zitternden Händen ein neues Zigarillo an. »Und selbst wenn sie von einer unheilbaren Krankheit erfahren hätte«, sagte er und sah in die Runde, »dann hätte sie doch gewartet. Da bin ich ganz sicher.« In Daniel Wallers glattem Gesicht zeigte sich Widerspruch, der wuchs, je länger Rosenfeld sprach. Schließlich hob er zu sprechen an, sagte aber nichts. Er wandte sein Gesicht, sah zunächst zum Fenster hinaus und dann auf Hildesheimer. Die übrigen bestätigten einmütig Rosenfelds Worte – kopfnickend oder murmelnd.

Joe Linder stand erneut auf. Man müsse den Tatsachen ins Auge blicken. Es sei vollkommen ausgeschlossen, daß Eva Neidorf Selbstmord begangen habe, ohne vorher ihre Angelegenheiten zu ordnen. Man denke nur an ihre Patienten, an die Kandidaten, die sie betreut habe, an die geplante Vorlesung und an ihre Tochter, die vor einem Monat niedergekommen sei. Dem sei nichts hinzuzufügen. »Mir ist klar, daß man über einen Menschen niemals alles wissen kann. Und ich muß auch zugeben, daß man vor Überraschungen nie sicher ist, außerdem«, hier hob er den Kopf in die Richtung der Porträts an den Wänden, und auf seinem

Gesicht spiegelte sich Zorn, »will ich nicht behaupten, daß Analytiker immun seien gegen Depressionen oder Gefühlsverwirrungen, nicht einmal gegen Selbstmord, aber Eva hat sich nicht umgebracht«.

Hildesheimer sprach als letzter. Er faßte das Gesagte zusammen und ergänzte in entschuldigendem, aber doch bestimmten Ton, daß Eva Neidorf ihm sehr nahegestanden habe. In einer kritischen Situation hätte sie sich ihm sicher anvertraut. Er habe noch gestern abend mit ihr gesprochen, nach ihrer Rückkehr, und sie habe sehr zuversichtlich geklungen, aber erschöpft vom Flug, sicherlich, ein wenig angespannt, aber doch insgesamt glücklich. Froh über die Geburt ihres Enkelsohnes, froh, wieder zu Hause zu sein, in freudiger Erwartung sogar wegen des Vortrages.

Michael seufzte zustimmend. »Sind Sie sich darüber klar, was das bedeutet?« fragte er.

Nun schauten alle Hildesheimer an, der plötzlich wie ein gutes und trauriges Walroß aussah, und er sagte sehr leise, beinahe flüsternd, er befürchte, daß es sich um einen Mord handele. Es habe keinen Sinn, das zu verdrängen und von einem Unfall zu sprechen; wie hätte es auch im Institut zu einem Unfall kommen können? Überdies, sagte er müde, wer könne sich hier im Institut mit ihr treffen, wenn er nicht zum Institut gehöre? Aber kein Institutsangehöriger ginge hier am Sabbatmorgen mit einer Waffe in der Hand spazieren. »Zu meinem großen Bedauern müssen wir uns mit diesem schrecklichen Gedanken auseinandersetzen. Auch wenn uns das angesichts der Trauer um unsere verschiedene Freundin und Kollegin schwer erscheint.«

Joe Linder fragte, ob denn ein Einbruch vollkommen ausgeschlossen sei.

Dafür gäbe es keinerlei Anzeichen, entgegnete Ochajon, und auf jeden Fall sei sie sicher hergekommen, um jemanden zu treffen. Für einen Transport ihres Körpers nach dem Tod gebe es keine Spuren und für ihre frühe Anwesenheit im Institut bislang keinen anderen Grund.

Aber ohne vorherige Vereinbarungen, sagte Rosenfeld mit zitternder Stimme, hätte Eva sich hier mit niemandem getroffen. »Schon gar nicht am Morgen der Vorlesung.« Er hielt verwundert inne. »Nur etwas außerordentlich Dringendes, nur ein Notfall hätte sie zu so früher Stunde ins Institut führen können.«

»Es sei denn, die vermutete Begegnung hätte schon gestern stattgefunden«, sagte Joe Linder, und alle sprangen auf. »Woher wissen wir, wann sie von uns gegangen ist?« fragte er und machte eine Handbewegung, als ob er das Wort verscheuchen wollte, das zu benutzen er nicht gewagt hatte.

»Der Arzt hat festgestellt«, sagte Hildesheimer, »daß sie noch nicht lange tot war. Natürlich muß das noch genauer untersucht werden.« »Und daher«, kehrte Michael zum Ausgangspunkt zurück, »bitte ich um die Namen aller Patienten, die Dr. Neidorf behandelt hat, und auch um die Namen der Mitglieder, Kandidaten und überhaupt aller, die dem Institut nahestehen.«

»Und was ist mit den Supervisionsgesprächen?« wollte Joe Linder wissen. »Weshalb sind Sie nicht an einer gesonderten Aufstellung der Supervisanten interessiert?«

Michael Ochajon rekapitulierte blitzschnell, was ihm Gold mitgeteilt hatte. Von Supervision war keine Rede gewesen. Er sah Linder fragend an, und letzterer warf ihm einen provozierenden Blick zu, als wolle er sagen: »Ich dachte, du weißt über alles so genau Bescheid?« Er wurde aber durch einen Blick Hildesheimers sofort zur Ordnung gerufen und erklärte, die Kandidaten dürften nur unter Supervision behandeln, wobei sie für jeden Fall einen anderen Kontrollanalytiker zur Seite bekämen: »Drei Fälle, drei Kontrollanalytiker«, schloß er mit makabrer Fröhlichkeit.

»Und wer«, fragte Michael, »führt die Supervision durch? Nur Angehörige der Ausbildungskommission oder alle Institutsmitglieder?«

»Alle, die von der Kommission für geeignet gehalten werden«, erwiderte Rosenfeld, der sich inzwischen erholt hatte. Seine Hände zitterten nicht mehr.

Michael erhob sich und sagte, er werde jeden von ihnen zu einer längeren Unterhaltung bestellen. Jetzt bitte er nur um ihre Adressen und Telefonnummern. Wenn sie schriftlich darlegen könnten, was sie in den letzten vierundzwanzig Stunden getan hätten, wäre er ihnen sehr verbunden. Er steckte sich eine weitere Zigarette an. Jemand wollte protestieren, aber Hildesheimer erhob seine Stimme und sagte mit Bestimmtheit, daß er von allen vollkommene Mitarbeit erwarte. Hier gebe es nichts zu verbergen. »Man muß«, sagte er mit einer Stimme, die in der Eingangshalle widerhallte, »den Schuldigen finden. Wie sollen wir hier zusammenarbeiten, solange der Fall nicht gelöst ist? Wenn es einen gibt unter uns, der zu einem Mord fähig ist, dann dürfen wir nicht ruhen, bis wir ihn gefunden haben.«

So war es endlich ausgesprochen, dachte Michael Ochajon und wandte sich den beiden Beamten zu, die endlich die Durchsuchung der Zimmer abgeschlossen hatten und jetzt, wie verabredet, auf ihn warteten. Er betrachtete wieder die

59

Porträts der Verstorbenen, begutachtete einen nach dem anderen und lauschte den Worten des Alten: Die Angehörigen der Ausbildungskommission wie auch die drei Mitglieder der Institutsleitung müßten nun gemeinsam versuchen, alle sich ergebenden Probleme zu lösen. »Vor allem in Anbetracht der schrecklichen Art, auf die sie uns entrissen wurde.« Man müsse ihren Patienten und Kandidaten helfen, man müsse dem Mißtrauen, das ein Kollege dem anderen nun entgegenbringe, standhalten, es werde, fügte er hinzu, eine schwere Zeit auf sie zukommen. »Wir müssen alles in unserer Macht Stehende tun, um der Polizei weiterzuhelfen. Es nützt niemandem, wenn hier jemand den Eingeschnappten spielt. Bitte arbeiten Sie mit dem Inspektor zusammen.«

Joe Linder bat, sich für einen Augenblick entschuldigen zu dürfen, er sei zum Mittagessen verabredet und müsse absagen; selbst dies käme nun verspätet, aber er müsse wenigstens Bescheid geben. »Oder darf hier niemand den Raum verlassen, bevor sein Alibi nicht aufgeklärt ist, wie bei Agatha Christie?«

Keiner lächelte über diesen Scherz. Michael begleitete ihn in die Küche und bedeutete mit einem Kopfnicken dem uniformierten Polizisten, der dort wartete, daß das Telefonat genehmigt sei. Er verließ die Küche, blieb aber bei der Tür stehen und hörte, wie Joe einem gewissen Joav leise und vertraulich mitteilte, daß sie sich nicht wie geplant treffen könnten. »Nein, keine Kommissionssitzung«, sagte Joe. »Eva Neidorf wurde tot im Institut aufgefunden.« Er sprach nicht von einem Revolver. Auch nicht von Mord.

Die Kugelschreiber knirschten, die Aussagen wurden dem Inspektor ausgehändigt. Dann verließen die Mitglieder

der Ausbildungskommission einer nach dem anderen das Institut. Ernst Hildesheimer, der an diesem Morgen, vielleicht ohne es zu wissen, einen neuen Bewunderer gewonnen hatte, ging als letzter.

Viertes Kapitel

Erst gegen Abend gelang es, Michael aufzuspüren. Er war auf dem Rückweg von Tel Aviv; dort hatte er sich kurz mit Hillel, dem Schwiegersohn Eva Neidorfs, getroffen. Hillel mußte nun in Chicago anrufen, um seiner Frau die schwere Botschaft zu übermitteln. Und dies, während er sich in der Intensivstation des Ichilov-Krankenhauses bei seiner Mutter befand, die infolge eines Herzversagens an einem Lungenödem erkrankt war.

Michael und Hillel hatten in dem Wartezimmer vor der Herzabteilung gesessen. Hillel war blaß geworden, er hatte seine Brille abgenommen, aber Michael hatte den Eindruck, daß er die Botschaft noch nicht wirklich begreifen konnte. Als Michael den Raum verließ, hörte er Hillel noch immer sagen: »Das kann doch nicht sein, das glaube ich nicht.« Er hatte Michael keinerlei Hinweise geben können.

In der Zentrale verstanden sie nicht, weshalb Michaels Sprechfunk keine Reaktion gezeigt hatte, bis er die Umgebung Jerusalems erreichte. Die Frequenz, meinte Naftali von der Zentrale, müßte eigentlich eine Verbindung bis Tel Aviv ermöglichen. Michael gab keine Erklärung. Schließlich genügte ein Knopfdruck, um den Kontakt abzubrechen und Ruhe zu haben. Er hatte versucht, seine Gedanken zu ordnen. Sein Leben war auch ohne diesen Fall kompliziert genug, dachte er erbittert. Er tauchte ab in seine innere Welt, und die Entfernung zwischen Tel Aviv und Jerusalem wurde ausgelöscht.

Einmal hatte eine Frau, die er liebte, zu ihm gesagt, nur wer ihn gut kenne, wisse, wann er in Not sei: Er werde dann zusehends abwesender, seine Augen würden glasig und sein Verhalten distanziert höflich. »Wieder gehst du weg, und bald wirst du nicht mehr da sein«, hätte sie gesagt, wenn sie jetzt neben ihm gesessen hätte. Michael hätte kaum sagen können, ob sich noch andere Wagen auf der Autobahn befanden. Er fuhr wie unbewußt, wobei er dennoch alle Vorschriften beachtete.

In ihm wuchs die Sehnsucht nach dieser Frau, und kurz vor Abu Gosch spürte er sogar ein schwaches Echo ihres Duftes im Wagen. Schließlich stellte er das Funkgerät wieder an, um die Sehnsucht und den Schmerz zu überwinden. »Der Sabbat ist nicht unser Tag«, hatte sie vor Jahren gesagt, »Diebe treffen sich nicht am Sabbat.« Sie hatte nicht gelacht.

Die Zentrale meinte, sein Gerät müsse überprüft werden, wenn er zurück sei. Er widersprach nicht.

»Zur Sache«, sagte Naftali. »Die ganze Welt sucht dich, unter anderem ein Typ mit einem langen Namen, der einige Male hier angerufen hat und dich sprechen wollte.«

Michael fragte nach dem Namen. Die Antwort waren unverständliche Laute, und schließlich mußte Naftali den Namen buchstabieren. »Ich weiß, von wem die Rede ist«, sagte Michael, und nachdem er der Sonderkommission mitteilen ließ, daß er sich von der Stadt aus melden werde, fragte er, was genau Hildesheimer wollte.

»Hat er nicht gesagt. Er hinterließ nur eine Telefonnummer.«

Ochajon ließ sich die Nummer durchgeben. Es war bereits halb neun. In der Stadt drängten sich die Menschen. Der Abend des Sabbat ist bekanntermaßen nicht der beste Zeitpunkt, um auf Jerusalems Hauptstraßen zu fahren. Er bog von der Ussischkinstraße ab und suchte nach einer Telefonzelle.

Er mußte drei Münzen opfern, bis er eine funktionierende Telefonzelle fand. Hildesheimer antwortete so schnell, als hätte er seine Hand auf dem Hörer gehabt und auf das Läuten gewartet. Michael erkannte die Stimme sofort. Nach einigen entschuldigenden Sätzen bat der Alte um eine Begegnung. Michael fragte, wo es ihm angenehm sei, worauf der Alte zögernd fragte, aus welchem Stadtteil er anrufe.

Kurz darauf befand sich Inspektor Ochajon auf dem Weg zu Hildesheimers Haus im Herzen von Rechavia, das einige Minuten Fußweg von der Telefonzelle entfernt lag.

Wie er angenommen hatte, war es eins der alten Häuser Rechavias, in denen die »Jecken« wohnten, die in den Dreißiger Jahren aus Deutschland gekommen waren. Im ersten der drei Stockwerke befand sich ein kleines Schild: »Professor Ernst Hildesheimer. Psychiater, Facharzt für Nervenkrankheiten und Psychoanalytiker.«

Michael klingelte einmal, schon öffnete eine Frau die Tür. Ihr grauer Kopf war voller Locken, ihre blauen Augen blickten stechend und feindselig. Es war unmöglich, ihr Alter zu schätzen oder sich vorzustellen, daß sie einmal schön gewesen war. Sie sah nicht aus, als hätte sie sich je für ihr Alter oder ihr Aussehen interessiert.

Mit deutschem Akzent sagte sie, daß der Professor in seinem Arbeitszimmer warte. Sie schien nicht glücklich über den Besuch und führte Ochajon nur widerwillig. Einige Male sah sie hinter sich und murmelte Unverständliches.

Hildesheimer öffnete die Zimmertür, stellte Michael seiner Frau vor und bat sie, ihnen ein heißes Getränk zu bringen. Dies wurde mit einem Murren beantwortet, das ein breites Lächeln auf Hildesheimers Gesicht hervorrief. Michael jagte die Professorenfrau beinahe so etwas wie Angst ein.

Noch während er auf einer der beiden Lehnstühle zuging, die Hildesheimer ihm mit einer Handbewegung anbot, begann Michael sich umzusehen. Im Zimmer befanden sich einige vollgestopfte Bücherschränke. In einer Ecke stand ein großer altmodischer Schreibtisch aus schwerem, dunklem Holz. Auf der Schreibfläche lag eine dicke Glasplatte, in der Mitte des Tisches ein langes, schmales Heft in grünem Einband, das aufgeschlagen war. Trotz seines stets gerühmten scharfen Blicks gelang es Michael nicht, die Schrift zu entziffern. Seine Augen wanderten weiter zum Sofa, das ihm merkwürdigerweise besonders bequem schien, und von dort zu einem skandinavischen Designersessel, dem einzigen modernen Stück im Zimmer.

Michael betrachtete die Bilder, die zwischen den Bücherschränken hingen. Matte Bilder, unter denen er das Porträt Freuds, eine Bleistiftzeichnung, und fremde Landschaften in Öl erkannte. Er strengte sich an, die goldgeprägten fremden Buchstaben auf den ledernen Buchrücken im Bücherschrank hinter dem Sessel zu entziffern, und er entdeckte den klassischen Schriftsteller Toynbee neben Goethes Werken. Dann bemerkte Michael, daß Hildesheimer inzwischen Platz genommen hatte und geduldig wartete, bis der Inspektor sein Zimmer in Augenschein genommen hatte.

Verlegen, weil er bei seiner Neugierde ertappt worden war, fragte Michael schnell, ob der Doktor etwas Besonderes mit ihm besprechen wolle.

Hildesheimer wies auf den Schlüsselbund, der auf dem kleinen Tisch zwischen ihren Stühlen lag. Zu dem dicken Bund gehörte ein feines Lederfutteral mit einem eingestickten Muster. Diese Schlüssel hätten Eva Neidorf gehört, er habe sie neben dem Telefon in der Küche des Instituts gefunden und eingesteckt, als er das Telefon abgeschlossen habe. »Ich wollte sie noch am Morgen abgeben, habe es aber vergessen.« Die letzten Worte klangen ernsthaft, traurig und auch verwirrt; es war unverkennbar, daß es für Hildesheimer alles andere als eine Selbstverständlichkeit war, etwas zu vergessen.

Kaum sei er zu Hause gewesen, sei es ihm eingefallen, seitdem habe er vergeblich versucht, ihn zu erreichen.

»Was haben die Schlüssel mit dem Telefon zu tun? Ist der Apparat im Institut abgeschlossen?«

»Ja«, antwortete der Alte. »Vor kurzem hat man an die Mitglieder und auch an die Kandidaten Schlüssel verteilt, weil die Telefonrechnungen entsetzlich hoch und völlig unbezahlbar geworden sind.« Aber das Schloß habe nichts bewirkt, das müsse er zugeben, beantwortete er Michaels Frage, und das Lächeln verlieh seinem runden Gesicht einen Ausdruck kindlicher Unschuld. Er bestätigte, daß niemand außer den Mitgliedern und Kandidaten das Institut betreten

65

könne, und nur die hätten einen Schlüssel, auch für das Telefon.

»Und was ist mit den Patienten?« fragte Michael und versuchte sich mit aller Gewalt der Sympathie, die er für den Alten empfand, zu entziehen.

Hildesheimer antwortete, daß die Patienten keinen Schlüssel besäßen. Der Therapeut öffne dem Patienten und begleite ihn nach Beendigung der Sitzung zum Ausgang. »Außerdem empfangen nur noch die Kandidaten ihre Patienten im Institut, und in den letzten Jahren ist es wegen der Enge den erfahreneren Kandidaten sogar gestattet worden, außerhalb des Hauses zu arbeiten.«

Die Tür wurde geöffnet, und Frau Hildesheimer brachte ein Tablett mit heißem Kakao für ihren Mann und heißem Tee mit Zitrone für Michael, außerdem einige Kekse. Nachdem die Männer sich bedankt hatten, verließ sie mit dem leeren Tablett murmelnd den Raum.

Draußen wehte ein starker Wind, und durch das Fenster, dessen Eisenrolläden hochgezogen waren, sah man Blitze. Sie tranken schweigend, ohne auf den Wetterumschwung einzugehen.

Hildesheimer stützte sein Kinn auf die Hand und sagte wie zu sich, die Sache mit den Schlüsseln habe ihn den ganzen Tag beschäftigt. »Erstens war es nicht Evas Art, die Schlüssel in der Küche zu lassen. Analytiker«, er lächelte, »sind generell ein pedantisches Volk, und sie war«, hier lächelte er nicht mehr, »besonders pedantisch. Es ist unwahrscheinlich, daß sie das Telefon offenließ und die Schlüssel vergaß, es sei denn...« – er schwieg.

»Es sei denn«, wiederholte er dann bitter, »jemand hat geläutet. Nicht irgend jemand. Es muß jemand gewesen sein, mit dem sie verabredet war, den sie nicht warten lassen wollte. Anders gibt es keinen Sinn.«

»Jemand, der keinen Schlüssel hatte«, meinte Michael. »Oder aber jemand, der seinen eigenen Schlüssel lieber nicht benutzte.«

Hildesheimer blieb hartnäckig bei seinem Gedankengang: »Zweitens, weshalb telefonierte sie nicht, bevor sie fortging, von zu Hause aus? Womit wir wieder bei den zentralen Fragen sind.« Hildesheimer richtete sich kerzengerade auf. »Mit wem hat sie sich getroffen, warum im Institut und wen rief sie an?« Er hatte die Fragen ohne Atem zu holen hervorgestoßen. »Und noch etwas beschäftigt mich«, sagte er seufzend. »Wen hat sie so früh angerufen, noch dazu an einem Sabbat? Das war kein Familiengespräch, dafür hätte sie ihr Telefon zu Hause benutzt, und mich hat sie auch nicht angerufen. Wen dann?« Mit Tränen in den Augen fuhr er fort:: »Ich war ihr sehr verbunden. Doch neben diesem Verlust muß ich auch befürchten, daß das Geschehene unser Institut, sein kompliziertes Innenleben, das Miteinander unserer Mitglieder gänzlich zerstören wird. Ich möchte, daß die Angelegenheit möglichst rasch geklärt wird. Wieviel Zeit kann nach Ihrer Erfahrung, Inspektor Ochajon, eine solche Untersuchung in Anspruch nehmen?«

Michael schwieg. Schließlich machte er eine abwägende Handbewegung. Es brauche seine Zeit, meinte er, sicherlich. Doch man könne es nie vorher sagen. Vielleicht dauere es einen Monat, wenn jemand gestehen sollte. Wenn nicht, vielleicht ein Jahr. Trotz der Verlegenheit, die er empfand, als der Alte sich mit der Hand die Augen wischte, sah er ihn unverwandt an.

»Ich möchte es noch einmal betonen«, sagte Hildesheimer, »ich bin davon überzeugt, daß kein Selbstmord vorliegt.«

Michael nickte und sagte, wahrscheinlich nicht, nach allem, was er gehört habe. Aber es gebe Fälle, da sei es leichter, an Mord oder an Totschlag zu denken als an Selbstmord. »Trotzdem«, sagte er vorsichtig, »daß sich eine erfahrene Psychoanalytikerin das Leben nimmt...«

Hildesheimer schnitt ihm das Wort ab: »Sowas hat es schon gegeben«, sagte er. »Es war zwar keine erfahrene Psychoanalytikerin, sie stand am Beginn ihrer Karriere, aber sie behandelte doch schon drei Patienten. Und es war wirklich sehr schwer für alle. Wir haben den Fall, so gut es ging, unter Verschluß gehalten, trotzdem war es ein Schock. Das ist jetzt schon einige Jahre her, ich war jünger und vielleicht weniger empfindlich. Jetzt aber fällt es mir sehr schwer zu akzeptieren, daß Eva nicht mehr da ist. Und ich habe die Befürchtung«, sagte er beinahe flüsternd, »daß es möglicherweise noch schmerzhafter sein wird, sich an den Gedanken zu gewöhnen, daß unter uns ein Mörder ist.«

»Was noch nicht feststeht«, meinte Michael.

»Aber es deutet im Augenblick alles darauf hin«, sagte der Alte.

Michael schwieg, doch er war aufmerksam und voller Mitgefühl. Er konnte, wenn es nötig war, Druck ausüben, und es gab Menschen, die er mit der Härte seiner Verhörmethoden sehr beeindruckt hatte. Hier aber war er sicher, daß er so rücksichtsvoll wie möglich vorgehen mußte und daß dies der einzige Weg war, an sein Gegenüber heranzukommen. Ochajon interessierte sich für die trivialen Dinge, die sich häufig genug nicht in Worten ausdrückten – doch am

Ende waren sie zumeist der entscheidende Schlüssel zur Lösung des Problems. Außerdem gab es da etwas, das er seine »historischen Bedürfnisse« nannte. Das waren die Bedürfnisse des Historikers in ihm, der stets das ganze Bild rekonstruieren wollte, der den Menschen nicht losgelöst von seiner ganzen Welt sehen konnte, sondern als Teil eines Prozesses, dessen Gesetzmäßigkeiten nur der richtigen Auslegung bedurften. »Wenn das gelingt«, pflegte er zu dozieren, »halten wir die Werkzeuge zum Verständnis des gesamten Rätsels in unseren Händen.« Ochajon konnte seine Theorie demonstrieren, aber es fiel ihm schwer, sie in Worte zu fassen. Dennoch versuchte er unermüdlich, sie seinen Mitarbeitern zu erläutern: In der ersten Phase einer Untersuchung käme es hauptsächlich darauf an, die in den Fall verwickelten Menschen zu begreifen, auch wenn dieses Verständnis zunächst nicht weiterzuhelfen scheine. Daher versuche er immer, die neue Welt, in der er ermittle, zu begreifen, sich aber auch gefühlsmäßig einzuleben. Rein oberflächlich habe das zur Folge, daß seine Vorgesetzten am Anfang einer Untersuchung immer unzufrieden mit seinem Tempo sind. Im Moment, beispielsweise, wußte er nicht, weshalb ihn seine Leute von der Sonderkommission suchten, aber er rief sie nicht an, weil ihm die Begegnung mit Hildesheimer wichtiger war, wichtiger sogar als eine neue Fährte.

Er wollte einfach nicht mit der Sonderkommission Verbindung aufnehmen und vielleicht Tatsachen zu hören bekommen, die ihn von Hildesheimer abgelenkt hätten. Er wußte, daß ihm ein Gespräch mit dem Alten mehr Aufschluß geben könnte über den Geist des Ortes, an dem der Mord geschehen war, und über die Antriebskräfte der Perso-

nen als alle Indizien, die am Tatort zu entdecken waren.
Natürlich war er nervös, er befürchtete sogar, daß sein
Verschwinden nicht folgenlos bleiben würde, und er wußte
im voraus, daß man ihn nicht verstehen würde. Schorr, sein
direkter Vorgesetzter, griff ihn immer wieder wegen seiner
»Seltsamkeiten« an. Aber er war überzeugt, daß man eine
Untersuchung mit Ruhe beginnen müsse, mit einer Art Vor-
spiel, um dann, später, das Tempo zu steigern.

Hildesheimer schloß einen Augenblick die Augen; dann
schaute er Michael wieder an. Zögernd sagte er dann, daß
er fürchte, einige Regeln mißachten zu müssen. »Wenngleich meine Frau behauptet, ich verstünde nichts von Menschen, die nicht meine Patienten sind, spüre ich, daß ich
Ihnen vertrauen kann. Außerdem bin ich, wie ich bereits
erwähnt habe, an einer schnellen Aufklärung interessiert.
Nicht, daß ich nun ein Geheimnis offenbaren will, aber es
ist einfach nicht üblich, mit Außenstehenden über interne
Angelegenheiten zu sprechen.«

Michael hörte konzentriert zu. Er fragte sich, wohin das
führen würde.

»Für gewöhnlich«, sagte der Alte, »sehe ich mich vor,
sobald mich Psychoanalytiker oder auch ganz normale
Menschen nach dem Institut fragen. Ich vergewissere mich
dann zuerst, weshalb die Frage gestellt wurde«, er betonte
das Wort ›weshalb‹, »denn unvorsichtige Antworten können in gewissen Situationen viel Schmerz verursachen. In
diesem Fall jedoch stellen Sie selbst Fragen, deren Antworten ganz sicher Schmerz mit sich bringen werden. Aber es
gibt hier keinen Ausweg, das Geschehene ist unumkehrbar,
der Schaden bereits angerichtet. Bitte entschuldigen Sie die
lange Einleitung, aber ich wollte darlegen, warum ich prin-

zipiell nur sehr zurückhaltend über das Institut spreche und nun von dieser Gewohnheit abweiche.«

Als kaum hörbar die ersten großen Regentropfen fielen, war Hildesheimer bereits mitten in seiner Erzählung. Als er von den dreißiger Jahren in Wien berichtete und von seinem Entschluß, nach Palästina auszuwandern, zündete sich Michael, ohne um Erlaubnis zu bitten, eine Zigarette aus der neuen Noblesse-Packung an, die er aus seiner Hemdtasche gezogen hatte. Als Hildesheimer bei dem Haus im alten Bucharan-Viertel anlangte, befanden sich bereits drei Stummel in dem Aschenbecher, den der Alte von dem Brett unter dem kleinen Tisch geholt hatte. Hildesheimer stand auf und entnahm seiner Schreibtischschublade eine dunkle Pfeife und stopfte sie, während er sprach. Süßlicher Tabaksduft verbreitete sich mit abgebrannten Streichhölzern.

Schon bevor Hildesheimer die lange Erzählung begann, hatte Michael gewußt, daß ihm der Alte sein Lebenswerk schildern würde. Die schmerzlichsten Dinge wurden im sachlichsten Ton vorgetragen, um Michael vollständig ins Bild zu setzen. »Wer diesen Fall behandelt, kann sich Fehler nicht leisten. Er muß wissen, womit er sich beschäftigt. Er muß wissen, was auf dem Spiel steht. Die Zukunft unserer psychoanalytischen Arbeit hängt ganz und gar davon ab, ob sich in unseren Reihen tatsächlich ein Mörder befindet. Die Grundlagen, auf denen die Mitglieder des Instituts ihr Leben errichtet haben, sind in Gefahr, wenn sich tatsächlich herausstellen sollte, daß man selbst dem nächsten Mitmenschen alles zutrauen muß.« (Davon, dachte Michael bei sich, muß man wohl ausgehen. Er sagte aber nichts.) Der alte Mann sprach von seinem persönlichen Bedürfnis, die Wahrheit herauszufinden, darüber, daß die Sache, der er sein Leben gewidmet habe, auf dem Spiel stehe. Erst nach dieser Einleitung und nach einem langen prüfenden Blick in Michaels Augen begann Hildesheimer mit monotoner Stimme seine Erzählung:

1933, als sich die kommenden Ereignisse bereits abzeichneten, hatte er seine analytische Ausbildung gerade beendet und seine berufliche Laufbahn begonnen. Er beschloß, zusammen mit anderen jungen Analytikern, nach Palästina zu emigrieren.

Dort befand sich bereits ein besonders seriöser und erfahrener Spezialist: Stefan Deutsch. »Er hatte, müssen Sie wissen, die Analyse unter Ferenzi gemacht, einem persönlichen Schüler Freuds.« Deutsch hatte etwas Geld geerbt und kaufte ein großes Haus im Stadtteil Bucharan.

Dorthin zogen Hildesheimer, seine Frau Ilse und das junge Analytikerehepaar Levin. Im Laufe der Zeit wurde aus dem Haus, ohne daß es beabsichtigt gewesen wäre, der erste Sitz des Psychoanalytischen Instituts. Ilse kümmerte sich um die Verwaltung, die Levins und er selbst arbeiteten als Analytiker, und alle lebten sie in dem Haus im Bucharan-Viertel. Viele Monate später fanden sie die Wohnung in Rechavia und zogen hierher, verbrachten aber weiterhin die meiste Zeit in dem Haus. Nach und nach kamen neue Mitarbeiter hinzu, vor allem in den Jahren achtunddreißig und neununddreißig.

Es regnete stärker. Hildesheimer zog an seiner Pfeife und stopfte sie von neuem, nachdem er sie mit Hilfe eines gebrauchten Zündholzes gründlich von Tabakresten gereinigt hatte. Der Porzellanaschenbecher war bis zum Rand gefüllt, und er schüttete die Asche in den Papierkorb neben dem Tisch. Dann stand er auf und öffnete das Fenster. Man hörte den starken Regen jetzt noch deutlicher. Michael versank immer tiefer in seinem Lehnstuhl und lauschte den Worten, die im schwerfälligen deutschen Akzent dahinflossen.

In diesen Jahren kamen zum Beispiel Fruma Holländer, die noch sehr jung war, und Lizzi Sternfeld (Michael erinnerte sich, er hatte sie in der Küche gesehen.) Beide machten die Analyse bei Deutsch und lebten lange Zeit in seinem Haus, bis sie eine Wohnung fanden. Fruma war inzwischen gestorben, und auch Lizzi wurde, wie er selbst, nicht jünger.

Der Regen ließ nach, der Wind frischte auf, und der Geruch von feuchter Erde verbreitete sich im Zimmer und vertrieb den Tabaksgeruch.

Das Leben war damals hart, in jeder Hinsicht. Die psychoanalytische Ausbildung war zermürbend, und die Einnahmen blieben aus. Deutsch bestand darauf, daß man die Kinder und Heranwachsenden, die elternlos aus Deutschland kamen und von der Jugend-Alija betreut wurden, behandelte, natürlich unentgeltlich. Im Grunde finanzierte Deutsch alle, die hier arbeiteten, alle – Hildesheimer suchte das richtige Wort –, alle Kandidaten, denn nichts anderes waren sie eigentlich, er und die Levins, Fruma und Lizzi: Kandidaten eines Instituts, das noch nicht bestand. Und Deutsch war ihr Kontrollanalytiker.

Erst nach fünfjähriger Praxis durfte Hildesheimer selbständig behandeln, aber auch dann wurden noch Seminare abgehalten, in denen jeder aus der Gruppe seine Fälle vorstellte und Deutsch seine Anmerkungen machte. An diesem Punkt sprach Hildesheimer kurz über Deutschs fachliche Kenntnisse, über seinen Ernst und sein Verantwortungsgefühl. Er, Hildesheimer, stehe bis heute in seiner Schuld.

Es herrschte ein ausgesprochener Pioniergeist. Die finanzielle Lage und die Langsamkeit, mit der es beruflich vorwärtsging, belasteten niemanden wirklich. Natürlich gab es auch Spannungen, das verstehe sich. Sie resultierten hauptsächlich aus Deutschs dominanter Persönlichkeit. Aber auch das Land stellte sie vor Probleme: Die Hitze, die Trockenheit Jerusalems im Sommer waren schwer zu ertragen. Dazu kamen die Sprachschwierigkeiten. Er blickte auf den Bücherschrank, ohne seine Rede zu unterbrechen. Auf den Seminaren wurde deutsch gesprochen, während der Behandlung ein Kauderwelsch, in das sich auch einige Brocken Hebräisch mischten. Er lächelte wieder sein kindliches Lächeln. »Jetzt merkt man mir vielleicht nicht mehr an, daß ich damals kein Wort Hebräisch gesprochen habe. Aber was war es für eine Mühe!« An diesem Punkt fragte er Michael, ob er in Israel geboren sei.

»Nein, aber ich war erst drei, als wir nach Israel kamen.«

»Für Kinder stellt die Sprache kein so großes Problem dar.«

»Nein«, pflichtete Michael bei. »Aber es gibt andere Schwierigkeiten.«

»Ja«, sagte der Alte und betrachtete ihn prüfend.

Anscheinend wuchs unter dem Fenster Jasmin. Michael sog den Duft ein und zündete sich eine neue Zigarette an. Die sechste, zählte er.

Später, fuhr Hildesheimer fort, wurden das Ehepaar Levin und er selbständige Analytiker und betreuten eine Gruppe, die nach dem Krieg eingewandert war. Deutsch war damals der einzige Lehranalytiker. Alle machten bei ihm die Lehranalyse. Anfangs wurden nur Psychiater aufgenommen, später auch Psychologen. Einmal wurde sogar jemand akzeptiert, der aus einem ganz anderen Bereich kam, was heute vollkommen ausgeschlossen sei: ein junger, begabter Veterinärmediziner, der hier seine gesamte Ausbildung absolvierte. Deutsch war sehr von seiner Persönlichkeit und seiner Intuition beeindruckt. Hildesheimer war sein Kontrollanalytiker. »Und heute ist der ehemalige Veterinär ein sehr geachteter Kollege.«

Michael war sich nicht ganz sicher, aber er hatte das Gefühl, daß er wissen müsse, von wem die Rede sei, daß der Alte, ohne Namen zu nennen, etwas mitteilen wollte. Er konnte im Augenblick nicht entschlüsseln, wer der Mann war, wußte aber, daß er es mit der Zeit herausbekommen würde. Offensichtlich, auch wenn nichts ausdrücklich gesagt worden war, mochte Hildesheimer den »geachteten Kollegen« nicht sehr.

Und dann waren sie schon zwanzig Analytiker, dazu noch fünf Kandidaten. Das Haus wurde eng. Deutsch war erschöpft, und er wollte einen Ort, um sich zurückziehen zu können. Das war Anfang der fünfziger Jahre, die Levins waren damals in London zur Fortbildung. Deutsch und Hildesheimer suchten und fanden das Haus, »in dem Sie heute morgen gewesen sind. Später vermachte Deutsch das Gebäude dem Institut, daher trägt es seinen Namen. Und dann bot auch dieses Haus nicht mehr genügend Platz, denn wir waren schon hundertzwanzig Kollegen, mit den Kandidaten. Wenn Vorträge gehalten wurden, wie heute«, das Gesicht des Alten nahm einen schmerzlichen Ausdruck an, »wurde es schwer, alle unterzubringen. Es wurde also auf dem Dach angebaut. Wenn beispielsweise ein Kandidat einen Fall vorstellen mußte« – doch da unterbrach er sich, da er den fragenden Ausdruck auf dem Gesicht seines Gegenübers bemerkte.

»Wie sieht eine solche Vorstellung aus?«

Der Alte erklärte, daß sich der Kandidat, der alle Voraussetzungen erfülle, bei der Ausbildungskommission des Instituts um die Erlaubnis bewerben könne, einen seiner Fälle vorzustellen. Nachdem der Kandidat also unter Supervision drei Analysen durchgeführt habe und sich parallel dazu einer Lehranalyse unterzogen habe, bewerbe er sich darum, eine Fallstudie vorstellen zu dürfen. Nun sei die Zustimmung der Ausbildungskommission und seiner Kontrollanalytiker erforderlich. Die Kommission könne das Gesuch sofort bestätigen oder Änderungen verlangen. Endlich werde der Kandidat aufgefordert, das Konzept seiner Fallstudie schriftlich darzulegen, dann erst werde ein Termin für den Vortrag angesetzt. Daraufhin müsse der Kandidat seine Fallvorstellung aufschreiben, vervielfältigen und verteilen.

Michael hörte der Schilderung dieses Leidensweges konzentriert zu.

Im Anschluß an den Vortrag, fuhr der Alte fort, können Fragen gestellt, Kritik oder Zustimmung geäußert werden. Dann verlasse der Kandidat den Raum, und zurück blieben nur die vollausgebildeten Analytiker. Wenn es die Versammlung mit ausreichender Mehrheit beschließe, »zwei Drittel müssen für den Kandidaten stimmen«, würde der Kandidat als außerordentliches Mitglied in die psychoanalytische Gesellschaft aufgenommen.

»Was bedeutet es in der Praxis, ein außerordentliches Mitglied zu sein?«

»Ein außerordentliches Mitglied wird nicht mehr von einem Supervisor kontrolliert und erhält das volle Honorar für die Behandlung. Ein Kandidat darf nur den halben

Honorarsatz fordern, er wählt auch seine Patienten nicht selbst aus, sondern bekommt sie vom Institut zugeteilt.«

»Und wie wird ein außerordentliches ein ordentliches Mitglied?« fragte Michael.

»Nun«, entgegnete Hildesheimer, »zwei Jahre nach der ersten Vorstellung kann das außerordentliche Mitglied einen weiteren Vortrag halten, der diesmal eine theoretische Neuerung beinhalten muß, dann, nach einer neuerlichen Abstimmung, kann er als ordentliches Mitglied akzeptiert werden.«

Nach kurzem Schweigen wußte Michael, was er zu fragen hatte: »Der Kandidat wird also zwei Jahre lang kontrolliert, er behandelt für das halbe Honorar und ausschließlich unter Supervision. Welche Rolle spielt dann diese Abstimmung, die Sie zuvor erwähnt haben? Warum begnügt man sich nicht mit der Bestätigung der Unterrichtskommission? Wenn ich Sie richtig verstanden habe, ist doch die Unterrichtskommission die repräsentative Körperschaft.«

»Das sind zwei absolut verschiedene Dinge«, betonte Hildesheimer. »Die Ausbildungskommission kann herausfinden, ob ein Mensch sich zum Analytiker eignet oder nicht. Die Gesellschaft dagegen stimmt über die Frage ab, ob sie an einem ganz bestimmten Menschen als Mitglied interessiert ist.«

»Ist es denn tatsächlich schon vorgekommen, daß die Ausbildungskommission des Instituts die Vorstellung eines Falles durch einen Kandidaten nicht genehmigt hat?«

»Einmal ist es passiert, eigentlich sogar zweimal«, sagte Hildesheimer mit einem gewissen Unbehagen. »Der eine abgelehnte Kandidat schmiß die ganze Sache hin und wurde ein erklärter Gegner der psychoanalytischen Methode. Der andere gab nicht auf. Er kehrte zur Analyse zurück, stellte seinen Fall wenige Jahre später erneut vor, wurde schließlich akzeptiert und ist heute ein ordentliches Mitglied.«

»Hat es in der Beurteilung von Kandidaten«, setzte Michael beharrlich nach, »jemals Konflikte zwischen der Ausbildungskommission und der Gesellschaft gegeben? Oder anders gefragt: Hat die Gesellschaft jemals von ihrem Recht Gebrauch gemacht, einen Kandidaten aufgrund seiner Persönlichkeit nicht aufzunehmen?«

»Nein«, gestand Hildesheimer, »das ist nie vorgekommen. Bis jetzt. Natürlich gibt es Stimmenthaltungen, manchmal auch Gegenstimmen einiger Mitglieder, eine wirkliche Opposition gegen einen Kandidaten aber hat es nie gegeben.«

»Man könnte also mit Recht behaupten, daß die Ausbildungskommission entscheidenden Einfluß auf das Schicksal des Kandidaten hat, ja, daß sein Schicksal tatsächlich vom Votum der Ausbildungskommission abhängt.«

»Ja«, stimmte Hildesheimer widerwillig zu. »Die Ausbildungskommission und die Kontrollanalytiker, also die drei Analytiker, die jedem Kandidaten zur Seite gestellt werden. Deswegen übrigens hat jeder Kandidat nicht einen, sondern drei Kontrollanalytiker; und wenn alle drei seine Eignung bezweifeln, kann der Kandidat kein Analytiker werden. Hauptsächlich beschäftigt sich die Ausbildungskommission jedoch mit methodischen und didaktischen Fragen.«

Hildesheimer seufzte und legte seine Pfeife auf die Tischkante. Im Zimmer wurde es kühl, und er verschränkte die Arme. Michael fragte, wie Eva Neidorf als Kontrollanalytikerin gewesen sei.

»Wie Eva als Kontrollanalytikerin war«, wiederholte

Hildesheimer lächelnd, »darüber, denke ich, herrscht allgemeine Übereinstimmung. Sie war eine wunderbare Kontrollanalytikerin – obgleich es richtig ist, daß sie sehr dominant war. Doch ihre Schüler akzeptierten ihre Autorität wegen der Unantastbarkeit ihrer therapeutischen und ethischen Grundsätze. Und dazu kamen noch ihre gewaltige Energie und ihre Fähigkeit zur Konzentration, die die Supervisionsgespräche zu wahren Erlebnissen machten. Damit aber berühren wir bereits komplexe Fragen der Psychoanalyse, und ich befürchte, daß es unmöglich ist, die ganze Theorie auf einen Schlag zu lernen.«

»Trotzdem«, beharrte Michael, »was veranlaßt einen Menschen, diese harte Lehrzeit in Kauf zu nehmen? Was eigentlich unterscheidet einen Psychoanalytiker von einem Psychologen oder einem Psychiater?« Er persönlich, sagte er vorsichtig, fühle sich durch das Reglement des Instituts in gewisser Weise an die Zunftvereinigungen des Mittelalters erinnert. Es sei sehr starr: Man stelle dem Kandidaten zahllose Hindernisse in den Weg, erklärtermaßen, um einen hohen fachlichen Standard zu garantieren, es sei aber nicht zu übersehen, daß diese Hindernisse auch andere Gründe hätten, daß es auch ein Standesdenken gebe und handfeste wirtschaftliche Überlegungen. Schließlich müsse die Zahl der Analytiker beschränkt bleiben, zumal in einem so kleinen Staat wie Israel. »Kurz«, sagte Michael, »ich habe den Eindruck, daß man sich mit Hilfe eines komplizierten Systems von Zugangsvoraussetzungen vor allzugroßer Konkurrenz schützt. Die ausgeprägte Meister-Schüler-Beziehung, die man von den alten Zunftorganisationen kennt, ist nicht zu übersehen.«

Hildesheimer ließ sich Zeit. Dann antwortete der Alte so

ernsthaft und bemüht, daß Michael gerührt war. Während er zuhörte, versuchte er, eine Überschrift für die lange Rede zu finden, die mit Ausführungen über die Erfordernisse der klinischen und theoretischen Ausbildung begann, um sich dann dem zuzuwenden, was Hildesheimer die »Einsamkeit des Therapeuten« nannte:

Ein Analytiker, der nicht in öffentlichen Einrichtungen wie Krankenhäusern oder psychiatrischen Kliniken arbeitet, hört Tag für Tag und Stunde für Stunde Patienten an; mit einem Ohr lauscht er den Geschichten, die ihm erzählt werden, mit dem anderen registriert er Randbemerkungen, die die Geschichten begleiten, und mit einem zusätzlichen Ohr nimmt er die Stimmung wahr, in welcher der Patient erzählt, während er gleichzeitig alles, was er gehört hat, zu den Denkmodellen seines Gegenübers in Beziehung setzt. Auch der Patient spricht über den Therapeuten, in dem er aber niemals den wirklichen Menschen sieht. Für den Patienten nimmt der Therapeut stets neue Gestalten an. Er verkörpert alle Menschen, die im Leben des Patienten eine Rolle spielen, die Mutter und den Vater, seine Geschwister, Lehrer und Freunde, seine Frau und seine Kinder, seinen Chef – stets nach seinen Bezugsmodellen. »Wie jeder weiß, der sich mit diesen Dingen beschäftigt«, sagte der Alte, »entwickeln wir keine Beziehung zum wahren Selbst der Menschen, wir sind immer in Bezugsmodellen befangen, die sehr früh angelegt werden. Wenn der Patient also gegenüber dem Therapeuten die gleichen Verhaltensmuster zeigt, wie gegenüber seiner Frau, dann darf man nicht vergessen, daß er auch seine Frau nicht wirklich so sieht, wie sie ist. Und manchmal«, führte der Alte nun weniger belehrend aus, »ist das Verhältnis des Patienten zu den Menschen um ihn ohne jeden Bezug zur Realität. Wenn aber eine Behandlung erfolgreich verläuft, wird der Patient sich zum Therapeuten verhalten, als ob dieser tatsächlich all die Figuren seiner Bezugsmodelle verkörpern würde. Dann kann der Patient den Therapeuten einmal hassen und beschimpfen, und ein andermal wird er ihn lieben, aber das alles hat keine Verbindung mit der Realität, es hat nichts mit der eigentlichen Persönlichkeit des Therapeuten zu tun.«

Michael bat um ein Beispiel.

»Gut«, sagte der Alte. »Möglicherweise macht Ihnen der Patient erbitterte Vorwürfe: Sie könnten sein Leiden nicht verstehen, weil Sie ein glücklich verheirateter, wohlhabender, erfolgreicher und gutaussehender Mann seien, obwohl Sie tatsächlich verwitwet, geschieden und krank sind und sich mit dem Finanzamt herumärgern. Das nennen wir Übertragung. Und es gibt keine Behandlung ohne diese Übertragung, eigentlich findet sie, bis zu einem bestimmten Grad, immer statt. Am wichtigsten aber ist die Wärme, die menschliche Beziehung, die das Vertrauen zwischen dem Patienten und dem Therapeuten ermöglicht. Der Therapeut«, erläuterte der Alte weiter, »muß fähig sein, auf solche Verhaltensmuster wieder und wieder hinzuweisen, das ist seine Rolle in den Sitzungen. Dabei ist für die Befriedigung seiner eigenen Bedürfnisse natürlich kein Platz. Ich persönlich halte es beispielsweise für ausgeschlossen, daß der Therapeut während der Behandlung raucht, weil er dann mit der Befriedigung seiner Bedürfnisse beschäftigt ist. Und wenn man Tag für Tag seine eigenen Bedürfnisse leugnen muß, wenn man bereit sein muß, sich entweder Beschuldigungen anzuhören, die jeder Grundlage entbehren, oder aber geliebt zu werden wegen Eigenschaften, die man nie besessen hat, dann entsteht das Bedürfnis, mit Kollegen zusammenzusein, um sich auszutauschen und dazuzulernen, um Sicherheit und Bestätigung zu bekommen und auch sachliche Kritik zu hören. Man sucht sich ein Gefühl der Zusammengehörigkeit, einer gemeinsamen Tradition, die die eigene Arbeit begründet.«

Michael bemerkte die Hände des Alten, die in einer Geste der Ohnmacht ausgestreckt wurden.

»Manchmal verliert auch ein Therapeut die Relationen aus den Augen«, sagte Hildesheimer. »Und dann ist er auf seine Kollegen angewiesen, die von einem anderen Standpunkt aus urteilen können. Ich will jetzt gar nicht weiter darauf eingehen, daß der Therapeut einen immer gleichen Abstand zwischen sich und dem Patienten wahren muß. Er muß sein Privatleben vollständig verbergen, damit die Vorstellungswelt des Patienten, soweit der Therapeut darin eine Rolle spielt, nicht eingeschränkt wird.«

Michael behielt den Vortrag des Alten beinahe Wort für Wort im Kopf, den Schlußsatz konnte er auswendig aufsagen: »Ich bin sicher, daß es vor allem zwei Dinge sind, die junge Leute zu uns führen: die intensive und anspruchsvolle Ausbildung und das Gefühl der Zusammengehörigkeit.«

Und dann erzählte der Alte, als wolle er ein komisches Intermezzo geben, bei den Bewerbungsgesprächen gäbe es die Standardfrage: ›Warum wollen Sie Psychoanalytiker werden?‹ Einmal antwortete ein Kandidat darauf: ›Weil das eine leichte Arbeit ist, bei der man viel verdient und Urlaub machen kann, wann man will‹, und er lächelte unverschämt.«

»Ist er angenommen worden?« wollte Michael wissen.

Hildesheimer antwortete mit einer Gegenfrage: »Mich würde interessieren, wie Sie sich entschieden hätten.«

»Ich hätte ihn angenommen«, entgegnete Michael.

»Mit welcher Begründung?«

»Obwohl die Antwort kindisch und frech gewesen war, hat sie doch auch Widerspenstigkeit und Mut bezeugt — wenn man annimmt, daß der Kandidat wohl gewußt hat, daß das nicht die Antwort war, die von ihm erwartet wurde. Außerdem kann man in der Antwort auch einen Ausdruck des Ärgers über die Banalität der Frage sehen.«

Der Alte betrachtete Michael mit einer gewissen Zustimmung.

»Und wie erging es dem Kandidaten wirklich?« wollte Michael wissen.

»Man hat ihn akzeptiert. Er zeigte noch andere Eigenschaften, die auf einen guten Analytiker hoffen ließen. Aber auch, was Sie geäußert haben, hat eine Rolle gespielt. Wir haben ihm auch Gelegenheit geben wollen«, fügte er mit einem breiten Lächeln hinzu, »seinen Irrtum selbst zu bemerken.«

»Wenn wir uns schon mit Nebensächlichkeiten befassen«, sagte Michael zögernd, »so möchte ich eine Frage stellen, die Sie sicher nicht zum ersten Male hören. Wo liegt der Unterschied zwischen der Psychoanalyse und einer normalen psychotherapeutischen Behandlung?« Er wollte hinzufügen, daß er von letzterem durchaus ein wenig verstehe, verkniff sich aber diese Bemerkung und präzisierte seine Frage: »Wo liegt der methodische Unterschied? Oder geht es nur darum, daß man hier auf der Couch liegt und dort im Sessel sitzt?«

»Nun«, meinte Hildesheimer trocken, »erscheint Ihnen

83

dieser Unterschied bedeutungslos? Ist denn ein Polizeiverhör im Hause des Verdächtigen bei einer Tasse Kaffee dasselbe wie ein Verhör im Kommissariat bei grellem Licht?«

Michael entschuldigte sich. Ihm sei die Bedeutung der formalen Seite durchaus klar. Nun interessierten ihn aber die tatsächlich wesentlichen Differenzen.

»Das ist in der Tat einer der wesentlichen Unterschiede«, sagte der Alte ernst. »Sie müssen wissen, daß nicht jeder Patient, der Hilfe sucht, für die Analyse geeignet ist. Diese Methode erfordert eine besondere seelische Kraft.«

Bei dieser Bemerkung fragte sich Michael, ob er wohl diese Eignung mitbringe, erkannte aber, daß ihm seine Eitelkeit den Gedanken eingegeben hatte.

»Schließlich«, fuhr der Alte fort, »ist auch die Zahl der Sitzungen von entscheidender Bedeutung. Man trifft sich viermal in der Woche. Und dieses häufige Zusammenkommen trägt genauso wie die Couch dazu bei, daß der Patient tief in seine Vergangenheit eindringen kann bis zu den Schlüsselerlebnissen seiner Kindheit. Es ist hier leider nicht möglich, intensiver auf die Zusammenhänge einzugehen, die Schlüsselrolle der Übertragung in der psychoanalytischen Behandlung aber will ich nochmals betonen.« Hildesheimer betrachtete Michael aufmerksam. »Die Übertragung hängt, wie gesagt, davon ab, daß der Therapeut möglichst wenig als Mensch in Erscheinung tritt. Und dies ist eher der Fall, wenn er für den Patienten unsichtbar hinter der Couch sitzt. Aber denken Sie nicht, daß der Patient ins Leere sprechen könnte oder bloß mit einem Computer redet. Es gibt diese Geschichten, aber das ist Unsinn. Natürlich muß der Patient unterstützt werden, er braucht Beistand. Die Karikatur vom Analytiker, der hinter der Couch eingeschlafen ist, zeigt nur die Ängste des Patienten, der nicht alleingelassen werden will. Eine Analyse ist gut, wenn es dem Therapeuten gelingt, dem Patienten das Gefühl ausreichender Unterstützung zu geben. Dieses Gefühl der Sicherheit verbunden mit der Tatsache, daß die Begegnung viermal wöchentlich stattfindet, kann den Weg zu den Schlüsselerlebnissen der Persönlichkeit öffnen und eine neue Auseinandersetzung mit ihnen ermöglichen.«

Eine ganze Minute verging, bis Michael eine neue Frage stellte: »Kann die Übertragung so weit gehen, kann der Haß des Patienten so stark werden, daß er den Therapeuten ermorden könnte?«

Hildesheimer zündete seine Pfeife von neuem an und sagte: »Selbst bei schwersten Fällen, die in der geschlossenen Abteilung einer Psychiatrischen Klinik sitzen, ist das so gut wie ausgeschlossen. Trotzdem ist die Analyse für verhältnismäßig gesunde Menschen bestimmt, für Neurotiker nämlich. Der Analysepatient kann sich mit Mordphantasien tragen, aber ich habe noch nichts von einem tatsächlichen Mordversuch gehört. In der Realität würde ein Patient eher sich selbst etwas antun als dem Therapeuten.« Er zog an seiner Pfeife und fügte hinzu: »Und Sie müssen bedenken, daß die meisten Patienten von Eva Neidorf Kandidaten des Instituts waren, da es nur sehr wenige Lehranalytiker gibt. Sie hatte kaum Patienten, die nicht zum Institut gehörten.«

»Wäre es nicht denkbar, daß ein Analytiker Dinge erfährt, die dem Patienten Schwierigkeiten bereiten können, Informationen, die ihn belasten und geheim bleiben müssen? Und daß sich der Patient dem Analytiker ausgeliefert fühlt?«

Hildesheimer schwieg eine Zeitlang. Dann sagte er: »Genau dies ist das Thema der Vorlesung gewesen, die Eva am Morgen hatte halten wollen.«

»Moment«, bat Michael. »Ich muß noch ein wenig über Eva Neidorf wissen, bevor wir über den Vortrag sprechen.«

»Was wollen Sie wissen?« fragte Hildesheimer und leerte seine Pfeife in den Porzellanaschenbecher.

»Wie kam sie ins Institut? Und was hat sie vorher gemacht?« Michael zündete sich eine Zigarette an. Er bemerkte eine innere Anspannung, die er sich nicht erklären konnte.

»Eva hat jahrelang als Psychologin im öffentlichen Gesundheitsdienst gearbeitet. Zum Institut kam sie in verhältnismäßig fortgeschrittenem Alter. Ein Bewerber darf nicht älter als siebenunddreißig sein, und sie war damals sechsunddreißig. Ihre außerordentliche Begabung war von Anfang an offensichtlich. Sie wurde Mitglied der Ausbildungskommission und vor sechs Jahren dann auch Lehranalytikerin. Ich bin davon ausgegangen, daß sie meinen Posten als Vorsitzender der Ausbildungskommission übernehmen würde. Eigentlich hatte ich vor, nächsten Monat zurückzutreten. Eva wäre sicherlich gewählt worden.«

Michael erkundigte sich nach ihrer familiären Situation. »Sie war verheiratet«, sagte der Alte, »mit einem Geschäftsmann, der ihre Arbeit nicht besonders geschätzt hat, der nicht einmal begriff, welche Karriere seine Frau da machte. Das war nicht einfach für sie. Sie wollte die Familie zusammenhalten und kämpfte doch gleichzeitig um ihre Rechte; der Mann wollte, daß sie überhaupt nicht arbeitete. Am Ende aber hat ihr Mann doch ihre Selbständigkeit schätzen gelernt. Ihre Beziehung ist sehr eng gewesen«, sagte er mit einem Anflug von Bedauern. »Sie war meine Patientin, später wurde sie meine Kollegin, und auch mehr als das. Ihr Mann, der einige Jahre älter als sie gewesen war, starb vor drei Jahren. Es war ein plötzlicher Tod, ein Schlaganfall während einer Geschäftsreise auf dem Flughafen von New York. Sie mußte dorthin reisen und die Leiche zurückfliegen lassen. Es war eine schwere Prüfung für sie und die Kinder. Anschließend gab es Probleme mit der Hinterlassenschaft ihres Mannes, denn sie hatte sich nie für seine zahlreichen Geschäfte interessiert. Ihr Sohn hatte diesen Naturschutz-tick; er ist nett, intelligent, aber absolut nicht an Geschäften interessiert. Schließlich kümmerte sich ihr Schwiegersohn um diese Angelegenheiten. Und das«, sagte Hildesheimer seufzend, »war für alle eine Erleichterung.«

Michael fragte nach dem Verhältnis zwischen ihr und den Kindern.

Mit sorgfältig gewählten Worten entgegnete Hildeshei-mer, daß die Beziehung zu ihrer Tochter sehr eng gewesen sei. Ihm sei sie zuweilen zu eng vorgekommen. Er habe immer den Eindruck gehabt, daß Eva, was die Kinder an-ging, unter einer Art Verblendung litt. »Nava, die Tochter, konnte sich kaum von ihr lösen, sie war unselbständig gewesen und hatte nichts getan, ohne sich mit der Mutter zu beraten. Aber seit sie mit ihrem Mann nach Chicago gezo-gen war, hat sich eine Wende zum Guten vollzogen. Mit dem Sohn war es noch komplizierter gewesen, sie hatten weniger Berührungspunkte miteinander, aber auch sonst war die Bindung nicht so fest gewesen. Der Junge hat sich mit dem Vater identifiziert und dessen Opposition gegen den Beruf der Mutter übernommen. Aber auch da ist eine deutliche Besserung eingetreten, seitdem er die Beschäfti-gung bei der Gesellschaft für Naturschutz gefunden hat.«

»Und der Schwiegersohn?« fragte Michael. »Wie war die Beziehung zum Mann ihrer Tochter?«

»Korrekt, denke ich. Vielleicht nicht besonders herzlich, vor allem verglichen mit der Beziehung zur Tochter, aber ihr Schwiegersohn bewunderte Eva durchaus, und sie war ihm sehr dankbar, seit er sie von der geschäftlichen Verantwortung befreit hatte.«

Michael bat – mit aller Vorsicht – um weitere Informationen zu den finanziellen Angelegenheiten. Er erwähnte nicht, daß er bereits in Tel Aviv gewesen war und sich mit Hillel Sahavi, dem Schwiegersohn Eva Neidorfs, getroffen hatte.

»Ich bin nicht mit Einzelheiten vertraut«, sagte Hildesheimer. »Ich weiß nur, daß Eva und Hillel zusammen aus Chicago zurückgekehrt sind, um an der großen Direktoriumssitzung am Sonntagmorgen teilzunehmen. Eva hatte ihren Urlaub wegen der Sitzung um einen Tag verlängert. Als ich mit ihr telefoniert habe, beklagte sie sich darüber, daß sie auf dem Flug von New York alles das hätte nachholen müssen, vor dem sie jahrelang erfolgreich ausgewichen sei. Vier Stunden hindurch erklärte Hilles ihr, worum es bei der großen Sitzung gehen würde und wie sie abstimmen sollte. Eva und Hillel waren beide zeichnungsberechtigt.«

Ohne die Stimme zu heben oder auch nur die Haltung zu ändern und bemüht, seine Nervosität zu verbergen, fragte Michael, ob es zwischen ihnen Meinungsverschiedenheiten gegeben habe.

Der Alte gab ein heiseres Lachen von sich: »Eva hätte sich nie wegen Geschäften gestritten! Im Gegenteil: Sie hätte Hillel am liebsten alles übertragen und für sich selbst nur eine Rente behalten, aber er war dagegen. Er wollte alles mit ihr besprechen. Darüber hat sie sich oft beklagt.«

Plötzlich begriff der Alte, worauf Michael hinauswollte. Er musterte ihn scharf und schüttelte dann den Kopf. »Da sind Sie auf der falschen Fährte.«

Michael rechtfertigte sich, daß es durchaus möglich sei, daß ein Außenstehender den Mord im Institut verübt und den Verdacht auf die dort Tätigen gelenkt habe.

Die Vorstellung, daß der Mörder ein Außenstehender sei, behage ihm durchaus, räumte Hildesheimer ein. »Aber Hillel kann es unmöglich gewesen sein. Er hat keinerlei Motiv, und schon gar kein finanzielles.« Der Alte schüttelte einige Male den Kopf und betrachtete Michael, als müsse er sein Urteil über den Polizisten noch einmal überprüfen. Er rutschte unbehaglich auf seinem Stuhl herum; endlich schien er sich zu beruhigen.

Michael empfand ein gewisses Schuldgefühl, weil er nichts von seiner Begegnung mit Hillel erzählt hatte. Hillels Alibi war absolut wasserdicht. Er hatte seit seiner Rückkehr die Intensivstation, in der seine Mutter lag, nicht verlassen. Michael begriff nicht, welcher Dämon ihn daran hinderte, seine Begegnung mit Hillel zu erwähnen.

Dann war der Zeitpunkt gekommen, um nach dem Vortrag zu fragen. Beiläufig erkundigte er sich, ob es richtig sei, daß Dr. Neidorf ihre Vorträge besonders gründlich vorbereitet habe.

»Von wem auch immer Sie das wissen«, erklärte Hildesheimer. »Ihr Informant hatte keine Ahnung. Niemand, niemand auf der ganzen Welt weiß wirklich, mit welch heiliger Andacht und Furcht Eva einen Vortrag vorzubereiten pflegte. Sie verfaßte Dutzende von handschriftlichen Fassungen, bevor getippt wurde...«

»Wer tippte für sie?« unterbrach ihn Michael.

89

»Sie tippte selbst«, entgegnete der Alte. »Es ist vorgekommen, daß ich alle Fassungen Wort für Wort lesen mußte. Und natürlich verlangte sie, daß ich zu allem meine Anmerkungen machte. War sie endlich zufrieden mit ihrer Arbeit, dann tippte sie drei Ausfertigungen. Eine benötigte sie selbst – denn sie las ihren Vortrag stets ab. Eva war kein spontaner Mensch und wußte nicht zu improvisieren.«

»Und die anderen Abschriften?« fragte Michael. Er spürte, wie ihm der Schweiß am Rücken hinablief.

»Die zweite Fassung war für mich bestimmt«, sagte Hildesheimer, »und die dritte bewahrte sie in ihrem Arbeitszimmer auf, ›um auf Nummer Sicher zu gehen‹, wie sie selbst immer sagte. Wir haben uns beide darüber lustig gemacht. Wahrhaftig, sie war eine beispiellose Perfektionistin, in allen Bereichen des Lebens. Aber nur gegen sich selbst war sie so streng. Und wenn es um Fragen der Moral ging, war sie unnachgiebig. Sie kannte keine Kompromisse, wenn ihre ›ethischen Grundsätze‹ betroffen waren. Doch sie war weder rechthaberisch, noch mischte sie sich in fremde Angelegenheiten ein. Es ging ihr vorwiegend um Fragen der beruflichen Ethik, um das Wohl der Patienten oder um die ärztliche Schweigepflicht. Ich selbst habe übrigens ihre Meinung fast immer geteilt.«

Michael erkundigte sich noch einmal nach dem Vortrag. Ob er die Abschrift in Hildesheimers Besitz sehen könne.

»Leider nicht«, sagte der Alte, und Michael hatte das Empfinden, daß sein Atem stockte. »Diesmal besitze ich keine Abschrift. Sie hat den Vortrag in Amerika vorbereitet. Wir haben beide beschlossen, die Nabelschnur endgültig zu durchtrennen; deshalb habe ich mich geweigert, etwas anderes als die endgültige Fassung anzuschauen. Sie sollte die

Entscheidungen selbst treffen. Und obwohl sie mehrmals behauptet hat, daß diesmal ein besonders ungewöhnliches Problem vorliege, habe ich darauf bestanden, mich überraschen zu lassen.«

Michael fragte, ob jemand von Eva Neidorfs Gewohnheit wisse, ihm die Vortragsentwürfe und die Schlußfassung zu zeigen.

Hildesheimer zuckte die Achseln. Er habe zu niemand etwas darüber verlauten lassen, allerdings gebe es nicht viele Geheimnisse im Institut. Aufrichtig, wie sie war, habe sie ihm gleich zu Beginn jeder Vorlesung für seine Hilfe gedankt.

Michael fühlte, daß er erblaßte, während er nach der Kopie fragte, die in Eva Neidorfs Besitz gewesen sei.

Hildesheimer sagte, daß man sie sicher unter ihren Sachen gefunden haben müßte. Sein Gesicht war sehr traurig.

»Was war der genaue Gegenstand des Vortrags?«

Die Antwort fiel kurz aus: »Moralische und juristische Aspekte der Analyse – Fragen also, die die Therapeuten von Beginn an beschäftigt haben. Ein klassisches Problem: Darf der Therapeut die Geheimnisse seiner Patienten bewahren«, diesen Ausdruck betonte er, »auch wenn sie das Gesetz übertreten haben? Bei Vergehen wie Mord oder Raub stellt sich diese Frage nicht, aber es gibt Grenzfälle, die eine ethische Entscheidung verlangen. Vieles wird während der Behandlung aufgedeckt, viele Informationen gelangen über den Kandidaten zum Kontrollanalytiker. Aber es gibt keinen Sinn, weiter über den Inhalt des Vortrags zu spekulieren«, schloß Hildesheimer. »In Evas Handtasche, die ich neben dem Sessel im Institut gesehen habe, können Sie den Vortrag finden und selbst lesen.«

»Genau das ist unser Problem«, sagte Michael. »Man hat keine Spur von den Aufzeichnungen gefunden; keinen Vortrag, keine Notizen, auch keine Schlüssel. In der Handtasche haben sich Gegenstände des persönlichen Gebrauchs gefunden, Ausweise und etwas Geld, aber sonst nichts.«

Zum ersten Mal wirkte Hildesheimer wie ein verwirrter alter Mann, der nicht mehr versteht, was um ihn herum vorgeht. Aber nur für einen kleinen Augenblick, dann erholte er sich und bat den Inspektor, sich klarer auszudrükken.

»Stundenlang hat eine Spezialeinheit das ganze Gebäude auf den Kopf gestellt. Die Handtasche ist selbstverständlich besonders gründlich durchsucht worden, zunächst von mir persönlich, gleich nachdem der Arzt seinen ersten Befund geäußert hat. Und auch die Leute vom Labor haben sich für den Inhalt der Tasche interessiert – ich habe eine genaue Aufstellung des Tascheninhalts.«

Der Alte winkte ungeduldig ab. »Ich verstehe. Aber man muß die Kopie, die bei ihr zu Hause liegt, finden. Den einleitenden Satz hat sie am Telefon vorgelesen. Ich weiß, daß sich in ihrem Haus eine Kopie befindet, schon weil sie mir eine als Erinnerung versprochen hat.«

Michael Ochajon schaute auf seine Uhr und sah, daß es elf Uhr war. Draußen wehte der Wind so stürmisch, daß er den prasselnden Regen übertönte. Michael erhob sich. Auch der Alte stand auf und wollte wissen, ob er jetzt zu Eva Neidorfs Haus gehe. Michael verstand die Andeutung und fragte, ob er ihn begleiten wolle, nicht ohne auf die späte Stunde und das unfreundliche Wetter hinzuweisen. Hildesheimer wischte diese Bedenken mit einer Handbewegung beiseite, er habe weiß Gott Schlimmeres erlebt, außerdem werde er heute nacht sowieso keinen Schlaf finden.

Während Hildesheimer sprach, führte er Michael in den langen Flur zu dem Garderobenständer und zog den schweren Wintermantel an. Sie verließen das stille, dunkle Haus. Es war sehr kalt draußen. Michael, der im Arbeitszimmer die ganze Zeit über seinen Mantel anbehalten hatte, fröstelte in dem eisigen Wind und war froh, als sie seinen Dienstwagen erreichten.

Kaum hatte er den Sprechfunk in Betrieb gesetzt, meldete sich die Zentrale, eine müde Frauenstimme. Geduldig hörte er zu. Alle suchten ihn, alle sagten »dringend«.

»Gut. Ich melde mich später. Und richten Sie in der Sonderkommission aus, daß ich gerade eine Spur verfolge.«

»Wird gemacht«, seufzte die Frau in der Zentrale.

Hildesheimer saß, in Gedanken versunken, neben ihm. Michael mußte seine Frage zweimal wiederholen, bis der Alte nickte und Neidorfs Adresse nannte. Dieselbe Adresse hatte Michael auf ihrem Ausweis entdeckt, als er heute morgen ihre Tasche wieder und wieder durchsucht hatte.

Es war eine kleine Straße im deutschen Viertel. Michael manövrierte den Renault durch die Seitenstraßen und parkte vorsichtig ein. Er öffnete Hildesheimer die Tür und half ihm aus dem Auto, das auch ihm zu klein war. Sie gingen durch das kleine Tor und über den schmalen Weg bis zu der schweren Holztür. Michael probierte alle Schlüssel; anfangs im Licht der Straßenlaterne, dann im Schein aller Streichhölzer aus der Schachtel, die Hildesheimer mit bewundernswert ruhiger Hand anzündete. Schließlich begriffen beide, daß sich der Hausschlüssel nicht am Schlüsselbund befand. Keiner sagte ein Wort.

Michael Ochajon ging zu seinem Auto und kehrte mit
einem spitzen Gegenstand und einer neuen Packung Streichhölzer zurück. Er murmelte etwas über die Schliche, die
man im Laufe seines Lebens erwirbt, und begann, das Tür-
schloß zu bearbeiten. Hildesheimer zündete weiter Streichhölzer an, und zehn Minuten später standen beide in Eva
Neidorfs Haus.

Michael schloß die Tür.

Im Schein der großen Lampe, die den Vorraum beleuch-
tete, sah Michael das bleiche Gesicht des Alten. Sein zusam-
mengepreßter Mund drückte aus, was sie beide bereits reali-
siert hatten: Jemand war ihnen zuvorgekommen.

Fünftes Kapitel

Als sie im Eingang zum Behandlungszimmer am anderen
Flügel des Hauses standen – er hatte eben seine Hand auf
die Türklinke gelegt –, mußte Michael an Brahms' Klarinettenquintett denken und an die Plattenhülle, die er eben auf
dem weißen Regal im Wohnzimmer gesehen hatte. Die
Platte selbst, abgenutzt und zerkratzt, lag noch immer auf
dem Plattenteller.

In dem großen Wohnzimmer mit den hellen Massiv-
holzmöbeln hatte eine ruhige, kultivierte Atmosphäre ge-
herrscht. Die großen Bilder waren alle abstrakt und farben-
reich. Die Blumen in den Töpfen und auf den Fensterbret-
tern blühten, als gebe es in Jerusalem keinen Winter, doch

auch dem dunklen, dicken Teppich gelang es nicht, die Atmosphäre wärmer zu machen. Das Klarinettenquintett auf dem offenen Plattenspieler in der Ecke neben der Tür zum Balkon verriet eine Leidenschaft, die man in der restlichen Einrichtung des Zimmers vergebens suchte.

Gleich nachdem sie das Behandlungszimmer betreten hatten und Hildesheimer sich in einen Sessel gesetzt hatte – sein großer Körper wirkte eingeschrumpft, sein Gesicht erschöpft und blaß –, fragte Michael ihn nach der Schallplatte.

»Ja«, sagte der Alte seufzend und zog seinen weiten Wintermantel, den er nicht abgelegt hatte, enger um sich, »ich habe immer gewußt, daß sie auch eine sentimentale Seite hatte. Sie liebte gerade die romantische Musik. Manchmal machten wir darüber unsere Scherze.«

Er lächelte traurig und schien nun völlig in sich versunken. In Michael kam der beinahe unüberwindliche Impuls auf, ihn zu beschützen. Er unterdrückte diese Anwandlung schnell und setzte sich an den alten Schreibtisch. Langsam holte er aus seiner Tasche ein Paar Handschuhe, zog sie mühevoll über seine langen Hände und begann, eine Schublade nach der anderen herauszuziehen. Er ging sehr vorsichtig zu Werke und erklärte Hildesheimer, daß man Fingerabdrücke unbedingt vermeiden müsse. Den Inhalt der Schubladen leerte er auf das Sofa, das gegenüber dem Schreibtisch an der Wand stand.

Als er an die dritte Schublade kam, sagte Hildesheimer, der ihn aufmerksam beobachtete, daß er dort eine Liste aller Klienten finden könnte, mit denen sich Eva als Analytikerin oder Supervisorin beschäftigt habe. Hildesheimer erhob sich von seinem Sessel. Unter den Papieren in der dritten

95

Schublade müsse sich eine Liste mit Telefonnummern befinden, wiederholte er. Eva habe ihn vor jeder Reise gebeten, die Patienten zu unterrichten, falls sich ihre Rückkehr verzögern würde. In diesem Falle sollte er sich dann mit ihrer Haushaltshilfe verabreden, um ins Haus zu gelangen, die Liste holen und die Patienten benachrichtigen. Der Alte bedeckte sein Gesicht mit den Händen. Es vergingen einige Minuten, bis er sich wieder aufrichtete und seine Augen mit einem großen Taschentuch trocknete, das er aus seiner Manteltasche gezogen hatte.

»Bitte berühren Sie nichts davon«, sagte Michael und deutete auf die Papiere in der Schublade. Dann zeigte er Hildesheimer eines nach dem anderen, sorgsam bemüht, nichts durcheinanderzubringen. Der Alte überflog die Papiere im Stehen, und Michael legte sie vor die Couch auf den dicken, etwas staubigen Teppich.

Am Ende stellte Hildesheimer, dessen Gesicht jetzt besorgniserregend bleich geworden war, mit zitternder Stimme fest, daß keine Namensliste dabei sei.

Michael leerte schnell die restlichen Schubladen, Papiere stapelten sich auf der Couch. Gemeinsam prüften sie jeden Zettel. Sie fanden Rechnungen, Vortragsentwürfe, Sonderdrucke von Artikeln, Scheckhefte, Bankauszüge, Briefe, alles, was man nur in Schreibtischschubladen finden kann, aber keine Spur von dem Vortrag, der für den Sabbatmorgen angesetzt gewesen war, auch keine handschriftliche Fassung; sie fanden zwar ein vollständiges Verzeichnis aller Institutsmitglieder und Kandidaten, aber die Patientenliste blieb ebenso verschwunden wie Eva Neidorfs persönliches Adreßbuch.

Hildesheimer beschrieb ausführlich das Adreßbuch, zog

schließlich sein eigenes aus der Tasche, ein kleines Buch mit blauem Plastikeinband, und sagte: »Hier, genau so sah es aus.« Er reichte es Michael und fügte hinzu: »Aber sie hatte es immer dabei, sie hatte es immer in der Handtasche.«

»Wir müssen es hier im Haus finden. In der Handtasche war es nicht, wie ich Ihnen erzählt habe«, erklärte Michael geduldig und fragte, ob sie denn ein Adreßverzeichnis gehabt habe, »so eins, wie man es in jedem Haus findet«.

»Ja, im Wohnzimmer, neben dem Telefon.«

Michael betrachtete das kleine Notizbuch. »Sie können gerne hineinsehen«, sagte Hildesheimer, »genau so eines müßte in ihrer Handtasche gewesen sein. Das normale Adreßverzeichnis liegt unten, aber darin finden Sie keine Namen von Patienten.«

Michael schlug die erste Seite des Büchleins auf, und der Alte erklärte ihm über die Schulter, daß es einen Plan der Behandlungszeiten und auch die Telefonnummern der Patienten enthalte. Michael untersuchte alle Ecken des Schreibtischs und öffnete auch das Geheimfach, ein Fach, das sich mit einer Sprungfeder öffnen ließ wie in antiken Schreibpulten. Aber dieses Fach war leer. Der Alte sagte erregt, daß sie in diesem Fach die Aufzeichnungen aufbewahrt habe, die sie nach den ersten Gesprächen mit neuen Patienten machte.

Die beiden ersten Begegnungen, erläuterte er atemlos, dienten dem gegenseitigen Kennenlernen. »Wir nennen es das Interview. Für gewöhnlich geht es bei diesen Sitzungen in erster Linie um biographische Fakten wie Alter, Familienverhältnisse, Eltern, Beruf. Außerdem fragt man, aus welchen Gründen jemand zur Therapie kommt. Manche machen sich während dieser Gespräche Aufzeichnungen. Ich bin nicht dafür. Auch Eva machte sich ihre Notizen erst nach der Sitzung.«

Sie suchten beide, aber die Aufzeichnungen waren nicht da.

Michael blickte sich um. Er hatte bereits alle Einzelheiten des Zimmers registriert, nachdem er es betreten hatte. Es ähnelte Hildesheimers Arbeitsraum, zwei Lehnstühle, eine Couch mit dem Analytikersessel dahinter, ein Bücherschrank mit Fachliteratur, einige Lampen, deren gelbe Pergamentschirme das Licht weich und warm machten. In dem Bücherschrank fiel ein kleines, abgeschlossenes Fach auf, der Schlüssel steckte. Dort befanden sich schmale Hefte mit verschiedenfarbigen Einbänden.

Hildesheimer erklärte, daß es sich um Fallstudien handele, die im Institut vorgestellt worden waren.

Michael blätterte in den Heften, überflog die Titel auf den Einbänden, die alle wenigstens zwei Sätze umfaßten. Außer den Präpositionen dazwischen verstand er nichts. Auf allen Heften stand »geheim, intern«.

Hildesheimer erläuterte, daß die Anonymität der Patienten, um die es in den Fallstudien ging, streng gewahrt würde. Die Namen und alle Einzelheiten, die Rückschlüsse erlauben könnten, würden geändert, der Beruf nur angedeutet. Außerdem würden die Hefte den Mitgliedern sicherheitshalber persönlich ausgehändigt und niemals verschickt. Selbstverständlich verpflichteten sich alle Beteiligten zu strengster Diskretion.

Dem Papierstapel, der sich auf dem Sofa anhäufte, entnahm Michael ein Blatt; die Handschrift darauf war klein und schlecht lesbar. Er betrachtete sie genau und fragte Hildesheimer, ob dies die Handschrift Eva Neidorfs sei. Der

Alte bejahte. Das Blatt sei die Bibliographie für den Kurs, den sie im letzten Trimester des Studienjahres am Institut hatte geben wollen. Michael kannte nur einen einzigen Namen auf der Liste, den Freuds.

Nun gab es keine Stelle in dem großen Zimmer mehr, an der sie nach Dokumenten, Namenslisten, Vortragsentwürfen, Notizbüchern oder anderen Informationsquellen hätten suchen können. Michael zündete sich eine Zigarette an, die erste, seit sie das Haus betreten hatten. Auf dem Tisch zwischen den beiden Lehnstühlen fand er einen Aschenbecher. Auch eine Packung Papiertaschentücher lag dort. Ihm fiel auf, daß die Atmosphäre der beiden Arbeitszimmer, die er an diesem Abend gesehen hatte, trotz aller äußeren Ähnlichkeiten gänzlich verschieden war. In dem Zimmer, in dem sie sich befanden, herrschte eine weibliche Atmosphäre. Braun und Rot waren die dominanten Farben der Vorhänge, des Teppichs und der Couch. Die Stühle waren heller, aber nichts erinnerte an die Helligkeit des Wohnzimmers. Hier hingen keine großen farbigen abstrakten Bilder, die ihn beeindruckten, ohne daß er sie verstand; hier hingen nur schwarzweiße Holzschnitte und Bleistiftzeichnungen.

Er fragte Hildesheimer, wo das Schlafzimmer sei. In vollkommen sachlichem Ton antwortete der Alte, daß es im zweiten Stock liege. Michael empfand ein gewisses Unbehagen, da er nicht umhin konnte, sich Gedanken über die Beziehungen beider zueinander zu machen. Er wußte nicht genau, wie alt der Alte war. Die Erwähnung des Schlafzimmers und die Tatsache, daß der Alte ihn dorthin führte, erweckten in ihm Assoziationen, die ihn verlegen machten. Auf dem Weg zum zweiten Stock fragte er, wie häufig sie sich gesehen hätten. Den Worten Hildesheimers entnahm er, daß sie sich oft in ihrem Haus getroffen hatten, nicht aber zusammen ausgegangen waren. Michael erfuhr weiter, daß er eine Art väterlicher Freund gewesen sei, zuweilen auch mehr. Michael wagte nicht, laut zu fragen, was er unter dem »zuweilen auch mehr« zu verstehen hatte.

Als Hildesheimer in der Tür zum Schlafzimmer stand, wirkte er nicht verlegen, sondern einfach tief traurig. Unterdessen durchstreifte Michaels Blick wie ein Kameraobjektiv den Raum: ein großes Fenster, weiße Vorhänge, ein Doppelbett, Polster, Kommode, ein Toilettentisch, Kosmetikartikel, ein riesiger Kleiderschrank. Hockneys Swimming-pool-Bilder und ein Koffer auf dem Teppich, an dem Michaels Blick hängenblieb.

Er war nicht abgeschlossen. Michael kniete nieder und leerte den Inhalt vorsichtig auf den Teppich vor dem Bett: Kleider, Wäsche, Kosmetik. Er fragte sich, weshalb eine so ordentliche Frau ihren Koffer nicht sofort nach ihrer Rückkehr ausgepackt hatte. Ob sie sich überhaupt in dem Zimmer aufgehalten hatte? Er mußte an das Klarinettenquintett denken und an den überquellenden Aschenbecher neben einem der Sessel im Wohnzimmer.

Er durchsuchte jedes Fach des Koffers und schaute dann zu Hildesheimer auf, der neben der Tür stand. Michael schüttelte verneinend den Kopf: kein Adreßbuch, kein Vortrag, keine Notizen.

Es war fast zwei Uhr morgens, als Inspektor Ochajon vom Schlafzimmer Eva Neidorfs die Zentrale anrief, die Adresse des Hauses durchgab und bat, eine Mannschaft zur Hausdurchsuchung zu schicken. »Auch jemand für die Fingerabdrücke, jemand vom Revier P«, sagte er müde. Er blickte sich noch einmal um. Das Schlafzimmer wirkte unbewohnt, und trotzdem war an einzelnen Stellen der Einrichtung der Staub weggewischt worden. Er wußte, was das zu bedeuten hatte, und als er auflegte, sagte er Hildesheimer, daß ihnen zweifellos jemand zuvorgekommen sei. Jemand, der vorsichtig zu Werke gegangen war und keinerlei Fingerabdrücke hinterlassen wollte.

Sie gingen ins Wohnzimmer hinunter und warteten.

Hildesheimer saß zusammengekauert in einem der Lehnstühle. Michael ging nervös auf und ab und fragte sich, was das Zimmer so elegant mache. Er betrachtete die hohe, gewölbte Decke, die Schallplattensammlung, die kleinen Figuren. Er dachte darüber nach, wieviel Zeit, Energie und auch Geld in diesem Haus steckten; er dachte über die Menschen nach, die ihre künstlerische Ader bei der Gestaltung ihrer Einrichtung auslebten, und er wurde wütend auf diese Menschen, ohne zu wissen, warum. Er wollte auch nicht wissen, wieso dieser Gedanke seine Wut erregte, und er konnte trotzdem nicht umhin, die sorgfältige Einrichtung zu bewundern.

Zum hundertsten Mal fragte er sich, ob es wohl jemand geben könnte, der den Inhalt des Vortrages kannte und einen Grund für das Verschwinden wüßte. Endlich stellte er auch Hildesheimer diese Frage. Doch der Alte schüttelte den Kopf und sagte bedrückt, er denke selbst ununterbrochen darüber nach, aber er komme zu keinem Ergebnis.

Im Zimmer war es sehr kalt, und beide saßen in ihren Mänteln da. Als die Türglocke läutete, sprang Michael auf und öffnete. Im strömenden Regen standen Zila und Eli und hinter ihnen Schaul von der Spurensicherung.

Zila wollte gerade etwas sagen, doch Michael, der die Frage, wo er den ganzen Abend gesteckt habe, schon ahnte, kam ihr zuvor. Er gab eine detaillierte Schilderung der letzten Ereignisse. Ihren Gesichtern konnte er ansehen, daß sie schnell begriffen, welche Bedeutung er dem Verschwinden des Vortrages und sämtlicher Notizbücher beimaß. »Schaut euch auch draußen um«, schloß Michael, »nach Reifenspuren und Schuhspuren. Und hier drin bitte jedes Papier, jeden Zettel sammeln, aufbewahren, klassifizieren. Und hierbleiben, bis jemand zur Ablösung kommt. Jeden Telefonanruf beantworten. Aber bitte vorsichtig.« Sofort eilten die drei in das obere Stockwerk.

Hildesheimer sagte nichts, er betrachtete nur aufmerksam die Gesichter der Leute, als sie die Anweisungen bekamen. Nachdem sie den Raum verlassen hatten, erklärte Michael, daß sie alle Zimmer durchsuchen würden – auch nach Fingerabdrücken, obwohl er sich da kaum noch Hoffnungen mache.

Hildesheimer wirkte, als ob er bereits alle Hoffnungen aufgegeben habe. »Eva hat solchen Wert auf ihre Privatsphäre gelegt, sie hat so zurückgezogen gelebt, und jetzt dringen alle in ihre Welt ein. Ach«, seufzte er ohnmächtig.

Michael bot ihm an, ihn nach Hause zu bringen, doch der Alte wehrte ungehalten mit dem Arm ab. Er wollte bleiben und sehen, ob man etwas finde. Michael nickte, zog die Handschuhe aus, stopfte sie in die Tasche und begann erneut, auf- und abzugehen.

»Verbringen Sie viele Nächte auf diese Weise?« fragte Hildesheimer.

Er bekam nur einen Seufzer zur Antwort.

»Wie halten Sie das aus?«

»Ich versuche, zwischen zwei Fällen Ruhe zu finden.« Und auf die Frage, wie die Familie »eine solche Tätigkeit«

aushalte, zuckte er die Schultern und sagte: »Wer sagt, daß
sie es aushält?« Mit einem traurigen Lächeln fügte er hinzu,
daß es seit der Scheidung vor allem darum gehe, mit dem
Kind in Kontakt zu bleiben. »Auch Ihre Arbeit ist eine
einsame«, ergänzte er, nach einigem Nachdenken. Hildesheimer nickte und fragte nicht mehr, er senkte nur den
Kopf, und Michael ging weiter in dem großen Zimmer auf
und ab. Er betrachtete ein Bild, blieb vor einer Plastik stehen
und betrat schließlich die Küche. Er starrte auf den runden,
rustikalen Tisch. Dann bemerkte er den kühlen Luftzug und
blickte zum Fenster. Und da erfüllte ihn Zorn, weil er nicht
aufmerksam genug gewesen war.

Sofort verließ er die Küche und rief laut: »Schaul!
Schaul!« ohne Hildesheimer etwas zu sagen. Schaul lief
herbei, gefolgt von Zila. Eli, der sich am anderen Ende des
Hauses befand, hatte ihn nicht gehört. Michael zog sie zum
Küchenfenster. Vom Glas waren nur Scherben im Rahmen
zurückgeblieben, das weiße Gitter war verbogen.

Schaul näherte sich und sagte: »Bitte, tretet zur Seite, ihr
steht mir im Licht.« Zila und Michael machten Platz und
standen nun im Eingang zur Küche. Hildesheimer stand
auf und kam zu ihnen. Schaul verließ die Küche und kehrte
gleich darauf mit einer großen Tasche zurück. Nachdem er
Gummihandschuhe übergestreift hatte, untersuchte er alles
mit Hilfe diverser Pülverchen, einem Vergrößerungsglas
und einer starken Taschenlampe. Daraufhin machte er Fotos und ging wieder hinaus. Sie hörten, wie die Eingangstür
des Hauses geöffnet wurde. Kurz darauf tauchte sein Kopf
auf der anderen Seite des Küchenfensters auf. Dort begann
er seine Arbeit von neuem. Dann hob Schaul das Fenstergit-
ter mühelos aus der Wand. »Komm mal zu mir«, bat er

103

Michael, und als dieser neben ihm stand, zeigte er auf das Gitter. »Jemand hat es verbogen und herausgebrochen. Daraufhin hat er die Scheibe eingeschlagen, um durch das Fenster zu klettern. Hier, siehst du die Spuren an der Wand? Da ist jemand auf das Fensterbrett gestiegen. Die Erde rundherum ist wie umgegraben. Der Täter hat sich bemüht, seine Spuren zu verwischen. Wahrscheinlich verließ er das Haus auf demselben Weg und brachte das Gitter notdürftig wieder an seinen Platz.«

In der Küche konnten sie hören, wie Michael mit ruhiger Stimme fragte: »Womit hat man deiner Meinung nach das Gitter entfernt?«

»Mit einer Eisenstange, schätze ich. Möglicherweise findet man sie irgendwo in der Nähe.«

Die Stimmen entfernten sich, und einige Minuten später waren die beiden wieder in der Küche. Schaul kniete unter dem Fenster, und während er mit einer kleinen Bürste die Glasscherben in einen Nylonsack kehrte, den er vorsichtig in seinem Koffer verstaute, sagte er: »Siehst du, das zerbrochene Glas fiel nach innen, und der Eindringling hat das meiste aufgekehrt, aber ein paar Splitter sind liegengeblieben. Nachdem er ausgestiegen war, hat er versucht, das Gitter wieder einzusetzen.« Schaul wandte sich an Hildesheimer und fragte nach dem Mülleimer. Der Alte wies auf den üblichen Platz unter dem Spülbecken.

Schaul erhob sich, öffnete vorsichtig den Küchenschrank, zog den Mülleimer hervor und bestäubte ihn. »Bestenfalls finden wir Spuren von Handschuhen«, sagte er und deutete auf den Eimer: »Hier ist das ganze Glas. Sicher könnten wir mit vernünftigem Licht draußen Fußspuren sichern.« Er verließ das Haus und kehrte mit zwei großen Taschenlampen zurück, von denen er eine Michael reichte: »Komm, bevor ich um Verstärkung bitte.« Aufs neue gingen die beiden in den Garten. Zila lehnte an der Wand und sah nach draußen, wo große Strahlenbündel die Dunkelheit durchbrachen, wann immer eine Lampe gehoben wurde. Dann rief Michael vom anderen Ende des Gartens nach Schaul, und nach einigen Minuten kam Michael in die Küche zurück und nahm die große, schwarze Tasche mit hinaus. Als die beiden wieder die Küche betraten, hielt Schaul einen Abguß in der Hand, zeigte ihn Zila stolz und sagte: »Wer glaubt, er könne nach einer Woche Regen seine Spuren hinter sich verwischen, ohne zu fliegen, irrt sich. Schau her, wie schön man die Sohle sieht.«

Zila schaute neugierig auf den Abdruck und fragte, ob man etwas Besonderes erkennen könne.

»Nein«, sagte Schaul, und seine Stimme klang schon weniger euphorisch. »Ein Sportschuh, scheint mir. Aber am nächsten Morgen bin ich immer klüger.« Er legte den Abguß auf den Küchentisch, sagte, daß er völlig trocknen müsse und streifte die Handschuhe ab.

»Moment«, ließ sich Hildesheimers Stimme vernehmen. »Ich begreife nichts mehr. Man hat doch den Hausschlüssel vom Bund genommen. Der Hausschlüssel war nicht mehr am Bund. Warum mußte man dann das Fenster einschlagen?«

Alle schwiegen. Michael war der erste, der sprach, zögernd, fast zu sich selbst: »Zunächst befanden sich keine Notizen und Schlüssel in ihrer Tasche. Als wir dann hierher kamen, um eine Kopie des Vortrags zu suchen, war kein Schlüssel am Schlüsselbund. Wir fanden keine Abschrift des Vortrags, kein Patientenverzeichnis, keinen Terminkalen-

105

der. Und jetzt stellt sich heraus, daß man durch das Küchenfenster eingebrochen ist und beinahe fachmännisch den
Einbruch tarnen wollte. Die Frage ist, ob es den Einbrechern
vielleicht um etwas anderes als die Papiere ging. Haben Sie
den Eindruck, daß Wertgegenstände fehlen?« fragte er Hildesheimer, der den Kopf schüttelte und sagte: »Auf den
ersten Blick nicht, nein. Die sehr wertvollen Bilder sind alle
da. Aber ich denke, daß man die Familie fragen muß. Mir ist
immer noch nicht klar, weshalb man einbrechen muß, wenn
es einen Schlüssel gibt?«

Michael erwiderte zögernd, daß er es nicht wisse. »Ich
kann mir nur vorstellen, daß der Schlüssel nicht gepaßt hat,
daß man die Tür nicht anders aufbekommen hat, ich weiß
wirklich nicht. Man muß darüber nachdenken.«

»Wenn Wertgegenstände fehlen würden, wenn im Haus
Unordnung herrschen würde, könnte man an zwei verschiedene Täter denken«, sagte Zila. »Aber so, wie es jetzt
aussieht, leuchtet das wirklich nicht ein. Es sei denn, es gab
ein Problem mit dem Schlüssel.«

Michael bat Hildesheimer, dennoch zu prüfen, ob nichts
von den Wertgegenständen verschwunden sei, und beide
gingen ins Wohnzimmer hinüber. Die Augen des Alten
schweiften über die Möbel und Bilder, über die beiden
Elfenbeinstatuetten, den Teppich, die chinesische Handarbeit, alles sehr wertvoll. Bei den Bildern, sagte er, handele
es sich um kostbare Originale; er nannte auch die Maler,
Michael hatte nie von ihnen gehört. Schließlich beantwortete er Michaels Frage nach dem Schmuck: »Den Schmuck
brachte sie vor jeder Reise in ihren Banksafe. Sie nahm nur
wenig mit. Da sie erst Freitag zurückgekehrt ist, nehme ich
nicht an, daß sie ihn schon abgeholt hat. Soviel ich weiß,

ließ sie einiges dauernd im Safe, denn nicht alles mochte sie tragen. Aber da müssen sie die Kinder fragen.«

Sie waren um vier Uhr fertig. Eine Reihe von Tüten stand im Vorraum, Michael half Eli, sie in den Kleinbus zu laden. Schaul sagte, daß er verschiedene Fingerabdrücke gefunden habe, einige stammten wohl von Michael und dem Herrn Professor – er deutete auf Hildesheimer und sah Michael tadelnd an –, aber das müsse man überprüfen.

Erst als alle das Haus verlassen hatten, ließ sich der Alte von Michael nach Hause fahren. Auf dem Weg versuchte Michael noch einmal zu klären, ob die Tatsache, daß er Eva Neidorf bei der Vorbereitung ihrer Vorträge half, allgemein bekannt gewesen sei. Wieder hatte Michael den Eindruck, daß seine Frage nicht verstanden wurde, aber er setzte nach: »Gibt es jemanden, der eine Abschrift des letzten Vortrages in Ihrem Besitz vermuten könnte?« Jetzt verstand der Alte. Ja, er glaube entschieden, daß es Leute gebe, die denken könnten, daß der Vortrag bei ihm sei, wenn man ihn auch nicht danach gefragt habe.

»Noch nicht«, sagte Michael, »noch nicht, aber ich befürchte, daß Sie noch danach gefragt werden – und nicht nur gefragt.«

Als Antwort ließ der Alte nur ein »Aha« vernehmen, er klang weder begeistert noch überrascht und schon gar nicht furchtsam. Nur als begriffe er eine neue technische Einzelheit. Michael dagegen war sehr besorgt, wenn er an die Mühe dachte, die Eva Neidorfs Mörder bereits auf sich genommen hatte. Immerhin war er noch am selben Tag in das Haus eingedrungen, um die Kopien des Vortrags und die Patientenlisten verschwinden zu lassen.

Wieder prüfte er das Gesicht des Alten, der im Auto zu

seiner Rechten saß und vor sich hinsah. Er überlegte, ob er ihn mit seinen Sorgen behelligen sollte, und bat ihn schließlich, niemandem zu sagen, daß der Vortrag sich nicht bei ihm befinde. Obwohl er sich damit in Gefahr bringen würde. »Vielleicht kann sich daraus etwas entwickeln«, erklärte Michael, und ihm war nicht wohl bei diesem Gedanken.

Er verabschiedete sich von Hildesheimer an dessen Haustür und blieb in seinem Auto vor dem Haus, bis der weiße Kleinbus mit den beiden Zivilbeamten erschien, die er per Sprechfunk angefordert hatte.

Erst nachdem er sicher sein konnte, daß das Haus rund um die Uhr bewacht würde, kehrte er in sein Büro zurück. Es war nach fünf Uhr früh, noch war es dunkel, doch es hatte aufgehört zu regnen.

Sechstes Kapitel

Joe Linder konnte nicht einschlafen. Das war nichts Neues, aber in dieser Nacht war die Schlaflosigkeit besonders quälend.

Er lag zum Fenster hin und hatte die Rolläden offengelassen. Er konnte sehen, wie die Regentropfen von den Zweigen der Zypresse fielen. Der Baum überragte beinahe das ganze Gebäude. Er sah den Lichtschein der Straßenlaterne, der seinem vierjährigen Sohn Daniel Schwierigkeiten beim Einschlafen bereitete. Joe hatte ihm heute abend etwas ungeduldig geraten, so lange weiße Elefanten zu zählen, bis das Sandmännchen komme, das den Kindern Sand in die Augen streue und ihnen Schlaf bringe. Das Kind hatte protestiert. Es fürchtete sich vor dem Sandmännchen, hatte Angst vor Sand, es kannte keine weißen Elefanten, konnte nur bis zwanzig zählen, und vor allem fühlte es nur zu genau, daß sein Vater innerlich weit weg war. Joe war kurz angebunden gewesen. Zuviel war an diesem Tag geschehen, er konnte sich nicht entspannen und länger bei seinem Kind sitzen.

Das Bild von Hildesheimer, der eben das kleine Zimmer verlassen hatte, tauchte vor Joe auf, jedesmal, wenn er die Augen schließen wollte.

Er nahm den Wecker von seinem Nachttisch. Es war zwei Uhr morgens. Er seufzte und stand schwerfällig auf, bemüht, keinen Lärm zu machen, um Dalia nicht zu wecken. Einen Augenblick betrachtete er ihr Gesicht. Er war erleichtert, als er sah, daß sich ihr Ausdruck nicht verändert hatte. Was er gerade am wenigsten brauchen konnte, war ein ernsthaftes Gespräch über die Dinge, die ihn um seinen Schlaf brachten.

Er war sich nicht völlig klar darüber, was ihn so aufwühlte. Der Tod Eva Neidorfs erregte in ihm weder Trauer noch Schmerz, er hatte sie nie gemocht. Er hatte sie sogar ein wenig gefürchtet, er hatte gespürt, daß sie ihm mißtraute. Hätte sie ihn nicht ganz so kühl behandelt, hätten sich auch seine Gefühle ihr gegenüber gewandelt. Er empfand keinerlei Schuldgefühl, nicht einmal jetzt, nach ihrem Tod. Sie hatte weder dem Menschen noch dem Therapeuten Joe Linder Achtung oder Zutrauen entgegengebracht. Das nahm er ihr noch immer übel, zumal er stets das Gefühl gehabt hatte, daß sie grundsätzlich gegen ihn eingestellt war und er machtlos dagegen war.

Joe war überzeugt, daß Hildesheimer ihn nicht daran gehindert hätte, Lehranalytiker zu werden, wäre da nicht der entschiedene und hartnäckige Widerstand Eva Neidorfs gewesen, die ihren Weg im Institut Jahre nach ihm begonnen hatte und trotzdem so weit gekommen war. In ihrer Anwesenheit hatte er sich immer wie ein Kind gefühlt, dessen lächerliche Geltungssucht vor allen bloßgestellt wurde.

Er empfand sogar eine gewisse Freude über ihren Tod und vielleicht sogar über die Art, wie sie gestorben war. Und der Gedanke, daß sich unter ihnen ein Mörder befand, erweckte keinerlei Schrecken in ihm. Er war nur ein wenig beunruhigt, vor allem aber neugierig.

Er hatte immer angenommen, daß außer Hildesheimer jedermann zu allem fähig war. Und auch der Gedanke an ihn, an den Alten mit dem gebrochenen Herzen, erweckte in ihm kindische und mißgünstige Empfindungen. Joe Linder, der sich so oft im stillen seiner kompromißlosen Offenheit rühmte, der sich selbst härter in Frage stellte als sonst ein anderer, der bereit war, sich auch mit den schwärzesten Seiten seiner Seele auseinanderzusetzen – Joe hatte nicht den Mut, sich selbst einzugestehen, daß er den Alten nicht wirklich liebte.

Niemals hatte er gewagt, die Stimme gegen ihn zu erheben, nicht einmal im stillen, für sich. Der Alte war vollkommen, jedenfalls als Analytiker und als Funktionsträger im Institut. Und in Wahrheit fiel es Joe schwer, seinen großen Schmerz darüber zu verbergen, daß der Alte ihn nicht wirklich akzeptiert, ihn nicht zum Nachfolger gemacht, ja kaum Interesse an ihm gezeigt hatte.

Eva Neidorf betitelte er mit »Ihre Hoheit«, Hildesheimer

nannte er »Opa Ernst« – doch nur im engeren Kreise, wenn die Genannten nicht zugegen waren. Er wußte, daß er das nur tat, um Eindruck auf die Jüngeren zu machen. Er war auch bereit, sein Verlangen nach der Nähe des Alten und seine heftige Eifersucht auf Eva Neidorf zuzugeben, auf ihre besondere Beziehung zu Hildesheimer, und all das erfüllte ihn mit Abscheu vor sich selbst.

Er erhob sich von seinem Bett und schlüpfte in den abgetragenen Morgenmantel, wobei er den unangenehmen Schweißgeruch ignorierte, den dieser ausströmte.

Nein. Mitleid empfand er nicht mit dem Alten. Der hatte sich seinen Kummer selbst zuzuschreiben. Alles wäre ihm erspart geblieben, wenn er nicht »Ihre Hoheit« ausgewählt hätte, sondern Joe Linder. Joe hatte immer darauf bestanden, daß es Engel nur im Himmel gebe, und jetzt hatte Eva Neidorf das selbst bewiesen. Sicherlich hätte sich niemand die Mühe gemacht, ihn zu ermorden. Womit wohl, fragte er sich, hatte sie eine derart gewalttätige Reaktion provoziert? Man hatte ja zu bedenken, daß der Täter aus einer Gruppe von außerordentlich kontrollierten und selbstbeherrschten Menschen stammen mußte. Allerdings: Gerade Menschen, die sich besonders formell und kühl geben – wie die Neidorf – haben wohl die furchtbarsten Eigenschaften zu verstecken; davon war er immer ausgegangen. Auch jetzt, nach ihrem Tod, würde ihm der Weg zum Lehranalytiker verschlossen bleiben, selbst wenn es Rosenfeld endlich gelingen würde, seine Träume zu verwirklichen und die Leitung der Ausbildungskommission zu übernehmen. Rosenfeld hatte nicht den Mut – und vielleicht auch nicht den Willen –, Joes fachliche Fähigkeiten anzuerkennen.

Es war kalt. Er zog den Gürtel des Schlafrocks enger,

schlug den Kragen hoch und schlurfte in die Küche, wo sich wie üblich das schmutzige Geschirr stapelte. Eine riesige Kakerlake bewegte sich gemächlich vom Kühlschrank zu der Spüle aus Marmor. Montags kam die Putzfrau, bis dahin würde das klebrige Geschirr im Becken bleiben, es sei denn, er würde es selbst abwaschen. Er schimpfte, als er nicht einmal eine saubere Tasse fand, und trank die kalte Milch aus einer Tasse mit Kakaoresten von Daniels Abendessen. Dann ging er in den Salon, der nur durch eine halbhohe Wand von der Küche getrennt war, streckte sich lang im Fernsehsessel aus, stellte die Tasse auf dem Schemel zu seiner Seite ab und versuchte wieder einmal, sich auf das Buch von Janet Malcolm über den Scharlatan Mason zu konzentrieren.

»Nur ein Mensch, der sich selbst so haßt wie du, kann ein Buch lesen, das ihn dermaßen aufwühlt«, hatte Dalia am Morgen gesagt, und dieser Satz klang in seinen Ohren nach, als er die Stelle suchte, wo er zu lesen aufgehört hatte.

Der Satz war gefallen, als er eben ihren täglichen Streit beenden wollte, indem er das Buch zur Hand nahm und so sein vollkommenes Desinteresse demonstrierte. Er konnte nicht rekonstruieren, womit das Scharmützel begonnen hatte, erinnerte sich aber gut an einige Hiebe, die ihn durchaus getroffen hatten – obwohl er doch berüchtigt war für seine scharfen Erwiderungen.

Er zündete sich eine Zigarette an und überlegte, was ihn an diesem beunruhigenden Buch so faszinierte. Das Buch behandelte einen Fall, der die psychoanalytische Welt über lange Zeit aufgewühlt hatte: Ein junger, begabter Analytiker, der eine blendende Karriere vor sich hatte, entpuppte sich als psychopathische Persönlichkeit und hinterhältiger Scharlatan, der bedeutende Analytiker in London und in den Vereinigten Staaten in die Irre geführt hatte. Joe fragte sich geradeheraus, ob er nicht einiges gemein habe mit Mason, und nachdem der Schritt getan und die Frage gestellt war, blieb ihm nur eine bejahende Antwort: Auch er war, wie Mason, von einer anderen Fachrichtung gekommen, hatte das ganze Institut – wenigstens in den ersten Jahren – beeindruckt mit seinem umfangreichen Wissen, seinem persönlichen Charme, seiner Scharfsinnigkeit, seinem Humor, seiner Fähigkeit, schnell und klar die Bedrängnis seiner Patienten zu verstehen. Seit jeher hatte er die Not anderer gut erkannt. Und auch wenn sein Charme inzwischen verblaßt war, sprach ihm doch keiner seine Fähigkeiten als Diagnostiker ab.

Er konnte es einfach nicht begreifen. Wann hatte er aufgehört, der junge, vielversprechende Analytiker zu sein? Wann war seine Begeisterung erlahmt, seit wann mischte sich die Bitterkeit in alle seine Gedanken?

Er ahnte mehr als er wußte, daß die Monotonie der Tätigkeit an dieser Veränderung schuld hatte. Er war zu schwach, um die Einsamkeit der täglichen therapeutischen Situation zu ertragen und das Fehlen von Bestätigung die Jahre hindurch wegzustecken. Oftmals hatte er sich, mal verbittert, mal mit Selbstironie, an einige Leitsätze erinnert, die er in den Jahren des Beginns von Deutsch zu hören bekommen hatte. Einen Satz hatte Deutsch wie ein Mantra stets aufs neue gepredigt: »Auf unserem Weg gibt es keine Abkürzung. Jede Abkürzung verlängert nur die Strecke. Der Prozeß ist langwierig und aufreibend und mit Opfern verbunden. Mal bedarf es der Feinfühligkeit eines Graveurs,

113

mal der Hartnäckigkeit eines Steinmetzes; aber immer bedarf es der Geduld.«

Dumpf fühlte Joe, daß bei ihm nicht mehr das Wohl der Patienten im Vordergrund stand, sondern seine eigenen Bedürfnisse. Die Prioritäten hatten sich verschoben. Er war selbst nicht überzeugt von seinen »neuen Methoden« – wie er es nannte –, die er bei der Behandlung anzuwenden begonnen hatte.

Auch Hildesheimer ließ sich nicht davon überzeugen, daß Joe reine Motive hatte, und beschuldigte ihn ausdrücklich, daß es ihm nur darum ginge, die Sitzungen für ihn selbst interessanter zu machen.

Die härtesten Vorwürfe von seiten Hildesheimers hatte er sich allerdings bei einer anderen Gelegenheit eingehandelt. Es ging um eine Eröffnungsvorlesung zur Traumdeutung, die er vor neuen Kandidaten gehalten hatte. »Um das Eis zu brechen«, wie er später dem Alten zu erklären versuchte, erzählte er den Schülern, »die so gespannt und ängstlich waren, daß ich wirklich Mitleid mit ihnen hatte«, seine eigenen Träume, »damit sie etwas zu lachen haben. Was soll daran so schrecklich sein? Wozu der heilige Ernst?«

Selbstredend schilderte er Träume, die sehr handlungsreich waren und voller privater Details. Das brachte die Kandidaten in Verlegenheit. Die Sache sprach sich herum und kam – er hatte nie herausbekommen, durch wen – Hildesheimer zu Ohren. Der reagierte entsetzt.

Die Furcht, die der Alte ihm einflößte, versuchte Joe damit zu beschwichtigen, daß er sich sagte, dies sei der typische Wutausbruch eines »Jecken« und habe nichts mit ihm zu tun. Es war das erste Mal, daß er ihn völlig die Beherrschung verlieren sah. Außerordentlich scharfe Worte

114

fielen. Unter anderem sagte Hildesheimer damals: »Sie verlieren alle Maßstäbe. Sie befriedigen nur mehr Ihre eigenen Bedürfnisse. Das Bedürfnis, geliebt zu werden, bringt Sie um den Verstand. So können Sie nicht weitermachen. Wie lange noch wollen Sie Ihre Patienten betrügen? Das ist keine Behandlung, die Sie da machen, das ist Zirkus!«

Tief im Innern wußte Joe, daß Hildesheimers Beschuldigungen eine gewisse Wahrheit enthielten, daß er genug davon hatte, tagein, tagaus Patienten zu hören, die in ihren Schmerz versunken waren, Assoziationen von ihnen zu verlangen und darauf zu bestehen, daß sie zur Wahrheit vordringen. Der Satz »Woran erinnert Sie das?« wurde für ihn zur Farce, und manchmal konnte er ihn nicht mehr mit der richtigen Betonung aussprechen. Ein Teil der Patienten spürte das. Er wußte nicht genau, wann die Zahl seiner Patienten begonnen hatte zurückzugehen, und er hatte ja auch noch mehr Patienten als genug. Allerdings gab es keine Warteliste mehr, und in letzter Zeit lagen auch keine Supervisionsgesuche mehr vor. Er kontrollierte eigentlich nur zwei fortgeschrittene Kandidaten.

Zusehends, das erkannte er, nahm er die Rolle eines Hofnarren an, die Menschen lächelten schon, wenn er nur den Mund aufmachte. Sicher: Sie kamen noch immer, um seinen Rat einzuholen, wenn es mit einem Patienten besondere Probleme gab. Dann lächelten sie nicht. Sein Einfühlungsvermögen, sein theoretisches Wissen wurde nicht angezweifelt, man vertraute nach wir vor seinen Diagnosen. Aber mehr und mehr fühlte er, daß sein Prestige bröckelte.

Und was das Dilemma vollständig machte: Seine Ehe war zerrüttet, er konnte nicht länger die Augen vor dieser Tatsache verschließen. Es war bereits die zweite Ehe, was das

115

Gefühl, versagt zu haben, nur noch bohrender machte und seinem verzweifelten Zynismus Tür und Tor öffnete.

Er war beinahe fünfzig, Vater eines vierjährigen Sohnes, und wenn er beim Rasieren sein eigenes Gesicht im Spiegel sah, fragte er sich, wie oft ein Mensch sein Leben von vorn beginnen kann, wenn er auf seinem selbst gewählten Weg gescheitert ist.

Jedesmal, wenn er den vielversprechenden Beginn seiner Karriere und seiner ersten Ehe an sich vorüberziehen ließ, wurde ihm deutlich, daß er niemand die Schuld geben konnte. Alle Möglichkeiten hatten ihm offengestanden, und er hatte alles zerstört.

Er konnte die Verantwortung auf Deutsch abwälzen, er konnte ihm vorwerfen, daß er als Analytiker versagt habe. Aber das Wissen, daß die Analyse, die er durchgemacht hatte, nicht alle Probleme lösen konnte, verschaffte ihm nicht gerade Erleichterung.

Und Nacht für Nacht mußte er an seine erste Frau denken. Was wäre geschehen, wenn er sie nicht hätte gehen lassen, wenn er nicht auf der Abtreibung bestanden hätte, wenn er sich nicht so dagegen gewehrt hätte, Vater zu werden? Seine erste Ehe, das war die vertane Chance seines Lebens gewesen. Sie hatte sich, wie er vor einigen Jahren entdecken mußte, inzwischen eine neue, erfüllte Existenz aufgebaut. Sie war immer in der Lage gewesen, das Leben zu genießen, sie war ein optimistischer, unkomplizierter Mensch. Wenn er damals begriffen hätte, daß ihr Glück nur von ihm abhing, daß er nur anzunehmen brauchte, was er über alles liebte, dann hätte er sie nicht gehen lassen.

Sie hätten ein gemeinsames Leben führen können, wenn er zu seiner Verantwortung gestanden hätte. Er hätte nicht

116

auf der Abtreibung bestehen dürfen. Die Gründe, mit denen er seinen Entschluß, niemals Kinder zu haben, begründet hatte, hatte er vergessen. Aber er erinnerte sich gut an den Tag, an dem er sie nach Hause gefahren hatte, blaß und geschwächt, die Augen voller Tränen, in die ungeheizte Wohnung; dort hatte er ihr zwei Tage lang Tee gebracht, der sie nicht wärmte. Er konnte sie nicht berühren.

Als er sie nach zwei Monaten zum Flugplatz fuhr, waren ihre Lippen entschlossen aufeinandergepreßt. Sie flog nach New York. Zwei Jahre später machte er ihr keine Schwierigkeiten, als sie »die Sache formell beenden wollte« und nach Israel zurückkehrte, um sich scheiden zu lassen. Etwas in ihrem Ausdruck machte den bloßen Gedanken an Versöhnung unmöglich. Sie hatte ihm nicht vergeben.

In Wahrheit, dachte Joe und betrachtete den Einband des Buches, hatte er sie sehr geliebt, auf seine unzulängliche, infantile Art. Doch was er von dieser Liebe damals zu zeigen vermochte, war so verzerrt, daß ein neuer Anfang vollkommen unmöglich war.

Zwanzig Jahre waren inzwischen vergangen, und seit sieben Jahren war er mit Dalia verheiratet, die ihm von ihrer Schwangerschaft erst erzählte, als es für einen Eingriff zu spät war. Jedesmal, wenn er Daniel anblickte, empfand er Freude und Liebe, aber oft versank er in einem Meer der Angst, vor allem nachts. Dann ging er zu seinem Bettchen und untersuchte, ob das Kind noch lebte. Nur in Gegenwart des Kindes, dachte Joe und betrachtete das Buch auf seinen Knien, empfand er die Wärme und Sicherheit einer bedingungslosen Liebe.

Und manchmal auch in Gegenwart Joavs.

Seine Beziehung zu Joav, die ihm wie eines der seltenen

Wunder seines Lebens vorkam, führte zu immer neuen Spannungen zwischen ihm und Dalia. Sie konnte mitten in der Nacht davon anfangen, und für gewöhnlich kehrte sie das Gesicht zur Wand, um gehässig zu fragen: »Was findest du bloß an diesem Joav? Gut, er ist weit jünger als du und verehrt dich grenzenlos. Aber ich wüßte doch zu gerne, was wirklich dahintersteckt. Manchmal glaube ich, daß hinter dem Ex-Don-Juan ein kleiner, netter Homo steckt. Das ist es doch, oder? Im Grunde bist du schwul.«

Joe lächelte dann. Wie jeder ernstzunehmende Psychologe ging er davon aus, daß die Homosexualität latent in jedem vorhanden ist: daß sich in jedem Mann ein feminines, in jeder Frau ein maskulines Element befindet und eine gewisse Anziehungskraft zum eigenen Geschlecht besteht. »Die unterschiedlichsten Neigungen«, hatte er Dalia einmal erklärt, »sind in jedem von uns angelegt. Homosexualität und Selbstzerstörungstrieb, Aggression und Neid, Sadismus und Masochismus. Die Frage ist, wie stark diese Neigungen sind. Das ist der ganze Unterschied zwischen Kranken und Gesunden. Ich liebe Frauen, und ich liebe auch Männer, richtig. Aber in meiner Persönlichkeit ist die Homosexualität nicht dominant. Dieses Problem stellt sich nicht.« Doch Dalia zog es vor, Joes Erklärung zu ignorieren.

Die Vorwürfe, die sie heute zu Beginn ihres morgendlichen Streites aufgebracht hatte, waren tatsächlich schmerzhaft gewesen, obwohl, wie gewöhnlich, nicht neu. Joav Alon, der fünfzehn Jahre jünger als Joe war, bewunderte ihn vorbehaltlos, stand ihm nahe und war von ihm abhängig. Joe war ihm ein Vaterersatz, ein großer Bruder, aber darüber hatten sie niemals offen gesprochen.

In ihrer Beziehung blieb Joavs Achtung dadurch gewahrt,

118

daß er sich um die handwerklichen Probleme im Haus kümmerte – Joe konnte nicht einmal einen Kurzschluß reparieren –, und dadurch, daß er die Familie ununterbrochen mit Nachrichten aus aller Welt versorgte, denn Joe las keine Zeitungen. Und der Ausspruch »Da fragen wir am besten Joav« wurde zu einem vereinbarten Signal in ihrem Spiel, dessen Regeln Joe so festgelegt hatte: »Ich bin ein Mann der inneren Welt, und du bist für die große Welt draußen zuständig.«

Sie begegneten sich zum ersten Mal, als Joe kurz nach seiner Scheidung eine Affäre mit Joavs Schwester hatte. Sie brachte Joav in Joes Wohnung in Arnona, und als die Schwester nach zwei Monaten ihres Weges ging, kam Joav weiterhin regelmäßig, mit stummer Hartnäckigkeit, ohne sich vorher anzumelden. Er schwieg stundenlang und hörte nur den Gesprächen zu, die im Hause geführt wurden, das immer voller Menschen war. Schließlich blieb er auch über Nacht, jedenfalls, wenn Joe keine Frau bei sich hatte. Dann saßen sie bis in die frühen Morgenstunden zusammen und redeten.

Joav brachte seine Freundin Osnat mit, um sie Joe vorzustellen, noch bevor er sie mit seinen Eltern bekannt machte.

Dalia hatte Joav als ein Teil der Welt ihres Mannes akzeptiert, erst im vergangenen Jahr begann sie, gegen das gute Verhältnis zwischen ihrem Mann und dem jungen, braungebrannten Offizier zu protestieren, den »Zabar«, dessen Dornen in Joes Gegenwart verschwanden.

Im letzten Jahr war es Joe, als zöge sich auch Joav von ihm zurück. Ein einziges Mal nur hatte er möglichst unbekümmert gefragt, ob etwas nicht in Ordnung sei. Und Joav, der anfangs so tat, als wüßte er nicht, wovon die Rede ist, errötete schließlich und sagte: »Es ist wegen dieser beschissenen Arbeit, die saugt mir das Mark aus den Knochen.« Joe versuchte nachzuhaken, aber Joav wich aus. Jetzt verbrachten sie viele Stunden schweigend oder mit Gesprächen über alltägliche, nichtige Dinge. Er wußte, daß diese Entfremdung nicht an ihm lag, doch sie schmerzte ihn so sehr, daß er keinen Versuch unternahm, sie zu durchbrechen. Er begegnete seinem jungen Freund mit Zartgefühl, mit Vorsicht, behandelte ihn wie ein heranwachsendes Kind und verbarg seine Verletzlichkeit.

Joe Linder kannte kein größeres Opfer als dieses – einen Menschen zu lieben und ihn doch loszulassen.

Auch die Entwicklung mit Joav schien ihm gut in seinen allgemeinen Niedergang zu passen, die Menschen wurden seiner müde. Er hatte keine Energie mehr, etwas zu ändern. Er hatte nicht die beneidenswerte Kraft der Neidorf, die dem Glauben an die Fähigkeit entsprang, das eigene Leben oder das Leben anderer ändern zu können.

Der Faden seiner Gedanken war zerrissen. Er betrachtete das Buch, die Zigarette, die im Aschenbecher zu einer Aschenrolle verglühte. Es war ausgesprochen kühl im Zimmer, und als er zur Vitrine ging und sich ein Glas Whisky eingoß, dankbar dafür, daß wenigstens die Weingläser sauber waren, meldeten sich die chronischen Rückenbeschwerden mit stechendem Schmerz. Er setzte sich wieder in den Sessel und fühlte in dem Sitz eine merkwürdige Erhöhung, die sich als Daniels Gummiente entpuppte. Mit seiner freien Hand streichelte er ihren Kopf.

An klaren Tagen konnte man durch das große Fenster die judäischen Berge sehen. Jetzt, um drei Uhr nachts, war nichts als ein schwarzer Himmel zu erkennen. Bis zu dem

Bauboom im Jahre 1967 hatte das Gebäude, in dem sich noch drei weitere Wohnungen befanden, isoliert in der zauberhaften Stille Arnonas gelegen. Nun war dieser Charme verloren, nur den Nächten war noch etwas Zauber verblieben, und Joe konnte Stunden damit verbringen, in die große Dunkelheit draußen zu blicken. Manchmal saß er dem Fenster gegenüber im Sessel, bis es dämmerte.

Es gab auch andere Nächte. Wenige. Aber es gab sie.

Manchmal konnte er fröhlich sein, wenn er Menschen um sich hatte, viele Menschen, wie auf der Party vor zwei Wochen. An jenem Sabbat hatte er ein Fest gegeben, für Tami Zvi'eli, die ihre Fallstudie vorgestellt hatte und ins Institut aufgenommen worden war. Es war wirklich schön gewesen, er hatte seinen Punsch vorbereitet, der wie immer wirkte: befreiend und verblödend. Und alle waren gekommen. Dalia ging in der Rolle der Gastgeberin auf. Es herrschte Waffenstillstand. Er umarmte alle, liebte alle, sogar die Rückenschmerzen vergaß er, trotz der Kälte und obwohl sie auf der großen Terrasse gesessen hatten. Die Scherze und das Zusammengehörigkeitsgefühl erwärmten sogar die Luft draußen.

Hildesheimer fehlte, er nahm niemals an gesellschaftlichen Ereignissen teil, weil er stets damit rechnen mußte, Patienten zu treffen. »Und das«, meinte er, »gehört genau zu den Dingen, die die Übertragung unmöglich machen.« Auch Eva war nicht gekommen, und Joe fühlte sich frei von allen Behinderungen.

Der bessere Teil des Abends begann spät, als nur die Jungen übriggeblieben waren, die, die ihn noch immer verehrten. Da war er zur Höchstform aufgelaufen: geistreich, scharfsinnig, witzig. Selbst Joav, der wegen seiner Bezie-

hung zu Tami gekommen war, war ausgelassen. Wenn er
Joe zulächelte, leuchteten seine Augen wie einst. Noch tagelang war Joe glücklich. Nicht einmal als alle gegangen
waren und nur die Pappbecher mit Punschresten übriggeblieben waren, senkte sich seine Stimmung, denn er sonnte
sich noch in dem Gefühl, allgemein bewundert zu werden.

Er seufzte und erhob sich vom Sessel. Mechanisch ging er
zum Bücherschrank und zog, beinahe ohne hinzusehen, ein
Buch mit weichem Ledereinband heraus, dessen abgesto-
ßene Ränder einst vergoldet gewesen waren. Er kannte jede
Seite darin, jede Zeile.

Es gab das Gerücht, daß Stefan Deutsch Joe Linder auferlegt hatte, deutsch zu lernen, als Bedingung, um vom Institut akzeptiert zu werden. Joe selbst nährte jedes Gerücht,
das ihn interessant machen konnte oder in ein besseres Licht
stellte. Alle im Institut bewunderten sein perfektes Deutsch,
aber in Wahrheit war Deutsch seine Muttersprache, da
seine Eltern aus Deutschland stammten und nach Holland
ausgewandert waren.

In seinen schweren Stunden suchte er bei der deutschen
Dichtung Trost und Zuflucht. Das Buch öffnete sich von
selbst bei Hölderlins »Hälfte des Lebens«. Obwohl er es
auswendig kannte, liebte er es, die Buchstaben, die Stro-
phen, die gotischen Satztypen zu betrachten und das dünne
und feine Papier zu betasten.

Nur zwei Geheimnisse hatte Joe, nur zwei Inseln des
Glücks: die Liebe zu seiner ersten Frau, der verlorenen, und
seine Liebe zur Poesie.

Aber diesmal brachte ihm Hölderlin keinen Trost, und er
spürte das Würgen des zurückgehaltenen Weinens, der Tränen, die sich nicht lösen wollten.

Um halb vier morgens entnahm er seinem kleinen Taschenkalender, daß sein erster Patient erst um neun Uhr kommen würde. Der Gedanke an eine Schlaftablette setzte sich in seinem Kopf fest. Er bestellte den telefonischen Weckdienst, betrat das Schlafzimmer mit einem Glas Wasser in der Hand und öffnete die Schublade des Nachttischchens neben seinem Bett, in dem er die Schlaftabletten aufbewahrte.

Er knipste seine Leselampe an und zog die Tabletten heraus. Rosenfeld besorgte sie ihm regelmäßig, nicht ohne eine stereotype Ermahnung: »Wie jeder Schuster gehst du barfuß. Vielleicht suchst du lieber jemand auf, anstatt mit diesem Dreck zu leben?«

Doch diesmal konnte von Mißbrauch wirklich keine Rede sein: Schon über zwei Wochen hatte er keine Tablette mehr genommen. Es ist ein harter Tag gewesen, dachte er, als er die Tablette schluckte und das Päckchen in die Schublade zurücklegte. Dann machte er das Licht aus und wartete auf das Wunder. Aber während er auf die Wirkung der Tablette wartete, fiel ihm ein, daß etwas anders gewesen war in der Schublade, etwas, das gewöhnlich beim Durchstöbern der Schublade störte, hatte gefehlt.

Später sollte Joe sagen, daß er mit zunehmendem Alter immer mehr der These Freuds zustimmen würde, daß es kaum Zufälle auf dieser Welt gibt. Es war gewiß kein Zufall, daß er gerade in dieser Nacht das Fehlen des Revolvers bemerkte.

Sobald er begriffen hatte, was nicht stimmte, sprang er aus dem Bett, zog die Schublade heraus und leerte sie aus. Er fand nicht, was er suchte. Auch nicht in der zweiten Schublade und nirgendwo anders im Zimmer.

Aber da begann die Schlaftablette bereits zu wirken, und sein Körper wurde schwer und schlaff. Auf dem Weg ins Bett dachte er, daß alles bis zum Morgen warten könne, und als er einschlief, klang in seinem Gehirn die zweite Strophe der »Hälfte des Lebens« nach:

> Weh mir, wo nehm ich, wenn
> Es Winter ist, die Blumen, und wo
> Den Sonnenschein,
> Und Schatten der Erde?
> Die Mauern stehn
> Sprachlos und kalt, im Winde
> Klirren die Fahnen.

Er schlief fest, bis er das hartnäckige Klingeln des Telefons hörte, Alarmsignale in seinen Traum mischte, in dem sein Auto aufgebrochen worden war, und schließlich wachte er auf. Er nahm den Hörer. Es war sieben Uhr einunddreißig. Er blieb auf dem Bett sitzen und fragte sich, wie er die erste Behandlung absagen könnte, um zur Polizei zu gehen und das Verschwinden des Revolvers zu melden.

Siebtes Kapitel

Am Sabbatmorgen, als Eva Neidorf tot im Institut gefunden wurde, durften die Patienten der geschlossenen Abteilung des Margoa-Krankenhauses in den Garten gehen. Trotz aller Versuche der Oberschwester, die Männer auf Abteilung D zu überreden – »kommt, seht, was für ein schöner Tag heute ist« –, blieben sie zusammengekauert in ihren Betten liegen. Schwester Dvora ging von Bett zu Bett und versuchte die Kranken zu überreden, in die Sonne hinauszugehen. Nur zwei kamen: Schlomo Cohen und Nissim Tobol. Sie erhoben sich schwerfällig von ihren Betten und durchquerten wie Schlafwandler den großen Raum, bis sie die Tür erreichten, wo sie stehenblieben und in die Sonne blinzelten.

Zur gleichen Zeit ging Ali, der junge, arabische Gärtner aus dem Flüchtlingslager bei Dehejsche, von Rosenstrauch zu Rosenstrauch und harkte gemächlich Blätter und Abfall auf eine Schaufel, die er dann in den großen Eimer leerte, den er hinter sich herzog. Ab und zu hob er den Kopf und blickte über den Zaun auf die vorbeifahrenden Autos. Er arbeitete seit dem frühen Morgen und erreichte erst um zehn Uhr den Zaun, der das Krankenhaus von der Straße trennte. Seit einigen Wochen arbeitete Ali am Sabbat anstatt sonntags. Es war ihm gelungen, den Hausverwalter zu überzeugen, dieser besonderen Regelung zuzustimmen, nachdem er während des ersten Jahres alle Arbeit, die ihm aufgetragen wurde, getan hatte, ohne etwas zu verlangen. Außerhalb des Krankenhauses wußte niemand von dieser Regelung. Der Hausverwalter fürchtete die Reaktion des Gesundheitsministeriums, das einen so offenkundigen Verstoß gegen die Sabbatruhe nicht gern sah. Auf der Gehaltsabrechnung und dem Dienstplan der Klinik blieb der Sonntag verzeichnet.

Ali war durchaus kein gläubiger Christ, wie er vorgab, aber er wollte zu Hause mit seinen Freunden zusammen sein, die sonntags frei hatten.

Er liebte die tiefe Stille, die den Garten am Sabbat umgab.

125

Auf der Straße, die auch an Werktagen ruhig war, konnte man dann kaum ein Auto sehen.

An diesem Sabbat aber herrschte Hochbetrieb. Autos fuhren am Krankenhaus vorbei, um weiter unten in der Straße zu parken. Die Streifenwagen allerdings konnte er nicht sehen, denn sie hielten oben in der Nähe des Instituts. Als er an den Rosenstrauch kam, der dem Zaun am nächsten stand, war noch alles, wie es sein sollte. Er arbeitete gemächlich und genoß die Wärme der Sonne. Die Erde war noch immer feucht. Und dann sah er in dem Rosenstrauch, der direkt an den Zaun grenzte, etwas glänzen. Er streckte seine Hand aus und stieß auf Metall. Als er den Gegenstand in seiner Hand sah, einen kleinen Revolver mit Perlmuttgriff, handelte er schnell. Er blickte nach rechts und links, und als er sich vergewissert hatte, daß niemand ihn sah, ließ er den Revolver fallen und scharrte mit seinem Fuß Erde darauf. Anschließend kniete er nieder, hockte gebeugt neben dem Rosenstrauch und überlegte, was zu tun war.

Er wußte nicht, wie der Revolver in den Krankenhausgarten gekommen war und auch nicht, wie lange er dort im Rosenstrauch gelegen hatte. Aber er wußte genau, welche Unannehmlichkeiten ihm daraus erwachsen konnten. Anfangs dachte er an die Möglichkeit, den Revolver tiefer zu vergraben und so zu tun, als ob er ihn nie gesehen hätte. Aber was, wenn die Waffe dann doch gefunden würde? Man würde ihn, den einzigen Gärtner, um Erklärungen bitten. Dieser Gedanke war beängstigend.

Später erwog er die Möglichkeit, den Revolver mit nach Hause zu nehmen und ihn dort jemandem zu geben. Aber wegen des schönen Wetters waren auf den Straßen zwischen Jerusalem und den »Territories« (wie die Juden es nannten)

viele Spaziergänger und auch die Polizei unterwegs, und das
jagte ihm Todesangst ein. Er dachte auch an die Durchsu-
chungen und Festnahmen, die nach dem Mord an dem
Touristen in der Altstadt noch andauern konnten. Er grub
wieder in der feuchten Erde, wobei er noch immer mit sich
kämpfte. Mehr als alles fürchtete er den Kontakt mit den
Behörden. Sein jüngerer Bruder war vor einigen Monaten
unter dem Verdacht subversiver Tätigkeiten verhaftet worden. In der Margoa-Klinik wußte niemand davon. Ihm war
klar, daß er keine Ruhe finden würde, bevor der Revolver
aus seinen Augen und seinem Bewußtsein verschwunden
sein würde. Er wollte keine Komplikationen.

Ali stand auf und sah sich um. Da sah er Tobol. Er dankte
Gott, obwohl er an glückliche Fügungen nicht glaubte, daß
er ihm in diesem kritischen Augenblick gerade Tobol geschickt hatte. Tobol war einer der Verrückten, die Ali besonders gern mochte. Von großem Vorteil in dieser Situation war Tobols immerwährendes Schweigen. Keinem war
es je gelungen, im Laufe der vielen Jahre aus Tobol ein Wort
herauszubekommen. Das hatte ihm der Hausverwalter in
gebrochenem Arabisch erzählt während eines ihrer seltenen
Gespräche. Selbstverständlich hatte nicht Ali dieses Gespräch begonnen, sondern der Hausverwalter, der sich über
das Vertrauen wunderte, das Tobol Ali entgegenbrachte.
Daß Tobol von Ali eine Zigarette annahm, wunderte ihn,
daß aber Tobol hinter Ali herging, sich hinsetzte und seiner
Arbeit zusah, grenzte an ein Wunder. Ali hatte zögernd
gemeint, daß ihm der Mann nicht gefährlich zu sein scheine.
Der Hausverwalter hatte zugestimmt, warnte aber, daß
man nie wissen könne, wann einer »von denen« Amok
laufen würde. Ali jedoch hatte keine Angst vor den Kran-

127

ken. Während all der Monate, die er in der Klinik arbeitete, hatte ihm kein Kranker Furcht eingeflößt. Mit den Gesunden war das anders.

Nissim Tobol entdeckte Ali und näherte sich dem Rosenstrauch. Ali rührte sich nicht, bis er sicher war, daß Tobol tatsächlich zu ihm kam, dann setzte er sich nieder und zog ein Päckchen Zigaretten aus der Tasche. Tobol setzte sich in einiger Entfernung auf den Boden, und Ali wandte ihm langsam den Kopf zu und lächelte. Tobol stand auf und kam etwas näher, sah sich mit ängstlichem Blick um, ließ sich nach langem Zögern neben ihm nieder und zeigte auf die Zigaretten. Ali reichte ihm das Päckchen, und Tobol nahm sich drei Zigaretten. Zwei steckte er vorsichtig in seine Hemdtasche, die dritte steckte er sich in den Mund und näherte sich dem Streichholz, das Ali ihm mit zitternden Händen anzündete.

Sie rauchten schweigend. Ruhig war auch die Straße hinter dem Zaun, auf die Ali nach jedem Zug blickte. In regelmäßigen Abständen gab Tobol einen tiefen Seufzer von sich, und ab und zu lief ein Zittern durch seinen kleinen Körper. Langsam beruhigte er sich. Die verkrampften Schultern entspannten sich zusehends, und er streckte die Beine von sich. Wenn er keine unvorsichtige Bewegung machte, dachte Ali, würde Tobol neben ihm sitzen bleiben.

Erst nach der zweiten Zigarette verschwand das Mißtrauen aus Tobols Gesicht, sein Blick wurde wieder glasig und starr. Ali drehte sich um und sah wieder auf die Straße hinter dem Zaun. Langsam, in einer möglichst selbstverständlichen Bewegung grub er seine Finger in die feuchte Erde, bemüht, den Kranken nicht zu erschrecken, vorsichtig, wie ein Jäger, der einem Reh auflauert. Er sah nicht auf

seine Finger, sondern auf Tobols Gesicht. Tobol zog hinge-
bungsvoll an der Zigarette und beobachtete mit glasigem
Blick die Hände des Gärtners.

Ali zog seine Hand in dem Augenblick aus der Erde, als
der Revolver freigelegt war, und betrachtete weiter das
Gesicht Tobols, der zu seiner Überraschung aufgesprungen
war, den Revolver aufhob und fest umklammerte. Seine
Augen glänzten, er gab unverständliche Laute von sich.
Dann steckte er den Revolver in den Gummigürtel seiner
pyjamaartigen Hose und sah Ali mit einem siegesbewußten
und zugleich ängstlichen Blick an – wie ein Kind, das einen
wertvollen Schatz entdeckt hat und fürchtet, daß er ihm
entrissen wird.

Der Gärtner hatte erwartet, daß er seine ganzen Überre-
dungskünste würde aufbringen müssen; er traute seinem
Glück nicht, weshalb er schnell auf seine Uhr deutete, die
anzeigte, daß es halb elf war. Er sagte: »Tee«, erhob sich
und ging in Richtung Station. Tobol stand auf und folgte
ihm, verfiel plötzlich in einen unbeholfenen Trab und
rannte auf die Männerabteilung D zu, bis er in der Eingangshalle verschwand.

Ali kehrte in den Garten zurück, setzte sich zu dem abge-
legensten der Rosenbüsche, holte tief Luft und zündete sich
eine Zigarette an. Selbst wenn Tobol beschließen würde,
plötzlich zu sprechen, selbst wenn er toben würde, konnten
sie die Pistole nicht in Verbindung mit dem arabischen
Gärtner bringen. Doch als er wieder aufgestanden war und
sein Reinigungswerk fortsetzte, mit dem er sich seit dem
Morgen beschäftigte, sah er das erste Polizeiauto die Straße
entlangfahren. Er hielt den Atem an, aber das Auto fuhr
weiter. Doch dann folgten zwei Streifenwagen, die in die

129

Seitenstraße gegenüber dem Krankenhaus einbogen. Die Streifenwagen versetzten ihn in Panik, und er versuchte, sich einzureden, daß kein Zusammenhang zwischen der Polizei und dem Revolver, zwischen ihnen und ihm bestehe. Mit aller Macht hielt er dem ungeheuer starken Impuls, zu flüchten und ins Dorf zurückzukehren, stand, es war das Vernünftigste, weiterzumachen und sich wie gewöhnlich zu benehmen. Er arbeitete weiter, tat so, als ob alles, was auf der Straße hinter dem Zaun geschah, ihn nichts angehe, und zog sich nach und nach tiefer in den Garten zurück, zu den Obstbäumen, die zu blühen anfingen.

Schwester Dvora bemerkte, daß Nissim Tobol äußerst aufgeregt war. Sie beobachtete ihn aus den Augenwinkeln. Zusammengekauert lag er auf dem Bett und hielt die Hand an der Hosentasche. Seine Augen glänzten, wie sie es bei ihm nie zuvor gesehen hatte. Sie ging zu seinem Bett und ermahnte Tobol »streng wie eine Kindergärtnerin« – so umschrieb Dr. Baum auch in ihrer Gegenwart ihren Tonfall –, er solle jetzt zu Tisch kommen, am Eingang der Abteilung gebe es Tee und Kuchen, »Sabbatkuchen«, wiederholte sie in einem Ton, in den sie, ihrer Meinung nach, viel Gefühl gelegt hatte.

Tobol reagierte nicht, er blickte sie nicht einmal an, sondern starrte auf einen Punkt an der gegenüberliegenden Wand. Sie wiederholte ihre Worte. Da sah er sie mißtrauisch an und deckte sich, ohne seine Hosentasche loszulassen, mit der Wolldecke zu. Schwester Dvora gab es auf und verließ das Zimmer.

Nach der Teepause verließ sie die Abteilung und ging in das Zimmer des diensthabenden Arztes.

An jenem Sabbat hatte Chedva Dienst, aber Schwester

Dvora beabsichtigte nicht, sich bei ihr fachlichen Rat zu holen, auch wenn sie Chedva gern mochte. Sie wußte genau, daß der Bereitschaftsarzt Dr. Baum sich den ganzen Tag im Krankenhaus aufhielt. Denn wenn Chedva Sabbatdienst hatte, bat sie Baum, falls er Bereitschaftsarzt war, mit ihr im Krankenhaus zu bleiben, da sie sich davor fürchtete, die alleinige Verantwortung zu übernehmen. Man hatte Dvora diese Regelung nicht mitgeteilt, aber ihren Augen blieb nichts im Krankenhaus verborgen. Und obwohl sie gegen Baum Einwände hatte – sie arbeitete nicht gern mit ihm, weil er »Unordnung und Unruhe in die Abteilung« brachte mit seinen sonderbaren Methoden – er mißachtete Regelungen, er scherzte mit den Kranken –, zog sie jetzt seine ärztliche Erfahrung einer Beratung mit Chedva vor.

»Seht, seht!« begrüßte Dr. Baum die Schwester. Er hatte es sich in seinem Sessel bequem gemacht und die Beine auf den Tisch gelegt. »Seht, wer da am Sabbatmorgen zu Besuch kommt. Möchten Sie Kaffee?«

Sieh da, dachte die Schwester und wandte sich zur Seite an ein unsichtbares Publikum, das wäre ein Beispiel für seine Dummheiten. Ich komme zu Besuch! Nein, wirklich!

»Nun«, fuhr Baum fort, während ein Lächeln in seinen Augen spielte. »Möchten Sie oder nicht?«

»Was? Möchten was?« fragte Dvora, in Gedanken versunken.

»Na, na, wir wissen schon nicht mehr, was wir wollen«, lachte Baum, faßte an seinen hellen Schnurrbart und sah sie amüsiert an. »Gute Zeiten. Man kann an viele Dinge denken. Was meinen Sie?«

Schwester Dvora errötete nicht, und indem sie sein Lächeln demonstrativ ignorierte, sagte sie: »Ich bin gekom-

131

men, um Ihnen zu sagen, daß wieder etwas nicht stimmt mit Tobol. Mir scheint, er fängt wieder an. Heute morgen, als er aufstand, war er noch in Ordnung. Ich weiß nicht, was seitdem geschehen ist, aber mir scheint, er fängt wieder an.«

Dr. Baum wurde ernst. »Sind Sie sicher?« fragte er, doch er erwartete keine Antwort, er wußte, daß Schwester Dvora Erfahrung hatte und besser diagnostizierte als mancher Arzt, den er kannte. Trotz seiner Scherze schätzte er ihre Arbeit und ihren Umgang mit den Kranken sehr. »Schade«, sagte er endlich, rupfte an seinem Schnurrbart, »es ging ihm so gut letzten Monat, ich dachte sogar daran, ihn auf Abteilung A zu verlegen.« Die Männerabteilung A war eine – je nachdem, wie man es sehen wollte – halb offene oder halb geschlossene Abteilung. Jedenfalls genossen die Patienten dort mehr Freiheiten als auf Station D, die völlig geschlossen war. »Was fehlt ihm diesmal? Was haben Sie beobachtet?«

»Nun«, sagte Dvora zögernd, »er ist einfach anders als sonst. Er liegt im Bett, will nichts essen, wissen Sie, aber diesmal wirkt er auch beunruhigt, außerordentlich beunruhigt – so scheint es mir jedenfalls.« Die letzten Worte sagte sie mit besonderer Schärfe, um ihre Unsicherheit zu verbergen, denn sie hatte Angst, sich mit einer Diagnose festzulegen.

»Seine Medizin nimmt er wie gewöhnlich?« fragte Baum, und Dvora nickte. Darauf wandte er sich dem grauen Metallschrank zu, in dem die Patientenakten aufbewahrt wurden. Er rückte seinen Sessel mit einem lauten Kreischen dorthin, und während er murmelte: »Tobol, Tobol Nissim, was bekommt er?«, zog er einen prall gefüllten Aktendeckel heraus. Dvora begann, ihm laut die Medikamente aufzuzählen, und Baum bestätigte sie nach dem Krankenblatt.

»Man kann ihm noch mehr Melril geben«, sagte Baum nachdenklich zu sich selbst, »aber vielleicht ist es besser, noch abzuwarten, wenigstens bis heute abend. Was meinen Sie?« Er wartete die Antwort nicht ab, sondern fuhr fort: »Gut, warten wir bis heute abend. So lange bin ich hier. Wenn etwas passieren sollte, rufen Sie mich. In Ordnung?«

Dvora schwieg. Wenn es nach ihr ginge, hätte man längst etwas unternommen, die Melril-Dosis erhöht, beispielsweise. Aber niemand fragte sie. Sie hatte das Ihre getan. Schwester Dvora versetzte den Fußboden in Schwingungen, als sie den Raum verließ. Baum beherrschte sich und kniff ihr nicht in den breiten Hintern; schmunzelnd kehrte er zu seinem Buch zurück. Er las, bis er hungrig wurde. Es war bereits ein Uhr, er mußte sich beeilen, wenn er das Mittagessen nicht versäumen wollte. Allerdings war seit den letzten Sparmaßnahmen das Essen so schlecht geworden, daß sogar die Depressiven sich empörten. Nachdem er das Buch zur Seite gelegt hatte und hinaus in die Sonne getreten war, beschloß er, auf seinem Weg in die Kantine nach Tobol zu sehen. Er betrat die Station, vergewisserte sich, ob er auch die Türklinke bei sich trug – denn er wollte auf keinen Fall Dvora um ihre Klinke bitten, das wäre ein Triumph für sie gewesen, den sie auskosten würde. Und sie wäre in der Lage, ihn dort einzusperren. Es war unmöglich, die Station von innen zu öffnen, denn in der Margoa-Klinik hatte der Türgriff den unhandlichen Schlüsselbund ersetzt. Innerhalb der Stationen waren die Türen ohne Klinken, was Gegenstand aller möglichen Scherze war.

Die Klinke befand sich in seiner Tasche, und er betrat die Abteilung, nickte Dvora zu und ging auf Tobols Zimmer zu.

Es war das erste Zimmer der Station, noch weitere acht Kranke waren darin untergebracht, die jetzt nicht im Raum waren. Er trat an Tobols Bett, setzte sich auf die Kante und fragte: »Was gibt's, Nissim? Haben wir uns entschlossen, wieder krank zu sein?«

Tobol lag zusammengekauert unter der Wolldecke und reagierte nicht. Baum berührte seine Hand, sie war trocken und heiß. »Ich glaube, Sie haben Fieber. Wollen wir mal sehen.« Er begann, die Wolldecke zu entfernen. Doch Tobol hielt sie mit aller Kraft fest, biß sich auf die Lippen, sein Körper verkrampfte sich in der Haltung eines Embryos. Baum gelang es nicht, die Decke zurückzuschlagen. Er sah auf seine Uhr und sagte, daß er bald wiederkomme, und dann sei Tobol vielleicht bereit, sich vernünftig zu verhalten. Bevor er die Station verließ, bat er Dvora, nach Tobol zu sehen. »Tun Sie mir den Gefallen. Er hat Fieber. Ich gehe nur eben essen. Sehen Sie nach ihm, ja?« Damit verließ er die Abteilung.

An dem Zaun, der die Klinik umgab, blieb er stehen und betrachtete die Straße. Er sah die parkenden Autos zu beiden Seiten der Gehsteige, schnitt eine Grimasse und betrat den Speisesaal. Dr. Chedva Tamari, die diensthabende Ärztin, die er sehr gern hatte, stand in einer Ecke und aß eine Scheibe Brot, die mit einer Masse bestrichen war, die ihm Übelkeit erregte. »Wieder diese rote Konservenmarmelade?« fragte er, und ohne eine Antwort abzuwarten, fuhr er fort: »Sag mal, hast du auch die Autos draußen gesehen? Veranstalten die wieder eines ihrer samstäglichen Gelage, diese Verrückten?«

Chedva deutete auf ihren vollen Mund, kaute zu Ende und entgegnete, während sie eine zweite Scheibe bestrich:

134

»Wie soll ich das wissen? Ich habe Dienst. Ich habe nicht einmal die Nase hinausgesteckt.« Baum wußte, daß es der zweite Sabbat hintereinander war, an dem Chedva Dienst hatte; es wunderte ihn daher nicht weiter, daß sie gereizt war. Lächelnd sagte er: »Du brauchst mir ja nicht gleich den Kopf abzureißen. Ich habe doch nur gefragt. Ich dachte, du wüßtest das, es sind doch deine Freunde, nicht?«

»Du weißt sehr gut«, flüsterte Chedva beleidigt, »daß ich noch nicht aufgenommen worden bin. Und das habe ich dir nicht erzählt, damit du dich laut darüber lustig machst.«

»Gut, gut, ich bitte um Entschuldigung. Sei doch nicht gleich eingeschnappt«, entschuldigte sich Baum eilig. »Aber dort stehen wirklich eine Menge Autos. Sieh nur.« Während der letzten Worte schaufelte er sich eine Portion von etwas, das wie labberige Makkaroni mit Ketchup aussah, und eine Art Fischklops auf den Teller. Er aß schnell und versuchte, den Geschmack zu ignorieren. Nach einem Teller war er unfähig, noch mehr von dem »klebrigen Zeug« zu essen, verließ den Speisesaal, kam bis zum Pförtnerhäuschen am Krankenhauseingang und ging zögernd hinaus in die Sonne.

Er sah die Straße, die man von dieser Stelle aus bis zu ihrem höchsten Punkt überblicken konnte, kehrte beinahe im Laufschritt zum Pförtner zurück und fragte aufgeregt: »Sagen Sie, haben Sie all diese Polizeiwagen gesehen? Ist etwas geschehen?«

Der Pförtner, ein Pensionär, der seinen Posten den ganzen Morgen nicht verlassen hatte, außer zu einem Rundgang im Krankenhaus, stand im Türrahmen. »Nein, keine Ahnung, Dr. Baum. Ich sehe die Polizei schon seit einigen Stunden durchs Fenster, aber ich habe mit niemandem gesprochen.«

135

Baum verließ die Klinik, ging bis zum Institut hinauf, überquerte den schmalen Fahrdamm und wandte sich an den Polizisten, der vor einem Streifenwagen stand: »Entschuldigen Sie bitte, ist etwas passiert?«

Der Polizist bat Baum, weiterzugehen. Erst nachdem Baum sich als diensthabender Arzt der nahegelegenen Klinik vorgestellt hatte und dem Polizisten vorschlug, das beim Krankenhauspförtner zu überprüfen, erklärte der, ein Unfall sei geschehen. Baum wollte nachhaken, aber das Gesicht des Polizisten war verschlossen, als habe er endgültig beschlossen, kein weiteres Wort mehr zu sagen. Baum ging wieder die Straße hinab, machte beim Pförtner halt und bat um das Telefonbuch. Er suchte die Nummer des Instituts heraus und wählte hastig. Doch als er feststellen mußte, daß die Leitung belegt war, verließ er die Klinik wieder und lief bis zu dem grünen Tor, an dem sich eine Gruppe von Menschen zusammengeschart hatte. Er kannte sie alle, einige hatten mit ihm an der medizinischen Fakultät studiert, andere in den psychiatrischen Kliniken gearbeitet.

Er sah Gold, mit dem er zusammen studiert hatte und der jetzt an der psychiatrischen Abteilung des Hadessa-Krankenhauses arbeitete, aus dem Streifenwagen steigen und sich auf die Steinmauer stützen, das Gesicht sehr blaß. Er sah die schöne Dina Silber, die er am Anfang ihres Weges als Psychologin in der Margora-Klinik kennengelernt hatte. Er erinnerte sich lebhaft an seine gescheiterten Versuche, sie zu verführen. Sie war noch immer bildschön, vor allem in dem blauen, flauschigen Mantel, den sie trug.

Auch Dr. Joe Linder, von dem er verschiedentlich gehört hatte, war dort. Er erinnerte sich, wie einmal eine Frau

über ihn gesagt hatte, er sei der einzige attraktive Mann am
Institut, »und außerdem ein brillanter Kopf«.

Drei Menschen, die ihm unbekannt waren, umgaben
diese Gruppe und stellten laut Fragen. Ein dicker, schwit-
zender Mann, der ein Mikrofon in der Hand hielt, schrie
Dina Silber zu: »Ich bitte nur um den Namen, das muß doch
möglich sein!« Dina Silber ignorierte ihn, aber er ließ nicht
locker und wiederholte seine Frage, bis Joe Linder ihn am
Ärmel packte und zur Seite zog, indem er etwas sagte, was
Baum nicht hören konnte. Der Mann entfernte sich von
ihnen und stand nicht weit vom Streifenwagen. Baum trat
zu Gold und fragte: »Was geht hier vor?«

Gold, der noch blasser war als vor seinem letzten Ex-
amen, zog Baum die Straße hinunter und erzählte ihm von
dem morgendlichen Geschehen. Er ignorierte die entsetzten
und ungläubigen Ausrufe Baums und beendete seine Erzählung mit einer Bemerkung über die Journalisten, die umher-
stehen und auf Informationen warten. »Wie Schmeißflie-
gen, sie leben vom Dreck«, sagte er angewidert, und daß er
sich Sorgen um Neidorfs Patienten mache. Dann erinnerte
er sich daran, daß er selbst einer von ihnen war und
schwieg. Baum rief wieder aus: »Unglaublich! Im Institut!
Gott! Und noch dazu Neidorf!« Gold reagierte nicht. Dann
sagte er mitgenommen, daß er gerade vom Russischen Platz
zurückgekehrt sei, wo sie seine Zeugenaussage aufgenommen hätten, und beklagte sich, daß sich das Verhör ewig
hingezogen hätte.

Baum hatte einige Vorträge Eva Neidorfs gehört, die vor
seiner Zeit viele Jahre in der Klinik gearbeitet hatte und
noch als Beraterin in der ambulanten Station tätig war. Im
Krankenhaus und in der Poliklinik verehrte man sie rück-

137

haltlos. Er selbst hatte immer gesagt, daß sie eine Meisterin ihres Fachs war, spottete aber insgeheim etwas über ihre Humorlosigkeit.

Er machte Gold auf seine grünliche Gesichtsfarbe aufmerksam, drückte heiser seine Anteilnahme aus, er habe sicherlich einiges durchgemacht, und lud ihn zu einer Tasse Kaffee ins Ärztezimmer ein. Gold nahm die Einladung an, ohne zu wissen, warum. Er hatte sich niemals in Baums Gesellschaft wohl gefühlt, er verstand seine Scherze nicht, und seitdem sie ihr Studium beendet hatten, vermied er es, mit ihm zusammenzukommen. Er ging hinter ihm her und murmelte, daß er eigentlich zu Hause sein sollte.

Der Kaffee, den Baum ihm im Ärztezimmer aus der Thermosflasche eingoß, war lauwarm und trübe, aber Gold trank ihn, ohne sich zu beklagen. Seine Beinmuskeln zitterten vor Schwäche wie nach schwerster körperlicher Anstrengung. Das mußte an der Migräne liegen, dachte er und nahm Platz, ohne das Zittern der Muskeln beherrschen zu können.

Baum redete unaufhörlich. Er hatte während des ganzen Wegs und während er den Kaffee eingoß gesprochen, er sprach auch jetzt, als sie saßen und tranken. Er stellte alle Fragen, die sich in dieser Situation stellten: »Wer könnte sie deiner Ansicht nach erschossen haben?« und: »Welches Mordmotiv könnte es geben?« auch: »Was hatte sie eigentlich dort zu tun?«

Genau diese Fragen quälten Gold seit Stunden, doch er entgegnete bloß, daß er keine Ahnung habe, woher auch, und daß es Gott sei Dank die Polizei gebe, die sich ihren Kopf zerbrechen solle, und daß sich die wichtigsten Leute im Institut um die Patienten kümmern würden und daß sich am Ende alles aufklären würde, weil dieser gutaussehende Polizist, wie hieß er noch, der ihn so gelöchert hatte, den Mörder sicher ausfindig machen könnte. Nichts von alledem meinte Gold ernst, er hatte keine Kontrolle mehr über das, was er sagte.

»Vielleicht war es auch eine Mörderin«, sagte Baum gedankenlos.

»Warum Mörderin?« fragte Gold verwirrt.

»Warum nicht?« erwiderte Baum und lächelte breit.

Wieder verstand Gold nicht, was daran lustig sein sollte.

Baum stellte die Kaffeetasse geräuschvoll auf den Tisch neben ihm und sagte: »Aus dem, was ich bis jetzt gehört habe, stellen sich die folgenden Fragen. Erstens«, dabei erhob er einen Finger, »was hat sie um diese Zeit dort getan? Zweitens«, dabei hob er den zweiten Finger, »wer kam dorthin, um sie zu treffen? Drittens«, und er hob den dritten Finger, »wer im Institut besitzt einen Revolver? Denn offensichtlich war es jemand aus eurem Institut.« Diese Feststellung schien ihm eine gewisse Befriedigung zu bereiten, und indem er seinen Schnurrbart zwirbelte, fuhr er fort: »Jedenfalls besaß der Täter einen Schlüssel, obwohl es auch möglich ist, daß sie selbst die Tür geöffnet hat. Kurz«, sagte er mit breitem Lächeln, »die Hauptfrage lautet: Wer hat es getan und warum? Wer konnte von ihrem Tod profitieren? Wer haßte sie so sehr oder −« und da funkelte es in seinen Augen − »wer liebte sie so sehr?« Nur die letzte Frage wurde in fragendem Ton gestellt, alle vorangegangenen wurden als Tatsachen hingestellt.

Gold schwieg und sah Baum an. Wellen des Ekels stiegen in ihm auf, und er dachte, der Grund liege in der selbstgerechten Zufriedenheit seines Gegenübers. Er bereute es aus tiefster Seele, daß er eingewilligt hatte, ihn zu begleiten.

Schließlich erhob er sich und sagte, daß er nach Hause müsse. Mina würde sich fragen, wo er die ganze Zeit bleibe; es war beinahe drei Uhr, sie hatte gekocht, die Schwiegereltern standen ins Haus. Da sagte Baum, anscheinend als Zugabe, den Satz, der Gold endgültig aus der Fassung brachte: »Hat dir eigentlich niemand gesagt, daß auch du verdächtig bist?« Gold war immer ein wenig begriffsstutzig, und jetzt besonders. Anfangs war er nur überrascht, dann fühlte er, wie sein Gesicht heiß wurde vor Verärgerung, während Baum pausenlos weiterschwatzte: »Du kennst das doch aus Kriminalromanen: Der Mörder spielt den anständigen Bürger, benachrichtigt selbst die Polizei, und erst am Schluß entdecken sie alles.« Gold fühlte, wie der Ekel in ihm wuchs, und sagte endlich: »Genug, hör auf, das ist nicht komisch.« Er flüsterte fast, und doch hatte er all seine Kraft zusammennehmen müssen. Baum ließ nicht locker: »Ich habe nicht gesagt, daß du es wirklich getan hast, daß du sie ermordet hast, das habe ich nicht einen Augenblick gedacht, mich interessiert nur, ob andere daran gedacht haben.« Gold äußerte sich über die Vernehmung durch Ochajon nur in wenigen allgemein gehaltenen Sätzen, und er unterdrückte den Wunsch, das Gespräch mit einem letzten vernichtenden Gegenschlag zu beenden. Er war im Begriff, das Zimmer zu verlassen, als Baum sich aus den Tiefen seines Sessels erhob und sagte: »Warte einen Moment, ich komme mit dir. Ich habe hier sowieso nichts zu tun, und draußen ist so ein schöner Tag.« Gold protestierte nicht. Er war so müde, daß er nicht wußte, wie er nach Hause fahren sollte. Sie verließen das Arztzimmer und stießen draußen auf Chedva, die Gold noch aus ihrer Zeit als Assistentin im Hadessa-Krankenhaus kannte. Vor einigen Wochen hatte sie ihn um Rat gebeten, ob sie sich im Institut als Kandidatin bewerben sollte. Dieses Gespräch hatte in Gold ein unangenehmes Schuldgefühl hinterlassen.

Er hatte ihr einen langen Vortrag über die Beschwerlichkeiten dieser Ausbildung gehalten, konnte sie aber nicht von ihrem Entschluß, der eigentlich bereits feststand, abbringen. Er hätte, dachte er später, doch wissen müssen, daß jemand, der solche Fragen stellte, nur Bestärkung sucht für eine längst getroffene Entscheidung. In jenem Gespräch war ihm auch klargeworden, daß sie Patientin von Eva Neidorf war.

Er war nicht schnell genug, um Baum zu warnen, der begonnen hatte, dramatisch die Ereignisse des Morgens zu erzählen, und nicht bemerkte, wie Chedvas Gesicht bleich wurde. Und dann brach Chedva, ohne einen Ton von sich zu geben, zusammen und sackte wie eine Stoffpuppe zu Boden.

Die beiden Ärzte standen einen Moment wie gelähmt, dann kniete Baum neben Chedva nieder, untersuchte ihren Puls und versuchte, sie zu beleben. Gold gab den Gedanken auf, nach Hause zu gehen. Chedva kam schnell zu sich, aber es stellte sich heraus, daß sie sich beim Fallen ihren rechten Knöchel verletzt hatte. Gold und Baum schlugen vor, sie zum Röntgen in irgendein Krankenhaus zu bringen, aber ihr anhaltender Protest und eine vorsichtige Untersuchung des Knöchels überzeugten beide, daß wahrscheinlich nichts gebrochen war. Chedva, die mit dem Fuß nicht auftreten konnte, stützte sich auf Gold und Baum, und so gingen alle drei zum Ärztezimmer. Dort verband Baum vor den überraschten Blicken Golds fachmännisch und liebevoll den

141

verletzten Knöchel. Er legte den verbundenen Fuß auf den neben ihm stehenden Stuhl und sagte seufzend, wie gut es sei, daß es einen Notdienst an Ort und Stelle gebe. Er lächelte, zwinkerte ihr zu und fragte, ob sie etwas gegen Schmerzen wolle. Sie verneinte, worauf er ihr mit einer Stimme, die Gold nie zuvor so weich und warm bei ihm gehört hatte, vorschlug, ein Valium einzunehmen. Dazu war sie auch bereit, und als er ihr die kleine gelbe Tablette reichte, verordnete er ihr absolute Bettruhe.

Sie schüttelte ihren Lockenkopf, brach in Tränen aus und bat, sie nicht allein zu lassen. Da endlich fiel bei Baum der Groschen. Er wirkte ein wenig gekränkt, als er sagte: »Ich dachte, wir sind Freunde. Wieso hast du mir nichts erzählt?«

Unter Schluchzen antwortete Chedva, sie habe gewußt, daß er sie auslachen würde, weil er nichts von Psychoanalyse halte, sondern nur von Medikamenten. Dann fügte sie hinzu, er solle sich keine Vorwürfe machen, erfahren hätte sie es auf alle Fälle, jetzt sei sowieso nichts mehr wichtig, wobei sie heftiger schluchzte. Baum erhob sich, ging auf sie zu und nahm sie in den Arm, und Gold fühlte sich sehr überflüssig, verließ aber doch nicht den Raum, sondern stand neben der Tür und fragte Chedva, wie lange sie Eva Neidorfs Patientin gewesen sei. »Über ein Jahr und einen Monat«, sagte sie und wischte sich die Augen mit dem Handrücken ab. Er nickte, aber sie merkte nicht, daß auch er ein Leidensgenosse war. Darauf verabschiedete er sich von beiden und verließ das Krankenhaus, um nach Hause zu gehen. Dort, dachte er verzweifelt, würde er die morgendlichen Vorfälle von neuem erzählen müssen.

Die junge Psychiaterin Dr. Chedva Tamari war der

Hauptgrund dafür, daß der Patient Nissim Tobol völlig aus Baums Bewußtsein verschwand. Chedva mußte sich auf das Bett des Ärztezimmers legen, Baum saß neben ihr und hielt ihre Hand bis in die späten Abendstunden, wie er es hoch und heilig versprochen hatte. Die verzweifelten Versuche von Schwester Dvora, ihn über das Haustelefon zu erreichen, mußten scheitern, da er den Hörer vorsichtshalber neben den Apparat gelegt hatte, um Chedva vor jeder Störung zu bewahren. Schwester Dvora versuchte wieder und wieder, ihn anzurufen, sie wagte es nicht, die Station zu verlassen, wo Tobol seit acht Uhr abends auf seinem Bett saß und einen kleinen Revolver auf den Kranken im gegenüberliegenden Bett richtete, einen Revolver, der den unerfahrenen Augen Schwester Dvoras geladen und entsichert erschien. Und da das Telefon genau in Tobols Blickfeld auf dem Schreibtisch der Schwesternstation stand, war eine volle Stunde vergangen, bis die Stationsschwester das Risiko einging und die Telefonnummer des diensthabenden Arztes wählte, indem sie mit den Fingern die richtigen Zahlen ertastete, ohne die Augen von dem Kranken zu lassen. Als aber Tobol einen Schuß in die Wand gegenüber abgegeben hatte und die Kranken, die bis dahin wie erstarrt gewesen waren, zu toben begannen, erhob sie sich, setzte einen Ausdruck auf, der keinen weiteren Unsinn erlaubte, ging gerade auf Tobol zu, nahm ihm ohne Schwierigkeiten den Revolver aus der Hand – er versuchte nicht einmal, sich zu widersetzen – und rannte zum Ärztezimmer.

Baum hatte die Tür abgeschlossen, als Gold gegangen war. Ihr heftiges Klopfen riß ihn aus tiefem Schlaf und aus Alpträumen von gebrochenen Knöcheln. Er stand auf und öffnete. Verstört von dem Licht, das ins Zimmer drang, als

Dvora auf den Schalter gedrückt hatte, sah er zu Chedva, die eben erwachte. Er wollte Dvora fragen, was vorgefallen sei, aber da fiel sein Blick auf ihre Hand und den kleinen Revolver. Sie zitterte am ganzen Körper. Niemand hatte Schwester Dvora je weinen sehen, und die Tatsache, daß sie die Tränen nun nicht mehr halten konnte, und der Zustand ihres blonden Haares, das sie immer aufgesteckt trug und das jetzt zerzaust war, ließen auf eine Katastrophe schließen. Sie begann, ihm Vorwürfe zu machen, sie könne die Abteilung nicht alleine halten, wo er denn die ganze Zeit gewesen sei, und endlich schrie sie auch, daß sie sich denken könne, womit der ehrenwerte Doktor beschäftigt gewesen sei – wobei sie auf Chedva deutete –, sie könne sich vorstellen, weshalb das Telefon im Zimmer des diensthabenden Arztes besetzt war, als Tobol mit geladenem Revolver auf die Kranken der Abteilung zielte.

Baum wartete das Ende der Rede nicht ab. Er rannte los, während Dvora noch schreiend in der Tür stand.

Als er von draußen die üblichen Geräusche hörte und das Licht brennen sah, begann er, sich zu beruhigen.

Er trat ein, zählte die Kranken und atmete auf, als er sah, daß alle anwesend waren. Tobol saß in einer Ecke des Bettes und starrte vor sich hin, als sei nichts geschehen. Baum sah sich um. Allem Anschein nach benahmen sich die Kranken wie gewöhnlich. Ein Außenstehender, dachte er, der die Zeichen von Spannung und Angst nicht zu lesen verstand, hätte vielleicht Dvora verdächtigt, die ganze Geschichte erfunden zu haben. Aber er war kein außenstehender Beobachter. In seiner Hand befand sich ein kleiner Revolver und um ihn herum eine ganze Abteilung an der Schwelle des Aufruhrs.

Er kehrte in das Ärztezimmer zurück. Dvora stand noch in der Tür, Chedva schlief wieder. Dvora weigerte sich, auf die Station zurückzukehren, bis Baum ihr schließlich mit einem so autoritären Ton, wie man ihn bis dahin nie von ihm gehört hatte, sagte, daß sie mit ihm auf die Abteilung gehen werde, und zwar sofort, denn dort seien Kranke, und die Situation dulde keinen Aufschub. »Seht nur, wer da spricht«, murmelte sie, folgte ihm aber protestierend und beantwortete schließlich seine Fragen nach dem genauen Hergang der Ereignisse.

Die Kranken wurden zusehends unruhiger, zu viele Ängste und Spannungen hatten sich aufgestaut. Baum und Dvora mußten mit vereinten Kräften zwei Rasende beruhigen, nach der Spritze rollten sie sich auf ihren Betten zusammen. Dann wandte sich Baum Tobol zu und setzte sich auf die Kante seines Bettes. Im nebensächlichsten Ton fragte er ihn, wie der Revolver in seine Hände gelangt sei. Tobol, der in embryohafter Stellung dalag, wandte ihm nicht einmal den Kopf zu, als hätte er nichts gehört. Baum zog den Revolver aus der Tasche, den er Dvora abgenommen hatte, schwenkte ihn vor Tobols Augen und wiederholte seine Frage. Keine Reaktion. Baum seufzte und erhob sich vom Bett. Da begann Tobol zu schreien.

Er schrie wortlos, und sogar Baum, der solche Ausbrüche bereits gewohnt war, erstarrte, so tierisch und furchterregend waren die Schreie. Die Kranken begannen zu toben, die Symptome eines jeden drückten sich in einer Stärke aus, die schnelle Maßnahmen verlangte. Dvora konnte Schlomo Cohen daran hindern, sich auszuziehen, rief aber Baum zu Hilfe und schrie, daß er Riesenkräfte habe. Baum hielt ihn mit Gewalt fest, und Dvora bereitete die Spritze vor. An-

145

schließend gaben sie auch Tobol eine Spritze in den Arm. Und dann wurde Baum von Jizchak Zimmer angefallen, der für seine unbezähmbaren Zornausbrüche bekannt war. Zimmer stürzte sich von hinten auf ihn, und Baum konnte sich nicht bewegen, er mußte noch Tobol festhalten, dem Dvora eine Spritze gab. Zimmers riesige Hände würgten seinen Hals, und er fühlte, daß er nicht mehr atmen konnte. Aber da gelang es Dvora mit ungeahnten Kräften, die Spritze in Zimmers Arm zu setzen. Schon der Anblick der Spritze erschreckte Zimmer, und er lockerte den Griff um Baums Hals, der zu Boden stürzte und das Bewußtsein verlor.

Als er erwachte, sah er, daß neben dem Bett, auf dem er lag, der Direktor des Krankenhauses, Professor Gruner, und zwei Männer standen, die er nicht kannte. Er wollte etwas sagen, brachte aber nur ein Flüstern heraus. Der Direktor sagte väterlich: »Strengen Sie sich nicht an. Sie sind in meinem Zimmer, auf der Abteilung ist alles in Ordnung, auch Sie sind in Ordnung, werden in Ordnung kommen. Hier sind Leute von der Polizei, die wissen wollen, was geschehen ist. Ich habe sie wegen des Revolvers bestellt, nicht wegen des Aufruhrs auf der Station. Sie haben einige Fragen. Mit Dvora haben sie schon geredet, auch mit Chedva.«

Eine Gestalt erschien von hinten und stellte sich an seine Seite. Chedva, mit roten, geschwollenen Augen, streichelte seine Hand. Die große Wanduhr zeigte, daß es vier Uhr morgens war, und er fragte sich, wie er so lange hatte schlafen können. Professor Gruner erriet seine Gedanken und erzählte ihm, daß er, als er ins Krankenhaus gekommen sei, die Abteilung in Aufruhr vorgefunden habe. »Dvora war einfach großartig. Wie es ihr gelungen ist, mich in diesem Chaos zu verständigen, weiß ich nicht. Wir haben die Ambulanz gerufen, aber bis sie ankam, waren Sie schon aufgewacht und sind sogar selbst hierhergegangen, von der Abteilung bis in mein Zimmer. Dann kam der Arzt und hat Sie verbunden und Ihnen auch etwas zum Schlafen gegeben.« Baum betastete seinen Hals, der sich in einem steifen Verband befand. In seinem Kopf drehte es sich, seine Kehle war trocken und brannte. »Als hätte man einen Scheiterhaufen drinnen angezündet«, sagte er später, als er sprechen konnte, zu Chedva. »Die Polizei glaubt«, fuhr Gruner fort, »daß dieser Revolver, den Tobol hatte, mit dem Mord an Dr. Neidorf zu tun hat. Daher hat man gewartet, bis Sie aufgewacht sind, vielleicht wissen Sie, wie er zu der Waffe gekommen ist.«

Baum sah den Direktor an. Das Licht tat ihm weh. Er machte eine schwache Handbewegung, um zu zeigen, daß er nichts wisse, und schloß die Augen. Als er sie öffnete, stand Gruner noch immer vor ihm, und die Uhr hinter ihm zeigte viertel nach vier, und Gruner sah ihn besorgt an. Gruner war für Baum der »Schrecken des Krankenhauses«, und dieser besorgte Blick, sagte er später zu Chedva, habe »alles aufgewogen. Kannst du dir das vorstellen? Ich wußte doch nicht einmal, ob er mich überhaupt kennt.« Chedva antwortete: »Red keinen Unsinn«, und er sagte: »Nein, wirklich, manchmal ist er an mir vorbeigegangen, als sei ich durchsichtig. Einmal hat er mich sogar gefragt, wie ich heiße. Er ist doch erst gut fünfzig.« »Fünfundfünfzig«, korrigierte Chedva und schürzte die Lippen, »und sprich nicht so über ihn. Ich glaube, daß er ein Mensch ist, ein wirklicher Mensch. Du hättest die Empfehlung sehen sollen, die er mir fürs Institut gegeben hat.« »Ah, das Institut! Wer bin ich denn überhaupt? Die vom Institut sind für dich natürlich alles Halbgötter. Ich sage nicht, daß er ein Idiot ist, aber gib zu, daß er kein Genie ist, oder wenigstens, daß er zerstreut ist, um nicht zu sagen, senil.«

Doch dies sagte Dr. Baum später. Nun traten die zwei Männer, die als »die Polizei« vorgestellt worden waren, zur Seite und unterhielten sich miteinander. Danach wandte sich einer von ihnen flüsternd an Gruner, der darauf verneinend den Kopf schüttelte und sagte: »Nur eine Handbewegung, wenn Sie wollen.« Dann sagte er zu Baum: »Dr. Baum, wissen Sie, wie der Revolver zu Tobol kam? Antworten Sie mit der Hand, bitte.« Baum bewegte wieder die Hand verneinend, worauf ihn einer der Polizisten, der rothaarige, fragte, ob er den Revolver vor dem Geschehen gesehen habe. Wieder bewegte Baum verneinend die Hand. Er war sehr müde, und als er die Augen schloß, hörte er den Rothaarigen sagen: »Gut, komm, klären wir die Einzelheiten über den Revolver, und fangen wir an, das Gebiet zu untersuchen.« Dann schlief Baum ein.

Achtes Kapitel

Wie Schlomo Gold spottete auch Michael Ochajon über den Aberglauben. Trotzdem wurden Erinnerungen in ihm wach an seine Mutter und ihre Warnungen vor dem »bösen Blick«, als man ihn am Eingang des Polizeihauptquartiers am Russischen Platz zum Fund der Waffe beglückwünschte.

148

Seine Proteste gegen den Glückwunsch und seine vorsichtige Bemerkung über die ballistische Untersuchung, die noch einige Zeit dauern würde, wurden in den Wind geschlagen. »Keine Bescheidenheit«, sagte Polizeiinspektor Levi, Leiter einer Sonderkommission, die gerade einen anderen Mord aufklärte, »wie viele Revolver können denn an einem Sabbatmorgen in der Montefiorestraße liegen? Wie lang ist denn die verdammte Straße?« Michael lächelte nicht. Das war alles schon vorgekommen. Aber er mußte zur Gerichtsmedizin und zur Margoa-Klinik.

Von dem Revolver hatte er über Sprechfunk erfahren, um fünf Uhr morgens, als er auf dem Weg von Rechavia zum Russischen Platz war. Es sei nicht nötig, sagte man ihm, daß er zum Krankenhaus komme, aber er machte dennoch den Umweg zur Montefiorestraße. Im Krankenhaus berichtete der rothaarige Einsatzleiter, daß man Spuren von Erde an dem Revolver, einer Beretta Kaliber .22, festgestellt habe. »Fünf Kugeln waren in der Trommel, eine in der Wand der Männerabteilung D, und die letzte werden wir vielleicht bei der Obduktion der Ermordeten finden.« Er fügte seufzend hinzu, daß sich zahlreiche Fingerabdrücke am Revolver befänden, unter anderem von Baum, über den er ausführlich berichtete, von Schwester Dvora und Tobol. Man müsse alle Abdrücke identifizieren, was zum Teil schwierig sein werde, »unter diesen Umständen«.

Von allen Einzelheiten, die der Polizeicomputer ausspuckte, beeindruckte den Rothaarigen besonders die Tatsache, daß die Waffe seit 1967 auf den Namen Joe Linder eingetragen war. Die Erdspuren, fügte er hinzu, machten ihm zu schaffen, aber bis zum Ende der ballistischen Untersuchung könne man sowieso nur Vermutungen anstellen.

Michael blickte sich um. Es dämmerte allmählich, er betrachtete den großen Garten und schätzte mit einem Blick die Entfernung zum Fahrdamm und die Höhe des Zauns ab. Auch zum Institut war es nicht weit. Er zündete sich eine Zigarette an und teilte seine Vermutungen dem Rothaarigen mit. »Ja«, entgegnete er, »daran habe ich auch gedacht. Jemand hat den Revolver von draußen in den Garten geworfen, vielleicht sogar vom Auto aus. Die Schwester sagte, der Kranke sei hinausgegangen. Das paßt ins Bild, aber man muß das natürlich überprüfen. Zur Zeit ist es unmöglich, Tobol ein Wort zu entlocken, alle Kranken stehen noch unter dem Einfluß des Beruhigungsmittels. Auch Dr. Baum schläft.«

»Es bleibt also nichts übrig«, sagte Michael, »als später zurückzukehren und Baum vorzuladen, sobald er vernehmungsfähig ist.«

Als er in sein kleines Zimmer am Russischen Platz zurückkehrte, das am Ende eines gewundenen Korridors lag und gerade für zwei Stühle, einen Tisch und den grauen Eisenschrank Platz bot, blickte er sich um und fragte sich, womit er beginnen solle.

Zila betrat das Zimmer, wie üblich, ohne anzuklopfen, und schlug vor, mit Kaffee und Brötchen anzufangen. Beides stellte sie vor ihn auf den Tisch. Michael, der sich unrasiert fühlte und dermaßen übermüdet, daß er befürchten mußte, sofort zusammenzubrechen, wenn er seine Aktivität für einen Augenblick unterbrechen würde, nahm einen ersten Schluck Kaffee und wählte die Nummer der Gerichtsmedizin. Dort sagte man ihm, er solle nicht so drängen, sie hätten gerade erst angefangen und würden ihn verständigen, sobald es etwas Neues gebe. Vorerst sehe es so aus, als ob Eva Neidorf in der Nacht vom Freitag zum Samstag noch am Leben gewesen sei.

»Ich müßte selbst dort sein, Eli geht nicht hart genug mit ihnen um«, dachte Michael laut, als er die Nummer des ballistischen Labors wählte. Er hörte das Besetztzeichen, so daß er Zeit hatte, in das frische Brötchen zu beißen, während er gleichzeitig seinen Rasierapparat suchte, der sich in der Tischschublade befand. Zila wunderte sich nicht darüber, daß er mit der einen Hand den Telefonhörer und der anderen den Rasierapparat hielt. Sie wußte, unter welchem Zeitdruck er stand und daß er kaum Muße für »Nebensächlichkeiten« wie Essen, Trinken und Rasieren fand. Dabei haßte er es, unrasiert zu sein.

Sie bot ihm an, die Nummer des Labors zu wählen, und noch bevor die Leitung frei war, hatte Michael an diesem Morgen gefrühstückt und sich rasiert.

Die Erde am Revolver, wurde ihm mitgeteilt, stammte aus dem Garten des Krankenhauses. Jemand mußte die Waffe dort gefunden haben, vielleicht war sie sogar vergraben gewesen. Sie hätten auch Leute von der Spurensicherung im Labor, es gebe aber zu viele Fingerabdrücke, um sie alle identifizieren zu können. Inzwischen habe man einige Abdrücke von Baum und Tobol gefunden. Natürlich würden sie auf die Kugel aus der Leiche warten, ohne die könne man nichts mit Bestimmtheit sagen. »Das Gerichtsmedizinische Institut hat versprochen, die Kugel innerhalb der nächsten Stunde zu schicken. So lange kann man sich nur gedulden, wir lesen selbst gerade die Morgenzeitung.«

»Und was steht in der Morgenzeitung?« fragte Michael.

»Wollen Sie nur die Schlagzeilen vorgelesen haben oder auch alles übrige?«

151

»Schon gut«, sagte Michael, legte auf und fragte Zila, ob sie schon in die Morgenzeitung geschaut habe.

Zila zog aus der großen Tasche, die auf dem Boden lag, eine ordentlich gefaltete Zeitung hervor. Auf der Titelseite befand sich eine eingehende Schilderung des Instituts und der Straße, ein Foto von Michael, der als »Starkommissar und designierter Nachfolger des Leiters des Hauptkommissariats« bezeichnet wurde. Es gab auch Einzelheiten zum »Fall«, Namen wurden nicht genannt. »Gott sei Dank«, sagte Michael laut. Es war von einer bedeutenden Analytikerin, einem gewaltsamen Tod die Rede, die Polizei stehe vor einem Rätsel, der Beerdigungstermin solle im Laufe des Tages bekanntgegeben werden.

Das Telefon läutete. Es war Eli Bachar, der der Obduktion beigewohnt hatte. Er berichtete, daß bisher keinerlei Zeichen eines Kampfes festgestellt werden konnten, der Tod scheine von einem Schuß in die Schläfe aus kurzer Entfernung herzurühren. »Doch die Entfernung ist wohl zu groß gewesen, um Selbstmord anzunehmen. Der Tod ist ungefähr zwischen sieben und neun am Sabbatmorgen eingetreten. Sie werden gleich fertig sein, dann bringe ich die Kugel selbst zur Ballistik.« Michael spürte die Nervosität in Elis Stimme.

Auch Michael sah nicht gern bei Obduktionen zu, und auch er brauchte Stunden, um den Anblick zu verdauen, wie der Pathologe mit seinem Skalpell den toten Körper so unbeteiligt aufschlitzte, als tranchiere er ein Hähnchen.

Eli Bachar war Inspektor der Abteilung für Schwerverbrechen. Michael hatte regelmäßig mit ihm und Zila zusammengearbeitet, bis er vor zwei Jahren zum stellvertretenden Leiter des Kommissariats ernannt wurde und seitdem häufiger mit Schreibtischarbeiten beschäftigt war. Als Michael zum Leiter der Sonderkommission für den Fall Neidorf ernannt wurde, stand fest, daß Eli und Zila mit ihm arbeiten würden. Zila war offiziell verantwortlich für die Koordination, aber jahrelange Gewohnheiten verhinderten klare Abgrenzungen. Genau so, wie sie nachts in Eva Neidorfs Haus gekommen war, würde sie auch die übrige Zeit an Michaels Seite sein, das wußte er.

Er bat sie, Hildesheimer mitzuteilen, daß die Beerdigung erst am Montag stattfinden könne. »Sie sollen die Uhrzeit festsetzen und die Familie und alle anderen verständigen. Ich habe ihm versprochen, mich mit ihm in Verbindung zu setzen, sobald ich etwas weiß«, sagte er und steckte sich eine Zigarette an.

Zila griff nach dem Telefon, aber noch bevor sie wählen konnte, forderte er sie auf, aus einem anderen Zimmer zu telefonieren. Als sie fragte, wohin bitte sie gehen solle, blickte er sie vernichtend an. »Soll ich dir Beine machen?«

Sie kannte Michaels Stimmungen nach einer schlaflosen Nacht, ohne Dusche, ohne ordentliche Rasur, sie wußte, was für einen Tag er vor sich hatte, und war im Begriff, das Zimmer zu verlassen, solange sie noch konnte, aber in der Tür stand Joe Linder und sagte, er müsse dringend »Herrn Ochajon« sprechen.

»Inspektor Ochajon«, verbesserte ihn Zila und trat zur Seite. Linder trat ein, Zila ging und schlug die Tür hinter sich zu.

Joe Linder ließ seinen schmalen Körper auf den Stuhl sinken. Er knöpfte seufzend seinen Mantel auf, wobei er auf seine Uhr schaute und sagte, daß er genau eine Stunde Zeit bis zu seinem nächsten Patienten habe, weshalb er schnell zur Sache kommen wolle. »Ich bin gekommen, das Verschwinden meines Revolvers zu melden.«

Michael zog bedächtig an seiner Zigarette. Joe, dem die dunklen Ringe um die angeschwollenen Tränensäcke einen leidenden, aber auch boshaften Ausdruck verliehen, schielte verlangend nach dem zerdrückten Päckchen, das auf der Tischkante lag.

Michael bot ihm an, sich zu bedienen. Linder zündete sich eine Zigarette an und begann, noch bevor er gefragt wurde: Ohne den Todesfall – er wählte dieses Wort, nachdem er zunächst den Anfang des Wortes »Mord« ausgesprochen hatte –, ohne den Todesfall wäre der Verlust noch Monate unbemerkt geblieben. Er habe den Revolver nie benutzt, auch nie geplant, ihn zu benutzen. »Als ich aber heute nacht nicht einschlafen konnte, lenkte die Vorsehung meinen Weg«, hier zwang er sich ein gequältes Lächeln ab, »zu der Schublade meines Nachttisches, und da entdeckte ich, daß mein Revolver verschwunden war.«

Michael hatte Joes Bericht über die Nacht zum Sabbat und den folgenden Morgen gelesen. Er erinnerte sich genau, daß Joe vom Abend bis in die frühen Morgenstunden Freunde bewirtet hatte und sich ab sechs Uhr früh um seinen Sohn gekümmert hatte, bis er zum Institut ging.

Michael fragte, um was für einen Revolver es sich gehandelt hätte. Die Antwort fiel umfassend aus: Die Waffe wurde im Jahre 1967 von einem Freund gekauft, einem Offizier. Damals war ein junger Araber, der behauptete, man verfolge ihn, in Joes Haus eingedrungen. Joe pflegte die Tür nicht abzuschließen, aber seine damalige Freundin hatte sich zu Tode erschreckt. Deshalb besorgte er den Revolver. »Er sieht eher wie ein Spielzeug oder ein Kunstgegenstand

154

aus mit dem Perlmuttergriff und den Gravierungen. Tatsächlich habe ich ihn von einem Kunsthändler erworben, und der Belag und die Gravierung sind Handarbeit.«

Während er ein Formular aus der Schublade zog, bat Michael in amtlichem Ton um Einzelheiten über die Waffe. Joe zog aus seiner Tasche einen zerknitterten Zettel, einen Waffenschein über eine Beretta, Kaliber .22.

Michael zuckte nicht mit der Wimper, als er Dr. Joe Linder fragte, weshalb er annehme, daß eine Verbindung zwischen dem Todesfall im Institut und seinem Revolver bestehe.

Joe hob die Schultern, öffnete den Mund, um etwas zu antworten, überlegte noch einmal und sagte, daß er es nicht wisse. Er dachte einfach, es bestehe eine Verbindung, das sei alles.

Michael betrachtete den Waffenschein und fragte vorsichtig, während er etwas auf das vor ihm liegende Formular kritzelte, wann genau Dr. Linder den Revolver zum letzten Mal gesehen habe.

Als Antwort begann Joe über seine Rückenschmerzen und seine Schlaflosigkeit zu sprechen. »Das scheint Ihnen nicht zur Sache zu gehören, aber es gehört dazu, denn nur weil ich eine Schlaftablette gesucht habe, habe ich bemerkt, daß der Revolver verschwunden war. Das letzte Mal, als ich eine Tablette genommen habe – und ich erinnere mich genau, wann das war –, lag er noch an seinem Platz.« Und dann erzählte Linder von der Nacht vor zwei Wochen, als in seinem Haus die große Party stattfand. Damals brauchte er keine Schlaftabletten, und danach beschloß er, in Zukunft keine mehr zu nehmen, denn sein Kollege Rosenfeld habe wohl recht, er könne davon abhängig werden. »Vermutlich ist es mir als Analytiker verboten, dies zu sagen, aber schließlich und endlich ist der Mensch ein charakterschwaches Geschöpf, und vielleicht habe ich wegen dieser Tragödie von gestern meinen Vorsatz gebrochen.«

Michael ignorierte den vertraulichen Ton, die Offenherzigkeit, die Linder schon gezeigt hatte, als er über den Erwerb des Revolvers sprach. Michael sagte, wenn er ihn richtig verstehe, so sei der Revolver zum letzten Mal in der Nacht vor der großen Party, von der Dr. Linder zuvor gesprochen habe, gesehen worden.

Linder nickte und sagte, er könne den Doktortitel ruhig weglassen. »Alles in allem bin ich sowieso nur ein Hochstapler, ich bin kein wirklicher Doktor und eigentlich weder Psychologe noch Psychiater.«

Man kann die Ablehnung, auf die ein Mensch dieser Art bei Hildesheimer stieß, verstehen, dachte Michael, der sich an die Worte des Alten über den Ausnahmefall erinnerte. Etwas störte ihn an der übertrieben aufdringlichen Offenherzigkeit, die Linder an den Tag legte. Ständig schien er zu sagen: »Hier sind alle meine Mängel vor Ihnen ausgebreitet. Ich habe keine schlimmeren, akzeptieren Sie mich, wie ich bin, bitte.«

Frauen, dachte Michael, fühlten sich sicher von dieser Art Mann angezogen. Hinter dieser pathetischen Fassade mußten gefährliche Fallen lauern. Sein Gesichtsausdruck veränderte sich nicht, als er seine Frage wiederholte: »Wo genau waren Sie in der Nacht von Freitag auf Sabbat und Sabbatmorgen?«

Linder sah auf seine Uhr und sagte, er müsse gehen, um pünktlich zu sein, wenn der nächste Patient komme. In dem formellsten Ton, dessen er fähig war, mit der vollendeten

Höflichkeit eines englischen Bürokraten erklärte ihm Michael, daß er ihm nicht gestatten könne zu gehen. Er müsse ihm empfehlen, alle für den Morgen vereinbarten Sitzungen abzusagen. Linder reagierte mit einem Wutanfall. Es fielen böse Worte über »diesen Staat«: Wer sich wie ein guter Bürger benehme, werde noch schikaniert, und »Hilfsbereitschaft hat sich noch nie gelohnt«. Wie, bitte, könne er seinen Patienten im letzten Augenblick absagen und noch dazu mit diesen Schlagzeilen in den Morgenzeitungen, die sicher alles aufrühren würden? Warum zum Teufel können diese Sachen nicht warten?

Erst da sagte ihm Michael, daß seine Beschreibung des Revolvers genau auf die Waffe passe, die man in der Nähe des Instituts gefunden habe, und daß auch die Seriennummer übereinstimme. Er behielt seinen ruhigen und formellen Ton und sein verschlossenes Gesicht bei, als er hinzufügte, daß es nicht viele Revolver dieser Art gebe. »Sie verstehen sicher, Dr. Linder, wie sehr Sie in die Ermittlungen verwickelt sind. Im Augenblick kann ich unmöglich auf Ihre Anwesenheit verzichten.« Dann läutete das Telefon.

Das ballistische Labor teilte, selbstverständlich inoffiziell, mit, daß es sich bei dem Revolver augenscheinlich um die Tatwaffe handele. Noch stehe aber die Untersuchung der Kugel aus, und mit einer offiziellen Antwort sei erst im Laufe einer Woche zu rechnen. Michael hörte schweigend zu, und erst am Ende des Gespräches bedankte er sich. Er ließ den Blick nicht von Linder, der sehr angespannt dasaß. Seine Hände zitterten, sein Gesicht war bleich, bleicher noch als bei seinem Eintritt ins Zimmer.

Mit schwacher Stimme bat er, wenigstens das Telefon benutzen zu dürfen. Die Frage kam Michael bekannt vor, auch der Ton. Michael nahm sich vor, ihn nach dem vom Institut geführten Gespräch zu fragen.

Linder wählte und sprach ausführlich mit einer gewissen Dina. Er diktierte ihr Namen und Telefonnummern und bat sie, Termine abzusagen und einen Zettel an die Tür zu hängen, falls sie den Patienten, der für zehn Uhr erwartet wurde, nicht erreichen könne. »Bitte gehen Sie zur Tür, wenn es klingelt, auch wenn Sie selbst gerade niemanden erwarten, und richten Sie den Patienten aus, daß ich lebendig und gesund bin, daß aber eine höhere Macht mich an der Arbeit hindert.« Beleidigt und zugleich spöttisch sah er dabei Michael an, der aber nicht reagierte, sondern mit der Hand über seine verbliebenen Bartstoppeln fuhr und alle elektrischen Rasierapparate der Welt verfluchte.

Vom anderen Ende der Leitung wurde etwas gefragt, und Linder antwortete kurz und trocken: »Vom Russischen Platz.« Dann bedankte er sich sehr und legte den Hörer auf die Gabel.

Michael wiederholte seine letzte Frage.

»Sie wollen also ein richtiges Alibi«, murmelte Linder, »genau wie in den Kriminalromanen?« Er zündete sich eine Zigarette an, die er aus seiner Tasche zog, ohne Michael eine anzubieten. »Aber ich habe Ihnen bereits alles aufgeschrieben, bereits gestern. Erinnern Sie sich nicht?«

Michael reagierte nicht.

»Am Freitag waren Freunde bei uns, zum Abendessen. Ich habe das Haus überhaupt nicht verlassen, bei uns bin ich der Koch. Sie sind erst gegen zwei Uhr morgens gegangen, zwei Stunden zu spät, nach meiner Meinung. Es war nicht einmal interessant. Kollegen meiner Frau.«

Michael bat um Namen und Adressen und notierte sie

langsam und genau. Auf das Tonbandgerät sollte man sich nicht verlassen. Endlich legte er den Bleistift weg und fragte: »Und was gab es zu essen?« Linder sah ihn erst ungläubig und dann verärgert an, aber Michael nahm seine Frage nicht zurück.

»Also«, begann Joe. »Vorspeise: gefüllte Tomaten. Hauptgang: Lammkeule mit Reis und Pinienkernen, grüner Salat. Soll ich weiter aufzählen?«

Michael, der jedes Wort aufgeschrieben hatte, nickte, ohne die Augen von Linder abzuwenden, und dieser fuhr fort: »Nachtisch: Obstsalat, dann Kaffee und Kuchen natürlich. Interessiert Sie auch die Weinsorte?«

»Nicht nötig«, sagte Michael, ohne auf den Sarkasmus einzugehen. »Und nachher, als die Gäste gegangen waren?«

»Nachher war es spät. Daniel konnte nicht einschlafen, ich weiß nicht, warum. Vielleicht fühlte er sich nicht gut. Daniel ist mein Sohn. Er ist vier. Dalia, meine Frau, schlief, und ich war an der Reihe aufzustehen. Ich war beinahe bis zehn mit Daniel zusammen, weil Sabbat war und ich erst dann zur Vorlesung und der Sitzung der Ausbildungskommission, die danach stattfinden sollte, gegangen bin. Dalia schlief. Sie hat keine Schlafprobleme.«

»Wo waren Sie mit ihm?« fragte Michael, als wäre die Frage auf dem Formular vor ihm verzeichnet.

»Wo kann man morgens früh um sechs sein? Anfangs zu Hause, Spiele, Bücher, Frühstück. Dann vor dem Haus. Es war kalt.« Linder erwähnte seine Rückenschmerzen und die Schwierigkeit, Ball zu spielen, wenn der Rücken schmerzt. Es folgte ein genauer Bericht, wie er auf einem Baumstumpf saß und den Ball fing. Die Feindseligkeit war verschwunden. Wieder erzählte Linder ungefragt Einzelheiten, freund-

159

lich und humorvoll, als wolle er mitarbeiten und helfen, so gut es geht.

Der Polizeipsychologe hatte Michael während einer Unterhaltung im Café an der Ecke einmal gesagt, daß bestimmte Menschen prinzipiell Schuldgefühle hätten. Sie reden sich die Schlinge um den Hals, sie benehmen sich wie Raskolnikow, »obwohl sie keinerlei Verbrechen begangen haben. In Wirklichkeit wollen sie gefallen«. Jetzt erinnerte sich Michael daran, und er dachte, daß auch Analytiker Menschen sind. Sie haben einen besonderen Beruf gelernt, aber das verschafft ihnen noch nicht die völlige Herrschaft über ihre Reaktionen. Außerhalb der Arbeitsstunden geht es ihnen nicht besser als jedem anderen, der verhört wird.

Er unterbrach Linder, der sich gerade über die Beziehung zwischen Eltern und Kindern im allgemeinen verbreitete, und fragte ihn: »Hat Sie jemand mit dem Kind gesehen?«

Linder sagte, daß es im Haus nur vier Parteien gebe. Er wisse nicht, ob jemand aus dem Fenster geschaut habe.

Michael erhob sich, sagte: »Einen Moment, bitte«, und verließ den Raum. Er fand Zila im Zimmer nebenan, wo die morgendliche Lagebesprechung abgehalten wurde. Michael diktierte ihr die Telefonnummer von Linders Frau, die im Museum arbeitete. »Frag sie, was er am Freitag abend und Samstag früh getan hat. Nimm diesen Bogen hier. Das ist seine Version. Anschließend erkundige dich bei den Nachbarn. Besorg dir ein Auto, du mußt zum Museum und von dort nach Arnona. Ich will, daß die Nachbarn befragt werden, bevor er nach Hause kommt.«

Dann kehrte er in sein Zimmer zurück. Dort saß Linder auf seinem Platz und starrte vor sich hin. Michael setzte sich energisch auf seinen Stuhl hinter dem Tisch und fragte Linder, wie seine Beziehung zu Dr. Neidorf gewesen sei.

Linder wurde vorsichtiger und wählte seine Worte sehr genau. Es war erkennbar, daß er das Thema für sich bis zum Überdruß behandelt hatte und zu keinem befriedigenden Ergebnis gekommen war. Schließlich gab er zu, daß er nicht zu ihren Bewunderern gehörte.

»Und wie standen Sie zu der Tatsache, daß Dr. Neidorf aller Wahrscheinlichkeit nach Hildesheimers Platz im Vorsitz der Ausbildungskommission übernommen hätte?«

Linder brach in Gelächter aus. Er beglückwünschte Ochajon zu seinem Gespür für soziale Zusammenhänge. Aber man dürfe nichts überbewerten. Die Unterrichtskommission sei sehr wichtig, dort werde die Politik des Instituts in Wirklichkeit gemacht, aber man ermorde niemanden, um an diesen Posten zu gelangen. »Außerdem«, fügte er ernster hinzu, »glaube ich nicht, daß ich in Zukunft als Mitglied in die Kommission gewählt werde – auch ohne Neidorf als Vorsitzende.«

Michaels prüfender Blick nahm einen Anflug von Verbitterung auf seinem Gesicht wahr. »Warum eigentlich nicht?«

Linder atmete tief ein und seufzte. Er meinte, daß es interne Differenzen gebe, die mit dem Beruf zusammenhingen und schwer zu erklären seien. Er wolle es dabei belassen, aber Michael kannte seinen Gesprächspartner inzwischen gut genug, um einfach zu schweigen. Linder, der die Stille nicht ertragen konnte, ließ sich zu einer ausführlichen Schilderung dessen verleiten, was er »Auseinandersetzungen über fachliche Fragen und ähnliches« nannte zwischen ihm und den »Stützpfeilern des Instituts«, wie er ironisch sagte. Auch der Begriff »Enfant terrible« fiel. Wieder sah Linder auf seine Uhr. »Die Patienten mögen keine plötzlichen Absagen. Das löst Spannungen und überflüssige Ängste aus«, erklärte er.

Michael, der spürte, daß er ein wenig auftaute, sagte bedauernd, daß es manchmal nicht anders gehe und schlug vor, zu der Frage zurückzukehren, wann genau der Revolver verschwunden sei.

Linder beeilte sich, ihn zu korrigieren: Er könne sich keineswegs auf den genauen Zeitpunkt festlegen. Er könne nur sagen, daß der Revolver in der Nacht vor der Party noch in der Schublade gelegen hätte, seitdem habe er die Schublade nicht mehr geöffnet. Auf Michaels Bitte skizzierte er einen Grundriß der Wohnung und zeigte ihm die Lage des Schlafzimmers.

»Wer wußte, daß Sie einen Revolver besitzen?« fragte Michael und nahm den Kugelschreiber auf, legte ihn aber wieder auf den Tisch, als er die Antwort hörte: »Wer nicht?« Joe erklärte, daß er den Revolver mehrmals als Gegenstand von ästhetischem Interesse herumgezeigt habe, und häufiger noch habe er von ihm erzählt, von seinem Erwerb und allen Begleitumständen.

Michael bat ihn um die Liste der Partygäste und fragte, was der Anlaß des Festes war.

»Nach der Abstimmung über einen Kandidaten, der seinen Fall vorgestellt hat, ist es üblich, zu seinen Ehren ein Fest zu geben. Gewöhnlich ist das zuletzt angenommene Mitglied dafür zuständig, und der angenommene Kandidat bestimmt die Gästeliste, die aber im Grunde alle einschließt, vor allem die Mitglieder seines Jahrgangs. Diesmal aber ist es dem vorigen Kandidaten, genauer gesagt der Kandidatin,

162

unmöglich gewesen, die Party zu geben, weil in ihrem Haus nicht genug Platz ist. Und da ich diesem Jahrgang besonders nahestehe und Tami beinahe zur Familie gehört, habe ich mich freiwillig gemeldet, das Fest zu geben. Es war wirklich keine Überraschungsparty, und alle bemühten sich zu kommen. Die Beliebtheit eines Kandidaten läßt sich durchaus an der Zahl der Mitglieder ablesen, die zur Party kommen. Aber es werden auch Außenstehende eingeladen, wenn auch nur wenige und nur enge Freunde. Bei Tamis Party war das nur Joav, ein wirklich guter Freund. Eigentlich habe ich über Joav Tamis Bekanntschaft gemacht. Das ist ein merkwürdiger Zufall: Joav ist derjenige gewesen, der mir den Revolver gekauft hat, im Jahre 1967. Aber«, Linder lächelte verschlagen, und sein Gesicht war weniger bleich, »außer durch die Freundschaft zu Tami hat Joav keinerlei Beziehung zum Institut. Er glaubt, daß das alles Unsinn ist.«

Michael fragte Linder, wen er vom Institut aus angerufen habe.

»Ja, das war Joav. Er ist ein guter Freund, und ich hatte ihn zu Würstchen und Bier eingeladen, um den Geschmack der Vorlesung und der Sitzung vom Sabbatmorgen runterzuspülen. Aber in Anbetracht der Umstände mußte ich absagen.« Plötzlich wurde Linder klar, daß Michael gefährlich war. »Wieso erinnern Sie sich daran?«

»Haben Sie, Dr. Linder, etwa ein schlechtes Gedächtnis, wenn es um eine Information im Zusammenhang mit dem traumatischen Erlebnis eines Patienten geht?«

Linder lachte laut und sagte, niemals habe er die beiden Bereiche – Verbrechensaufklärung und Analyse – als verwandt betrachtet, aber es sei etwas daran.

Wieder griff Michael nach dem Kugelschreiber und fragte, wer auf der Party war.

»Ich könnte die Namensliste jetzt mühsam rekonstruieren, aber ich habe ein Verzeichnis in meiner Praxis liegen.« Sarkastisch fügte er hinzu: »Wenn es mir irgendwann möglich sein sollte, dorthin zu gelangen, freue ich mich, behilflich zu sein.«

»Warum haben Sie ein Verzeichnis? Es ist doch eigentlich nicht üblich, Namen von Partyteilnehmern aufzuzeichnen, nicht wahr?«

»Aber das war ja keine Tanzparty, obwohl wir gegen Ende auch getanzt haben. Es war eine Art offizielle Angelegenheit, und Tami hat mir die Namen der Leute diktiert, die sie einladen wollte.«

Michael erhob sich. »Wir gehen jetzt den Revolver identifizieren. Sie können ihn vorläufig nicht zurückbekommen.«

»Ein wichtiges Indiz?« fragte Linder wie ein kleines Kind, und Michael fing an, ihn zu mögen.

»Danach fahren wir zusammen in Ihre Praxis, um dort die Liste der Partygäste durchzugehen.«

Sie fuhren mit Michaels Polizeiauto, was bei Linder eine kindliche Freude erregte, deren Ursache – erklärte er – der Wunsch sei, die guten Bürger Rechavias in ihrer Ruhe zu stören.

Die Praxis befand sich in der Ben-Maimon-Straße, und Michael hätte ihm im voraus die Möblierung beschreiben können. Linder hörte nicht auf, seine Verwunderung über die Wege des Schöpfers zu murmeln, weil der Revolver, den sie gefunden hatten, wirklich seiner war. An der Tür hing der Zettel, den Linder per Telefon diktiert hatte – seiner Praxisteilhaberin, wie sich herausstellte. Auf Michaels

164

Frage antwortete er, daß seine Teilhaberin noch Kandidatin sei, sie stehe aber kurz vor der Anerkennung durch die Unterrichtskommission. »Ich bin der einzige unter den älteren Analytikern, der keine Rangunterschiede macht. Ich sehe für meine Praxis nichts Nachteiliges in der Mitarbeit einer Kandidatin am Ende ihrer Ausbildung. Allerdings hat sie damit erst begonnen, als sie keine Supervision mehr von mir herhielt. Ich kann nichts Schlechtes in einem engen Kontakt zu meinen Kandidaten erkennen. Außerdem ist sie so schön, daß es schade wäre, sie nicht – wenn möglich – täglich zu sehen.«

»Und was ist mit den Patienten?« fragte Michael.

»Das ist eine andere Geschichte. Aber auch was die Behandlungsmethoden betrifft, bin ich, im Vergleich zu Hildesheimer, ein ausgesprochener Abweichler.«

Sie setzten sich auf die beiden Stühle, zwischen ihnen stand ein kleiner Tisch, auf dem sich Papiertaschentücher und ein Aschenbecher befanden. In der Ecke stand eine Couch, davor lag eine Gummimatte. Hinter der Couch stand der Analytikersessel. Die Bilder hatten gedeckte Farben, der Schreibtisch war schwer und dunkel.

Michael fragte sich, ob die Regeln zur Möblierung des Behandlungszimmers in irgendwelchen Satzungen festgelegt waren. Die persönlichen Unterschiede zwischen den Analytikern ließen sich nur an den im Raum vorherrschenden Farben erkennen. Hier war die Couch mit einem schwarzen Stoff bezogen. Michael lächelte bei dem Gedanken, daß es noch einhundertfünfzig weitere Zimmer in dieser Art geben mußte. Er fragte Linder danach, der aus der Küche zurückkehrte, zwei Tassen in den Händen.

Linder lachte laut – er hatte ein volles, warmes Lachen.

165

Er schloß die Tür mit einem leichten Tritt und stellte die Kaffeetassen auf den kleinen Tisch. Während er die Schreibtischschublade durchsuchte, der er schließlich zwei mit einer ungestümen Handschrift beschriebene Bögen entnahm, erwiderte er: »Stellen Sie anderen lieber nicht solche Fragen, denn sie werden sicher nicht lachen. Das heißt nicht, daß sie keinen Humor besitzen, den haben sie. Aber nicht in diesen Angelegenheiten.« Dann wurde er etwas ernster: »Ja, die Zimmer ähneln sich, aber auch die Arbeit ähnelt sich: Der Patient liegt auf der Couch, deshalb braucht man sie überall. Und jeder Analytiker arbeitet auch als Psychotherapeut, daher hat auch jeder zwei Stühle. Jeder Patient weint manchmal, daher braucht man auch Papiertaschentücher. Aber daran habe ich nicht gedacht, es ist wirklich sehr komisch.«

Auch Michael wurde ernst, als er fragte, ob Linder alle Leute benennen könne, die in den letzten zwei Wochen in seinem Haus gewesen waren.

»Das ist nicht schwierig. Denn bis Freitag abend hat niemand das Haus betreten. Daniel hatte Mumps, und auch die, die bereits Mumps hatten, fürchteten sich zu kommen.«

Michael betrachtete die Liste der Partyteilnehmer. Die Hälfte des Verzeichnisses war mit einem Sternchen versehen, und Linder erläuterte, daß er damit diejenigen gekennzeichnet habe, die zugesagt hatten. Neben jedem Namen war in Klammern ein Nahrungsmittel verzeichnet, denn jeder Gast hatte sich verpflichtet, etwas mitzubringen. »Also war die Hälfte der Verzeichneten nicht auf der Party«, sagte Michael.

»Nun, die Tel Aviver kommen nur, wenn es sich um jemand von ihrem Jahrgang handelt, die aus Haifa erschei-

nen überhaupt nicht, und dann sind da noch einige sehr alte
Leute, die niemals kommen, man lädt sie nur aus Höflichkeit ein. Hildesheimer ist nur dann bereit, dem Fest die Ehre
zu geben, wenn weder Patienten noch Kandidaten da sind,
was niemals der Fall ist. Eva war im Ausland, ebenso einige
andere, denn Anfang März war irgendein Kongreß, den
man erfunden hat, um im April etwas von der Einkommensteuer absetzen zu können. Aber vierzig sind gekommen,
und diese Zahl gilt als sehr respektabel.«

»Wußte jemand von den Gästen, wo sich der Revolver
befand?« fragte Michael.

Linder antwortete nicht. Sein Gesicht bekam einen verle-
genen und gequälten Ausdruck. »Ach«, begann er schließlich, »was bedeutet es, wenn es jemand wußte. Auf dieser
Party waren Leute, die mehr oder weniger zum Haus gehören und genau wissen, daß ich keinen Safe besitze. Wo kann
man denn schon einen Revolver aufbewahren?«

Michael schwieg und wartete.

»Gut. Joav wußte genau, wo er liegt. Aber er brauchte
nicht bis zur Party zu warten, er ist sehr oft bei uns. Ein paar
andere wußten wohl auch Bescheid. Vielleicht habe ich
irgendwann darüber gesprochen, ich erinnere mich nicht
immer, was ich sage und wann ich es sage.« Er steckte sich
mit zittrigen Fingern eine Zigarette an, stand auf und schaltete die Elektroheizung ein. Das Zimmer war sehr kühl.

Michael fragte, ob er sich zufällig erinnere, wer das
Wohnzimmer verlassen habe, wer im Haus umhergegangen
sei.

»Alle, aber wirklich alle, waren die ganze Zeit über in
allen Zimmern. Die Mäntel lagen im Schlafzimmer, und
ständig war irgend jemand dort, um einen Mantel zu holen

oder abzulegen, oder um etwas aus der Tasche zu nehmen. Tami schaute außerdem einige Male nach Daniel, der in unserem Bett schlief. Auch andere haben nach ihm gesehen. Das war keine Party, auf der die Leute sich ins Schlafzimmer absondern.«

Michael fragte vorsichtig, ob er ihm sagen könne, in welcher Beziehung die einzelnen Gäste seiner Party zu Eva Neidorf gestanden hätten.

Linder begann zu sprechen, besann sich, nahm einen Schluck Kaffee, blickte auf die Gästeliste, die Michael ihm reichte, hob die Augen und sagte dann mit einer nun zögernden, leisen Stimme: »Ich weiß viele Einzelheiten über all diese Leute. Ich weiß, wer bei wem in Analyse ist, aber das ist meiner Meinung nach unbedeutend. Keiner von ihnen hätte sie ermorden können. Mit welchem Motiv denn?« Seine Stimme wurde bestimmter und bekam einen Beiklang leidenschaftlicher Überzeugung. »Sie müssen wissen, daß diese Frau in ihren Augen ein Muster der Perfektion war. Man durfte kein einziges Wort der Kritik über sie sagen. Sie ließen mich nicht einmal einen Scherz über sie machen. Und daß ein Patient seinen Analytiker physisch angreift, ist undenkbar. Ich spreche jetzt nicht von Psychopathen, von Geisteskranken, bei denen alles möglich ist. Wir sprechen über gesunde Menschen, die ihre Probleme haben, die alle in Analyse sind. Alle am Institut sind in Analyse, um ihre fachlichen Qualitäten zu verbessern, das ist bei dieser Arbeit Bedingung.«

Es war still im Raum. Von draußen hörte man gedämpfte Stimmen und Schritte, eine Tür wurde geöffnet und wieder geschlossen. Als es still wurde, meinte Linder, daß Dina einen Patienten zur Tür gebracht habe, und sicher käme

168

sofort der nächste. Man hörte die Türklingel, Schritte, ein Knarren, anschließend kehrte wieder völlige Stille ein.

»Nein, Dr. Linder«, sagte Michael ruhig, »so schmerzvoll es ist, ich muß Ihnen doch sagen, daß uns auch anscheinend gesunde Menschen manchmal überraschen können. Und gerade Menschen, die man für perfekt hält – Sie müßten das eigentlich besser wissen als ich –, gerade sie können das Opfer eines Verbrechens werden. Wir haben es hier, zu meinem Bedauern, mit Mord zu tun, und ich muß Sie um Ihre Hilfe bitten.«

Linder rauchte schweigend. Er war bleich, und unter seinen runden Augen waren dunkle Ringe, die seine Blässe noch unterstrichen. Er zog ein Papiertaschentuch aus der Schachtel im unteren Fach des kleinen Tisches und tupfte sich die Schweißtropfen von der Stirn.

»Schauen Sie«, sagte Michael, »helfen Sie mir, Eva Neidorfs wöchentlichen Arbeitsplan zu rekonstruieren, mit den Behandlungs- und Beratungsstunden. Denken Sie jetzt nicht daran, wer verdächtig ist und wem Sie vielleicht Schwierigkeiten bereiten. Ich will nur ihren Stundenplan. Was sagen Sie dazu?«

Linder räusperte sich, versuchte zu sprechen, räusperte sich wieder und hob von neuem an. Heiser sagte er schließlich: »Gut, aber ich kenne gewiß nicht alle. Nur einen Teil.« Plötzlich blitzte es in seinen Augen auf, und er rief: »Aber Sie können doch alles ihrem Notizbuch entnehmen, ihrem Terminkalender! Wozu sollen wir hier die Zeit vergeuden?«

»Ich muß Einzelheiten über die Leute erfahren und hätte Sie ohnehin um Informationen gebeten. Neidorfs Aufzeichnungen spielen jetzt keine Rolle.« Seinen Besuch in ihrem Haus erwähnte Michael nicht.

169

Seufzend zog Linder aus seiner Schreibtischschublade ein kariertes Blatt, reichte es Michael, lud ihn mit einer Handbewegung ein, auf dem Holzstuhl vor dem Schreibtisch Platz zu nehmen, und sagte: »Am besten ist es, wenn wir den Stundenplan rekonstruieren. Ich habe oft mit Eva über die Belastung, der sie sich ausgesetzt hat, gesprochen. Ich wußte, wie viele andere auch, daß sie zwischen acht und neun Stunden am Tag arbeitete, außer dienstags, da arbeitete sie nur sechs Stunden, denn nachmittags unterrichtete sie im Institut. Freitags arbeitete sie ebenfalls nur sechs Stunden.«

Wie ein eifriger Schüler legte Michael eine Tabelle von Tagen und Stunden an, stützte das Kinn auf seine Hand und wartete.

»Dann wollen wir mal sehen. Beginnen wir mit den Supervisionsgesprächen. Nur ein Termin pro Woche für jeden Kandidaten. Ich weiß nicht, an welchem Tag und um wieviel Uhr, aber das scheint mir auch nicht so wichtig. Da wäre zunächst Dina, sie stand kurz vor dem Abschluß. Gestern, nach dem Vortrag, sollte ihre Fallstudie abgesegnet werden. Als zweites war da ein anderer Kandidat aus Dinas Jahrgang, wie heißt er nur...«

Linder zog ein gedrucktes Verzeichnis aus der Schublade. Michael warf einen Blick darauf und sah, daß es das Verzeichnis aller Mitglieder und Kandidaten des Instituts war, identisch mit dem, das er gestern in Neidorfs Haus gefunden hatte. Linder ging schnell die Namen durch, sein Finger machte an einem bestimmten Punkt auf dem Papier halt. Michael schrieb den Namen Dr. Giora Böhm in sein Raster, und Linder hakte ihn in dem Verzeichnis ab. Von da an behalf er sich mit der gedruckten Liste, und Michael setzte einen Namen nach dem anderen in den Stundenplan. Es waren sechs Kandidaten. »Und das ist eine Menge«, sagte Linder. Wieder bekam seine Stimme einen bitteren Klang. Michael bat um eine Erklärung.

»Sehen Sie, sie hat, sie arbeitete sechsundvierzig Stunden die Woche, ich weiß es genau. Sonntags arbeitete sie acht Stunden, montags neun, dienstags sechs, mittwochs neun, donnerstags acht, freitags sechs. Rechnen Sie zusammen. Sie machte immer eine Mittagspause zwischen eins und vier, außer dienstags und freitags, da arbeitete sie durchgehend. Aber bei sechs Kandidaten bleibt auch von sechsundvierzig Stunden nicht viel Zeit für Analysepatienten. Vier Stunden pro Woche nimmt jede Analyse in Anspruch, und sie gab auch Gesprächstherapien. Zweimal in der Woche, wie wir gleich sehen werden.«

Wieder glitt Linders Finger über die Liste, er diktierte Namen, und das Karopapier füllte sich mit Michaels sauberer Handschrift. Acht Analysen, acht Namen füllten je viermal die Woche ein Kästchen, alles Kandidaten am Institut. Acht leere Kästchen blieben übrig.

»Gut«, sagte Linder, »für die acht übriggebliebenen Stunden kann man vielleicht eine Analyse einsetzen, von der wir nichts wissen, vielleicht hat sie Außenstehende behandelt, aber das ist kaum anzunehmen, denn Eva hatte eine Warteliste von zwei Jahren. In der ganzen Stadt gibt es gerade fünf Lehranalytiker, und sie hat immer die Meinung vertreten, daß die Leute vom Institut Vorrecht haben. Denn es wäre ja ein Ding der Unmöglichkeit, auf der einen Seite Satzungen zu haben und auf der anderen Seite Bedingungen, die es den Kandidaten unmöglich machen, sie einzuhalten. Diese Fairneß war natürlich typisch für sie.«

Michael schwieg. Im Laufe des Morgens hatte er gelernt, daß man am ehesten dann etwas von Linder erfuhr, wenn man einfach schwieg. Linder sorgte schon dafür, daß diese Stille nicht anhielt.

»Daher glaube ich, daß die acht Stunden für Therapiegespräche reserviert waren. Diese Behandlung nimmt ein oder zwei Termine wöchentlich in Anspruch, je nachdem, ob es sich um einen konservativen Therapeuten handelt oder um jemanden mit flexibleren Ansichten.«

Michael war nicht verborgen geblieben, daß Linders Laune sich verschlechterte, je dichter sich die Karos mit Namen anfüllten. Seine Mundwinkel verzogen sich wie bei einem benachteiligten Kind nach unten, und sein Finger trommelte nervös auf der Namensliste. Michael fragte mit besonderem Feingefühl, wie viele Stunden Linder selbst arbeite.

»Genau so viele Stunden, vielleicht sogar etwas mehr, vielleicht achtundvierzig Wochenstunden. Aber ich habe nur eine Analyse im Auftrag des Instituts, ich bin kein Lehranalytiker«, fügte er hinzu, als wolle er die kommende Frage vermeiden, »zu mir kann ein Kandidat nur mit einer besonderen Erlaubnis der Ausbildungskommission zur Analyse kommen.«

Der Ausdruck, den Linders Gesicht angenommen hatte, hielt Michael davon ab, diesen Punkt weiter zu vertiefen. Er nahm sich vor, herauszufinden, was Linder verbrochen hatte, wie er im Institut in Mißkredit geraten war. Einige Gründe konnte er sich bereits vorstellen. Dieser Mensch hatte etwas so Kindliches und Offenes, daß Michael sich nur schwer vorstellen konnte, wie er schweigend und zuhörend hinter der Couch sitzen sollte.

Aber das konnte nicht alles sein. Michael war überzeugt, daß Hildesheimer andere Gründe haben mußte.

»Kurz und gut«, hob Linder seine Stimme, »Eva war Lehranalytikerin und Supervisorin und einiges mehr, und ihr Ansehen war so hoch, daß einige Kandidaten erst dann Patienten zur Analyse annahmen, wenn sie die Supervision übernehmen konnte. Deswegen kann ich mir nicht vorstellen, daß sie Außenstehende analysiert hat. Und alle Internen, die bei ihr waren, kenne ich. Ich glaube also, daß in den acht übrigen Stunden therapeutische Gespräche mit Außenstehenden stattfanden, von denen ich allerdings niemanden kenne.«

Michael faltete das karierte Blatt, breitete es aber dann wieder auf dem Schreibtisch aus und fragte Linder, ob er ihm etwas über die Beziehung der hier Verzeichneten zu Eva Neidorf sagen könne.

»Ja, natürlich kann ich das. Alle haben sie dermaßen verehrt, daß sie die Erde geküßt hätten, auf die sie ihren Fuß gesetzt hatte. Das hatte für mich bereits etwas Abschreckendes. Sie können gerne glauben, daß ich neidisch bin, aber das ändert nichts an der Tatsache, daß daran etwas Abschreckendes war. Diese Frau war sogar noch vollkommener als Ernst, und glauben Sie mir, heute finden Sie keine Menschen mehr wie Ernst.«

Michael brauchte einige Zeit, um zu begreifen, daß von Hildesheimer die Rede war. Er betrachtete Linder aufmerksam, der aussah, als sei er gänzlich in sich selbst versunken.

»Doch abgesehen von meiner persönlichen Eifersucht, die gewiß existiert, muß ich auch sagen, daß Ernst Eigenschaften besitzt wie Arglosigkeit, Herzensgüte und Mitleid, die Eva völlig fehlen. Verstehen Sie«, sein Blick heftete sich an einen Punkt an der Wand über dem Schreibtisch, »nicht nur, daß sie keinen Humor hatte, sie war auch unbarmherzig im Umgang mit Menschen, die nicht in ihr Weltbild paßten, wahrhaftig.«

Der Inspektor fragte, wie sie, ohne Barmherzigkeit, eine so begnadete, ja verehrte Therapeutin und Kontrollanalytikerin werden konnte. Er war bedacht, die Frage in neugierigem Ton zu stellen, ohne Zweifel an Linders Worten anzudeuten.

»Ich sehe«, sagte Linder, »daß Sie sich auskennen. Natürlich: Es ist unmöglich, unserer Arbeit ohne Mitleid, ohne innere Beweglichkeit gerecht zu werden. Ich habe aber nicht von Patienten gesprochen, auch nicht von ihren Kandidaten, mit denen hatte sie Mitleid, da konnte sie auf alles eingehen, das spiegelte sich auch in den praktischen Beispielen wider, die sie in den Vorträgen vorstellte. Aber ich meine etwas anderes, etwas schwer Definierbares.« Er wandte seinen Blick wieder Michael zu. »Unser Weg läßt es uns auch offen, den Schwierigkeiten auszuweichen, die im täglichen Umgang mit Menschen auftreten. Der Analytiker ist in der Behandlungssituation so geborgen, er weiß, wie hilflos der Patient ist. Der Patient braucht Hilfe, zuweilen auch der Kandidat. Eva hat ihre Patienten und teilweise auch ihre Kandidaten als Teile ihrer Welt begriffen. Innerhalb dieses Rahmens akzeptierte sie Fehler und Schwächen, aber außerhalb war sie erbarmungslos. Bedenken Sie zum Beispiel das Thema ihres Vortrages, den sie am Sabbat halten sollte. Mehr kann ich dazu nicht sagen.«

Michael blickte Linder an und glaubte, ihn zu verstehen. Seine impulsive Offenherzigkeit hatte etwas Anziehendes, vielleicht nicht nur in den Augen von Frauen. Aber sie hatte

174

nicht auf Eva Neidorf gewirkt und anscheinend auch nicht auf Hildesheimer.

»Ist Ihnen außer dieser Verehrung noch etwas über die Beziehung der Leute auf unserer Liste zu ihr bekannt?« Michael deutete auf das karierte Blatt.

»Nichts, was mir dazu einfiele. Sie blieb immer distanziert.«

»Hatte sie Kontakt mit Außenstehenden? Freunde, Freundinnen, Männerbekanntschaften?«

Er glaube nicht, sagte Linder, daß sie nach dem Tode ihres Mannes Liebhaber gehabt habe. »Sie war ein ›Blümchen rühr mich nicht an‹. Sie war schön, doch sie hatte etwas Geschlechtsloses an sich, aber vielleicht ist das eine Sache des Geschmacks.« Über Freundschaften und ihr gesellschaftliches Leben wisse er nichts. Er kenne niemanden außerhalb des Instituts, der Kontakt zu ihr hatte. Und im Institut – Hildesheimer, und vielleicht auch Nechama Szold, die auch in der Ausbildungskommission saß. Und vor Jahren, vor ihrer Heirat, war Waller sehr stark in sie verliebt gewesen. »Er konnte sich nur schwer damit abfinden«, sagte Linder und lächelte.

Michael erinnerte sich an Waller, er gehörte wie Nechama Szold zur Ausbildungskommission. Mit beiden mußte er sprechen. Er hatte Kopfschmerzen, sein Körper tat ihm weh. Das große Fenster war geschlossen, die Luft stickig vom Zigarettenrauch, und der elektrische Ofen verbreitete eine unangenehme Wärme. Wahrscheinlich, dachte er, verursachte die Übermüdung sein körperliches Unbehagen. Er wollte nach Hause, ins Bett. Doch er richtete sich in seinem Stuhl auf und schüttelte den Kopf, als trete er aus der Dusche. Dann fragte er nach der Vorlesung.

»Es gibt Kopien, sicher Millionen«, sagte Linder abschätzig. »Warum sollen wir lange darüber reden, wenn Sie einfach alles nachlesen können? Falls Sie Verständnisschwierigkeiten haben, was anzunehmen ist, denn ich selbst verstehe nicht alles, werde ich Ihnen gerne behilflich sein. Ernst hat immer eine Kopie, er muß sie vorher lesen, für seine Einleitung. Ich habe, falls Sie das interessiert, niemals vorher eine Kopie gesehen, ich gehörte nicht zu den Eingeweihten, wie man so sagt.«

Michael wollte etwas zur Vorlesung sagen, bemühte sich um die Formulierung, aber da hörte man von draußen Schritte und das Knarren der Tür, die geöffnet und geschlossen wurde. Linder erhob sich und öffnete, ohne zu fragen, die Tür seines Zimmers. Ein kühler Luftzug kam aus dem Flur, und dann trat die schöne Dina Silber ein.

Michaels erster Gedanke galt seiner Rasur. Warum hatte er sich nicht sorgfältiger rasiert!

Als Linder sie miteinander bekannt machte, bemerkte Michael, daß ihr Gesicht gespannt und ängstlich wirkte, doch war er an die Furcht auf den Gesichtern der Leute gewöhnt, mit denen er beruflich in Kontakt kam.

Sie sagte »sehr angenehm« und sah Linder fragend an. Während Linder kurz erklärte, man habe ihn gebeten, Inspektor Ochajon zu helfen – den Revolver erwähnte er nicht –, konnte Michael sie aus der Nähe betrachten. Ihr rotes Kleid aus weichem, glattem Stoff war seiner Meinung nach für einen so kalten Tag zu leicht, paßte aber sehr gut zu ihrem blassen Gesicht, zu ihren grauen Augen und ihrem schwarzen Haar. Sie hatte eine Frisur, die man, soweit Michael sich damit auskannte, als Pagenschnitt bezeichnete und die ihre Blässe unterstrich. Sie hatte hohe Wangenknochen, volle, vielleicht etwas zu volle Lippen. Und wären nicht ihre dicken Knöchel und die kurzen, ungepflegten Finger (er bemerkte die abgekauten Fingernägel) gewesen, wäre sie vollkommen gewesen.

Er hoffte, daß man ihm seine Bewunderung nicht anmerkte, und er versuchte immer, seinen Gesichtsausdruck unter Kontrolle zu behalten, mit beachtlichem Erfolg. Das behauptete wenigstens Zila, die dann gewöhnlich fragte, weshalb er sein Glück nicht als professioneller Pokerspieler versuchte.

Linder erinnerte Michael daran, daß Dina von Dr. Neidorf Supervision erhalten habe. »Ich habe vorhin davon gesprochen, über sie sollte am Sabbat abgestimmt werden...« Michael erinnerte sich. Ihm entging aber auch nicht die Veränderung seines Tons. Die Spontaneität der letzten Stunde wich einer Spannung, und sein Blick wanderte abwechselnd von ihm zu Dina und wirkte gequält.

Linder fragte Michael, ob sie fertig seien. »Fast«, entgegnete Michael und schlug vor, daß Dina sich zu ihnen geselle.

»Aber ich habe nur fünf Minuten bis zum nächsten Patienten«, antwortete sie mit tiefer, langsamer Stimme.

Michael bestand darauf.

Sie setzte sich mit übergeschlagenen Beinen auf die Couch. Michael dachte, daß Stiefel das Problem mit den Knöcheln lösen würden. Er konnte nicht verstehen, weshalb sie ausgerechnet Schuhe mit hohen Absätzen trug.

Auf seine Frage antwortete sie, daß sie tatsächlich von Dr. Neidorf Supervision erhalten habe, vier Jahre lang. »Es war eine wundervolle Beziehung, ich habe sehr viel bei ihr gelernt, und ich habe sie auch geschätzt.« Sie sprach langsam und betonte jedes Wort, jede Silbe. Die Pausen zwischen den

Worten waren zu lang, aber ihr Sprechen drückte keinerlei Empfinden aus.

Linder saß da und sah sie an. Seinem Gesichtsausdruck und seiner wachsenden Nervosität entnahm Michael, daß auch er ihre merkwürdige Artikulationsweise bemerkte, wenn auch Linder weniger überrascht und mit dem Phänomen bereits vertraut wirkte.

Die Supervision, fügte Dina nach kurzer Pause hinzu, sollte abgeschlossen werden, natürlich unter der Bedingung, daß die Unterrichtskommission ihre Fallstudie bestätigen würde.

Michael erkundigte sich, ob das Wort »Bedingung« irgendwelche Zweifel ausdrücken sollte.

»Es bestehen immer Zweifel«, erwiderte sie.

Die Antwort erregte Linders Ärger. Ihre Bescheidenheit, sagte er streng, sei überflüssig, es gebe keine Zweifel, habe auch nie welche gegeben. Alle seien von ihrer Arbeit beeindruckt, er wisse das, schließlich habe sie auch von ihm Supervision erhalten.

Dina Silber faltete die Hände. »Alle sind nervös, wenn es um die Vorstellung geht – auch wenn das objektiv gesehen überflüssig ist.« Dabei blickte sie auf ihre Uhr.

Michael fragte, ob sie nicht noch etwas bleiben könnte.

»Nur bis es an der Tür klingelt«, entgegnete sie unwillig.

Er zeigte ihr den Stundenplan, den sie rekonstruiert hatten, und fragte, ob sie noch weitere Leute kenne, die von Eva Neidorf behandelt worden waren.

Ihre Hand, die das Blatt hielt, zitterte so sehr, daß sie es auf ihre Knie legen mußte. Sie betrachtete mit Interesse die Namen, sah dann Linder an und fragte, ohne Michael zu beachten: »Wußten Sie, daß sie so viele Termine hatte?«

Linder nickte. »Einerseits konnte sie sich nicht genug darüber beklagen, andererseits ließ sie sich immer wieder unter Druck setzen.«

»Welchen Druck meinen Sie?« fragte Michael.

»Ein berühmter Analytiker erhält ununterbrochen Gesuche um Behandlung. Freunde und Kollegen bedrängen ihn, nur noch diesen einen Fall anzunehmen, und manchmal kann man dann nur sehr schwer ablehnen.«

Dina Silber betrachtete wieder den Plan auf ihren Knien und sagte schließlich, daß sie selbst jemand Neidorf als Therapeutin empfohlen habe. »Ich weiß, daß die Betreffende zwei Stunden wöchentlich bei Neidorf in Behandlung ist – oder besser: war. Aber ich bin nicht bereit, ohne vorherige Rücksprache einen Namen zu nennen.« Als es an der Tür läutete, sprang sie auf und sagte, daß der Inspektor sie später anrufen könne, womit sie die Tür hinter sich schloß.

Wieder hörte man die Schritte im Flur, das Knarren der Tür, leises Gemurmel, und dann herrschte ein Schweigen, das diesmal nicht gestört wurde, weil sich Linders Stimmung völlig gewandelt hatte. Er ließ den Kopf sinken und betrachtete den Mittelpunkt des kleinen Teppichs, der vor dem Sofa lag.

Michael mußte seine Frage zweimal wiederholen: »Ist Ihnen etwas Neues eingefallen?«

»Nein, nein, wieso?« fragte Linder aufgeschreckt, und sein Gesicht schien im Gegensatz zu vorhin niedergeschlagen und verzweifelt.

Michael fragte sich verwundert, wie Dina Silber von zwei so verschiedenen Menschen wie Linder und Neidorf Supervisionen erhalten konnte. Er fragte Linder, wie Kandidaten

die Verschiedenartigkeit von Behandlungsstilen verarbeiten
würden.

»Das ist nicht nur eine Frage des Stils, das ist eine Frage
der Persönlichkeit und der gesamten Lebensauffassung.
Daraus ergeben sich Schwierigkeiten, doch es hat auch
Vorteile. Aber Dina hatte nie Schwierigkeiten. Ich bin sicher, daß Eva genauere Protokolle erhielt als ich. Aber Sie
wissen nichts über die Protokolle, nicht wahr?«

»Nein.«

»Zur wöchentlichen Supervision bringt der Kandidat die
Protokolle der vier Sitzungen mit seinen Patienten mit. Aber
er führt nicht während der Sitzungen Protokoll, nein. Ernst
meint nämlich, daß der Therapeut sich dann mehr auf die
Aufzeichnungen konzentriert als auf den Patienten. Wollen
Sie wissen, wann man protokolliert? Nach der Sitzung. Ich
finde, es gibt kaum etwas Grausameres, als die Nacht damit
zu verbringen, diese Aufzeichnungen zu machen. Selbstverständlich drücke ich ein Auge zu, wenn sich ein Kandidat
kurzfaßt oder einmal mit leeren Händen kommt. Ganz im
Gegensatz zu Eva. Dina erzählte mir einmal, daß sie ohne
Protokolle gekommen sei und sofort einen diesbezüglichen
Kommentar von Eva zu hören bekam. Ich sagte ihr, ein
unentgeltlicher Kommentar sei etwas, das man mit Freude
annehmen müsse, aber ich glaube nicht, daß Dina es gewagt
hat, noch einmal zur Supervision zu kommen, ohne die
Stunden protokolliert zu haben, wie es sich gehört.«

Michael wollte wissen, ob er engen Kontakt mit Dina
habe und ob sie »seine Art« akzeptiere.

Linder schwieg eine Weile, bevor er etwas sagte, und die
Antwort klang bitter und niedergeschlagen. Die Beziehung
zu Dina habe sich verändert. Sie war früher anders. Früher

habe sie ihn ins Vertrauen gezogen, wenn sie Schwierigkeiten mit Patienten hatte; sie sei zu ihm gekommen mit beruflichen und persönlichen Problemen. Aber während des letzten Jahres hatte sie sich von ihm entfernt. Sie erzählte weniger von sich selbst, und überhaupt trafen sie sich kaum noch, seit sie eine gemeinsame Praxis führten. »Wenn ich frei habe, hat sie Patienten und umgekehrt.« Endlich erschien der Anflug eines Lächelns auf seinem Gesicht. »Anscheinend ist sie erwachsen geworden und steht mehr auf eigenen Füßen, aber es fällt mir schwer, damit fertigzuwerden.«

Da steckte noch mehr dahinter, dachte Michael. Vielleicht ist er sich nicht mehr sicher, ob sie auf seiner Seite steht. Vielleicht glaubt er, sie sei in Neidorfs Lager übergewechselt oder so ähnlich.

Dina Silbers Name fand sich auf der Gästeliste, und daneben stand, jedoch nicht in Linders Handschrift, »grüner Salat«.

»Ja, sie war auf der Party«, antwortete Linder. »Natürlich, der grüne Salat. Ob sie im Schlafzimmer war, weiß ich nicht mehr, oder doch, gewiß war sie dort. Ich erinnere mich, daß ich ihr geholfen habe, den Mantel abzulegen. Ich habe ihn ins Schlafzimmer gebracht, entsinne mich aber nicht, ihn wieder geholt zu haben. Aber das hat keine Bedeutung. Sie haben sie ja gesehen, ihre ganze Zerbrechlichkeit paßt einfach nicht zu einem Revolver. Und außerdem: Welches Motiv sollte sie haben? Nein, das ist nicht die richtige Spur.«

Was sie Freitag nacht oder am Sabbatmorgen gemacht habe, wußte er nicht. Sicher habe sie in ihrem großen Garten gesessen und in der Sonne gefrühstückt. »Sie hat sehr viel Geld geheiratet, ehrliches Geld. Und ich bin nicht bereit zu schwören, daß sie nicht mit dem Gedanken geheiratet hat, ein ganzes Leben lang versorgt und verwöhnt zu werden. Ihr Mann ist irgendein Ultrakonservativer, ein Richter. Vielleicht haben Sie schon von ihm gehört?«

Michael hatte von ihm gehört und kannte ihn auch. Ein kleiner Mann, trocken, pedantisch und tatsächlich ultrakonservativ. Einer der strengsten Richter, die der Bezirk je erlebt hatte. Er konnte sich diese jugendliche, schöne Frau nicht recht in einem Bett mit dem Mann vorstellen, den alle nur »Hämmerchen« nannten, weil er keinen Lärm im Gerichtsgebäude duldete und unaufhörlich auf das Richterpult einschlug. Michael schätzte, daß ihr Mann mindestens zehn Jahre älter als sie sein mußte. Sie schien Mitte Dreißig zu sein, und ihr Mann war sicherlich Mitte Vierzig, wenn nicht älter. Mit unverhüllter Neugier fragte er Linder, wie alt sie sei.

»So, das interessiert Sie also auch. Nun, Sie sind nicht der einzige.« Linder lächelte. »Im vergangenen Monat ist sie siebenunddreißig geworden. Ich verstehe auch nicht, was sie, abgesehen vom Geld, von dieser sauren Gurke will. Aber sie ist eben nicht bei mir in Analyse gewesen und hat auch niemals angedeutet, daß sie mit mir darüber sprechen wollte.« Er ergänzte ungefragt, daß sie bei »Ernst dem Großen« höchstpersönlich in Analyse gewesen sei. Anschließend blickte er auf seine Uhr und sagte, daß er Daniel vom Kindergarten abholen müsse. Es war fast zwölf Uhr.

Er wirkte erschöpft, als er sich erhob, den elektrischen Ofen abstellte und die Kaffeetassen an ihren Platz brachte.

Linder war so in Gedanken versunken, daß er nicht einmal den Umweg bemerkte, den Michael auf dem Weg zum Russischen Platz machte. Michael fuhr an Hildesheimers

Haus vorbei, wo er, zu seiner Erleichterung, den Peugeot-Transporter sah, dessen Vorhänge heruntergelassen waren, und seine Besatzung, einen Mann neben der geöffneten Motorhaube und einen am Fenster mit Blick auf die Haustür des Alten.

Neuntes Kapitel

Als Joe Linder aus dem Auto stieg, schaltete sich der Sprechfunk ein. Der Chef suche Inspektor Ochajon, meldete eine fremde Stimme aus der Zentrale, Michael solle sofort ins Büro kommen, man erwarte ihn zur Lagebesprechung. Wo er denn überhaupt stecke?

»Hier bin ich, ich bin in einer halben Minute da«, entgegnete Ochajon und parkte das Auto.

Auf dem Weg in das größte Büro im Hause, in das Büro des Jerusalemer Polizeichefs, nahm er je zwei Stufen auf einmal, und als er im Vorzimmer der Sekretärin begegnete, nahm er ihre Hand, verbeugte sich und gab ihr einen Handkuß, obwohl er das nicht beabsichtigt hatte, worauf er die neue und kühne Farbe ihres Nagellacks lobte. Der Duft war durchdringend wie in einem Frisiersalon. Halb stand er neben sich und beobachtete spöttisch die Szene, die einem James-Bond-Film entnommen schien. Doch trotz aller Ironie, die guten Beziehungen zu sämtlichen Sekretärinnen nahm er sehr ernst. Auch die Frauen von der Zentrale hatten alle eine Schwäche für ihn. Er brauchte nichts zu versprechen oder vorzutäuschen, sondern einfach nur höflich zu sein und sich zu interessieren, den Geschichten zuzuhören, sich ihrer zu erinnern. Seine Beziehung zu ihnen hatte etwas Väterliches, und manchmal hatte er sogar Mitleid, ohne daß er wußte, warum. Er war nicht berechnend, seine Aufmerksamkeit war zu echt, aber selbstverständlich auch hintergründig.

Jetzt reichte ihm Gila, die Sekretärin des Jerusalemer Polizeichefs, ein großes braunes Kuvert. »Das hat Eli Bachar für Sie hinterlegt.« Dem Umschlag entnahm er den Befund der Gerichtsmedizin und auch die Anmerkungen, die Eli nach dem Gespräch mit der Spurensicherung notiert hatte.

»Sie haben zwei Minuten. Er telefoniert gerade. Hier, Sie können Platz nehmen, wenn Sie wollen.« Gila nahm eine große braune Akte von dem Stuhl neben ihr.

In dem Bericht fand Michael alles wie erwartet: ein Foto von der Toten im Sessel, eine Nahaufnahme der Wunde, Anmerkungen zum Schußwinkel. Die leere Patronenhülse war nicht im Gebäude gefunden worden. Er blätterte schnell den pathologischen Befund durch, nach dem der Tod wahrscheinlich am Sabbatmorgen eingetreten war, zwischen sieben und neun, man hatte noch Reste des Frühstücks in ihrem Magen gefunden. Michael verabscheute diese Methode zur Bestimmung der Todesstunde. Er glaubte ohnehin nicht, daß sie sehr genau sein konnte. Die Zimmertemperatur wurde in Betracht gezogen und auch die Lage der Toten. Er hatte sich daran gewöhnt, viele medizinische Fachausdrücke zu übergehen, auch die vielen Bemerkungen über die Entfernung, aus der der Schuß abgegeben worden war, überflog er nur.

Weitere Einzelheiten standen auf einem gesonderten Blatt, das von der Spurensicherung zu stammen schien: Man hatte keinen deutlichen Fingerabdruck an der Ermordeten entdeckt, aber Spuren eines Handschuhs auf der Wange und der Hand. Die Ermordete war anscheinend nach der Tat in ihre Position gebracht worden, man hatte Schleifspuren von der Tür zum Sessel gefunden, aber keinerlei Blutreste. Im Zimmer selbst hatte man neben der Leiche einen blauen Faden entdeckt, der vermutlich von irgendeinem Kleidungsstück stammte. Das Wort »vermutlich« trat in allen möglichen Variationen auf. Es war natürlich ungewiß, ob der Faden mit dem Mord in Verbindung stand. Man mußte berücksichtigen, stand dort, daß das Gebäude nur mittwochs geputzt wurde und seitdem viele Leute dort gewesen waren. Auf allen Türklinken befanden sich zahlreiche Fingerabdrücke von verschiedenen Leuten, und alle Spuren, die man im Zimmer gefunden hatte, konnten nicht genau zugeordnet werden.

In einer Tasse in der Küche befanden sich Kaffeereste und am Rand Lippenstiftspuren von der Toten.

Die Waffe wurde – allerdings noch nicht endgültig – als Linders Revolver identifiziert. Die Kugel, die man dem Körper der Toten entnommen hatte, schien nach oberflächlicher Untersuchung mit der in der Wand der Margoa-Klinik gefundenen und den im Revolver verbliebenen identisch zu sein.

Michael betrat das Büro, in dem Arie Levi, der Polizeichef, hinter seinem großen Schreibtisch saß, eine Abschrift des Befundes studierte und am Tatort aufgenommene Fotos anschaute. Er reagierte nicht, als Michael eintrat und sich auf den Stuhl ihm gegenüber niederließ, reichte ihm aber wortlos ein Bild nach dem anderen hinüber. Währenddessen trat Michaels direkter Vorgesetzter, Imanuel Schorr, der Leiter des Kommissariats, ein, setzte sich auf den anderen Stuhl neben Michael und begann, den Inhalt des braunen Umschlags, den ihm sein Untergebener gereicht hatte, durchzusehen.

Polizeidirektor Emanuel Schorr stand kurz vor einer Beförderung, es konnte sich, wie man sich in den Büros erzählte, nur noch um Monate handeln. Michael Ochajon war sein designierter Nachfolger, auch darüber sprach man. Von Anfang an hatte sich zwischen ihnen eine Beziehung von Verständnis und Zuneigung entwickelt. Michael mochte und schätzte Emanuel Schorr, trotz seiner scharfen Zunge und seines oft rüden Auftretens. »Unter seiner Elefantenhaut«, sagte er einmal zu Zila, als sie sich beklagte, »steckt echtes Zartgefühl. Das wirst du schon noch entdecken.« Er selbst hatte es acht Jahre zuvor entdeckt, während seiner ersten Untersuchung. Er fiel auf ein getürktes Alibi herein, was die Ermittlungen in die Länge zog. Schorr, der die Sonderkommission leitete, nahm ihn ins Gebet und sagte zum Schluß, daß es Augenblicke im Leben gebe, in denen man eher den Menschen vertrauen solle, als ein mißtrauischer Misanthrop zu werden. Aber man muß, sagte er damals, Beruf von Privatem trennen und manchmal gegen den eigenen Instinkt handeln, »und gerade dort besonders gründlich nachforschen, wo man jemandem vertraut«. Schorr hatte ihn nicht einmal getadelt. Geduldig erklärte er ihm die umständlichen und ermüdenden Wege einer Ermittlung. Sie hatten viele Stunden zusammen verbracht, Tage und Nächte. Immer hatten sie gemeinsame Gesprächsthemen gefunden. Von vornherein verhielt sich Schorr Michael gegenüber väterlich und tolerant, was den Zorn seiner Kollegen erregte, bis sie sich daran gewöhnten. Michael bedauerte, daß er Schorr verlieren würde, obwohl damit der Weg für seinen eigenen Aufstieg frei wurde.

Demgegenüber gab es schwere Spannungen zwischen Michael und dem Polizeichef, der ihn immer behandelte, als müsse er gegen die Überheblichkeit des Untergebenen angehen. Es war nicht klar, wie dieses Image entstanden war, das Michael zornig und verlegen machte. Er hatte immer das Empfinden, sich entschuldigen zu müssen, wenn er mit Arie Levi zusammen war. Und künftig würde er in dieser spannungsgeladenen Atmosphäre mit ihm und unter ihm arbeiten müssen. Auch das war ein Grund, Schorrs Weggang zu bedauern.

Michael entnahm der Schachtel auf dem Tisch eine Zigarette, zündete sie an und begann, wie zu sich selbst zu sprechen.

Zunächst faßte er langsam und mit leiser Stimme alle Vorfälle des Sabbats zusammen. Er schilderte das Institutsgebäude, die formellen Beziehungen und etwas von den komplizierten Zusammenhängen, die er kennengelernt hatte. Er erläuterte die Begriffe Kandidat und Lehranalytiker und erzählte von den Supervisionen und den Vorträgen. Er nannte Zahlen, beschrieb Hildesheimer und Linder. Die Ausbildungskommission bezeichnete er als »Exekutive und Legislative in einem«, als »allmächtige Regierung« des Instituts.

Dann erzählte er von dem Revolver und wie er im Krankenhaus gefunden wurde.

Der Polizeichef unterbrach ihn und fragte, wann man den Kranken vernehmen könne, oder Baum, »jemanden, der vielleicht etwas darüber erzählen kann, wie der Revolver dorthin gelangt ist? Und weshalb sind Sie eigentlich nicht sofort dort gewesen?«

Michael berichtete von seiner Fahrt nach Tel Aviv, von der Begegnung mit dem Schwiegersohn, dem Gespräch mit Hildesheimer und dem Besuch in Eva Neidorfs Haus. »Unser Problem wird die Denk- und Lebensweise der Menschen sein, von denen ich gesprochen habe«, schloß er, nachdem er die Suche nach einer zusätzlichen Durchschrift des Vortrages geschildert hatte.

»Wir haben unsere Erfahrung mit diesem Menschenschlag«, sagte Levi und schlug verächtlich auf den Tisch. Er erinnerte an den Rechtsanwalt, den sie überführen konnten, seine Geliebte ermordet zu haben, und an vergleichbare Fälle der letzten Jahre. »Obwohl hier natürlich noch Entwicklungen dazukommen können, die wir noch nicht kennen. Es sind schließlich Psychologen. Sie werden uns mit allen möglichen Tricks an der Nase herumführen. Sehen Sie sich vor, Ochajon, gehen Sie ihnen nicht auf den Leim.«

»Eigentlich«, protestierte Michael, »meinte ich etwas anderes. Es ging mir gar nicht um ihre soziale Stellung. Ich wollte darauf hinweisen, daß diese Gruppe besonders geschlossen ist, sie hat ihre ganz eigenen Gesetze und eine ausgeprägte Hierarchie. Dann sind da die Patienten – aber niemand weiß, was während der Behandlung gesagt wird –, und dann gibt es die Kandidaten; und alles läuft sehr vertraulich ab. Und wenn schon ein Vortrag da ist, an dem man sich vielleicht orientieren könnte, dann muß auch der verschwinden, am selben Tag, zusammen mit dem Verzeichnis ihrer Patienten... Ich weiß nicht genau, wie man das alles zusammenbringen kann. Eins ist mir klar: Der Mord steht in Verbindung mit jemand, der mit diesem Berufsstand zu tun hat. Das muß nicht unbedingt jemand aus dem Institut sein, obwohl es naheliegt, aber wahrscheinlich jemand, der von ihr behandelt oder beraten wurde. Doch jetzt hat sich alles in Luft aufgelöst: Der Vortrag ist verschwunden, genauso ihr Notizbuch und ihre Patientenliste, obwohl mir Hildesheimer half, sie zu suchen – kurz: alles, was uns zu ihren beruflichen Kontakten führen könnte.«

Zum ersten Mal ergriff Schorr das Wort: »Wenn ich recht verstehe, behaupten Sie, daß sich der Hausschlüssel nicht an dem Schlüsselbund befand und dennoch eingebrochen wurde. Wie erklären Sie sich das?«

»Noch gar nicht«, erwiderte Michael und sah Levi direkt in die Augen.

»Man hat den Schlüssel entwendet und ist trotzdem eingebrochen«, sagte Schorr und schlug auf den großen Tisch. »Entweder handelt es sich um zwei verschiedene Personen oder um bewußte Irreführung. Und noch etwas: Wenn jemand den Hausschlüssel an sich genommen hat, warum dann nicht gleich das ganze Bund? Vermutlich, damit wir nicht sofort das Haus durchsuchen. Denn wenn Sie die Schlüssel nicht gefunden hätten, hätten Sie das Haus sicher bewachen lassen, nicht wahr?«

Michael erwähnte, daß er die Schlüssel nicht gefunden hatte. Hildesheimer hätte sie ihm abends überreicht, bei der Begegnung in seinem Haus.

»Ich verstehe beim besten Willen nicht, warum Sie sich nicht gleich an das Haus herangemacht haben. Offensichtlich ist jemand, und zwar derjenige, der geschossen und den Schlüssel genommen hat, zum Haus gegangen und hat dort die Papiere gefunden, nach denen er gesucht hat.«

Levi war weniger nachsichtig als Schorr. Er musterte Michael scharf und polterte los: »Das ist das Naheliegendste! Wo hatten Sie Ihren Kopf? Das Haus unbewacht zu lassen, nachdem Sie die Schlüssel nicht gefunden hatten! Wahrhaftig! Und hinterher kam, wenn ich recht verstehe, jemand und brach ein, ein anderer, der etwas gesucht hat und der nicht eingebrochen wäre, wenn eine Wache vor dem Haus gestanden hätte.«

Das war eine deutliche Sprache. Michael versuchte, sich zu verteidigen. Er habe sich auf das konzentriert, was im Institut geschehen sei und weder an die Schlüssel noch an Vortragskopien oder Namensverzeichnisse gedacht. »Ja, aber jemand von der Spurensicherung hätte darauf kommen und eine Wache fürs Haus vorschlagen müssen«, sagte Schorr, um den Polizeichef von der ausschließlichen Verantwortung Ochajons abzulenken.

»Und ich frage mich auch«, schnitt er ein neues Thema an, »warum sie im Institut und nicht zu Hause erschossen wurde.«

»Genau«, erklärte Michael eifrig, »ich habe die ganzen Zusammenhänge doch nur erforscht, um eine Antwort auf diese Frage zu finden. Denn es mußte jemand sein, den sie nicht zu Hause empfangen wollte. Und dafür gibt es in diesem Beruf ganz bestimmte Gründe.«

»Aber dem, was Sie erzählt haben«, wandte Emanuel ein, »entnehme ich, daß sie zu Hause ein Arbeitszimmer hat. Also warum nicht dort?«

»Weil sie natürlich den Ort festgesetzt hat«, sagte Michael, der nicht begriff, worauf sein Vorgesetzter hinaus wollte.

»Sicher. Aber ist nicht dieses Institut ein sehr ungünstiger

Ort für einen vorsätzlichen Mord? Nehmen Sie zum Beispiel Gold, der die Stühle arrangiert hat. Er hätte auch früher kommen können. Und dieser Mord war geplant, der Revolver wurde lange vorher gestohlen. Wer einen Revolver stiehlt, kann auch alles andere vorsichtiger planen.«

»Gut«, erwiderte Michael, »aber Sie vergessen, daß Neidorf erst vorgestern aus dem Ausland zurückgekehrt ist. Möglicherweise gab es keine andere Gelegenheit.«

»Das habe ich nicht vergessen. Das ist ja der springende Punkt.« Imanuel Schorr stützte seine Handballen an die Tischkante. »Man muß daraus schließen, daß es jemand sehr eilig hatte, daß ihm keine Wahl blieb, daß er sie mit Gewalt von etwas abhalten wollte. Diese Fährte kann uns zum Tatmotiv führen.«

Michael nickte zustimmend.

Der Polizeichef blickte von einem zum anderen, und man konnte sehen, daß er in diesem Augenblick begriff, wovon die Rede war. »Sie glauben also, daß man sich mit der Vorlesung beschäftigen muß?« fragte er mißtrauisch, und beide nickten, einer nach dem anderen.

Michael seufzte. »Das Problem liegt darin, daß niemand den Inhalt des Vortrags kennt und es außerdem schwierig ist, das Verzeichnis ihrer Patienten zu rekonstruieren.«

Imanuel kaute auf einem abgebrannten Streichholz herum, und während er durch das große Fenster und auf den Efeu sah, der bis zum dritten Stock hinaufgeklettert war, sagte er: »Wenn die Verstorbene so ehrlich gewesen ist, wie von allen Seiten versichert wird, dann muß es doch einen Steuerberater geben, bei dem sich Quittungskopien befinden und alles, was man braucht, um die Namen derer zu finden, die sie behandelt hat.«

Schweigen herrschte. Michael sah ihn an und lächelte. Auch wenn er zunächst nichts sagte, brachte er doch zum Ausdruck, daß ihm diese Idee noch nicht gekommen war. Anschließend kündigte er an, daß er ihren Steuerberater tatsächlich aufsuchen werde, sofort nach dem Treffen mit der Tochter, die noch heute aus dem Ausland zurückkomme.

»Also glauben Sie, daß in der Vorlesung etwas stand, das jemand bedrohte?« fragte Levi. Er griff nach dem Telefonhörer und bat Gila um Kaffee.

»Ja«, sagte Michael. »Das nehme ich an. Aber es besteht noch eine andere Möglichkeit: daß sie eine Information besaß, die für jemanden gefährlich werden konnte. Und der wollte eine Enthüllung vermeiden.«

»Gut, beides widerspricht sich nicht«, schaltete sich Imanuel Schorr ein. »Vielleicht wollte sie in ihrem Vortrag eine solche gefährliche Information mitteilen.« Er begann, Streichhölzer zu zerbrechen.

»Wollen Sie damit vorschlagen, gelehrter Herr«, begann der Polizeichef in dem Augenblick, als Gila eintrat, »daß wir all die Mordmotive, mit denen wir schon so oft zu tun hatten: Leidenschaft beispielsweise oder Geld, einfach so ausschließen sollen?« Nur Michael nahm Gila zur Kenntnis, die ein Plastiktablett mit drei Mokkagläsern auf den Tisch stellte. Er lächelte und zwinkerte ihr verstohlen zu. Die beiden anderen griffen nach den Gläsern, ohne sie anzusehen.

»Ich bin noch nicht sicher, aber es scheint so«, erwiderte Michael zögernd und blickte auf den Regen, der wieder eingesetzt hatte. Große Tropfen rannen über die Fensterscheiben.

»Denn das ist alles schon dagewesen. Sie wissen ja: Man inszeniert alles so, als ob...«

»Deswegen habe ich die Sache mit dem Institut geklärt. Sie hätte sich dort mit keinem Außenstehenden getroffen. Nicht am Sabbatmorgen, nicht vor dem Vortrag. Wir haben das überprüft und fanden keine Spuren von einem Einbruch. Ganz zu schweigen von dem Revolver, der wahrscheinlich auf der Party verschwand.«

Diesmal schien der Polizeichef nicht beleidigt wegen der Unterbrechung. Die Atmosphäre im Zimmer war ruhig, jeder hing seinen eigenen Gedanken nach. Vielleicht ist es der Regen, dachte Michael, der bemerkte, daß die Stimmung entspannter als sonst war.

»Was ist mit diesem Linder? Wer überprüft sein Alibi?« fragte Levi und hob den Kopf, da der Polizeipressesprecher gerade den Raum in Begleitung des Offiziers der Nachrichtenabteilung, der der Sonderkommission angeschlossen war, betrat. Beide sahen müde aus. Gila folgte mit zwei weiteren Mokkagläsern. Der Sprecher, Gil Kaplan, ein junger Blonder, der eben erst für dieses Amt ernannt worden war, zupfte an seinem Schnurrbart und berichtete, daß die Reporter pausenlos anriefen. »Unmöglich, sie abzuschütteln, sie haben bereits Einzelheiten herausbekommen und begonnen, Leute vom Institut zu belästigen. Die verhalten sich allerdings äußerst ungewöhnlich, sie lassen nichts an die Presse durchsickern.«

Arie Levi meinte kühl, wenn sie pünktlich zur Lagebesprechung gekommen wären, hätten sie vielleicht begriffen, weshalb. Und Michael erläuterte in wenigen Sätzen etwas von den Hintergründen wie die Arbeitsweise und die Notwendigkeit großer Verschwiegenheit.

Dani Balilati, der Nachrichtenoffizier, wollte Genaueres über Linder und den Revolver wissen. Man teilte ihm mit, daß er ein Alibi habe. »Gil hat sich verspätet«, sagte Balilati dann, »weil die Journalisten ihn nicht gehen ließen, und wir sind schließlich von ihrem guten Willen abhängig, damit sie den Namen der Ermordeten vorläufig nicht veröffentlichen. Man darf sie nicht verärgern.« Er nahm sich einen Schluck Kaffee, verzog das Gesicht und fuhr fort: »So etwas habe ich in meinem ganzen Leben noch nicht erlebt. Alle Leute, aber auch alle, die in die Untersuchung verwickelt sind, all diese Psychologen, deren Namen Zila mir gegeben hat, haben eine blütenreine Weste. Nicht die kleinste Vorstrafe. Keine Vergehen, nur Autozulassungen und ein paar Waffenscheine. Als einziges habe ich ein Zivilverfahren wegen einer Immobiliensache gefunden: Jemand hat ein Haus gekauft und den Verkäufer verklagt. Sonst nichts, gegen niemand. Wenn mir vorher jemand gesagt hätte, daß es so viele gesetzestreue Menschen in diesem Land gibt, hätte ich gefragt, warum wir so schwer arbeiten!«

Balilati trank den Kaffee aus und wischte seine dicken, aufgeworfenen Lippen mit dem Handrücken ab. Dann stand er auf, glättete seine Hosen, stopfte sein Hemd in den Gürtel, über dem sich ein kleiner Bauch abzeichnete, ließ sich wieder nieder, verschränkte die Arme, ordnete vorsichtig seine Haare (er bekam bereits eine Glatze) und seufzte: »Ein Haufen Arbeit. Was für eine Geschichte!«

Auf dem Gesicht des Polizeichefs zeigte sich so etwas wie Abscheu, als er Balilati nach Linder fragte. Der meinte, er habe sofort nach dem Fund der Waffe alles überprüft, Geburtsjahr, Jahr der Einwanderung aus Holland, Adresse der Praxis und der Wohnung, Name der ersten Frau, »alles, was

Ihr wollt. Aber ansonsten gibt es nichts über ihn. Sein bester Freund, wißt Ihr, wer sein bester Freund ist? Wie hieß er noch? Joav Alon, Oberst Alon, Truppenkommandant in Edom. Was läßt sich da Nachteiliges sagen? Sogar politisch ist niemand von ihnen aktiv. Weder rechts noch links.«

»So, wie es aussieht, werden Sie das Alibi jedes einzelnen unter die Lupe nehmen müssen, der auf Linders Party war. Dasselbe gilt für Linder selbst und auch für alle, die nicht auf der Party waren, aber sonst mit ihm Kontakt hatten. Das kann Jahre dauern«, sagte Schorr und warf einige Streichhölzer in den Papierkorb unter dem Tisch.

»Aber wir haben nicht jahrelang Zeit!« Der Polizeichef hielt nur mühsam an sich. Er wandte sich an Michael: »Und kommen Sie mir nicht wieder mit Ihrer Leier vom Innenleben der Beteiligten. Sie wissen sehr gut, daß ich dem Polizeipräsidenten jetzt Bericht erstatten muß, und Sie kennen Avital. Ganz zu schweigen von den Journalisten. Haben Sie eine Ahnung, was für ein Fressen das für die Presse wäre. Also versuchen Sie hier nicht den Schöngeist zu spielen. Das hier ist keine Universität, verstanden?«

Michael fühlte sich beinahe erleichtert, als er diese vertraute Rede hörte. Den letzten Satz wiederholte Levi bei jeder möglichen Gelegenheit. Er bedeutete, daß das Ende der Lagebesprechung nahe war.

Nach kurzem Schweigen erläuterte Inspektor Ochajon seine nächsten Schritte. Er müsse als erstes den Steuerberater aufsuchen, dann werde er wieder zur Klinik fahren, um dort alle zu verhören. Sobald sich Verdachtsmomente ergeben, werde er die Erlaubnis zur Überwachung und zum Abhören der Verdächtigen verlangen. Inzwischen bitte er nur, den Alten überwachen zu lassen.

Arie Levi erhob sich von seinem Platz, stieß seinen Stuhl zurück und verlangte über Haustelefon, der Untersuchungsoffizier solle umgehend erscheinen. Die Besprechung werde sich hinziehen, verkündete er den Anwesenden, bis man weitere Einfälle habe.

»Welches Motiv könnte Linder gehabt haben«, fragte der Nachrichtenoffizier, »welches Motiv könnte jeder einzelne von ihnen gehabt haben?«

Michael erzählte von Linders Verbitterung hinsichtlich seiner beruflichen Tätigkeit. Der Sprecher bezweifelte, daß dies ein Mordmotiv sein könnte. Michael pflichtete ihm bei, erklärte aber, daß er bislang auf nichts anderes gestoßen sei.

»Und was können Sie uns über Eva Neidorf sagen?« fragte der Polizeichef Dani Balilati, der daraufhin in seinen Papieren blätterte und ihren Lebenslauf skizzierte: Geburtsort, das Gymnasium in Tel Aviv, Militärdienst, Ehe, Kinder, Lebensweise, Arbeit, Gespräche mit Nachbarn, ihre wirtschaftliche Lage, die Tatsache, daß es keine Hinweise auf eine Liebesbeziehung gebe. Niemand fragte, woher er all diese Einzelheiten habe.

Michael wurde einmal mehr klar, daß Balilati der beste Nachrichtenoffizier war, den die Polizei je gehabt hatte, ein Mann, der bereits zu Anfang seiner Polizeitätigkeit zu einer Legende geworden war.

Mit einem Mal spürte Michael, wie müde er war. Seit vierundzwanzig Stunden war er nicht mehr zu Hause gewesen, hatte fast nichts gegessen und sich auch nicht mehr umgezogen. Ihm stehe, sagte er, ein langer Tag bevor. Er müsse kurz nach Hause. Der Polizeichef willigte ein.

Imanuel begleitete ihn hinaus, klopfte ihm ermutigend auf die Schulter und sagte: »Schließlich und endlich werden

196

Sie auch diesen Fall klären! Sie erinnern sich doch noch an den Mord an der Kommunistin. Wissen Sie noch, wie festgefahren die Situation war? Hätten Sie geglaubt, daß wir es schaffen?« Und dabei klopfte er ihm wieder auf die Schulter. »Und dann wollte ich Ihnen noch etwas sagen: herzliche Glückwünsche zum Geburtstag, Inspektor Ochajon. Wie alt werden Sie denn?«

»Achtunddreißig«, erwiderte Michael verlegen. Er hatte das völlig vergessen. Er hatte sogar vergessen, daß Sonntag war.

»Also lächeln Sie«, befahl ihm Schorr, »Sie Grünschnabel. Sie haben das ganze Leben noch vor sich. Was wissen Sie überhaupt? Hören Sie auf einen alten Mann, der sich kaum noch an den Tag erinnern kann, an dem er vierzig wurde.«

Michael lächelte noch, als er sein Zimmer betrat. Auf dem Tisch stand in einem Plastikbecher eine rote Rose mit einem Zettel: »Du kannst mich zu Hause erreichen. Bin ein wenig schlafen gegangen. Glückwünsche zum Geburtstag. Einzelheiten, die ich von seiner Frau und den Nachbarn erfahren habe, mündlich. Alles bestätigt. Er ist sauber.« Es war Zilas Schrift.

Er fand keinen Parkplatz in der Nähe seiner Wohnung, und obwohl er vom Auto bis zur Haustür rannte, war der Weg so weit, daß er klatschnaß wurde. Seine Wohnung lag im Tiefparterre, aber es war keine Kellerwohnung. Man hatte sogar eine Aussicht, da das Gebäude in einem Berghang lag.

Kaum hatte er die Tür geöffnet, fühlte er, daß jemand anwesend war. Er schloß die Tür leise und trat ein. Sein Blick überflog den kleinen Salon, den blauen Lehnstuhl, das

Sofa, das Telefon, den Bücherschrank, den gestreiften Teppich. Es war niemand da. Dann betrat er das Schlafzimmer und sah Juval, der auf dem großen Bett lag, seine Schuhe ragten über den Rand. Der Junge schien zu schlafen, aber Michael, der seinen leichten Schlaf kannte, glaubte es nicht. Er setzte sich neben ihn, fuhr über den Lockenkopf, betrachtete den Flaum, der sich auf dem Kinn zeigte. Da kann man nichts machen, der Junge wird erwachsen, dachte er. Ein weiterer Beweis dafür war seine Stimme, die aus den Tiefen des Kissens ertönte: Der Junge steckte mitten im Stimmbruch. Juval tat, als spräche er im Schlaf: »Es reicht nicht, jemandem den Schlüssel zu geben, man muß auch manchmal daheim sein. Was habe ich nur für einen Vater.«

»Was denn für einen?« fragte Michael seufzend. Er wußte, worauf das Gespräch hinauslief. Er begann sich auszukleiden, und der Junge richtete sich auf, ohne ihm zu antworten. »Wahrhaftig, Juval, ich hatte einen schweren Tag, gestern auch. Hab ein wenig Erbarmen.«

»Ich wollte dich nur überraschen und habe dir sogar ein Geburtstagsgeschenk mitgebracht. Ist er nicht heute? Ich dachte, wir hätten uns für gestern abend verabredet. Wolltest du nicht anrufen?«

»Ich freue mich sehr, dich zu sehen, wirklich. Und danke für das Geschenk. Tut mir leid wegen gestern abend, aber es ist etwas passiert, und ich konnte nicht. Ich konnte nicht mal anrufen.« Während er sprach, bedauerte er jedes Wort, das er sagte. Er wußte, daß er nicht das sagte, was Juval erwartet hatte, aber die Kälte, die Müdigkeit und der Hunger machten ihm so zu schaffen, daß er nichts anderes zuwege brachte.

»Gib wenigstens zu, daß du es vergessen hast. Telefonieren kann man immer«, sagte Juval, und sein Gesicht verzog sich beleidigt. »Wenn es dir wichtig gewesen wäre, hättest du gekonnt.« Es war der bekannte Text, seine Quelle war ihnen beiden bekannt, und Michael brach in Gelächter aus. Auch der Junge lächelte.

»Siehst du, daß Mutters Worte sehr nützlich sein können?« fragte Michael auf dem Weg zur Dusche.

Juval erhob sich, ging hinter ihm her und stand im Flur. »Du kannst hereinkommen, wenn du willst«, rief Michael, nachdem er geduscht hatte. Der Junge setzte sich auf den Wannenrand und sah seinem Vater zu, der sich bückte, um sein Gesicht beim Rasieren im Spiegel zu sehen. Er hatte sich in ein großes Handtuch gehüllt und wischte von Zeit zu Zeit den Spiegel ab, der stets von neuem beschlug.

»Und wie geht es ihr?« fragte Michael, der es für gewöhnlich vermied, mit dem Sohn über seine geschiedene Frau zu sprechen, und nicht wußte, weshalb er diesmal von seiner Gepflogenheit abwich.

»Sie ist in Ordnung«, sagte der Junge. Er war nicht überrascht wegen der Frage, oder er zeigte es nicht. »Sie will in Urlaub fahren. Ins Ausland. Für fünf Wochen. Glaubst du, daß ich hier wohnen könnte?«

»Und was glaubst du?« entgegnete Michael, nahm etwas Rasierschaum von seinem Gesicht und tupfte ihn auf die Nase des Jungen, der verlegen lächelte und ihn abwischte.

»Wann fährt sie denn?« fragte Michael und wischte sich die Reste des Schaums vom Kinn.

»Im April«, erwiderte Juval.

»Wann im April? Wird sie zum Sederabend des Pessachfestes nicht hier sein?« Der Junge verneinte.

»Und dein Großvater, was sagt der?« fragte Michael und bereute es, noch bevor das letzte Wort verklungen war.

»Er bezahlt, du weißt doch, wie das ist«, seufzte der Junge. Und Michael, der genau wußte, »wie das ist«, trocknete schweigend sein Gesicht ab.

Der Sederabend im Hause seines ehemaligen Schwiegervaters war ein unvergeßliches Erlebnis. Dann wurde das Kristallservice aus den Vitrinen geholt, und der Diamantenhändler und seine Frau bemühten sich, alle einzuladen, die sie kannten. Nira hatte all die Jahre hindurch mit ihrem Mann und ihrem Sohn daran teilnehmen müssen. Michael war, solange er verheiratet war, nicht ein einziges Mal zum Sederabend seiner eigenen Mutter gegangen, er konnte sich dem Druck seines Schwiegervaters nicht widersetzen. Nira führte ihn zu Josek, ihrem Vater, und der sah Michael an, als wollte er sagen: »Nach all den Jahren und allem, was ich für dich getan habe, kannst du mir nicht einmal diesen kleinen Gefallen tun? Du wirst mich doch nicht allein lassen mit Fela, nicht wahr?« Tatsächlich aber sagte er: »Michael, du weißt doch, daß wir keine Familie mehr haben, für uns ist der *Seder* ein traumatisches Ereignis, aber das kann niemand verstehen, der nicht seine Familie verloren hat. Nira ist alles, was uns geblieben ist und ...«

Wenn der Holocaust erwähnt wurde, wurde Michael weich. Und so saßen sie beim *Seder* und aßen ein Gericht nach dem anderen: Hühnerbouillon, Gefillte Fisch und alle anderen Speisen, an die er sich in den sechs Jahren Ehe mit Nira gewöhnt hatte.

In der *Haggada* übersprangen sie einige Seiten, denn Josek konnte die Mahlzeit nicht erwarten. Als Juval noch ein Baby war, flüchtete sein Vater zu ihm, sobald er weinte.

Als er heranwuchs, sagte er die *Kushiot* auf und löste so etwas die Spannung, die in dem großen Speisezimmer mit all den fremden Menschen herrschte, die Josek – Gott weiß, woher – zusammengetrommelt hatte. Immer befanden sich unter den Gästen zwei Leute aus Amerika und zwei aus Deutschland, stets gab es einige, denen Michael auf Polnisch vorgestellt wurde. Gesungen wurde nie, und Juval war das einzige Kind. Michael konnte sich die Hartnäckigkeit nicht erklären, mit der man an einer Feier festhielt, die alle bedrückte. Und siehe da, jetzt war es auch Nira gelungen, sich davon zu befreien. Wie er die alten Leute kannte, zogen sie es gewiß vor, ihre geschiedene Tochter ins Ausland zu schicken, anstatt diese Schande hinzunehmen.

Für Josek und Fela war die Scheidung eine Katastrophe. Michael hatte sie »vor aller Welt« bloßgestellt. Aber diesmal hatte Michael nicht klein beigegeben, sondern beiden – anfangs leise, dann, entgegen seinen Vorsätzen, mit erhobener Stimme – klargemacht, daß es jetzt ein für allemal Schluß sei mit dem »Was-werden-nur-die-Leute-Sagen«. Zum ersten Mal brachte er zur Sprache, wie schrecklich für ihn die Heirat gewesen sei, die nur beschlossen wurde, um Gerede zu vermeiden. »Wenn eine Abtreibung etwas so Furchtbares für euch ist«, hatte er gesagt, »dann hättet ihr eurer Tochter helfen müssen, ein Baby zu kriegen. Aber ihr habt geschrien, weil sie ein Kind bekam, und nur wiederholt, daß ihr niemanden auf der Welt hättet als Nira, und was denn die Leute denken sollten. Weil ihr so verbohrt wart, mußte ich sie heiraten.«

Noch immer, acht Jahre nach der Scheidung, kam ein beinahe unkontrollierbarer Zorn in ihm hoch, wenn er daran dachte, wie er vor dieser ungeheuerlichen Erpressung kapituliert hatte.

Der kleine, runde, knopfäugige Josek war zu klug, um Michael mit Geld zu locken oder mit einem Posten in seinem Geschäft. Sie trafen sich in einem Café im Norden Tel Avivs, und er sagte immer wieder, daß Michael »ein anständiger und verantwortungsvoller Junge« sei und etwas für »unsere Nira« empfinde, »sie ist alles, was wir haben« – und so weiter. Nach dieser Begegnung wurde die Hochzeit beschlossen. Michael war ihnen nicht gewachsen. Vor allem Josek nicht. Michael behauptete, daß sie sich nicht liebten, doch das wurde nicht akzeptiert: »Liebe hin, Liebe her; das Eheleben besteht aus Gewöhnung und Kompromissen. Glaub mir: All das Gerede von Liebe vergeht schnell. Ich weiß, wovon ich rede, glaub mir.«

Er glaubte ihm nicht, er war vierundzwanzig und wußte, daß Joseks Modell nicht das einzig mögliche war. Doch sie heirateten kurz darauf. Sie standen im Hilton von Tel Aviv nebeneinander, sie im weißen Kleid, die einzige Tochter des Diamantenhändlers; und er, ein Student aus Marokko, im vierten Semester.

Sie wollten, daß er seinen Familiennamen änderte, aber sie stellten ihre Überredungsversuche ein, als er seinen verstorbenen Vater erwähnte. Ihren Bekannten und entfernten Verwandten wurde der begabte Schwiegersohn vorgestellt. Sie schnitten aus der Zeitung das Verzeichnis der Universitätsabsolventen aus, aus dem hervorging, daß er die historische Fakultät mit Auszeichnung beendet habe. Als er seinen Magister machte, schnitten sie schon nichts mehr aus, obwohl er sich auch diesmal unter den drei Ausgezeichneten befand. Aber da war schon von Scheidung die Rede.

Michael blickte wieder auf Juval, dessen Zeugung der Grund all des Unheils war, und strich ihm über den Kopf. »Also, du hast dich an meinen Geburtstag erinnert? Und ein Geschenk besorgt? Und jetzt werde ich bestraft und bekomm' es nicht. Was hast du gekauft?«

Mit unverhülltem Stolz überreichte der Junge ihm ein Paket, und Michael öffnete es neugierig. Es enthielt den neuen Roman von John le Carré *The Little Drummer Girl*, und auf der ersten Seite stand in kindlicher Handschrift: »Meinem Vater, dem großen Trommler, von seinem Sohn, dem kleinen Trommler.«

»Der Junge ist zu sentimental«, sagte Michael zum tausendsten Mal.

»Du hast gesagt, daß du ihn magst, und ich wollte dir eine Freude machen«, sagte Juval, und die ersten Zeichen der Furcht, daß dem Vater das Buch nicht gefallen könnte, erschienen auf seinem Gesicht.

Michael legte das Buch aufs Sofa im Salon, fuhr seinem Sohn durchs Haar, streichelte seine Wange, bückte sich und drückte ihn an sich. Es rührte ihn, daß sich sein Sohn gemerkt hatte, was er mochte. Er erinnerte sich an die Zeichnungen, die Juval als Kind für ihn gemacht hatte, und an all die seltsamen Kollagen aus Illustriertenfotos, an denen er tagelang für ihn arbeitete. Er fragte vorsichtig nach der Widmung.

»Die wirst du erst verstehen, nachdem du es gelesen hast«, sagte Juval ernst, und Michael fragte, ob das Buch keine zu schwere Lektüre gewesen sei.

»Ja, es war nicht ganz leicht zu lesen. Aber alt genug, um so etwas zu verstehen, bin ich bestimmt.« Seine Stimme überschlug sich am Ende des Satzes, er schwieg verlegen und zuckte mit den Schultern. Michael begann, im Buch zu lesen, und tat so, als nehme er Juval nicht zur Kenntnis, dessen täppische Bewegungen und brüchige Stimme in ihm den Wunsch wachriefen, seinem Sohn zuzurufen, daß »dies vorübergehe«, ihn zu umarmen und ihm zu erzählen, daß er genauso gewesen war: täppisch, verpickelt, voll unbewußter körperlicher Begierden. Aber Michael war vorsichtig, er wollte ihn nicht verletzen, und das einzige, was er ihm jetzt anbieten konnte, war seine körperliche Entwicklung und seinen Stimmbruch zu ignorieren.

Eine Frau, mit der Michael im letzten Jahr seiner Ehe ein kurzes Verhältnis gehabt hatte, hatte ihn beschuldigt, daß er niemals spontan sei, daß er jeden Schritt berechne. Aber sie konnte auf seine Frage nach dem Grund der Berechnung keine genaue Antwort geben. »Vielleicht«, sagte sie, »willst du anderen gefallen.«

Damals war er beleidigt, doch später dachte er oft an ihre Worte, vor allem, wenn man ihn erstaunt ansah und manchmal mit Worten, manchmal nur mit Blicken fragte: »Woher wußtest du das?« Nichts machte ihn glücklicher als Anerkennung und Dankbarkeit.

Als Juval klein war, hatte er ihn manchmal dankbar und begeistert angesehen. In den letzten Monaten hatte Michael in seinen Augen etwas Mißtrauisches bemerkt. Aber Juvals Blick wich aus, wenn sein Vater versuchte, den Grund dafür herauszubekommen. Und es gab auch Konflikte, die typischen Pubertätskonflikte. Vor kurzem hatte Juval ihn der Heuchelei beschuldigt. Später entschuldigte er sich, aber Michael wußte, daß er das gleiche meinte wie jene Frau, an deren Namen er sich nicht einmal erinnerte.

Das Telefon klingelte, und Juval sah den Apparat verächtlich an. Seufzend nahm er ab, lauschte einen Augenblick, ohne etwas zu sagen, und reichte seinem Vater den Hörer, der ihn in die eine Hand nahm und mit der anderen versuchte, Juval festzuhalten. Juval sträubte sich, legte sich aufs Sofa und starrte verzweifelt an die Decke.

»Ja«, sagte Michael, »gut, daß Sie mich erreicht haben, es ist reiner Zufall, daß ich hier bin.«

»Ich telefoniere von einer Telefonzelle in Rechavia. Wollte Ihnen nur Bescheid sagen, daß sich nichts ereignet hat. Ich habe schon der Zentrale berichtet, daß alles in Ordnung ist. Wir werden jetzt abgelöst.«

»Nichts vorgefallen?« fragte Michael den Wachtmeister Schimon Cohen, einen der beiden Polizisten, die Hildesheimers Haus beschatteten.

»Die ganze Zeit über war hier reger Betrieb, den ganzen Morgen über kamen Leute in Abständen von einer Stunde, aber das ist wohl normal bei ihm. Vorhin habe ich auch den Mann selbst gesehen, gesund und munter, hat hier mit einem ganz schön flotten Mädchen gesprochen.«

»Flottes Mädchen?« wiederholte Ochajon, das paßte nicht ganz zu Hildesheimers Erscheinung.

»Ja, sie ging hier auf der Straße herum, spazierte auf und ab, stand vor seinem Haus. Er ging zum Lebensmittelladen und kam mit einem Brot zurück, das ist gerade ein paar Minuten her. Dabei hat er das Mädchen getroffen, eine Schwarzhaarige in einem roten Kleid.«

Aus dem Hörer kam der Lärm eines Autobusses, und als er vorüber war, sagte Michael: »Ist sie mit ihm ins Haus gekommen?«

Als er eine verneinende Antwort erhielt, fragte er, ob Cohen etwas aufgefallen sei.

»An wem? Dem Alten? Er ging mit gesenktem Kopf, stieß beinahe an einen Baum. Das Mädchen hatte sich an ihn gewandt. Wir konnten nicht hören, was sie sagte, es war zu weit. Aber er lebt, und niemand hat ihn überfallen.«

Michael schwieg. Endlich sagte Cohen: »Also, wir hauen gleich ab. Wird Zeit, daß ich nach Hause gehe. Sehen uns dann morgen, nicht wahr?« Michael bejahte und legte auf.

Es war vier Uhr. Vor einer Stunde war seiner Berechnung nach das Flugzeug aus New York mit Neidorfs Tochter an Bord gelandet. Er überlegte, wie lange es dauern würde, bis er mit ihr ein ernsthaftes Gespräch führen könnte.

»Hör zu, Juval«, wandte er sich an den Jungen, der mit halbgeschlossenen Augen auf dem Sofa lag. »Ich muß einiges erledigen, dann komm ich nach Hause und hol dich ab, wir gehen essen oder ins Kino. Was sagst du dazu?«

Der Junge zuckte die Achseln, aber Michael ignorierte die Gleichgültigkeit und sagte: »Also abgemacht. Jetzt ist es vier, ich muß noch einen Anruf machen, dann gehe ich und komme gegen acht zurück. Wann fängt morgen deine Schule an?«

»Zu früh«, knurrte Juval. »Um zwanzig nach sieben.« Er ging auf dieselbe Schule wie einst sein Vater. Vom damaligen Lehrerkollegium war kaum noch jemand übrig, aber Michael hatte immer noch eine Schwäche für den Ort, an dem er volle sechs Jahre verbracht hatte und dem er das meiste, was er im Leben erreicht hatte, verdankte. »Mathe um zwanzig nach sieben«, sagte Juval, »bei dieser Kälte. Sogar die Internatsschüler werden nicht pünktlich sein, und die wohnen dort!«

Ein Drittel der Schüler wohnte im Internat. Sie wurden sorgfältig im ganzen Land ausgewählt und den amerikani-

schen Stiftern als »besonders begabte Kinder aus bedürfti-
gen Familien« vorgestellt.

»Hast du Aufgaben für morgen?« fragte Michael und
begann die Telefonnummer der Margoa-Klinik zu wählen.
Er verlangte Dr. Baum, der nach wenigen Minuten gefunden wurde. Sie verabredeten, sich im Zimmer des diensthabenden Arztes zu treffen.

Juval erhob sich und fragte, ob er mit ihm kommen
könne. Es lag ein kindliches Flehen in seiner Stimme, und
Michael empfand den gleichen Schmerz wie damals, als er
ihn zum ersten Mal im Kindergarten ließ. Er sagte, daß es
unmöglich sei, versprach aber feierlich, daß er um acht Uhr
zurückkomme. »Und bis dahin kannst du die Hausauf-
gaben machen, ich weiß aus Erfahrung, daß sie euch viel
aufbrummen. Oder? Hast du welche für morgen?«

Juval nickte unglücklich. Seine grauen Augen unter den
langen Wimpern sahen ihn mißtrauisch an. »Bist du sicher,
daß du bis acht hier sein kannst?« fragte er und lächelte, als
sein Vater die Schwurhand hob: »Großes Pfadfinderehren-
wort.«

Trotzdem gelang es Michael nicht, bis acht zurück zu
sein, und Juval empfing ihn mit einem Blick auf die Uhr.
»Den Film können wir vergessen«, sagte er.

»Unsinn, das schaffen wir noch.« Michael zog ihn schnell
zum Auto, und obwohl er für sie beide noch eine große Tüte
Popcorn kaufte, gelang es ihnen, genau zum Ende der Re-
klame zu kommen, gerade rechtzeitig für den Film. Es war
ein Science-fiction-Film, der »Der achte Reisende« hieß und
auf den Juval ganz scharf gewesen war.

Während Juval gebannt dem Film folgte, konnte Michael
es sich bequem machen und sich mit seiner Müdigkeit und

seinem schmerzenden Körper beschäftigen. Aber es gelang ihm nicht einzuschlafen. Der Besuch in der Klinik hatte ihn aufgewühlt. Nach einigem Hin und Her hatte Baum einer Begegnung mit Tobol zugestimmt. Aber wie vorauszusehen war, gelang es nicht, dem Kranken ein Wort zu entlocken. Michael war noch nie in einer Klinik für Geisteskranke gewesen, bewahrte aber wie gewöhnlich sein verschlossenes Gesicht und war außerordentlich höflich, auch als er neben Tobol saß, der zusammengekauert und wie abwesend dalag. Die erste Viertelstunde des Films versäumte Michael, weil ihn die Bilder des Krankenhauses verfolgten.

Schwester Dvora hatte zunächst immer wieder behauptet, sie wisse nicht, woher Tobol mit dem Revolver in der Hand gekommen sei. Erst nach hartnäckigen Fragen und der Bitte zu rekonstruieren, wie er hinausgegangen und wohin er gegangen sein könnte, kam Baum, der dasaß und seinen Schnurrbart zwirbelte, der Gedanke, daß Tobol den Gärtner getroffen haben mußte.

Michael reagierte gespannt und fragte nach der Beziehung des Gärtners zu den Patienten. Baum lobte Ali über den grünen Klee. Als er gefragt wurde, wo man Ali finden könne, antwortete er, das wisse er nicht, ihm sei nur bekannt, daß Ali in Dehejsche wohne. Auch Dvora wußte nichts Genaueres. Nur der Verwalter kenne seine Adresse. Doch der hatte um drei Feierabend gemacht, man konnte ihn aber zu Hause anrufen, und Michael sprach mit ihm. Der Verwalter sagte, er wisse solche Einzelheiten nicht auswendig, auch den Familiennamen nicht. Der stehe natürlich in der Personalakte, aber er erinnere sich nicht und könne auch jetzt nicht kommen. »Ich bin allein zu Hause mit dem Baby. Um diese Zeit ist auch sonst niemand im Krankenhaus, der das nachschauen könnte.« Nein, er könne das Baby nicht mitnehmen, um jetzt zu kommen, nicht bei diesem Wetter. Ja, Ali habe am Sabbat gearbeitet – und hier wurde der Verwalter aggressiv –, das sei eine interne Vereinbarung, von der niemand etwas wisse. Ali arbeite sonntags nie, aber morgen käme er wieder. »Hat das nicht alles Zeit bis dahin?«

Michael war entnervt, aber um Dr. Baum und der Schwester willen blieb er höflich und ruhig. Endlich willigte der Verwalter ein, später zu kommen, sobald seine Frau zurückkehre. Vermutlich in zwei Stunden.

Daraufhin fragte Michael nach Eva Neidorf. Doch weder Dr. Baum noch Schwester Dvora hatten Kontakt zum Institut. Sie kannten Eva Neidorf, die eine spezielle Beraterfunktion am Krankenhaus und an der nahen Poliklinik innehatte, nur oberflächlich. Schwester Dvora fiel auch niemand aus dem Krankenhaus ein, der beruflichen Kontakt mit Eva Neidorf gehabt hatte.

Baum aber kannte jemanden, wie sich herausstellte. Nachdem Michael deutlich gemacht hatte, daß für seine Nachforschungen jede Information wichtig sein könnte, warf Schwester Dvora dem Arzt einen bedeutungsvollen Blick zu, worauf der die samstäglichen Vorfälle in der Klinik bis in alle Einzelheiten schilderte. Er erwähnte die junge Ärztin Chedva Tamari, ihren Schwächeanfall und wie er erfuhr, daß sie die Patientin der Verstorbenen gewesen war. Auf einem Rezeptformular notierte Dr. Baum Chedvas Telefonnummer. Michael steckte den Zettel in seine Tasche.

Schließlich kam der Hausverwalter, ein bebrillter Mann, mager und nervös. »Ich muß in einer halben Stunde wieder zu Hause sein«, sagte er. »Das Baby habe ich bei einer

Nachbarin gelassen.« Er wolle die polizeiliche Arbeit nicht aufhalten und sei deshalb auch so schnell gekommen, weil er eine gewisse Verantwortung für den Gärtner trage, der mit seiner Einwilligung am Sabbat gearbeitet habe. »Hoffentlich habe ich damit keinen Schaden angerichtet.«

Der Akte entnahmen sie, daß Alis Nachname Abu-Mustafa lautete. Der Verwalter erklärte, warum der Gärtner am Sabbat gearbeitet habe.

»Wir werden Sie sofort benachrichtigen, wenn Ali am Montag erscheint«, sagte Baum, und Dvora versprach, ihn telefonisch zu verständigen, falls einer der Patienten sprechen sollte, was Baum allerdings bezweifelte. Beide betonten, wie wichtig es sei, daß Michael weiterhin in Zivilkleidung ins Krankenhaus komme, »um keine überflüssige Unruhe zu verursachen, auch morgen früh«, wie Dr. Baum erläuterte, als er Michael hinausbegleitete. Baum betastete den Verband unter dem Kragen seines dunklen Pullovers. Es regnete in Strömen und war bereits dunkel.

Nava Neidorf-Sahavi war angekommen, aber das Baby hatte von Chicago über New York bis nach Tel Aviv geschrien. Die junge Mutter war vollkommen erschöpft. Ihr Mann bat, sie schlafen zu lassen und das Gespräch aufzuschieben bis nach der Beerdigung.

Die Nummer des Steuerberaters, Firma Seligman und Seligman, notierte Hillel Sahavi auf einen kleinen Zettel. Im Büro meldete sich niemand, und Michael rief in der Wohnung des Steuerberaters an. Seligman, der im Begriff war, das Haus zu verlassen, versprach feierlich, die Unterlagen am Morgen als erstes vorzubereiten.

Nachdem Michael dies alles rekapituliert hatte, streckte er seine Beine aus und blickte verstohlen auf Juval. Der

Junge war völlig in das Geschehen auf der Leinwand vertieft. Sein Gesichtsausdruck war nicht zu erkennen, aber sein Körper war angespannt, die Tüte mit dem Popcorn lag unberührt auf seinen Knien. Michael begann, den Film zu verfolgen, und in wenigen Minuten war ihm die furchterregende Handlung klar: Sieben Menschen vom Planeten Erde entdeckten während einer Reise durchs Weltall, daß sich ihnen ein achter Reisender angeschlossen hat, das Geschöpf eines anderen Sterns. Eigentlich ist es kein Geschöpf, sondern ein gestaltloses böses Etwas, undefinierbar, da es nach eigenem Willen jede Form annehmen und ablegen kann. Es tötet die Reisenden einen nach dem anderen, und sie können sich nicht wehren, weil sie nicht vorher wissen, welche Gestalt das Böse annehmen wird.

Michael hoffte, die kommende Stunde schlafen zu können. Science-fiction-Filme langweilten ihn stets. »Mich interessiert die Vergangenheit, nicht die Zukunft«, setzte er Juval einmal scherzhaft auseinander. Aber dieser Film schockierte ihn zutiefst, was vielleicht an seiner Übermüdung lag. Aber alles lief trotzdem auf die Ereignisse der letzten Tage zu. Die Qualen der Ungewißheit und der Angst vor Augen, die die sieben Reisenden im Raumschiff durchmachten, konnte er nicht umhin, sich an die Worte des alten Hildesheimer am Schluß der Begegnung mit der Unterrichtskommission zu erinnern: »Wie sollen wir hier zusammenarbeiten, solange der Fall nicht gelöst ist? Zu viele Menschen sind auf uns angewiesen. Wenn es einen gibt unter uns, der zu einem Mord fähig ist, dann dürfen wir nicht ruhen, bis wir ihn gefunden haben.«

Als sie das Kino verließen, fragte Juval seinen Vater, ob ihm der Film gefallen habe.

»Es war der grausigste Film meines Lebens«, antwortete
Michael, ohne zu überlegen, und bevor er sich verbessern
konnte, sah er den dankbaren Ausdruck auf dem Gesicht
seines Sohnes. »Es gibt sogar noch schrecklichere«, sagte
Juval.

Zehntes Kapitel

»Gestern stand wieder in der Zeitung, wie bedeutend du
bist, und auch, woran du gerade arbeitest«, sagte Juval.
Stehend trank er den Rest Kaffee aus, steckte das Käsebrot,
das Michael ihm reichte, in seine Schultasche und verkündete, er sei bereit. Michael stellte die Kaffeetasse und das
Frühstücksgeschirr ins Abwaschbecken. Es war sieben Uhr
morgens, und der Junge mußte in zwanzig Minuten in der
Schule sein.

»Um diese Zeit ist der Verkehr noch erträglich. Wir brauchen uns nicht abzuhetzen.«

»Ich weiß, daß du nicht gern darüber sprichst«, sagte der
Junge ernst, »aber ich möchte dich nur fragen, was das ist,
ein Psychoanalytiker.« Der Junge hatte einige Mühe, das
Wort auszusprechen.

Michael nahm seine Schlüssel, das Päckchen Zigaretten
und die Geldbörse, steckte alles in die Tasche seines Regen-
mantels, sah seinen Sohn an und lächelte: »So etwas wie ein
Psychologe. Erinnerst du dich, als Mutter und ich uns getrennt haben, als du klein warst? Da bist du zu einer Frau

gegangen, in dem großen Eckhaus in Kattamon. Das war ein Therapie-Center für Kinder, da hast du mit allen möglichen Spielsachen gespielt und mit dieser Frau gesprochen. Erinnerst du dich?«

»Ich erinnere mich«, sagte Juval und verzog das Gesicht. »Wegen dieser Lehrerin, Zippora, mußte ich da hin, habt ihr damals gesagt. Auf jeden Fall war es bescheuert.«

»So etwas jedenfalls macht ein Analytiker. Man kommt nur häufiger zusammen, und selbstverständlich spielen Erwachsene nicht. Es gibt Menschen, die eine solche Behandlung nötig haben.«

Der Junge schaute verächtlich. »Ich glaube, das ist alles Unsinn.«

Michael lächelte und öffnete die Haustür. Es regnete nicht, war aber sehr kalt, und beide hüllten sich in ihre Regenmäntel. Zwischen den Hochhäusern Giv'at Mordechais wehte es heftig, und der Wind wurde auf dem Wege nach Bajit ve-Gan, wo sich die Schule befand, noch stärker. »Ein grauer Tag«, sagte Michael zu sich selbst, und noch bevor er den Jungen vor der Schule absetzte, überlegte er, was ihn noch erwartete. Als Juval das Auto verlassen wollte, bestand Michael darauf, ihm einen Kuß zu geben und seine Wange zu tätscheln. Er hatte die Proteste seines Sohnes, der bereits als Dreijähriger »Uff, Papa, ich bin kein Baby!« gesagt hatte, nie zur Kenntnis genommen. An diesem Morgen wehrte sich Juval nicht. Er verließ schnell das Auto und begleitete ein Mädchen seines Alters, das langsam auf den Eingang zuging. Michael sah ihnen nach. Das Mädchen hatte lange Beine, ihr Haar war zu einem Pferdeschwanz zusammengebunden, und Juval lächelte sie an. Michael konnte das Lächeln nur von der Seite sehen, aber

213

das Bild verursachte ihm ein Gefühl von Freude und Verlust in einem, ein Gefühl, das auch, als er die Klinik erreichte, noch nicht nachgelassen hatte.

Baum erwartete ihn bereits am Pförtnerhäuschen. Es war viertel vor acht, und Baum sagte, daß der Gärtner jeden Augenblick kommen müsse. Der Verwalter erschien, blickte auf seine Uhr und sagte, daß Ali sich wohl verspäte. »Dabei kam er nie nach acht, bei jedem Wetter.« Aber Michael hatte das Gefühl, daß der Gärtner diesmal von seiner Gewohnheit abweichen werde.

Sie standen im Häuschen des Pförtners, neben dem kleinen Ofen, in ihre Mäntel gehüllt und warteten. Um halb neun sagte Inspektor Ochajon, daß er nicht länger warten könne. »Rufen Sie mich doch bitte im Kommissariat an, wenn der Gärtner kommen sollte. Falls ich nicht da bin, können Sie mir eine Nachricht in der Zentrale hinterlassen. Bitte erzählen Sie dem Gärtner nichts von den letzten Vorkommnissen«, fügte er hinzu, »sondern tun Sie so, als sei nichts geschehen.«

Zila und Eli Bachar waren bereits in seinem Büro. Zila saß am Tisch und verbog Büroklammern, die sie aus einem sauberen Aschenbecher fischte. Eli schien in seine Angelegenheiten versunken zu sein. Michael hatte das Gefühl, als sei er in ihren privaten Bereich eingedrungen. Er ließ seinen Blick von einem zum anderen schweifen, sagte »Guten Morgen« und erhielt nur einen beiläufigen Gruß zur Antwort. Dann ging er zum Telefon und bat die Telefonistin, ihn mit dem Revier in Bethlehem zu verbinden.

Der arabische Polizist, der das Gespräch entgegennahm, verband ihn mit dem diensthabenden Polizeioffizier: »Ochajon, alter Freund, wie geht's dir heute morgen? Wann sieht man dich mal wieder? Du bist lange nicht hier gewesen. Kann ich etwas für dich tun? Du weißt, ich tue alles für dich.«

Geduldig erledigte Michael das Begrüßungsritual, erkundigte sich nach dem Befinden von Frau und Kindern, hoffte, daß der Kleine die Lungenentzündung auskuriert habe und stellte sich dabei das runde Gesicht und den riesigen Bauch von Itzik Gidoni vor, dem Polizeioffizier von Bethlehem, der für seine Frohnatur bekannt war.

»Du kannst das Wasser aufstellen«, sagte Michael, »ich komme vorbei, um mal wieder einen richtigen Kaffee zu bekommen.« Aus dem Hörer kamen laute Freudenrufe.

Michael wurde ernst: »Aber zunächst mußt du für mich einen gewissen Ali Abu-Mustafa in Dehejsche finden.«

Auch Itzik Gidoni änderte den Tonfall. »Sonst noch was? Abu-Mustafas gibt's da wie Cohens und Levis bei uns.«

»Ja, ich weiß, daß es nicht leicht sein wird. Er arbeitet in der Margoa-Klinik als Gärtner. Ein junger Bursche, ungefähr fünfundzwanzig, hat Locken, nicht groß.«

Gidoni schwieg. Schließlich sagte er seufzend: »Wir werden's versuchen. Der Kaffee muß warten. Ich weiß nicht, wie lange das dauern wird. Glaub mir, das letzte, was mir heute morgen noch gefehlt hat, ist, nach Dehejsche zu gehen. Aber was tut man nicht alles für dich. Und wenn wir ihn finden, sollen wir ihn wohl aufs Revier bringen und dich benachrichtigen?«

»Ja, gib mir sofort Bescheid, mir persönlich, und wenn ich nicht hier bin, versuch's über die Zentrale, sie wissen, wo ich stecke. Auf jeden Fall rechne ich damit, heute noch einen richtigen Kaffee zu kriegen.«

Michael legte den Hörer behutsam auf und betrachtete

Zila und Eli, die ihm jetzt noch tiefer in Gedanken versunken schienen als bei seinem Eintritt. Zilas schlanker Körper war in einem großen Parka verborgen, ihr kurzes Haar und ihr ungeschminktes Gesicht verliehen ihr ein jugendliches Aussehen. Eli war unrasiert.

»Was ist heute morgen mit euch los?« fragte Michael, und als er keine andere Antwort als ein Gemurmel über Müdigkeit erhielt, sagte er gereizt: »Schluß damit. Wir haben keine Zeit für solche Launen. Wir haben einen Berg Arbeit vor uns. Kommt mit zur Lagebesprechung.«

Sie folgten ihm über den Flur ins Nebenzimmer, in dem bereits Balilati und Rafi warteten. Rafi ließ wissen, daß er der Mannschaft zugeteilt worden sei. »Ihr braucht mich in nichts einzuweihen, ich habe gestern mit Schorr gesprochen und mehr oder weniger begriffen, worum es hier geht.«

Die morgendliche Lagebesprechung dauerte eine Stunde, und um halb zehn wurden die nächsten Schritte beschlossen. Einen großen Teil der Zeit nahm Zilas Bericht über die Gespräche mit Dalia Linder und den Nachbarn in Anspruch – einer von ihnen war von dem Lärm geweckt worden, den Linder und sein Sohn gemacht hatten.

Alle hatten eine Tasse Kaffee in der Hand und verließen von Zeit zu Zeit den Raum, um sie nachzufüllen. Alle sahen erschöpft aus. Michael erwähnte den »achten Reisenden«, aber keiner hatte den Film gesehen. Er berichtete über Ali Abu-Mustafa, den Gärtner, und es wurde beschlossen, daß Balilati versuchen sollte, von der Militärverwaltung der besetzten Gebiete Informationen zu bekommen. Ferner wurde über die Überwachung des Hauses Hildesheimer berichtet. Zila hielt die Verbindung zu den

Beamten, die aber nichts Außergewöhnliches beobachtet hatten, abgesehen von der Begegnung mit Dina Silber.

Schließlich wurde beschlossen, daß Eli Bachar den Steuerberater besuchen, Balilati weitere Informationen einholen, Rafi die Spurensicherung aufsuchen und Zila alle Gäste von Linders Party zum Verhör vorladen werde. »Also an die Arbeit«, schloß Michael. »Wir haben knapp drei Stunden bis zur Beerdigung.« Während er sprach, schrieb er für Eli die Adresse des Steuerberaters auf und reichte Eli den Zettel. »Und bring die Unterlagen gleich mit. Vielleicht schaffen wir es noch vor der Beerdigung, die Patienten- und Kandidatenliste anhand der Quittungen zu rekonstruieren. Er erwartet dich. Und rasiere dich vorher, du siehst aus wie ein ausgebrochener Sträfling.« Michael reichte ihm die Schlüssel für den Renault. »Ich habe neben dem Eingang geparkt, leicht zu finden.«

Eli verließ wortlos den Raum.

Zila folgte Michael, der wieder in sein Zimmer ging, setzte sich wortlos und verbog weiter Büroklammern. Michael sah sie prüfend an. »Nun, was ist los? Erzähl mir bloß nicht, daß du müde bist, dir fehlt doch etwas. Oder willst du lieber nicht mit mir reden?«

Mit feuchten Augen schüttelte Zila den Kopf, sie wollte schweigen.

Michael sagte seufzend: »Gut, vielleicht wird dich ein wenig Arbeit aufmuntern.« Und er reichte ihr eine Namensliste. Er rätselte schon länger über Zilas und Elis Beziehungen. Sie zeigten keine offene Zuneigung, aber zuweilen traten Spannungen zwischen ihnen auf, und manchmal hatte er das Gefühl, als ob er sie mitten in grundsätzlichen Gesprächen störte. Er nahm an, daß sie sich auch außerhalb der Dienstzeit trafen, aber niemals wurde offen über die Art ihrer Beziehung gesprochen.

Zila putzte sich die Nase, wischte sich die Augen und fragte: »Was bedeuten all diese Namen?« In ihrer Stimme lag ein Vorwurf, der Michael ungehalten machte. »Das ist das Verzeichnis der Leute, die auf Linders Party waren, auf der vielleicht der Revolver gestohlen wurde. Wir haben hier vierzig Leute, die wir vernehmen müssen, Eli, du und ich und noch zwei, die ich noch auftreiben muß, wir werden sehen. Vielleicht kann man die Überwachung des Alten einstellen, dann haben wir schon wieder einige Leute gespart. Wir werden überprüfen, was die Partygäste getan haben und wo sie waren. Sie müssen alle vorgeladen werden. Wenn du sie erreicht hast, muß man sich auch an die Patienten und Kandidaten heranmachen, die nicht auf der Party waren. Aber vorerst warten wir, bis Eli wiederkommt«, sagte er und versuchte, ihr Geschniefe zu ignorieren. »Glaub mir«, meinte er schließlich sanft, »Arbeit heilt alle Wunden. Wenn ich auch nicht weiß, was dir fehlt, die Arbeit wird dir guttun. Und wenn du in ungefähr einer Stunde wieder zu mir kommst – auch wenn du nicht fertig geworden bist, denn auch über die Beerdigung muß gesprochen werden –, wirst du ganz anders aussehen.« Und in dem scherzhaften Ton, in dem er sich auch an Juval gewandt hatte, als der Junge unglücklich und trotzig war, setzte Michael flüsternd hinzu: »Und dann wirst du wieder die beste Koordinatorin einer Sonderkommission in ganz Jerusalem sein.«

Zila faltete den Bogen viermal, schüttelte die Hand ab, die auf ihrer Schulter lag, nahm ihre große Tasche und verließ das Zimmer.

Michael blieb einen Augenblick verblüfft stehen, stürzte dann ans Telefon und wählte Dina Silbers Nummer. Es antwortete eine weibliche Stimme. Sie sei die Putzfrau und wisse von nichts. Niemand sei zu Hause. Frau Silber habe Telefon in der Praxis, aber man dürfe nur zehn Minuten vor jeder vollen Stunde anrufen, wenn Frau Silber eine Pause habe, sagte sie warnend. Wie ein gebranntes Kind, dachte Michael und notierte die Nummer. Es war viertel vor zehn, in fünf Minuten konnte er anrufen. Er ging zu Imanuel Schorr, dessen Zimmer neben seinem lag und kaum größer war. Imanuel saß, eine große Tasse Kaffee in der Hand, an seinem mit Papieren beladenen Tisch. Sein Gesicht hellte sich auf, als er Michael sah.

»Was gibt es Neues?« fragte er und deutete auf den Stuhl ihm gegenüber. Michael blieb stehen. »Nichts. Eli ist schon zum Steuerberater gefahren, Zila ruft Leute an, die wir verhören wollen, und die Beerdigung findet heute um eins statt. Ich brauche Fotografen und jemanden für Beschattungen. Ich komme mit drei Leuten und einem Nachrichtenoffizier nicht aus, und die Leute zur Bewachung des Alten können unmöglich abgezogen werden. Jemand könnte es ausgerechnet dann versuchen, wenn er auf der Beerdigung ist.«

»Nun, das läßt sich arrangieren. Um eins, sagen Sie? Wieviel? Sind zwei genug? Inklusive Fotograf? Ich glaube, zwei sollten genügen. Wenn Sie doch mehr Leute benötigen, sagen Sie's, und Sie bekommen sie. Warum sehen Sie denn die ganze Zeit auf die Uhr?«

»Ich muß um zehn vor telefonieren«, entgegnete Michael und lächelte, weil er sich an die Geschichte von Pu dem Bär erinnerte, die er vor Jahren Juval vorgelesen hatte. Er fühlte

219

sich wie I-Ah, der Esel, ohne zu wissen, weshalb. »Ach, ich habe Ihnen nichts von dem Gärtner erzählt«, ergänzte er und berichtete von Ali. Er schloß mit den Worten: »Ich habe das seltsame Gefühl, als sei da etwas, woran ich nicht gedacht habe, als würde etwas geschehen. Seltsam. Verstehen Sie, was ich meine?«

Schorr schüttelte verneinend den Kopf.

»Nicht wichtig. Sie organisieren zwei Fotografen und ein Auto für Rafi wegen der Beerdigung?«

Schorr nickte. Michael verließ das Büro und machte sich in der sogenannten »Kaffee-Ecke«, einer Nische in der Nähe seines Zimmers, eine Tasse Kaffee.

Es war fünf Minuten vor zehn, als seine Hand nach dem Hörer griff, um Dina Silber anzurufen. Aber noch bevor er abnehmen konnte, klingelte das Telefon, und die aufgeregte Stimme Eli Bachars erschallte am anderen Ende der Leitung. Michael wollte ihn bitten, später anzurufen, aber Eli begann ohne jede Vorwarnung zu schreien: »Michael, es gibt keine Akte! Jemand hat sie bereits abgeholt! Du hast doch keinen anderen geschickt, oder?«

»Was soll das heißen, einen anderen? Wovon redest du?« Michael steckte sich eine Zigarette an, seine Hände zitterten und wurden sofort feucht. Er wischte den Schweiß an seinen Hosennähten ab.

»Hier ist nichts! Der Mann sagt, daß die Polizei hier gewesen ist und die Akte verlangt hat. Er hat sich den Empfang sogar quittieren lassen. Ich sag's dir!«

»Moment, Moment, noch einmal, ganz langsam bitte.« Michael sog den Rauch der ersten Zigarette des Morgens ein. »Du sprichst von dem Steuerberater Seligman und Seligman in der Schammaistraße? Bist du dort?«

»Ja, ich bin hier. Seligman und Seligman in der Scham-maistraße. Steuerberater. Herr Seligman steht persönlich neben mir. Komm her und überzeug dich. Hier ist keine Akte mehr von ihr, denn jemand war um halb neun heute morgen hier, sagte, er sei von der Polizei, unterschrieb ein Papier und nahm die Akte.«

»Ich komme sofort. Geh nicht weg«, sagte Michael und stürmte in Schorrs Büro. Dieser blickte ihn verblüfft an und sagte schroff, er habe niemanden gerufen, was ihm einfiele und was los sei. Michael erklärte, was geschehen war und rannte hinaus. Die Strecke vom Russischen Platz bis zum Büro des Steuerberaters legte er im Laufschritt zurück. Er kam schwer atmend dort an, seine Muskeln zitterten. Die Leute im Institut hätten ein Wort gehabt für seinen Zu-stand: Panik.

Seligman Senior saß bleich hinter seinem Schreibtisch und senkte den Kopf vor Inspektor Ochajon. Mit schwer-fälligem polnischen Akzent wiederholte er immer wieder: »Aber wir hatten abgemacht, daß jemand kommt und die Sachen abholt. Wie sollten wir wissen, daß es kein Polizist war? Der Herr Inspektor kann sich an Smira wenden, sie hat sich den Empfang quittieren lassen.«

Es war unmöglich, den Redefluß aufzuhalten, der alte Steuerberater versuchte energisch zu beweisen, daß er frei von Schuld sei.

Michael wurde unweigerlich an Josek erinnert, auch der Akzent war derselbe: Er sprach stets ein »ch«, wo ein »h« sein sollte. »Gleich wird er noch verlangen, daß ich mich entschuldige«, dachte er ärgerlich, »aber dann kriegt er eine Entschuldigung, die er nicht so schnell wieder vergißt. Gott! Wie blöd sind sie alle!«

221

Eli Bachar stand mit einem Gesicht wie saure Gurken in einer Ecke des Raums und blätterte in einer vier Jahre alten Steuerkarte, obwohl ihm Seligman Junior wiederholt erklärte, daß er dort nur den Einkommensteuerbescheid, aber keine Quittungen finden werde.

Smira, eine junge Rothaarige, die enge Jeans, einen noch engeren Pullover und roten Nagellack trug, knackte mit den Fingergelenken und kaute unaufhörlich an einem pinkfarbenen Kaugummi, der ab und zu zwischen ihren Zähnen hervorlugte. Mit zitternder Hand reichte sie Michael den Zettel. Dort stand handschriftlich: »Ich habe von den Steuerberatern Seligman und Seligman die Einkommensteuerkarte von Eva Neidorf erhalten und verpflichte mich hiermit, sie dem Büro vollständig zurückzugeben.« Als Unterschrift waren einige unleserliche Buchstaben zu sehen.

Michael steckte den Zettel in seine Manteltasche. Seligman Senior beteuerte unermüdlich, daß so etwas nie vorgekommen wäre, wenn er selbst im Büro gewesen wäre. Er habe in seinem ganzen Leben noch nichts mit der Polizei zu tun gehabt, weil er ein ehrlicher Bürger sei. Die Akte habe er vorbereitet und am frühen Morgen Smira angeläutet, damit sie ins Büro gehen solle, um der Polizei die Akte auszuhändigen.

Eli blickte von der Steuerkarte auf und fragte, weshalb er nicht selbst im Büro gewesen sei.

Seligman Senior erklärte, daß er dringend zum Finanzamt mußte, sonst wäre einer seiner Klienten in ernste Schwierigkeiten gekommen. Und sein Sohn, fügte er hinzu, komme immer später. »Aber er geht auch spät. Es ist nicht einfach, von Mevasseret ins Stadtzentrum zu gelangen.« Er blickte seinen Sohn an, der nähergetreten war, ihm die

Hand auf die Schulter legte und sagte: »Beruhige dich, Vater, beruhige dich, es ist nicht deine Schuld.«

Nein, es war nicht seine Schuld, dachte Michael, aber das würde ihm selbst kaum helfen. Er hörte schon Arie Levi, den Chef der Jerusalemer Kriminalpolizei, sagen: »Was haben Sie sich gedacht, he? Wir sind hier nicht auf der Universität.« Er konnte die Blicke in seinem Rücken fühlen, das verborgene Lächeln aller, die ihm Böses wünschten, die ihm seine bevorstehende Beförderung zum Leiter des Hauptkommissariats nicht gönnten. Und dazu noch die mißtrauischen Blicke der Leute von der Ausbildungskommission im Institut.

Es war alles ganz einfach gewesen: Um acht Uhr früh lag die Akte bereit, und um halb neun — als ich das Krankenhaus verließ, hätte ich selbst hier vorbeikommen können, dachte Michael wütend — betrat ein Mann das Büro des Steuerberaters, sehr groß, mit Schnurrbart, in Uniform. Die Khakihosen, sagte Smira, hatte sie unter dem weiten Parka, der bis an die Knie reichte, hervorschauen sehen. »Ein Armee-Parka. Er trug schwarze Lederhandschuhe und sagte, daß er die Akte holen wolle.« Mehr war der Sekretärin nicht zu entlocken. »Ich habe doch ihm schon alles erzählt«, sagte sie und deutete auf Eli Bachar. Der zischte sie an: »Und jetzt erzählen Sie es bitte noch einmal.« Sie erinnerte sich an keine weiteren Einzelheiten. Seine Rangzeichen hatte sie nicht sehen können. »Er trug einen weiten Mantel, wie ich gesagt habe. Auch eine Sonnenbrille, die seine Augen verdeckte. Nur seinen Schnurrbart und einen Mund voller Zähne konnte ich sehen«, sagte Smira mit erstickter Stimme, nahm die rosa Masse aus ihrem Mund und brach in Tränen aus.

223

Niemand tröstete sie. Michael saß in einem großen Korbstuhl, gegenüber dem Schreibtisch, hinter dem Seligman Senior den Knoten seiner Krawatte betastete und sich die Stirn tupfte. Ab und zu blickte er an die Wand, an der in prächtigen Rahmen Urkunden hingen, die bezeugten, daß er ein Diplom-Buchhalter und zugelassener Steuerberater war.

Auf dem Tisch stand eine kunstvolle Vase aus venezianischem Glas. Michael spürte den starken Drang, sie auf den Boden zu werfen und ihr Zersplittern zu hören. Er strengte sich an, seine Gedanken von ihr abzulenken. Da war niemand, an dem er seinen Zorn hätte auslassen können. Eli Bachar legte die alten Akten beiseite und sagte, daß sie wertlos seien: »Nichts weiter drin als Bankbelege.« Michael war bedrückt. Er wiederholte »Bankbelege« und fragte Seligman Senior, ob er die Kontonummern der Verstorbenen besitze.

»Ja«, antwortete Seligman und richtete seine Krawatte. Er könne ihm sagen, daß sie ein Girokonto besaß und mehrere Spareinlagen. »Wertpapiere und Aktien sowie Geschäftskonten interessieren Sie auch?« fragte er.

»Alles, insbesondere die Konten, auf die sie die Honorare der Patienten eingezahlt hatte.«

»Kein Problem«, sagte der Steuerberater. »Ich habe sogar einen Scheck von ihr hier, vordatiert auf den kommenden Monat, den ich bei der Bank einreichen sollte. Die Einkommensteuervorauszahlung«, erklärte er, »bezahlte sie für gewöhnlich am Ende jedes Monats. Ich habe ein von ihr unterschriebenes Scheckbuch zur Begleichung der Mehrwert- und Einkommensteuer. Sie wollte sich damit nicht beschäftigen. Dr. Neidorf hatte volles Vertrauen zu uns.

Hier, der Herr Inspektor kann es selber sehen«, Seligman öffnete die Schublade seines Tisches. Er beugte sich darüber, wühlte in den Papieren und zog schließlich einen dünnen Pappdeckel hervor, dem er ein Scheckbuch entnahm, das er Michael reichte. Es war ein Scheckbuch der Diskont-Bank in der deutschen Kolonie, in dem sich zwei unterzeichnete Schecks befanden, einer für die Einkommensteuer, der andere für die Mehrwertsteuer. Sie waren beide auf den fünfzehnten April datiert. Seligman erklärte eilig, daß er noch kein Scheckheft für das kommende Jahr erhalten habe, daher gebe es nur zwei Schecks. Sie habe immer im April ein volles Scheckheft für das kommende Rechnungsjahr bei ihm deponiert, er habe dann alles pünktlich bezahlt, selbstverständlich. »Ihre Belege hat sie immer am Ersten eines Monats selbst gebracht. Das Heft war voll und unterzeichnet, Sie können es den Quittungen entnehmen, alles wurde pünktlich bezahlt.«

Er ist zur direkten Anrede übergegangen, dachte Michael, das heißt, er fürchtet uns nicht mehr. Er konnte sich gut daran erinnern, wann sein Schwiegervater Josek sich an jemand in der dritten Person gewandt hatte und wann er familiär wurde.

Eli Bachar bemerkte, daß es gut wäre, auch die alten Akten mitzunehmen. »Alles«, sagte Michael trocken, »bei uns ist es sicherer.«

Seligman Junior riß den Mund auf, besann sich jedoch und sagte nichts. Seligman Senior wandte den Kopf zu Smira und sagte: »Gib dem Herrn einen Umschlag für die Sachen.« Während die Dokumente eingepackt wurden, sagte Michael: »Herr Seligman, ich werde Ihnen jetzt eine sehr wichtige Frage stellen. Bitte, überlegen Sie, bevor Sie antworten, und bitte antworten Sie aufrichtig, wir sind nicht vom Finanzamt.« Seligman begann schon, seine Krawatte zu betasten, und sein Sohn beabsichtigte zu protestieren. Aber Inspektor Ochajon hob die Hand zum Zeichen, daß sie ihn ausreden lassen sollten: »Ich frage nach ihren Einkommensbelegen. Waren sie wirklich vollständig? Wissen Sie, ob Sie alle Belege erhalten haben?«

Seligman reagierte wie jemand, der im Begriff steht, einen Herzanfall zu bekommen. Sein Ton verlor jegliche ängstliche Zurückhaltung. Die Ehre einer Dame stand auf dem Spiel, und der polnische Gentleman betrat den Plan. Mit gerötetem Gesicht, bebend am ganzen Körper vor Zorn, sagte er: »Ich weiß nicht, mit was für Leuten Sie für gewöhnlich zu tun haben, verehrter Herr. Wir sprechen hier von Frau Dr. Neidorf, deren Bekanntschaft Sie offensichtlich nicht gemacht haben. Wenn Sie entschuldigen. Ich kann Ihnen sogar ganz vertraulich mitteilen, daß ich ihr mehrmals vorgeschlagen habe, weniger zu arbeiten. Denn es war ganz unwirtschaftlich, wie sie arbeitete, von der steuerlichen Seite her betrachtet, weil sie immer ehrlich alles meldete. Immer sagte sie, sie werde daran denken, aber sie könne nicht umhin, Quittungen auszustellen. ›Herr Seligman‹, sagte sie, sie hat mich immer ehrerbietig behandelt, ›Herr Seligman, in meinem Beruf muß man sehr moralisch sein, man kann sich nicht wie ein Krämer benehmen und keine Quittungen geben.‹ Ich kann vor Gott beschwören, daß sie jedes Honorar quittiert und jeden Beleg eingereicht hat. Ich habe auch andere Klienten, ich weiß, wovon ich spreche.«

Auch wenn Michael überzeugt war, so zeigte er es Eli nicht, und als sie mit dem alten, knarrenden Aufzug hinun-

226

terfuhren, faßte er seinen Eindruck von Seligman in zwei Worten zusammen: »Aufgeblasener Kerl.«

Smira, die Sekretärin, starrte Eli und ihn ängstlich an. Sie brauchten einige Minuten, um ihr zu versichern, daß sie nichts getan hatte, wofür sie bestraft werden könnte. »Das ist Routine, so arbeiten wir«, erklärte ihr Eli auf dem Weg zum Russischen Platz. Es war unklar, ob sie begriff, wovon die Rede war. Eli nahm sie mit, um eine Fahndungszeichnung vorzubereiten, und anschließend erhielt er von ihr eine unterschriebene Aussage über die Geschehnisse des Morgens. Er fragte sie auch nach der Redeweise des Mannes, seiner Stimme. Sie nahm an, der Mann sei *Aschkenasi*, er hatte jedenfalls keinen orientalischen Akzent. Die Stimme des Mannes könne sie identifizieren und vielleicht sogar ihn selbst, wenn sie ihn sehen würde, berichtete Eli Michael, als er eine Stunde später dessen Zimmer betrat. Es war bereits halb eins.

Als Michael kurz vorher sein Zimmer betreten hatte, hatte er Grund zur Freude an diesem grauen Tag. Zila war am Telefon, und er hörte sie mit eifriger Stimme sagen: »Er ist soeben eingetroffen.« Sie saß auf seinem Stuhl und kritzelte etwas mit dem Bleistift. Michael nahm ihr den Hörer aus der Hand. Sie hatten Abu-Mustafa gefunden.

»Gib zu, daß wir schnell gearbeitet haben«, sagte Gidoni. »Du siehst, gute Beziehungen zum Muchtar zahlen sich aus.« Michael sagte, daß er gegen vier kommen würde. Gidoni protestierte, bis dahin sei der Kaffee kalt. Michael reagierte ungeduldig mit einem wenig originellen Scherz, und er konnte nur hoffen, daß das am anderen Ende der Leitung nicht so empfunden wurde.

Um zehn vor zwölf gelang es ihm, die Nummer von Dina

Silbers Praxis zu wählen. Niemand hob ab. Er versuchte es noch einmal. »Hallo«, meldete sich eine weiche, atemlose Stimme. »Ja, am Apparat«, antwortete sie, als er fragte, ob er mit Dina Silber spreche. Nein, sie könne sich heute nicht mit ihm treffen, sie müsse in einer Stunde zur Beerdigung, und danach arbeite sie ohne Pause bis in die späten Abendstunden. »Ist es schlimm, wenn es spät wird?« fragte Michael und blickte Zila an, die gespannt wirkte. »Am Abend?« fragte Dina Silber zögernd, »Sie meinen, zu Hause oder so etwas?« Nein, er meine nicht zu Hause, er meine hier, in seinem Büro, nach der Beerdigung. »Aber ich habe ab drei Patienten.« Sie war nervös und betonte jede Silbe. Er konnte sich ihr schönes, ängstliches Gesicht vorstellen, als sie fragte: »Arbeiten Sie denn nach neun?« Michael lächelte und sagte, sie würden vierundzwanzig Stunden arbeiten, »wenn es sein muß«.

Es herrschte Schweigen, dann sagte sie: »Ich kann Ihnen die Telefonnummer und den Namen des Mädchens, das ich an Eva Neidorf zur Behandlung empfohlen habe, auch telefonisch geben. Könnte man dann auf ein Gespräch heute abend verzichten?«

»Möglicherweise«, sagte Michael. Etwas hielt ihn davon ab, sie zu bitten, die Behandlungen abzusagen. Es gab keinen Revolver wie bei Linder, und er war nicht sicher, ob er mit der Familie der Ermordeten bis neun fertig sein würde. Am Ende bat er sie, am nächsten Morgen in sein Büro zu kommen.

»Um wieviel Uhr?«

Er überschlug die erforderliche Zeit für die morgendliche Lagebesprechung und sagte: »Um neun, aber halten Sie sich bitte den Vormittag frei, wenn es keine Probleme bereitet.«

Es würde Probleme bereiten, Michael wußte das, und er wunderte sich, daß sie widerspruchslos die diktatartige Beschreibung des Weges zu seinem Büro entgegennahm.

»Ich habe dich gesucht, aber du warst nicht da, ihr wart alle verschwunden«, sagte Zila, »was war los?«

Michael beschrieb ihr so emotionslos wie möglich die Ereignisse des Morgens.

»Und was nun?« fragte Zila verstört. »Wie können wir jetzt alle ausfindig machen? Wir können doch keine Anzeige in die Zeitung setzen und alle Patienten Eva Neidorfs bitten, sich bei der Polizei zu melden.«

»Das hätte schon deshalb wenig Sinn, weil wir es mit jemandem zu tun haben, der mit allen Mitteln versucht, anonym zu bleiben. Er war heute morgen bereit, ein sehr großes Risiko einzugehen«, sagte Michael nachdenklich. »Aber Gott sei Dank gibt es die Banken! Wenn ich an die Zeiten denke, als alles auf Tauschhandel basierte! Ich begreife nicht, wie die Polizei damals gearbeitet hat.«

Eli betrat das Zimmer und sagte, es sei bereits halb eins, sie müßten gleich zur Beerdigung. Aber als er Michaels letzten Satz hörte, sagte er mit plötzlicher Lebhaftigkeit: »Du willst also die Person über die Banken ausfindig machen?«

Michael nickte. »Seht, insgesamt waren es acht Stunden in der Woche, von denen wir nicht wußten, was Eva Neidorf gemacht hat. Davon haben wir sechs geklärt. Vier Stunden in der Woche widmete sie der Analyse dieser Ärztin im Margoa-Krankenhaus, Chedva Tamari, die die Aufnahme ins Institut beantragt und noch immer keine Antwort erhalten hat. Und zwei Stunden beschäftigte sie sich mit einer Patientin, deren Namen ich noch nicht kenne, aber

229

das wird sich morgen klären, wenn ich mit Dina Silber gesprochen habe. Es bleiben also nur zwei Stunden übrig. Nachdem wir mit allen gesprochen haben, werden wir auch wissen, an welchem Tag und zu welcher Tageszeit jeder kam. Dann wissen wir auch, wann diese zwei Stunden stattgefunden haben. Wenn wir alle Zahlungseingänge durchsehen, können wir – ich hoffe und bete – auch diesem Patienten beikommen. Und seit heute morgen wissen wir wenigstens, daß wir es mit einem Mann zu tun haben.«

Eli öffnete den braunen Umschlag und sagte: »Wer sagt dir, daß der Täter alleine vorgeht? Ich weiß nicht: Für mich sieht das nach Teamarbeit aus, die ganzen Einbrüche und alles.«

»Also, was sitzen wir hier herum? Wir brauchen eine richterliche Anordnung. Wir können nicht einfach in die Banken gehen und Kontoeinsicht verlangen«, sagte Zila aufgeregt.

Michael sah auf seine Uhr. »Fast eins, wir müssen zur Beerdigung. Anschließend werde ich nach Bethlehem fahren. Eli kommt mit. Also kannst du dich um die Banksache kümmern, Zila. Abends werde ich die Familie besuchen; mal sehen, was dabei herauskommt. Eli, du kannst Zila helfen, sobald du aus Bethlehem zurück bist. Ihr werdet dann vielleicht heute schon mit der Vernehmung von Leuten beginnen können, die auf der Party waren. Und Zila kriegt raus, wieviel Bankkonten wir durchsehen müssen, denn es geht um alle Konten, auf die sie Schecks von Patienten eingezahlt hat. Diese Schecks werden im Keller der Bank deponiert. Durch sie werden wir hoffentlich feststellen können, von wem die Einzahlungen stammen. Am Ende werden wir ihn drankriegen«, sagte er in ersticktem Zorn, »aber bis dahin werden wir gehörig ins Schwitzen kommen! Tu mir einen Gefallen«, wandte er sich an Eli, »nimm diesen Zettel und geh zur Spurensicherung. Vielleicht können die noch etwas aus dieser Unterschrift herausholen.« Er richtete sich auf. »Ich möchte, daß wir gemeinsam zur Beerdigung gehen. Zila, fang die Fotografen und die beiden Neuen ab. Sie sollen nicht mit uns zusammen dort eintreffen, noch kennt sie niemand. Wie ich Schorr einschätze, wird er Rafi Cohen und Menni schicken, aber sieh bitte nach.«

Rafi Cohen und Menni Esra waren zwei junge Beamte, die bereits häufig mit Michael gearbeitet hatten, aber noch nicht offiziell zur Mannschaft gehörten, und mit seiner Vermutung über Schorrs Entscheidung drückte Michael auch einen Wunsch aus.

Als er wieder allein war, wandte er sich erneut der Liste zu, die in sechsfacher Ausführung unter der Tischlampe lag. Zila hatte die Namen in ihrer großen Handschrift alphabetisch geordnet. Er fand dort Dr. Giora Böhms Namen, der weder auf dem Patienten- noch auf dem Kandidatenverzeichnis Neidorfs stand. Michael las, daß er im Krankenhaus Kfar David arbeitete. Sein Name war mit einem »V« markiert, was bedeutete, daß Zila ihn erreicht und vorgeladen hatte. Michael fragte sich, bei wem Dr. Böhm die Lehranalyse gemacht hatte, aber er wußte, daß niemand im Institut seine berufliche Beziehung zu Neidorf geheimgehalten hätte. Dann dachte Michael an den Mann in Uniform, der die Steuerkarte Neidorfs an sich genommen hatte. »Er muß ein Außenstehender sein, aber doch jemand, der sich so gut auskennt, daß er zu Seligman und Seligman gegangen ist«, sagte er zu Eli, als der ins Zimmer zurückkehrte.

Eli berichtete, daß die Quittung mit der Unterschrift zunächst bei der Spurensicherung bleibe, wo sie von einem Graphologen untersucht würde. Und dann fluchte er: »Wann kommt sie? Wir müssen gehen!«

Zila betrat wie gerufen den Raum. »Die anderen sind bereits unterwegs, ein Fotograf und auch Menni Esra, worüber ich mich besonders freue, so wird wenigstens auch ein netter Mensch dabeisein.«

Eli nahm die Bemerkung, die sichtlich gegen ihn gerichtet war, nicht zur Kenntnis. Zu dritt verließen sie das Büro. Unterwegs warf Michael einen Blick in Schorrs Zimmer. Schorr saß noch immer an seinem Tisch hinter einem Stapel von Papieren, hob den Kopf und fragte, was es Neues gebe. Mit zwei Sätzen berichtete ihm Michael, was vorgefallen war, und Schorr meinte, es sei sehr schade, daß sich die Untersuchung so hinziehe. »Mit den Banken ist es eine komplizierte Sache«, sagte er, »ich weiß nicht, wie wir es schaffen sollen, Levi das vorzuenthalten. Für ihn wäre das ein Fest, wie Sie wissen.«

Michael wußte es und hatte nicht vor, etwas geheimzuhalten. »Beabsichtigen Sie, zur Beerdigung zu gehen?« fragte er Schorr, der entschieden den Kopf schüttelte: »Das bringt Unglück, diese Besuche auf Friedhöfen. Ich gehe nur, wenn ich muß. Wenn Sie etwas Angenehmeres haben, teilen Sie's mir mit. Brauchen Sie mich dort?«

Michael zuckte die Achseln und blickte hinter sich auf den langen, gewundenen Korridor. Er stand in der halb geöffneten Tür. Zila und Eli warteten geduldig an der Treppe.

»Was ist los? Sind Sie unsicher geworden? Brauchen Sie ein Kindermädchen?« Schorrs Stimme wurde rauh. Mit einem Schlag hatte sich die Atmosphäre verändert. »Was ist los? Zwei Fehlschläge, und schon brechen Sie zusammen? Was ist mit Ihnen? Ich habe mich ganz schön für Sie aus dem Fenster gelehnt. Ich habe überall erzählt, wie toll Sie sind; die Leute glauben, daß Sie auf dem Wasser gehen können. Wollen Sie mich zum Lügner machen? Schluß mit den Rohrkrepierern! Noch einen, und ich mache Ihnen das Leben so zur Hölle, daß Sie wünschen, nie geboren zu sein. Und wenn ich noch einmal diese selbstmitleidige Fratze sehe, dann schlage ich sie entzwei! Nehmen Sie sich zusammen! Haben Sie gehört?«

Michael schloß die Tür und ging zu Zila und Eli. Jeder bekommt das, was er verdient. Ich habe es so gewollt, aber er ist trotzdem ein Hurensohn, dachte er, startete das Auto und fuhr zum Friedhof.

Der Himmel war düster, aber es regnete nicht. Sie schwiegen, bis sie nach Sanhedria kamen. Dort parkte Michael das Auto, reichte Zila die Schlüssel und verschwand in der Menschenmenge.

Sie verteilten sich unter den Trauernden, und nichts wies mehr auf sie hin als ein Renault mit einem Polizeikennzeichen zwischen den Wagen der Institutsmitglieder.

Elftes Kapitel

Michael Ochajon steckte sich eine Zigarette an und verbarg die Glut in seiner Hand. Er wußte, daß man an diesem Ort nicht rauchte, doch er konnte sich nicht beherrschen. Zila betrat die Einsegnungshalle, Michael blieb auf der obersten Stufe der breiten Freitreppe stehen und beobachtete die Menschen, die in die Halle strömten. Er hatte schon viele Leichen gesehen, doch es fiel ihm noch immer schwer, sich in Einsegnungshallen und auf Friedhöfen aufzuhalten. Noch quälender war für ihn der Anblick der Toten, die man der Erde übergab. In solchen Augenblicken dachte er immer voller Sehnsucht an die prachtvollen Särge der Römer. Nur nicht dieser von einem dünnen Leichenhemd bedeckten Körper auf einer offenen Bahre.

Linder ging an ihm vorbei. Eine Frau stützte sich auf seinen Arm, und aus der Intimität und Selbstverständlichkeit, mit der er sie unbewußt hielt, schloß Michael, daß es seine Frau war. Linder wirkte ernst und zerstreut, sein Blick streifte Michael, ohne besonders zu reagieren, nur ein Zukken in seinen Augen deutete an, daß er ihn erkannt hatte.

Er sah Dina Silber in Pelzmantel und schwarzem Schal zusammen mit einem jungen glatzköpfigen Mann, der einen dichten Kinnbart hatte, die Treppe hinaufsteigen. Erleichtert erkannte er eine Polizistin in Zivil, ein Fotoapparat hing um ihre Schulter, und ein Presseabzeichen steckte an ihrem Mantelaufschlag. Sie nickte ihm unauffällig zu und richtete ihre Kamera auf die beiden. Michael hoffte, daß sie alle fotografieren werde, auch wenn das unmöglich war.

Auf der untersten Stufe der Freitreppe stand der zweite Fotograf und spielte mit seinem Feuerzeug. Auch wirkliche Journalisten und Pressefotografen waren anwesend und fotografierten die Trauergäste, die die Treppen hinaufstiegen.

Schwerfällig erklomm der alte Hildesheimer, gestützt auf Rosenfeld, dessen Gesicht ohne Zigarillo nackt wirkte, mit hängenden Schultern und gesenktem Kopf die Treppe, ein dunkler Hut verdeckte sein Gesicht. An der anderen Seite Rosenfelds ging eine Frau, die Michael nicht kannte. Er nahm an, daß die meisten Analytiker mit ihren Angehörigen kommen würden, zumindest mit ihren Partnern. Viele Menschen stiegen die Freitreppe hinauf, langsam, bedrückt. Alle waren in Mäntel gehüllt, die Kälte war schneidend.

Er sah viele bekannte Gesichter. An einige erinnerte er sich vom Institut, andere waren ihm aus seiner Studienzeit an der Universität bekannt. Die Creme der Gesellschaft, dachte Michael, die Elite Jerusalems, das, was man ein stattliches Begräbnis nennt.

Dennoch spürte man auch eine allgemeine Anteilnahme. Zeichen von Schmerz und Trauer waren auf allen Gesichtern zu erkennen. Zwei weinende Frauen kamen die Treppe hinauf, und an der Tür zum Saal, der bereits voll war, bildete sich eine Ansammlung, man hörte Schluchzen.

Langsam ließ der Zustrom auf der Treppe nach, und aus der einkehrenden Stille, die nur von Weinen unterbrochen wurde, entnahm Michael, daß die Zeremonie begonnen hatte. Jemand hielt eine Trauerrede, eine Männerstimme, die Michael nicht identifizieren konnte. Von seinem Platz aus konnte er die Worte nicht verstehen. Etwas an dieser Trauerfeier paßte nicht zu den Menschen, die hier zusammengekommen waren. Die Gäste dieser Beerdigung schie-

235

nen alle in behüteten, gutbürgerlichen Verhältnissen zu leben. Eva Neidorf war nicht an einer Krankheit gestorben, nicht an den Folgen eines Unfalls und nicht an Altersschwäche. Und auf den Gesichtern der Trauergäste lag neben Schmerz, Kummer und Trauer, neben diesen Gefühlen, die man auf allen Beerdigungen erlebt, noch etwas anderes: Dumpfe Furcht hatte Michael in den Blicken, die ihm begegnet waren, gelesen, vor allem aber Zorn, manchmal sogar Wut.

Lizzi Sternfeld, die am Sabbat, wie er sich gut erinnerte, in Tränen ausgebrochen war, hatte nicht geweint, als sie, von zwei jungen Leuten gestützt, die Treppe hinaufgekommen war. Ihre aufeinandergepreßten Lippen hatten sowohl Trauer als auch Zorn ausgedrückt. Sie wirkte wie jemand, der begriff, was geschehen war. Wie ein großer Raubvogel ließ sie den Blick, der voller Verdächtigungen war, von einem zum anderen wandern. Auch sie sucht den achten Reisenden, dachte Michael. Alle sehen sie aus wie die Inkarnation des guten Staatsbürgers, und wenn ich es nicht besser wüßte, hier würde ich den Mörder sicher nicht suchen. Aber auch sie blicken sich um und fürchten sich. Alle fürchten sich.

Die Stimme des Vorsängers erscholl, dann herrschte wieder Stille, und schließlich war die Zeremonie zu Ende. Sechs Männer trugen die Bahre mit der Toten, Michael erkannte Gold und Rosenfeld. Er blickte auf das in ein Leichenhemd gewickelte Bündel und erschauerte, denn die Konturen des Körpers waren sichtbar.

Der Bahre folgte die Familie. Michael sah Hillel, den Schwiegersohn, der eine junge Frau stützte, vermutlich die Tochter. An der anderen Seite ging ein junger Mann, dessen Verwandtschaft mit der Verstorbenen unübersehbar war.

236

Hildesheimers Gesicht war jetzt zu erkennen unter dem großen Hut, der seinen kahlen Kopf bedeckte. Er ging dicht an Michael vorbei, und Michael sah die Tränen, die über seine Wangen rollten. Die Menschen begannen, der Familie zu folgen und in ihre Autos zu steigen. Zila ging hinter Hildesheimer. Viele trockneten die Augen, andere mußten gestützt werden. Der Himmel war grau, wie vor einem Regenguß, und ein eisiger Wind wehte. Von der Straße hörte man die Automotoren starten. Dina Silber kam die Treppe hinunter, gestützt von dem bärtigen Mann mit Glatze. Und dann sah er ihn zum ersten Mal: Der junge Mann stand einige Stufen unter ihm auf der anderen Seite an das Geländer gelehnt und starrte Dina Silber und ihren Begleiter an. Einen Augenblick befürchtete der Inspektor, er würde sich auf die beiden stürzen.

Der junge Mann blickte verzweifelt und wie gehetzt um sich. Er gehörte nicht wirklich zu den anderen hier. Er ist anders, dachte Michael instinktiv. Dina verlangsamte ihre Schritte und wandte sich um, ihr Blick begegnete dem des jungen Mannes, nur für eine Sekunde, dann beschleunigte sie ihren Gang. Auch ihr Begleiter drehte den Kopf, warf einen neugierigen Blick zurück und ging dann schnell mit ihr weiter. Es war nicht klar, ob sie Michael wahrgenommen hatte, der den jungen Mann nicht aus den Augen ließ und hoffte, daß ihn einer der Pressefotografen erwischt hatte. Er nannte ihn für sich den »Jüngling«, ein Wort, das er für gewöhnlich nicht benutzte. Gleich als er ihn bemerkte, hatte er das Empfinden eines bevorstehenden Unglücks. Dann dachte er, es liege etwas Gefährliches in seiner Schönheit, in der Verzweiflung, die sich in seinen Augen spiegelte.

Auch jemandem, dem jedes Empfinden dafür fehlte, mußte die Schönheit dieses Jünglings auffallen. Unmöglich, die außergewöhnlichen Gesichtszüge unter der Kapuze des Dufflecoats und den goldblonden Locken nicht zu bemerken, unmöglich, nicht den Atem anzuhalten beim Anblick der beiden wild glühenden Augen. Seine starken Wangenknochen verliehen seinen Zügen etwas Adeliges und Vergeistigtes. Doch auch Sinnlichkeit war in diesem Gesicht, besonders in den vollen Lippen. Die erste Assoziation, die in Michaels Bewußtsein drang, war die Gestalt des Tadzio aus »Der Tod in Venedig«. Später dachte er an die griechischen Statuen, die er gesehen hatte. Der »Jüngling« konnte kaum älter als zwanzig sein. Die Polizeifotografin, die erst jetzt die Halle verließ, richtete die Kamera auf ihn und drückte den Auslöser. Man hörte ein Klick, und sie ging an dem jungen Mann vorbei, der sie nicht bemerkte. Michael folgte ihr, und als er sich umwandte, sah er, daß der junge Mann sich noch nicht von seinem Platz bewegt hatte, sondern in der gleichen Haltung verharrte.

Auf der untersten Stufe stand Rafi und sah Michael an, als ob er »Und was jetzt?« fragen wollte. Michael bat ihn, den jungen Schönen zu beschatten, der oben stehe, und ihm dicht auf den Fersen zu bleiben. Rafi bewegte seine Hand in einer stummen Frage, und Michael murmelte: »Das weiß ich selbst noch nicht. Ich will nur wissen, wer und was er ist.« Rafi nickte, sein Gesicht war nachdenklich und konzentriert. Michael, der sich wieder umblickte, konnte sehen, wie er den Kopf senkte und langsam die Treppe hinauf in Richtung des jungen Mannes ging. Obwohl Michael Rafis Erfahrung und Begabung kannte, hielt er den Atem an wie ein Jäger, der seinem Kameraden zusieht und befürchtet, er könne Lärm machen und den Vogel verscheuchen. Er erwog die Möglichkeit, den jungen Mann selbst zu beschatten, ließ den Gedanken aber sofort wieder fallen. Er konnte unmöglich überall zugleich sein, sagte er sich und ging zum Parkplatz hinunter.

Wen, fragte er sich, als er sich auf den Beifahrersitz setzte, verdächtigen sie? Sie nehmen doch alle an, daß jemand von ihnen in den Mord verwickelt ist. Wie reagieren sie in ihrem Mißtrauen? Wie können sie gemeinsam trauern, wie können sie zusammen in einem Auto sitzen, ohne zu wissen, wer es getan hat? Dann fragte er das auch laut.

Zila, die den Wagen steuerte, war die erste, die antwortete. »Die Leute haben ihre Mechanismen«, sagte sie nachdenklich, »jeder verdrängt die Möglichkeit, daß einer von denen, die er liebt, ein Mörder ist. Diejenigen, die er liebt und zu kennen glaubt, verdächtigt er nicht.«

Eli schwieg anfangs, doch später sagte er, daß die Leute auf ihn eher einen deprimierten und traurigen als mißtrauischen Eindruck gemacht hätten. »Vielleicht brauchen sie Zeit, um zu begreifen. Ein Begräbnis ist nicht der Ort für Verdächtigungen«, seufzte er auf seinem Rücksitz.

Michael schützte das Streichholz für die Zigarette mit den Handflächen und sagte, er habe das Gefühl, daß der Zorn dominiere. »Sie wirkten traurig und verängstigt, vor allem aber zornig.«

Dann war es still bis zu der gewundenen Straße, die zum Friedhof führte. Feiner Regen setzte ein. Zila betätigte die Scheibenwischer, die, nachdem die Scheiben trockner wurden, ein quietschendes Geräusch machten, das Michael eine Gänsehaut über den Rücken jagte. Zila schaltete die Wischer ab und wieder an, als die Sonne hervorkam und durch die Tropfen blendete. Sie beklagte sich über die schlechte Sicht und die schlechte Straße.

Erst als sie an dem Krankenhaus Esrat Naschim vorbeifuhren, erwähnte Michael den Jüngling und beschrieb ihn so genau, daß Zila erstaunt war, ihn nicht bemerkt zu haben.

Wieder herrschte Schweigen, dann kam Eli auf das Verhör in Bethlehem zu sprechen. »Warum lassen wir den Gärtner nicht aufs Revier bringen, weshalb müssen wir beide dorthin?«

Michael fürchtete, daß sein Arabisch nicht ausreichte. »Das ist nicht der Ort, um in einem Gemisch aus marokkanischem und jordanischem Arabisch zu stottern, bei einem Verhör muß man fließend sprechen.«

Eli gab nicht nach. »Weshalb kann ich dann nicht allein fahren, zu zweit, das ist doch nur Zeitverschwendung.«

Ja, pflichtete Michael ihm bei, vielleicht. Aber es sei ihm wegen Gidoni unangenehm. »Er wartet mit dem Kaffee.«

Zila blies verächtlich durch die Nase und sagte: »Na, wirklich, ein ernsthafter Grund«, aber mehr wagten beide nicht zu sagen. Dem Anschein nach wahrte Michael keinen Abstand zu seinen Leuten, aber sie wußten immer, wo die Grenze lag.

Zila parkte das Auto so nahe wie möglich an der Mauer, die den Friedhof vom Weg trennte.

Es regnete stärker, und als sie am Grab standen, fiel der Regen sintflutartig. Michael konnte nicht zwischen Regentropfen und Tränen unterscheiden. Kein einziger Regenschirm war zu sehen, und Michael dachte, daß die Leute sich mit Absicht dem Regen aussetzten, daß sie die Regenschirme vorsätzlich in den Autos gelassen hatten. Er sah zum Himmel, sie befanden sich genau unter einer großen, grauen Wolke. Trotz der frühen Stunde war es beinahe dunkel. Um sie herum zahllose Gräber, manche frisch, andere mit Grabsteinen. Er dachte an seine Mutter, die in den Dünen Holons begraben lag, hörte ihre tiefe, warme Stimme und sah Hildesheimer an, der etwas von ihm entfernt stand, ernst und zornig. Der Sohn sprach das Totengebet. Er war ganz ruhig, man hörte nicht einmal ein Schluchzen.

Und dann wurde die Stille von einem einzigen schrecklichen Schrei zerrissen. Sekunden vergingen, bis er das Wort erkannte: »Mutter.«

Kein Mensch rührte sich, man hörte nur das Rauschen des Regens. Anschließend wurden Steine auf das Grab gelegt, und wie es Brauch war in Jerusalem, ging der Sohn durch zwei Reihen von Männern hindurch. Die Frauen warteten an der Seite. Einige traten zu Eva Neidorfs Tochter Nava, die dicht am Grab stand, den Kopf tief gebeugt. Sie wurde von einer Frau gestützt, die Michael nicht kannte. Die Männer begannen durch den Morast auf die Autos zuzugehen. Keiner blieb stehen, niemand sprach, es war nichts zu hören. Einige berührten Navas Arm, andere blickten Hildesheimer an, aber ihn berührte niemand. Linder näherte sich ihm und bot ihm seinen Arm an, der Alte stützte sich auf ihn, als er schwerfällig durch den Matsch zu einem der Autos schritt. Rosenfeld saß neben dem Fahrer, stellte Michael fest, der sich hinter ihnen befand, und auf dem Rücksitz saß der Gutaussehende aus der Ausbildungskommission.

Zila wartete am Steuer des Dienstwagens, Michael stieg ins Auto und betrachtete Elis trauriges Gesicht. »Also, was schlägst du vor«, fragte er, nachdem er sich geräuspert hatte, »lassen wir ihn herbringen?« Eli nickte frierend.

Im Auto roch es nach nasser Wolle, und Michael öffnete trotz des Regens das Fenster. Dann beugte er sich zum Sprechfunkgerät und bat die Zentrale, Gidoni mitzuteilen, daß er nun doch nicht kommen würde. Am Stadteingang meldete sich die Zentrale: Gidoni ließ fragen, ob seine Leute ihm den Gärtner bringen sollten. Michael bejahte, und vom Rücksitz hörte man ein erleichtertes Aufatmen. Zila lächelte, Michael zuckte mit den Schultern und steckte sich eine Zigarette an. Es regnete weiter, und in entschuldigendem Ton sagte Eli, daß ein solches Verhör stundenlang dauern könne. »Bei diesem Wetter in Bethlehem steckenzubleiben . . .«, schloß er, ohne den Satz zu beenden.

Zila hielt vor ihrem Stammlokal am Machane-Jehuda-Markt, niemand widersprach, als sie feststellte: »Nach einer Beerdigung bin ich immer hungrig.«

Wie Zila zwischen zwei Bissen Fleisch prophezeit hatte, war Ali Abu-Mustafa bereits im Arrestraum, als sie zum Russischen Platz zurückkehrten. Michael rauchte nervös. Der Übergang von der Beerdigung zum Restaurant, das zielstrebige Geplauder Zilas und Elis konsequentes Schweigen, der appetitlos auf dem Teller herumgestochert hatte, sowie das bevorstehende Verhör verursachten die innere Anspannung.

»Versuch dir mal vorzustellen, wir würden einen jüdischen Siedler aus Bethlehem oder Umgebung auf diese Art und Weise festhalten«, sagte Zila und parkte geschickt ein.

Der Verhaftete saß zusammengekauert in einer Ecke des Raumes. Sie entließen den Beamten, der ihn bewacht hatte.

Michael ließ seinen Blick über Alis schwachen Körper

gleiten, der ihn mit den Augen eines Menschen ansah, der weiß, daß alles verloren ist. Eli notierte die Angaben zur Person, und Michael saß in der anderen Ecke des Zimmers. Ali versuchte zu erraten, wer hier der Vorgesetzte war, seine Augen wanderten schnell von einem zum anderen und blieben schließlich bei Eli stehen, der ihn mit ruhiger Stimme fragte, weshalb er heute nicht zur Arbeit erschienen sei. Nach langem Schweigen wiederholte Eli die Frage.

Michael verstand gut arabisch, fürchtete sich aber stets vor den Nuancierungen in Aussprache und Wortschatz und davor, ein Detail zu verpassen; sein Blick war auf den jungen Araber gerichtet, der endlich sagte, er sei krank gewesen.

Eli erkundigte sich nach den Symptomen der Krankheit, und Ali deutete an seine Stirn und sagte, er habe die ganze Nacht Fieber gehabt. Nach einem leichten Zögern fragte er, ob sein Fehlen bei der Arbeit der Grund für seine Verhaftung sei. In der Frage lag keinerlei Ironie, nur die Ergebenheit eines Menschen, der sich daran gewöhnt hat, daß alles ein Grund zur Verhaftung sein könnte. Eli erklärte ihm, daß die Verhaftung nichts mit Politik zu tun habe, sondern mit einem Mord.

Ali richtete sich auf, wiederholte das Wort »Mord« fragend, erstaunt, protestierend, und schließlich sagte er einen ganzen Satz, der damit endete, daß er nicht wisse, wovon die Rede sei. Eli zeichnete Dosen auf ein Blatt Papier, das vor ihm auf dem Tisch lag.

Das Zimmer, in dem sie saßen, lag im zweiten Stock der Untersuchungsabteilung. Die Farbe der Wände war gelblich-grau, durch das einzige Fenster sah man auf den Hinterhof. Der Tisch und die beiden Stühle davor waren grau

243

gestrichen, und die gesamte Atmosphäre war, wie Michael jedesmal aufs neue feststellte, äußerst deprimierend. Eli schwieg und wartete. Dann machte er eine Bemerkung zur Arbeit am Sabbat, worauf Ali aufsprang und sagte, er habe nichts Böses getan. Er arbeite aus religiösen Gründen am Sabbat, der Hausverwalter wisse das. Es sei eine private Übereinkunft, die man mit ihm geschlossen habe, weil er gut arbeite und man ihm vertraue.

Eli blickte von dem Stück Papier und den darauf gezeichneten Dosen auf. Welche religiösen Gründe, fragte er, können einen Moslem veranlassen, den Sonntag zum freien Tag zu wählen? Später erklärte er Michael, daß es in Dehejsche fast nur Moslems gebe, er sei kein besonders großes Risiko eingegangen. Alis Gesicht war grau, als er stotternd erwiderte, daß die meisten seiner Freunde am Sabbat arbeiten würden und daß sich das öffentliche Leben im Flüchtlingslager und dessen Umgebung auf den Sonntag konzentriere. Die Antwort wirkte überzeugend, aber Eli gab nicht nach, sondern fragte, wie lange sein Bruder schon verhaftet sei. Ein Zittern überfiel den Häftling, und er sagte, daß die Festnahme seines Bruders in keiner Weise gerechtfertigt sei. Er wolle den Behörden nichts vorwerfen, sagte er, schuld sei nur sein Bruder selbst, der so jung und so dumm sei und nicht wisse, was er sage, und deswegen der Aufwiegelung und der Störungen bezichtigt würde. »Dabei weiß er nicht einmal, wie man einen Stein wirft.« Anschließend schwor er wieder, daß er nichts Böses getan habe.

Weshalb er dann nicht von dem Revolver erzähle, sagte Eli gleichmütig, als schlage er ihm vor, die Landschaft seiner Heimat zu beschreiben. Wenn alles in Ordnung sei und er nichts Böses getan habe, weshalb habe er dann nicht den Revolver zur Polizei gebracht? Eli sah den jungen Mann, der trotz der Kälte im Raum am ganzen Körper schwitzte, unverwandt an.

Ali wischte sich mit zitternder Hand die Stirn. »Welcher Revolver?«

»Welcher Revolver?« antwortete Eli, als wüßten alle, wovon die Rede sei. »Der Revolver, den du in der Margoa-Klinik gesehen und versteckt hast und den du deinen Kameraden in Dehejsche zuleiten wolltest, selbstverständlich.«

Ali beschwor, er hätte nichts mit dem Revolver vorgehabt, er wollte nur nicht in Schwierigkeiten geraten. Danach sank der junge Mann auf seinem Stuhl zusammen und blickte Eli an, als sei er ein großer Magier. Michael hielt den Atem an. Er wußte genau wie Eli, daß man die Waffe nicht so schnell gefunden hätte, wenn der junge Mann den Revolver wirklich hätte benutzen wollen.

In einem Ton, in dem man ein kleines Kind fragt, weshalb es sich mit einem Problem, das so einfach zu lösen ist, nicht an seine Mutter gewandt hat, fragte Eli weiter, warum er ihnen den Revolver nicht gebracht habe.

Da begann Ali, die Ereignisse des Sabbats zu schildern, von dem Augenblick an, als »das Ding« zwischen dem Rosenstrauch geblinkt habe, bis zu dem Moment, als er es Tobol in die Hände gespielt habe. Seine Stimme war monoton, er sprach ohne Betonung, ihm war klar – und Michael fühlte es –, daß es sinnlos war, etwas zu verheimlichen. Am Schluß fragte Eli, ob er die Polizeiautos vor dem Krankenhauszaun nicht bemerkt hätte.

»Doch«, entgegnete Ali schwach, »natürlich habe ich die

bemerkt, genau das war der Grund für die ganze Sache mit Tobol, ich dachte...« Und er schwieg.

Eli drängte ihn nicht. Es war offensichtlich, was er gedacht hatte. Michael fragte dennoch nach. Der Häftling betrachtete ihn zum ersten Mal, vorsichtig, furchtsam und antwortete, er habe befürchtet, auf der Stelle verhaftet zu werden, wenn er den Revolver abliefere. Michael fragte, weshalb er sich fürchte. Ali machte eine vage Handbewegung und erwähnte seinen Bruder, der nur neben dem Haus gestanden hätte, ohne etwas zu tun, an jenem Tag, als Steine auf den Armeejeep geworfen wurden, der durch das Lager fuhr. Und er sei auf der Stelle verhaftet worden. »Auch er hat nichts getan, und trotzdem, wer glaubte ihm denn?«

Eli winkte ab. Nicht von seinem Bruder, bemerkte er kühl, sei jetzt die Rede, und selbstverständlich behaupteten alle Verhafteten, daß man sie zu Unrecht beschuldige. »Dennoch wirft man dort, in Dehejsche, Steine, und irgend jemand tut es ja schließlich.« Jetzt aber interessiere sie, warum genau er den Revolver gefunden habe und wie die Waffe ausgesehen habe. Er notierte die Antworten des Häftlings und fragte ihn dann, ob er irgendein Auto bemerkt habe, irgend jemand, irgend etwas, woran er sich erinnere, bevor er den Revolver gefunden habe.

Ali erklärte, er sei an den Büschen vorbeigegangen, habe gearbeitet und bis zu jenem Augenblick nicht aufgeschaut, er sei erst wenige Minuten vorher zu den dicht am Zaun stehenden Rosensträuchern gelangt. Trotzdem, beharrte Eli, vielleicht habe er an jenem Sabbat etwas Außergewöhnliches gesehen oder gehört, möglicherweise später am Tag, er solle sich etwas anstrengen. Die letzten Worte wurden mit Schärfe gesprochen, und Eli erhob sich mit einer plötzlichen Bewegung von seinem Platz. Furchtsam bedeckte Ali sein Gesicht mit den Händen. Als er merkte, daß Eli neben dem Tisch stehenblieb und sich ihm nicht näherte, ließ er die Hände wieder sinken und schwor, er habe nichts gesehen. »Nur Streifenwagen und viele Autos, aber das alles erst, nachdem ich den Revolver gefunden habe. Vorher war ich nicht einmal in der Nähe des Zaunes.«

Eli blickte Michael fragend an. Michael hob die Brauen mit einer Bewegung, deren Bedeutung eindeutig war: »Genug, mehr kriegen wir nicht zu hören.«

Eli machte einen letzten Versuch: »Wen hast du am Morgen im Krankenhaus gesehen?«

Nur das Personal, erwiderte Ali, den Arzt mit dem Schnurrbart, die Ärztin mit den Locken, deren Namen er nicht aussprechen könne, Tobol und später die dicke Schwester. Aber vor der fürchte er sich, er versuche immer, ihr aus dem Weg zu gehen, und sie hatte ihn nicht bemerkt. Das wär's. Die Ärzte habe er morgens gesehen, als er ins Krankenhaus gekommen sei, und Tobol sah er im Garten, gleich, nachdem er den Revolver gefunden hatte.

Michael stand auf und rief den Polizisten, der draußen wartete. Dann verließen Michael und Eli das Zimmer. Im Korridor verständigten sie sich darüber, daß sie die wahre Geschichte gehört hätten. Eli fragte, wie lange sie ihn festhalten sollten, und Michael zuckte mit der Schulter. »Er soll seine Aussage unterschreiben und versprechen, daß er nicht verschwindet«, sagte Michael, »dann kann er gehen. Ich will ihn einfach nicht in Haft halten.«

Sie kehrten in den Raum zurück, und Eli erklärte Ali, der die Bedeutung der Worte nicht sofort begriff, daß er freigelassen werde, wenn er alles tue, was man ihm sage.

Ali unterschrieb und verpflichtete sich, in Dehejsche zu bleiben, er sei aber nicht bereit, vorläufig zur Arbeit zurückzukehren, dazu wolle er sich nicht verpflichten. Michael wollte wissen, weshalb, und erst nach einigem Zögern sagte Ali, er habe Angst, sie würden ihn bestrafen, dort.

»Zur Zeit«, erklärte ihm Eli, »weiß nur der Verwalter von der Sache, und uns liegt daran, daß du zur Arbeit gehst und auf alles Außergewöhnliche achtest.«

Also gut, er werde zurückkehren, sagte Ali, und alles tun, was sie verlangen. Wann er freigelassen werde?

Heute noch, erwiderte Eli. Und erst in diesem Moment glomm Haß in den Augen des Verhafteten auf, denn er begriff zum ersten Mal, daß er trotz der Freilassung im Gefängnis blieb. In seinen Augen lag weder Erleichterung noch Freude, dachte Michael, als der haßerfüllte Blick ihn streifte.

Bis sie mit Zilas Hilfe den Papierkram erledigt hatten und geklärt war, was Menni der Presse sagen würde – Michael versuchte stets, einen direkten Kontakt mit den Journalisten zu vermeiden, es machte ihn verlegen, sein Bild auf den Titelseiten zu sehen –, war es bereits sechs Uhr abends. Es hatte aufgehört zu regnen. Michael wußte, daß er sich beeilen mußte, um mit Eva Neidorfs Angehörigen zu sprechen, aber eine kleine Pause, nur für eine Tasse Kaffee, hatte er verdient. Kaffee war für Michael immer ein guter Grund, etwas aufzuschieben.

Aber Zila gab keine Ruhe. »Wir müssen alles für die richterliche Anordnung vorbereiten«, sagte sie stirnrunzelnd. »Ohne die Bestätigung vom Bezirksgericht sagen uns die Bankdirektoren, daß wir kein Recht haben, irgendwelche Konten einzusehen.«

Michael seufzte. »Wir müssen auch beantragen, daß die Öffentlichkeit von der Gerichtsverhandlung ausgeschlossen wird. Die Presse darf nichts erfahren.«

»Es gibt einfach zu viele Beschränkungen, die ein Rechtsstaat der polizeilichen Ermittlung auferlegt. Ohne Gericht kommen wir nicht voran«, beklagte Zila sich.

»Willst du denn, daß es hier wie in Argentinien zugeht?« erwiderte Michael streng. Später aber mußte er sich eingestehen, daß ihnen das alles erspart geblieben wäre, wenn er rechtzeitig einen Wachposten vor Neidorfs Haus gestellt hätte oder wenigstens früher zum Steuerberater gegangen wäre.

Als Zila hinausging, um Schorrs Hilfe für die Beschleunigung des Rechtsweges zu erbitten, blieb Michael allein, und sein Kaffee wurde kalt. Er starrte die Wand gegenüber und die aufsteigenden Rauchringe seiner Zigarette an, und noch bevor er sich fragen konnte, was ihn davon abhielt, aufzustehen und in die deutsche Kolonie zu fahren, klingelte das weiße Telefon: ein Gespräch von draußen.

Als er das heisere »Hallo« am anderen Ende hörte, mußte er lächeln. Der Zeitpunkt, dachte er, war wieder vollkommen abgestimmt. Als wüßte sie, daß er von einer Beerdigung kam. Eine Beerdigung rief in ihm immer das starke Bedürfnis hervor, sich an die Wärme eines weiblichen Körpers zu schmiegen. Maja wiederholte ihr »Hallo«, und er sagte seufzend: »Ich dachte, wir hätten etwas abgemacht.« Der Satz wurde, wie immer, ohne die erforderliche Entschlossenheit gesagt, und sie hörte selbstverständlich die Sehnsucht heraus.

Seit fünf Jahren gelang es Michael trotz angestrengter und wiederholter Versuche nicht, sich von ihr zu lösen. Es hatte von Beginn an festgestanden, daß sie nie zusammenleben würden. Schon während ihrer ersten Begegnung, bei der die Dinge klar und deutlich ausgesprochen wurden, die später ihre gesamte Beziehung charakterisieren sollten, sagte sie, daß sie niemals ihren Mann verlassen könnte. »Was Scheidungen angeht, bin ich katholisch«, sagte sie, »versuch nicht, mich zu verstehen, es ist nun einmal so.«

Anfangs erleichterte ihn diese feierliche Erklärung sehr, aber es kamen Tage, an denen der Schmerz die Überhand gewann – wie sie es ihm von Beginn an prophezeit hatte. Ihre kurzen, zu kurzen Treffen – nie konnten sie einen ganzen Tag, eine ganze Nacht miteinander verbringen – verursachten in ihm das unerwartet starke Gefühl, etwas versäumt zu haben. Schließlich blieb nichts als die Trennung, und Michael gelang es manchmal damit fertigzuwerden, wenn er sich in seine Arbeit vertiefte. Maja – das hatte sie vorher angekündigt – führte ihn hin und wieder unbarmherzig in Versuchung. Er konnte niemals widerstehen.

Bis jetzt konnte er neun versuchte Trennungen aufzählen. Die letzte hatte am längsten gedauert. Einen vollen Monat hindurch hatte er ihre Stimme nicht gehört. »Ich habe Sehnsucht«, sagte die heisere Stimme so schlicht, daß es ihm wehtat.

»Was nun?« fragte Michael wie immer mit prompter Bereitschaft, als hätte er nicht beim letzten Mal gesagt, nun sei endgültig Schluß.

»Nicht wichtig, Hauptsache, du lebst und liebst mich«, sagte Maja so glücklich, daß er ihre Augen vor sich hatte, die strahlten, wenn sie lachte.

»Gut«, sagte er verzweifelt, »aber was machen wir mit dieser Liebe?«

»Was immer wir wollen«, sagte Maja.

Er mußte lächeln. Die Versuchung war unwiderstehlich, der Versuch, auf diese Frau zu verzichten, schien aussichtslos. »Am Ende bleibt mir keine andere Wahl, als auszuwandern«, sagte er.

»Ja, nach Cambridge. Eines Tages wirst du fahren. Aber bis dahin?« Sie klang ungeduldig. Sie hatte noch seinen Hausschlüssel, und sie sagte ihm, daß sie am Abend kommen könne.

Einen Augenblick überkam ihn der alte Ärger, der Wunsch, ihr zu sagen, daß er anderes zu tun habe, daß es andere Frauen gebe, ein anderes Leben, aber die Möglichkeit, sie wieder in die Arme zu nehmen, ihr Lachen wieder zu hören, ihr Weinen, ihre Seufzer, war stärker als alles andere. Damit erhob sich von neuem die Frage, was er eigentlich hier zu suchen hatte, in diesem Loch, auf diesem Posten, weshalb er nicht sein Studium wieder aufnahm, warum er nicht jetzt, sofort, zu Porath fuhr, dem Ordinarius für Geschichte, der damals einer seiner jungen Dozenten gewesen war.

Immer, wenn Michael einem seiner ehemaligen Professoren begegnete, insbesondere Professor Schatz, der seine Abschlußarbeit betreut hatte, wurde er ausdrücklich gefragt, weshalb er nicht seine Dissertation schreibe.

Vor acht Jahren, kurz vor der Scheidung, hatte er Nira mehr als je zuvor gehaßt, vor allem, weil erst ihre Ehe und dann die Scheidung verhindert hatten, daß er das Cambridge-Stipendium erhielt. Er hätte nur zuzugreifen brauchen. Heute wußte er, daß er damals am Scheideweg stand, daß der Weg zurück nicht so einfach war. Damals wollte er das nicht begreifen.

251

Bei einem der Gespräche mit Schatz versuchte der Professor, ihm die Bedeutung des Ausscheidens aus dem Wettbewerb klarzumachen. Michael hörte die Warnung nicht, er glaubte, daß seine künftigen glänzenden akademischen Aussichten einzig von seinen Fähigkeiten abhingen. Er versuchte Schatz – ein Ungar in mittleren Jahren, der ihn sehr mochte und in ihm seinen Nachfolger sah – zu überzeugen, daß, wenn ihm ein Stipendium einmal vorgeschlagen worden war, es auch ein zweites Mal ein oder zwei Jahre später nicht ausgeschlossen sei, »wenn ich meine Verhältnisse geordnet habe«.

Ärgerlich sagte Schatz damals, daß Michael naiv sei, wenn er nicht begreife, daß andere nachkommen würden, nicht weniger begabt als er, und daß es keine zweite Gelegenheit mehr geben werde.

Juval war damals sechs, und Michael erklärte, daß der Junge die Trennung vom Vater, der sich mehr um ihn kümmere als jeder andere und an dem er mehr als an jedem anderen hänge, nicht verkraften könnte.

Schatz konnte das nicht einfach übergehen, er hatte selbst Kinder, versuchte aber, praktische Lösungen zu finden.

Da schwieg Michael, der nicht wollte, daß jemand von Niras demütigenden Forderungen erfahre. Sie hatte schon angekündigt, daß sie ihm nicht gestatten werde, den Jungen mit ins Ausland zu nehmen, nicht einmal für einen Monat im Jahr. Wenn sie nicht mitkomme, sagte sie, wenn sie seine glänzende akademische Karriere nicht mit ihm teilen könne, dann werde er nur fahren, wenn er sich von dem Kind trenne.

Cambridge und das Stipendium wären nur zusammen mit Nira oder durch den Verzicht auf das Kind möglich gewesen. Beides kam nicht in Frage. Die Ehe war unerträglich, und er wußte, daß auch Nira das erkannt hatte. Aber den Gedanken, daß er seine Pläne ohne sie verwirklichen würde, könne sie nicht ertragen. Und den Jungen verlieren? Von Anfang an war er nachts aufgestanden, er hatte seine Fläschchen aufgewärmt, ihn gewickelt, er wiegte ihn auf seinen Armen, nächtelang, als noch niemand von der Emanzipation der Frau sprach, als seine Kommilitonen von ihren Frauen gefördert wurden und sich vorsahen, keine Kinder zu bekommen. Sein Kind konnte er nicht aufgeben. Josek bot natürlich finanzielle Hilfen an. Was tut man nicht, um einen Akademiker zum Schwiegersohn zu haben? War er auch ein armer marokkanischer Jude, einen Doktortitel soll er haben. Das warf Michael Nira vor, als sie ihn eindringlich bat, die Hilfe ihrer Eltern anzunehmen.

Inzwischen wußte er, daß er damals ein junger Hitzkopf gewesen war. Er hätte die Hilfe ihrer Eltern annehmen sollen, dann wäre vieles einfacher gewesen. Er hätte mit Nira nicht wegen jedem neuen Kleid, das sie auf Kosten ihrer Eltern kaufte, Streit anfangen sollen. Aber damals hatte er Grundsätze, die sein Leben täglich belasteten. Es bestand keine Aussicht, ihre Ehe zu retten, sie war von vornherein gescheitert gewesen. Er hatte Nira nie geliebt. Ihr wachsender Bauch während ihres ersten Ehejahres war ihm ein Symbol gewesen für den Preis der Verpflichtung, in die ihn sein Verantwortungsgefühl gedrängt hatte. Er erzählte niemandem, wie sehr ihn die Situation anekelte. Nicht einmal seine Mutter wußte wirklich, wie sehr ihr jüngster Sohn litt, seitdem er dieses verwöhnte Mädchen geheiratet hatte, dieses Einzelkind. Sie ahnte nur etwas, als sie zu Juvals Geburt kam, denn sie kannte das Benehmen ihres Sohnes in kritischen Situationen gut – seine kühle Höflichkeit und Zurückhaltung und die seltenen Ausbrüche, die ihr, seit er das Haus verlassen hatte, erspart blieben.

Niras Vorschlag, gemeinsam zur Eheberatung zu gehen, lehnte Michael entschieden ab. Damals glaubte er noch, er könne seine Doktorarbeit im Lande schreiben. Er lehnte eine Stelle als Hilfsdozent ab, weil das Gehalt nicht ausreichte, um getrennte Mieten und Alimente zu bezahlen, die Nira unbarmherzig forderte. Er erhielt damals sein Gehalt von der Polizei, wurde zu einem Kursus für Ermittlungsbeamte und dann zu einem für Polizeioffiziere geschickt, und anschließend fand er sich in der Abteilung für Schwerverbrechen bei der Aufklärung von Mordfällen wieder, während seine Doktorarbeit in immer weitere Fernen rückte.

Der neue Job ließ ihm keinen Raum für seine Doktorarbeit. Die Zunftgilden der Renaissance schienen ihm nebensächlich, insbesondere dann, wenn er gerufen wurde, eine Leiche anzuschauen, nachdem er Leid und Unglück, Schmerz und Schmutz aus solcher Nähe gesehen hatte. Er verstand, was mit dem Begriff »Elfenbeinturm« gemeint war. Er wußte, daß er die Polizei hätte verlassen müssen, um sich seiner Doktorarbeit zu widmen und um wieder in den akademischen Betrieb einzutreten. Häufig hatte er das Gefühl, daß die Sehnsucht, an die historische Fakultät zurückzukehren, etwas Verlogenes hatte. Was hatte er dort zu suchen? Doch dann wieder schien ihm sein Leben bei der Polizei sinnlos, die Zünfte der Renaissance, die historische Fakultät und die Bibliothek waren seine eigentliche Bestimmung.

Der Kaffee, den er jetzt austrank, war völlig kalt geworden. Es war bereits halb sieben, als er sich zur Ordnung rief und langsam und schwerfällig aufstand, um sich zu Neidorfs Haus zu begeben. Er konnte die Tochter unmöglich am Tag der Beerdigung ins Kommissariat laden. Zumal sie über jeden Verdacht erhaben war, niemand hatte ein sichereres Alibi. Er empfand einen Widerwillen dagegen, in das elegante Haus in der deutschen Kolonie zurückzukehren, zu den abstrakten Bildern an den weißen Wänden.

Da ging die Tür auf, und Zila verkündete mit der Begeisterung eines Menschen, der vollkommen in seiner Arbeit aufgeht, daß sie bereits morgen die richterliche Anordnung zur Offenlegung der Unterlagen erwirken könnten. »Schorr wird alle seine Verbindungen einsetzen«, sagte sie stolz, »und er ist sehr zuvorkommend. Jetzt lade ich die restlichen Partygäste vor.« Menni befinde sich bereits mit dem ersten Kandidaten, Rosenfeld, im Verhörraum. »Was für ein Schmock«, sagte sie, »mit diesem Zigarillo.«

Michael wunderte sich, woher sie ihre Energie nahm, er fühlte sich alt und müde und wollte, mehr denn je, schlafen. Er verließ das Zimmer, zog den Regenmantel an, winkte Eli müde zu, der auf dem Weg zum Verhör eines anderen Partygastes war, vereinbarte mit ihm, daß das gesamte Material nach dem Arbeitstag zu Zila gebracht werden solle, und bat, für den folgenden Morgen eine Lagebesprechung der Mannschaft anzukündigen.

Er nehme das in die Hände, versprach Eli, nach dem Verhör, inzwischen werde er es Zila mitteilen. »Sie ist ja die Koordinatorin«, sagte er und lächelte ironisch, »von ihr bekomme ich meine Anordnungen, oder?«

Michael verlangte keine Erklärung, auch die Geheimnistuerei Elis und Zilas langweilte ihn. Alles war schal und dumm. Am Ende würden sie niemanden finden. Am Ende wird sich herausstellen, daß sie Selbstmord verübt hat, dachte er, und ein Engel hat den Revolver mitgenommen. Wen interessiert es überhaupt, fragte er sich, und er mußte seine letzten Kräfte mobilisieren, um die aufgeregte junge Reporterin abzuwimmeln, die in der Hoffnung auf ein Exklusivinterview für ihr Frauenmagazin neben seinem Auto stand. Sie habe verzweifelt versucht, ihn telefonisch zu erreichen, sagte sie flehentlich, sie warte schon Stunden hier draußen und wolle nur ein paar Worte. Michael entschuldigte sich höflich. Er sei in Eile, er könne nicht. Er verwies an den Sprecher, von ihm werde sie alles zum Fall erfahren.

»Aber ich interessiere mich doch nicht für den polizeilichen Aspekt des Falles, ich möchte gerade einen ausführlichen Artikel über Sie, wissen Sie, einen persönlichen. Sie scheinen ein interessanter Mensch zu sein, und die Leser wollen mehr wissen über die Psychologie eines Untersuchungsbeamten Ihres Ranges.«

»Bedaure«, sagte Michael und stieg in sein Auto, und während er kurz ihre langen Beine und Finger prüfte, fragte er sich, wieso sie nicht friere, in den leichten Schuhen, und wie es wohl im Bett mit ihr sei, mit diesem Energiebündel. »Ich darf während der Untersuchungen keine Interviews geben. Versuchen Sie's, wenn alles vorbei ist, wenn Sie wollen.« Er bemühte sich um Liebenswürdigkeit.

»Wann wird das schätzungsweise sein?« fragte die Reporterin und drückte auf den Knopf ihres winzigen Aufnahmegerätes, das sie in der Hand hielt.

Michael deutete auf die Decke des Autos, startete, und als er das Lenkrad drehte, meinte er: »Fragen Sie ihn, wenn Sie gut mit ihm stehen.« Er streckte die Hand aus dem Auto und wies zur Sicherheit noch einmal gen Himmel.

Zwölftes Kapitel

»In Ordnung«, sagte Nava Neidorf-Sahavi und schaukelte sanft das Baby an ihrer Schulter, während die andere Hand seinen Kopf stützte. Vorsichtig und ohne etwas zu sagen nahm Hillel das Baby auf seinen Arm und verließ mit ihm das Zimmer. Bis dahin waren alle seine Versuche, das Baby von seiner Mutter zu trennen, gescheitert.

»Sie klammert sich ganz und gar an ihn, und ich weiß nicht, ob Sie von ihr etwas zur Sache herausbekommen können«, hatte Hillel gesagt, als er Michael die Tür öffnete.

Erst als die Frage erörtert wurde, ob Eva Neidorf im Ausland mit jemandem Kontakt gehabt habe, begann Nava sich auf den Menschen vor ihr zu konzentrieren. Obwohl sie ihn höflich aufgenommen und geäußert hatte, der Polizei helfen zu wollen, »den zu finden, der das getan hat«, zeigte sie kein Interesse an den Einzelheiten, die Michael ihnen mitteilte.

Ihr Bruder Nimrod bestritt eigentlich das Gespräch. Auf die Nachricht vom Einbruch reagierte er zornig. Er habe sich nicht über die Unordnung gewundert, die er im Arbeitszimmer vorfand, denn er dachte, die Polizei habe das Haus durchsucht. »Ich bin gar nicht auf die Idee gekommen nachzuprüfen, ob es sich um einen Einbruch gehandelt hat.«

Die oberflächliche Untersuchung ergab, daß keine Wertgegenstände oder Gemälde fehlten. Was den Schmuck angehe, sagte Hillel, werden sie im Safe nachsehen müssen, dort bewahrte sie ihre wertvollen Stücke auf.

Michael notierte genau all ihre Vermutungen über mögliche Motive für den Einbruch. Erst nach einem einstündigen Gespräch erzählte Michael, daß die Patientenliste und der Stundenplan verschwunden seien. Die Abschrift des Vortrags erwähnte er noch nicht.

Hillel sprang aufgeregt von seinem Platz auf, ruderte mit seinen Armen und schrie beinahe: »Nava, hörst du? Begreifst du, was er sagt? Es ist kein Zufall, daß...«, aber Nava blickte ihn so entsetzt an, daß Hillel sofort schwieg, sich neben sie setzte und seine Hand auf ihren Arm legte.

Dann fragte Michael, ob Eva Neidorf außer der Familie noch mit anderen Menschen zusammengekommen sei. »Während der ganzen Zeit, die sie bei Ihnen verbracht hat«, betonte er, »auch wenn es nebensächlich erscheint«, und er sah Nava in die Augen, die »ja« sagte und zum ersten Mal in Tränen ausbrach.

Anfangs war es ein stilles Weinen, das allmählich zu einem kindlichen Schluchzen anstieg.

Michael wartete geduldig. Niemand sprach, bis sie sich beruhigte, dann antwortete Hillel: »Sie kehrte über Paris zurück, sie hatte einen Zwischenstopp von vierundzwanzig Stunden. Ich selbst habe den Flug für sie gebucht. Bis dahin hatte sie niemand außer uns gesehen. Sie kam doch wegen der Geburt. Sie kam zwei Tage vorher, und da waren wir alle etwas nervös, sogar das Zimmer haben wir nur provisorisch vorbereitet, für das Baby. Dann begann die Entbindung, und sie saß im Wartezimmer viele Stunden«, er streichelte Navas Arm. »Ich weiß, wo sie den ganzen Monat über war. Nava blieb eine Woche im Krankenhaus. Wir besuchten sie und bereiteten alles vor, was ein Baby so braucht. Eva und ich haben alle Einkäufe zusammen gemacht, es ist nicht wie hier, wo sich jeder um einen kümmert, etwas schenkt und hilft. Wir haben schnell alles erledigt, und als Nava dann mit dem Baby aus dem Krankenhaus zurückkam, saß Eva zu Hause und arbeitete an dem Vortrag, den sie an dem Sabbat halten sollte, als ...«

Er unterbrach sich und sah besorgt Nava an. Sie hatte zu weinen aufgehört, ihre Augen waren gerötet und jetzt auch zornig. Plötzlich sah sie ihrem jüngeren Bruder sehr ähnlich, der in einer anderen Ecke des hellen Sofas saß, auf dem auch Michael am letzten Sabbatabend gesessen hatte (vorgestern also, staunte Michael, es schien ihm wie eine Ewigkeit her). Beide sahen sich an, und Nava Neidorf wirkte wie jemand, der endlich begriffen hat, wovon die Rede ist: »Was du da sagst, kann ich nicht so ohne weiteres hinnehmen. Du behauptest, daß« – sie schluckte und atmete tief –, »daß der Tod meiner Mutter in Verbindung mit der Arbeit steht?«

»Wegen des Vortrags?« fuhr Nimrod mit einem Ausdruck plötzlichen Verstehens fort. »Das heißt, daß der Vortrag eine Rolle spielt?«

Michael berichtete, daß sämtliche Kopien des Vortrages verschwunden seien und daß man weder in ihrer Tasche noch im Institut etwas gefunden habe. »Vielleicht ist eine Kopie in Ihrem Haus in Chicago geblieben?«

Sie sahen einander an. Nimrod saß gespannt und nervös da und ließ seinen Blick zwischen Nava, Hillel und Michael hin- und hergehen. Nein. Nein, dort ist keine Kopie geblieben. Sie erklärten, daß es ein großes Haus sei, in einem Vorort der Stadt. Eva hatte einen eigenen Flügel mit Bad, »wo sie sich auch etwas ausruhen konnte«, sagte Hillel. Sie hatten den Vortrag nicht einmal gesehen. Wenn es Entwürfe gab, so hat sie bestimmt die Zugehfrau weggeworfen, die jeden Tag kam.

»Keine Chance«, sagte Hillel, »Sie haben keine Ahnung, wie ordentlich Eva war.«

Nimrod stöhnte und senkte den Blick. Hillel sah ihn an und schwieg.

»Sie sprachen von einer Zwischenlandung in Paris«, sagte Michael. »Was ist damit?«

Hillel nahm die Brille ab und rieb sich die Augen. »Als Nava im Krankenhaus war, am Tag bevor sie nach Hause kam, fand ich Eva nachts um zwei in der Küche. Anfangs dachte ich, sie könne wie ich nicht einschlafen vor Aufregung, wegen der Ankunft von Nava und dem Baby. Aber schnell merkte ich, daß ihre Nervosität und Spannung mit dem Vortrag zu tun hatten. Sie sagte immer wieder, wenn sie sich mit Hildesheimer hätte beraten können, wäre alles leichter gewesen. Ich schlug ihr vor, zu telefonieren oder einen Brief zu schreiben, aber sie sagte, es sei keine Sache von Telefon oder Post, daß es so nicht gehe. Beinahe hätte ich ihr vorgeschlagen, früher nach Israel zurückzukehren, aber ich wollte sie nicht kränken, sie war doch wegen des Babys gekommen.« Seine Stimme wurde nachdenklich, als sehe er die Situation nun in einem neuen Licht. »Ich fragte sie, ob sie sich nicht mit jemand anderem beraten könne, sie sah mich mit großen Augen an und sagte: ›Oh, warum habe ich daran nicht gedacht?‹, und da kam ihr die Idee, nach Paris zu fliegen. In Paris lebt eine Analytikerin, mit der sie befreundet ist. Ich erinnere mich nicht, wie sie heißt, aber ich habe es aufgeschrieben, auch ihre Telefonnummer. Eva hatte sie angerufen, nachdem sie wußte, wann sie in Paris ankommen würde und verabredete sich mit ihr. Ich spreche kaum französisch, und ich war erstaunt, wie fließend Eva sich in dieser Sprache unterhalten konnte.«

Wieder brach Nava in leises Schluchzen aus, das in einen ununterbrochen fließenden Tränenstrom mündete. Sie wischte die Tränen mit dem Handrücken ab, bis Hillel es bemerkte und ihr ein Papiertaschentuch reichte.

Michael wußte nicht, wo er beginnen sollte. Hildesheimer hatte nichts von einem Parisbesuch gesagt. Hat er davon gewußt und es bewußt verschwiegen? Wozu, fragte er sich. Vielleicht hatte Eva Neidorf ihm, dem Alten, nichts davon erzählt? Und was war mit der Version, Eva Neidorf sei mit Hillel nach Israel zurückgekehrt? Er hatte Hillel doch selbst am Sabbat vernommen, und es war vollkommen klar, daß sie gemeinsam zurückgeflogen waren, um sich auf die Begegnung mit den Direktoren vorzubereiten. Laut fragte er nur: »Sind Sie nicht mit ihr zurückgeflogen?«

Doch, natürlich sei er mit ihr zurückgeflogen, das habe er ihm doch selbst gesagt, als sie auf der Intensivstation des Krankenhauses miteinander sprachen.

»Also wie?« Michael war verwirrt.

»Wie? Von Paris aus. Ich bin einen Tag nach ihr dorthin geflogen«, sagte Hillel.

»Warum haben Sie das nicht am Sabbat erzählt?« fragte Michael mißtrauisch.

»Ich dachte, Sie wüßten das, ich dachte, das sei klar und außerdem unwichtig. Was weiß ich, warum. Da habe ich noch nicht begriffen, daß es wichtig ist.«

Schnell setzte Michael alle neuen Teilchen zusammen. Eva Neidorf hatte sich mit einer Analytikerkollegin in Paris getroffen, sie war mit ihrem Schwiegersohn von Paris zurückgeflogen, nicht von New York, und sie hatte Hildesheimer nichts von ihrem Aufenthalt in Paris gesagt. Er bat Hillel, noch einmal von dem Rückflug zu erzählen.

»Gestern hätte sie an der Jahressitzung des Direktoriums teilnehmen sollen. Eine sehr wichtige Sitzung.« Hillel blickte verstohlen zu seiner Frau und seinem Schwager, die vor sich hinstarrten, aber zuhörten. »Ich mußte sie vorbereiten. Sie hatte keine Ahnung. Zu Hause waren wir nicht dazugekommen wegen dem Baby und dem Vortrag. Es klappte nicht. Wir hatten uns vorgenommen, während des Fluges darüber zu sprechen. Ich bin dann nicht direkt nach Israel geflogen, sondern über Paris, und dort ist Eva zugestiegen wie geplant. Ich habe alle Flüge selbst gebucht, auch ihren. Aber ich weiß nur, daß sie sich in Paris mit dieser Analytikerin getroffen hat. Ich habe sie nach der Begegnung und dem Tag in Paris gefragt, und sie hat gesagt, es sei sehr wichtig gewesen. Sie wirkte etwas gespannt, das ist alles. Ich weiß nicht, worum es ging und welche Schwierigkeiten sie mit dem Vortrag hatte. Ich weiß es nicht.«

Michael warf Nava einen fragenden Blick zu, die ihren Kopf verneinend schüttelte. Sie wußte nicht, weshalb ihre Mutter nach Paris geflogen war. Sie hatte gedacht, es sei eine Art Urlaub. Sie hatte gerade erst entbunden und interessierte sich nicht so sehr, sagte sie und wischte sich die Augen, in denen wieder Tränen standen. Ja, sie kenne die französische Analytikerin. Sie erinnere sich aber nicht an ihren Namen, ein langer Name.

Doch Nimrod erinnerte sich: »Cathérine-Louise Dubonnet«, sagte er sicher und betonte jede Silbe, jeden Buchstaben. Offensichtlich hatte ihn der Name sehr beeindruckt.

Ja, stimmten Hillel und Nava zu, das war der Name. Es stellte sich heraus, daß Nava ihr vor einigen Jahren begegnet war, als Dubonnet während eines Kongresses in ihrem Haus zu Gast war. »Sie schien mir damals schon tausend

Jahre alt zu sein, schrecklich alt, ihr Haar war schneeweiß. Ich habe nie mit ihr gesprochen, denn ich konnte weder französisch noch englisch.«

Nimrod dagegen behauptete, sie sei nicht viel älter als ihre Mutter. »Sie haben seitdem regelmäßig korrespondiert«, sagte er. »Ich weiß das wegen der Briefmarken, ich war damals noch klein und habe sie gesammelt.«

»Wann war das, damals?« fragte Michael, der plötzlich ungeduldig wurde.

Nimrod überlegte und sagte endlich: »Zum ersten Mal habe ich sie vor neun Jahren gesehen. Sie war dann noch zweimal bei uns zu Gast, wenn Kongresse stattfanden. Das letzte Mal vor zwei Jahren, und sie hat mir noch Briefmarken mitgebracht, obwohl ich schon nicht mehr gesammelt habe. Ich war schon beim Militär.«

Hillel verließ das Zimmer und kehrte wenige Minuten später zurück, verkündete, daß der Junge schlief, und reichte Michael einen Zettel mit dem Namen und der Telefonnummer in Paris. Michael wandte sich an Nava und fragte sie, ob diese Analytikerin und ihre Mutter eng befreundet gewesen waren.

Nimrod antwortete zuerst: »Soweit sie überhaupt enge Freunde haben konnte. Sie nannte sie ›Cathy‹, und sie mochte sie sehr gern, glaube ich, denn sie sagte mir, daß sie sie sehr verehre.«

Nava sah ihren Bruder an und meinte, ihre Mutter sei zwar zurückhaltend gewesen, hatte aber gewiß Freundinnen.

»Wen, sag mir, wen«, rief Nimrod aus, »mir fällt jedenfalls keine ein. Na ja, nicht wichtig.«

»Es ist sehr wohl wichtig«, sagte Michael.

263

Nava schwieg, Nimrod war in sich selbst versunken, und Hillel meinte, es sei wirklich schwer, etwas über Evas Privatleben zu sagen, sie sei ein verschlossener Mensch gewesen, aber die Französin habe sie als »eine Freundin, der ich vertrauen kann« bezeichnet. Er erinnere sich genau an diese Worte, weil sie aus ihrem Mund etwas seltsam wirkten.

Warum hatte sie das Hildesheimer nicht erzählt, wunderte sich Michael, und laut fragte er, wie ihre Beziehung zum Alten gewesen sei.

Da lächelten alle drei zum ersten Mal, sogar Nimrod. Er hob den Kopf und fragte neugierig: »Haben Sie ihn gesehen? Nicht wahr, eindrucksvoll, dieser Mann?« Das Lächeln verlieh ihm ein kindliches, unschuldiges Aussehen.

Auch Hillel lächelte. Er kenne Hildesheimer nicht gut, sagte er entschuldigend, sei ihm nur einige Male begegnet, aber er scheine ihm »eine wirkliche Persönlichkeit, oder richtiger: ein Monument« zu sein, resümierte er und hörte mit einem Schlag auf zu lächeln.

Nava sagte, ihre Beziehung sei warm und eng gewesen. »Er steht ihr von allen Menschen am nächsten – stand«, und wieder stiegen Tränen in ihre Augen. »Für mich gehört er zur Familie«, sagte sie mit erstickter Stimme und schob die Ärmel ihres weiten Morgenmantels zurück, hinter dem man ihren Körper nur erahnen konnte.

Sie ist nicht schön, dachte Michael, sie ist eine alltägliche Erscheinung, und er erinnerte sich an den Schrei am offenen Grab. Ihm drängte sich die Frage auf, wie sie sich neben ihrer attraktiven Mutter gefühlt haben mußte, welche Art von Beziehung sie zueinander gehabt hatten. Eva Neidorfs ästhetisches Empfinden mußte sehr ausgeprägt gewesen sein, wie hatte sie sich mit dem farblosen Aussehen ihrer

264

Tochter abgefunden? Navas langes, braunes Haar war hinter die Ohren gesteckt, und jede heruntergefallene Strähne schob sie mit einer achtlosen, hastigen Bewegung hinter die Ohren zurück.

Er fragte nach Eva Neidorfs Beziehung zu den Leuten im Institut. Alle drei sagten, man habe sie verehrt. »Wenn Sie Feinde suchen, wie man das bei Ihnen nennt«, sagte Hillel, »Menschen, die ihr Böses antun wollten, die hatte sie nicht. Sie hat in ihrem Leben keiner Fliege etwas zuleide getan, niemand wollte ihr schaden.«

Er begriff selbst, wie paradox seine Worte waren, und beeilte sich hinzuzufügen: »Bis jetzt jedenfalls kannte ich niemand, der ihr Böses wollte.«

Vorsichtig fragte Michael, ob sie etwas dagegen hätten, wenn er ihr Haus in Chicago durchsuchen ließe. »Wozu?« fragte Hillel und sagte dann: »Ach, wegen des Vortrags? Keine Aussicht. Aber von mir aus, bitte.«

»Hat ihr dort jemand den Vortrag getippt?« fragte Michael.

»Nein«, entgegnete Hillel, »wir haben eine hebräische Schreibmaschine, und sie schrieb selbst, nach ihrer handschriftlichen Fassung.« Er nannte die Adresse in Chicago und fragte, ob das Haus danach »heil« bleiben werde, was Michael zusicherte. Nava schwieg und zupfte an dem Papiertaschentuch in ihrer Hand. Nimrod verließ das Zimmer und ging in die Küche.

Da läutete es an der Tür. »Wer kann das sein?« fragte Hillel erstaunt und meinte, daß man am Tag der Beerdigung keine Beileidsbesuche abstatte.

Nimrod öffnete die Haustür, in der zwei Menschen standen: Rosenfeld und Linder. Sie fragten zögernd, ob sie eintreten dürften. Nimrod lud sie mit einer Handbewegung ein und sagte zu denen, die im Zimmer saßen: »Rosenkranz und Güldenstern.« Nur Linder lächelte. Nava sah ihren Bruder an und sagte: »Hör auf, ja?« Rosenfeld steckte sein Zigarillo in den Mund und zündete es an. Michael sagte, sie werden das Gespräch bei einer anderen Gelegenheit fortsetzen.

»Wann immer Sie wollen, wir stehen Ihnen zur Verfügung«, sagte Nimrod sarkastisch und warf Linder einen feindseligen Blick zu.

Michael fühlte sich unbehaglich. Er hätte es vorgezogen, Linder und Rosenfeld zur Vernehmung in sein Büro zu laden. Andererseits wollte er nicht den Eindruck erwecken, er mache sich vor ihnen aus dem Staub, und außerdem, dachte er, könnte er sicher etwas Neues erfahren, wenn er noch auf eine Zigarettenlänge bleiben würde. Daher blieb er sitzen, während ihn der Gedanke nicht losließ, weshalb Eva Neidorf Hildesheimer nichts von dem Aufenthalt in Paris erzählt hatte.

Offensichtlich fühlten sich die beiden Analytiker ihrerseits nicht wohl in seiner Gegenwart. Linder saß neben Nava und flüsterte ihr Trost zu. Michael hörte die Worte: »Ich bedaure... fühle mich schuldig...«, und fragte sich, ob die Rede vom Revolver sei. Rosenfeld saß da und schwieg. Schließlich öffnete er den Mund und erzählte Michael, daß er gerade von »Ihren Leuten« zurückgekehrt sei, »von der Vernehmung. Ich dachte, Sie leiten die Untersuchung«, sagte er in einem etwas beleidigenden Ton.

Michael versuchte sich daran zu erinnern, was ihm Rosenfeld nach der Begegnung mit der Ausbildungskommission aufgeschrieben hatte. Er überlegte, ob Menni ihn nach den Schlaftabletten Linders gefragt hatte, und konnte sich nicht erinnern, was Rosenfeld am Sabbatmorgen und in der Nacht zuvor gemacht hatte, aber er erinnerte sich, daß er ein Alibi hatte. Menni sollte ihn auch nach der Party und seiner Beziehung zu der Verstorbenen fragen. Bei seiner Rückkehr würde er das gesamte Material bei Zila vorfinden, aufgezeichnet in Mennis kleiner Handschrift, die niemand außer Zila entziffern konnte. Und bis sie alles abgetippt hätte, würde er nicht wissen, was Rosenfeld auf die Fragen geantwortet hatte. In dem Augenblick, als Rosenfeld Hillel fragte, ob er ihnen irgendwie helfen könne, drückte Michael seine Zigarette in dem großen Aschenbecher aus und verabschiedete sich.

Flüsternd bat er Hillel, der ihn bis vor den Garten begleitete, ihm von den Gesprächen zu berichten, die während der Trauerwoche im Haus geführt würden. »Alle Gespräche?« fragte Hillel erstaunt.

Nein, er meine nicht alle, selbstverständlich nicht, sondern nur die Dinge, die außergewöhnlich klingen würden, und jedes merkwürdige Verhalten. »Und alles in bezug auf den Vortrag, aber da wirklich alles.«

Hillel nickte und sagte: »Das bringt uns in eine sehr unangenehme Lage, wir müssen hinter Leuten herspionieren und sie verdächtigen, und das in Navas und Nimrods Situation, ich weiß wirklich nicht...«

Michael blickte die kleine Straße entlang; dort stand ein Peugeot-Transporter, der Überwachungswagen der Polizei. Gut, sie brauchen es nicht zu wissen, dachte Michael, und auch daß wir sie während der Trauerwoche abhören werden, braucht man ihnen nicht zu sagen.

»Das ist wirklich schwierig«, fuhr Hillel fort und sah

Michael mißtrauisch im Licht der Straßenlaterne an. Zwei Nächte vorher hatte Michael hier die Tür aufgebrochen. Auch das wußte Hillel nicht, der um einen Kopf kleiner als Michael war und sich jetzt anstrengte, ihm in die Augen zu sehen, während er murmelte, daß Nava nicht so stark sei. »Und schon der bloße Gedanke, daß jeder, der kommt, auch der ...« – aber da unterbrach er sich, weil direkt neben ihnen ein Auto hielt, dem Dina Silber entstieg. Im Licht der Straßenlaterne war sie weiß wie Kalk, ihr Haar glänzte bläulich. Sie sah wie ein Geist aus, als sie Hillel die Hand drückte. Sie hätte noch heute abend kommen müssen. Ob es möglich sei einzutreten. Hillel sagte: »Gut, warum nicht, es sind schon Leute da.« Sie nickte Michael zu, der ihr lange nachsah, während sie anmutig den kleinen Pfad zum Haus hinaufging.

»Wieder ein Tag vorbei«, dachte Michael, als er das Auto startete, das Funksprechgerät hörte. Rafi suche ihn, sagte die Zentrale. Michael blickte auf die Uhr und fragte sich, ob Maja ihn schon erwarte. Er werde zu Hause sein, Rafi könne ihn dort erreichen. Als er den Wagen wendete, sah er eine lange Gestalt in einem dunklen Dufflecoat am Ende der Gasse hervortreten und neben dem blauen BMW stehen, aus dem eben Dina Silber gestiegen war. Aus dem Sprechfunkgerät vernahm er schon Rafis Stimme: »Fahr noch nicht weg, ich komme gleich, fahr nur bis zur zweiten Ecke.«

Aus dem Peugeot an der Straßenecke sprang eine Gestalt, und dann stieg Rafi schnaufend in Michaels Auto. »Gib mir zuerst mal eine Zigarette«, sagte er, »und dann erzähl mir die Geschichte des Jungen. Er läßt diese Frau nicht in Ruhe. Er hat beim Friedhof neben ihrem Auto gewartet, und als sie zurückkam, ist er ihr auf seiner Vespa nachgefahren bis Rechavia, dort hat er auf sie gewartet, bis sie wegging.«

»Wo in Rechavia?« fragte Michael und erhielt eine detaillierte Schilderung der Klinik, in der er am Morgen gewesen war.

»Dann ist er ihr nachgefahren, wie ein Profi, ohne Licht, bis hierher«, fuhr Rafi fort. »So, wie der aussieht, paßt er eher ins Hilton zu irgendeiner reichen Amerikanerin«, sagte er und streichelte sich die Glatze.

Michael steckte zwei Zigaretten an und reichte eine Rafi. Dann fragte er, wie der Junge heiße.

»Die Vespa ist auf einen neunzehnjährigen Jungen namens Elischa Naveh zugelassen. Ich konnte noch nicht nachprüfen, ob er das auch ist. Nach der Eintragung habe ich herausgefunden, das heißt, Balilati hat es ermittelt, daß sein Vater etwas bei unserer Botschaft in London ist. Es liegt nichts gegen den Burschen vor, nur zwei Verkehrsvergehen, und die Vespa ist nicht gestohlen, kein Bericht darüber. Ich muß mich nur noch vergewissern, daß er es wirklich ist. Was er mit der Frau zu tun hat, weiß ich noch nicht.«

Michael fragte, ob der Junge mit ihr gesprochen habe.

»Nein, sie weiß nicht, daß er ihr immer noch auf den Fersen ist«, sagte Rafi und schnippte die Asche aus dem Fenster. »Sie hat ihn in Sanhedria neben ihrem Wagen gesehen und dort etwas zu ihm gesagt. Ich konnte nicht hören, was, aber sie hatte ein gespanntes Gesicht. Sieht nicht übel aus, was? Ich habe alle Einzelheiten über sie. Weißt du, wer ihr Mann ist?« Die letzte Frage stellte er lächelnd, und Michael nickte. Darüber könnten sie sich morgen unterhalten, auf der Lagebesprechung. Vorläufig solle der Junge weiter überwacht werden.

269

»Ochajon«, klagte Rafi, »ich bin durchgefroren und hungrig. Wer löst mich ab?«

»Wie viele Leute sind im Peugeot?« fragte Michael.

»Du weißt genau, daß sie nur zu zweit sind und um elf abgelöst werden. Niemand weiß, wie lange die Frau da drinnen bleibt.«

»Wer, glaubst du, könnte dich ablösen?« fragte Michael müde.

»Gut«, seufzte Rafi, »ich habe begriffen, wir werden uns schon arrangieren. Esra ist mir eine Gefälligkeit schuldig. Ich werde ihn bitten, mich abzulösen, bis dahin halte ich die Stellung. Aber daß auch was dabei herauskommt, klar?«

Michael fragte trocken, ob er dafür eine schriftliche Bürgschaft wolle.

»Laß mir nur deine Zigaretten, und wenn was ist, ruf ich dich zu Hause an. Ja?«

Michael zog aus der Innentasche seines Parkas eine zerdrückte Packung und legte die vier Zigaretten eine nach der anderen in Rafis erwartungsvolle Hand. Der stieg aus dem Auto, sah sich um und ging auf den Peugeot zu.

Als Michael auf dem Nachhauseweg war, regnete es wieder, und bei dem Gedanken, daß Maja ihn erwartete, hatte er es plötzlich so eilig, daß er eine rote Ampel überfuhr. Er kam um halb zehn an. Bereits im Hausflur hörte er die Klänge des vierten Klavierkonzertes von Beethoven, und er begriff nicht, wie er einen Monat ohne sie hatte leben können.

Dreizehntes Kapitel

»Was meinst du damit, er steht unter Druck?« fragte Michael. Menni hatte mit Oberst Joav Alon gesprochen, der wie alle anderen Gäste der Party im Hause Linder zur Vernehmung bestellt worden war. Sie waren mitten in der morgendlichen Lagebesprechung, die bereits um halb acht begonnen hatte, aber noch hielten alle eine Tasse Kaffee in ihren Händen.

Nachrichtenoffizier Balilati blickte auf seine Uhr, und Michael steckte sich die dritte Zigarette an. Alle machten es sich nach einer Stunde intensiver Debatte in dem Wissen, daß das Wesentliche bereits besprochen war, auf ihren Stühlen bequem. Michael hatte »seine Bombe schon hochgehen« lassen: die Geschichte mit Cathérine-Louise Dubonnet, und er hatte erklärt, daß Interpol helfe, sie ausfindig zu machen. Sie mache zur Zeit Urlaub in Mallorca und sei gegenwärtig nicht erreichbar, da sie eine Schiffsreise mache und erst in zwei Tagen in ihrem Hotel zurückerwartet werde.

»Ich habe immer geglaubt, daß Psychiater nur im August Urlaub machen würden, wie in den Filmen von Woody Allen«, sagte Zila und sah amüsiert Eli an, aber der blickte nur tadelnd zurück. Sie gingen die Ereignisse der letzten Tage durch, beschlossen, daß Eli der Finanzexperte sei und die Bankkonten Neidorfs, der Patienten und der Kandidaten überprüfen solle. Besonders lange hielten sie sich bei Rafis Bericht über die Beschattung des jungen Mannes auf. Balilati, der die Information aus dem Außenministerium beschafft hatte (»ich habe überall meine Verbindungen«),

271

erzählte, daß Elischa Naveh neunzehn Jahre alt sei, seine Mutter starb, als er zehn war, und er der einzige Sohn Mordechai Navehs sei. »Offiziell gehört Mordechai Naveh zum Außenministerium, aber tatsächlich arbeitet er für den Ministerpräsidenten und befindet sich momentan an der israelischen Botschaft in London. Er ist der Erste Sekretär, wenn euch das etwas sagt«, bemerkte Balilati in einem Ton, der keine Fragen zuließ. »Er befindet sich bereits fünf Jahre dort, bei der Botschaft in London«, fuhr er fort und warf einen Blick in seine Aufzeichnungen. »Der Junge kehrte nach Israel zurück, als er sechzehn war. Der Vater hatte schließlich seinen Bitten nachgegeben, denn der Junge konnte sich nicht an das Leben in London und an die jüdische Schule dort gewöhnen. In Israel wohnte er dann zwei Jahre bei seiner kürzlich verstorbenen Großmutter. Von der Armee wurde er am vierundzwanzigsten April zurückgestellt, vorerst nur für ein Jahr, ihr wißt, wie das dort geht, aus psychologischen Gründen.

Seit dem Tod der Großmutter wohnt er mit jemandem zusammen in einer Wohnung, die der Vater angemietet hat, in Neve Sche'enan. Er studiert an der Universität«, Balilati schnitt eine Grimasse, »Theaterwissenschaft und Japanologie oder sowas. Künstlertyp, wenn ihr versteht, was ich meine.«

Ja, er ist in psychologischer Behandlung, aber nicht bei Neidorf, sondern in einer Klinik, er habe noch nicht herausbekommen, bei wem. In der Akte bei der Einberufungsstelle befinde sich ein Gutachten vom Militärpsychologen, aber der wußte nicht, daß der Junge bereits in Behandlung ist. »In einer Klinik im Norden der Stadt haben wir ihn dann im Patientenregister gefunden, aber den Namen des Psycholo-

272

gen konnten wir nicht ermitteln, noch nicht.« Die beiden letzten Worte betonte Balilati besonders.

Zila fragte, ob das Gutachten des Militärpsychologen auf eine gefährliche Persönlichkeit schließen lasse.

»Also«, sagte Balilati, »es war mir nicht möglich, das Gutachten selbst zu lesen. Meine Quellen berichten von einer nicht anpassungsfähigen Persönlichkeit und von suizidalen Tendenzen. Mehrmals wurde darauf hingewiesen, man kenne das von Kindern, deren Eltern im diplomatischen Dienst stehen, und dergleichen mehr. Aber nichts, was auf eine Gefährdung anderer schließen läßt.«

»Und was hat er schon getan?« wandte sich Eli an Rafi. Rafi erzählte, daß Elischa Dina Silber weiter verfolgt und bis Mitternacht auf einem Stein vor ihrem Haus gesessen habe, dann schließlich nach Hause gefahren sei. Er habe einen Mitbewohner, auf dem Briefkasten stehe noch ein Name, über den Balilati aber noch nichts ermitteln konnte.

»Aber das wird er mit Sicherheit«, bemerkte Zila. »Es ist mir ein Rätsel, wie du alles so schnell herausbekommst. Ich möchte nicht in deine Hände geraten. Was ißt er gern, weißt du das auch?«

Balilati wollte etwas erwidern, seine kleinen Augen funkelten amüsiert, aber er fing Schorrs Blick auf, senkte die Augen und schwieg.

»Gut«, sagte Michael, »um neun habe ich eine Verabredung mit dieser Dame, Dina Silber. Mal sehen, was mit ihr los ist.«

»Da hast du nicht mehr viel Zeit«, sagte Zila.

Zu Beginn der Besprechung hatte Zila jedem eine Mappe gegeben, in der sich das Verzeichnis der bekannten Patienten und Kandidaten und der vermutliche Arbeitsplan Eva

Neidorfs befanden – sie hatte sogar selbst mit der Putzhilfe gesprochen – sowie die Liste der Institutsmitglieder, die Gästeliste von Linder, eine Fotokopie des unterzeichneten Zettels, den Michael vom Steuerberater mitgebracht hatte, und die Fahndungszeichnung des Mannes, der die Steuerakte mit den Quittungen an sich genommen hatte. Zila hatte, indem sie von einem Stuhl zum anderen sprang, mit unerklärlicher Fröhlichkeit berichtet, daß Linder »sauber« sei, daß seine Frau das Menü des Abendessens mitgeteilt habe und auch der Babysitter der Gäste alles bezeugen konnte. Außerdem sei der Nachbar von oben am Sabbat früh wegen des Lärms aufgewacht. »Das alles steht auch in der Akte, und wer will und muß, kann auch das Band abhören«, sagte sie, als sie sich schließlich auf ihren Platz setzte und sich durch ihr jungenhaft kurz geschnittenes Haar fuhr.

»Linder hat also ein Alibi«, sagte Schorr und zerbrach das letzte Zündholz über dem Blechaschenbecher. Michael fragte ihn leise, ob er die richterliche Anordnung besorgen werde. »Ja«, antwortete Schorr, »aber zusammen mit Bachar, der soll mit mir kommen und zur Bank sausen, bevor uns jemand zuvorkommt.«

Als Michael Schorr mißtrauisch angesehen hatte, meinte Schorr: »Schon gut, war nur ein Scherz. Ist etwas mißglückt.«

Dann berichtete Menni über das Verhör von Rosenfeld und Oberst Joav Alon, dem Militärgouverneur des Bezirks Edom.

»Ein attraktiver Bursche, was?« sagte Zila, doch Menni ignorierte die Frage und sprach weiter. Aber mit einer Hartnäckigkeit, die Michael aufbrachte, bohrte Zila weiter: »Man sagt, er sei der große Star, er werde einmal General-

rem Haus aufgehalten, sagte sie mit einem Pariser Dialekt, der ihm viel Vergnügen bereitete. Nur in den ersten Minuten fiel es ihm schwer, sich auszudrücken, dann war ihm das Französische wieder geläufig.

Zuerst fragte er, warum die Begegnung so geheimnisvoll gewesen war. Er wolle begreifen, erklärte er ihr, während er den Polizei-Ford auf die Schnellstraße manövrierte, warum Eva Neidorf Hildesheimer nichts von der Begegnung erzählt hatte.

»Ah«, sagte die Französin lächelnd, »Eva hatte ihre koketten Seiten. Sie hatte sich furchtbar über ihn geärgert und dachte, sie würde seine Eifersucht anstacheln, wenn sie zu Beginn der Vorlesung mir für meine Hilfe danken würde.«

Diese Erklärung paßte wenig zu dem Bild, das Michael sich von Eva Neidorf gemacht hatte, und er sagte das ausdrücklich, nachdem er sich eine Zigarette angesteckt hatte. Sie fuhren bereits auf der Schnellstraße, und er fühlte ihren prüfenden Blick auf seinem Gesicht, obwohl er die Augen nicht vom Steuer lassen konnte.

Sie seufzte schwer und erwiderte, daß er sein Wissen über Evas Persönlichkeit größtenteils von Leuten habe, die nur gewisse Seiten kannten, »die ein bißchen Scheuklappen tragen«, nannte sie es. Natürlich habe Hildesheimer Eva gut gekannt, sagte Cathérine-Louise, aber er habe einiges an Eva einfach nicht sehen wollen. Obwohl er die besondere Art ihrer Selbstachtung zweifellos erkannt hatte, verstand er nicht, wie wichtig ihr seine Hilfe war, wie abhängig sie von ihm war. Sie fühlte sich im Grunde verletzt, erläuterte die Französin in einer Mischung aus Trauer und Amüsement, weil er sie von dieser Abhängigkeit befreien wollte.

Die Gekränktheit einer Frau also, was Hildesheimer absolut nicht begriff, sagte sie und fügte etwas über die männliche Beschränktheit im allgemeinen hinzu. »Es ist zwar lächerlich, aber ich glaube, daß der Alte wahrhaftig eifersüchtig geworden wäre. Vielleicht nicht so sehr, wie es sich Eva gewünscht hatte, aber doch eifersüchtig. Sie wollte es ihm nach dem Vortrag erzählen«, sagte sie und seufzte. Anschließend sprach sie über die Beziehung zwischen Eva und ihr. Die geographische Entfernung hätte eine besondere Annäherung erst ermöglicht, da es Eva schwerfiel, in dauerhaften, täglichen Beziehungen Intimität herzustellen. »Es war ihr angenehm, daß wir uns ein- oder zweimal im Jahr trafen, auf den Kongressen der internationalen Gesellschaft. Wir haben uns sehr gern gemocht, und mit mir konnte sie über Patienten und das Institut sprechen und sogar über ihre Beziehung zu Ernst, und sie brauchte kein Blatt vor den Mund zu nehmen, da ich eine neutrale Beobachterin war.«

Er begleitete sie zu ihrem Hotelzimmer. Es war luxuriös, doch sie war nicht beeindruckt, jedenfalls zeigte sie es nicht. Als sie sich nach dem berühmten Attentat in der Mandatszeit erkundigte und wissen wollte, welcher Flügel damals gesprengt wurde und wie er renoviert wurde, sah er wieder in ihre Augen und geriet vollkommen in ihren Bann. Nicht nur die geographische Entfernung, dachte er, hatte diese Freundschaft ermöglicht, sondern auch die Wärme, die Spontaneität der Französin. Denn dies waren zwei Eigenschaften, die Eva Neidorf allem Anschein nach gefehlt hatten.

Die zweite Begegnung fand noch am selben Abend statt, in einem kleinen Restaurant in der arabischen Altstadt, und dort fragte er sie unter anderem nach dem Vortrag. Es war schwer, erklärte die Französin, die erneut ein dunkles Kleid trug, den Text in der kurzen Zeit, die ihnen zur Verfügung stand, zu übersetzen. Eva beschäftigte die Frage, ob man in der Vorlesung unmoralische Verhaltensweisen von Patienten aufdecken dürfe. Bei Fällen von Kindesmißhandlung zum Beispiel: Soll der Analytiker therapeutisch reagieren oder soll er den Patienten klar zurechtweisen – oder vielleicht über das, was er gehört habe, der Polizei berichten. Es ging auch um die Pflicht des Therapeuten zur Diskretion. Gerade in einem kleinen Land wie Israel ist es gefährlich, wenn Therapeuten dazu neigen, wirklich private Details der Patienten in Gesprächen mit Kollegen nicht genügend zu tarnen. Es kam auch zu einer langen Debatte über die Frage, wann es verboten ist, ein Honorar für einen nicht eingehaltenen Termin zu fordern.

Cathérine-Louise Dubonnet bezeichnete die therapeutische Verbindung als gegenseitig verpflichtende, langfristige Verbindung. Deshalb hob sie hervor, muß ein Patient auch bezahlen, wenn er eine Sitzung ausfallen läßt. Natürlich kann der Therapeut in bestimmten Fällen, bei Krankheiten oder Schwangerschaften, anders entscheiden. Eva war sich unsicher, wieweit sie Beispiele geben sollte, die gewisse Leute in Verlegenheit bringen könnten, und ob solche Beispiele überhaupt zu einer Debatte über den moralischen Aspekt gehören.

Als sie Michaels enttäuschten Blick sah, hielt sie in ihrem Redefluß inne. Sie verglich seine Lage mit der von Patienten, die nach einigen Stunden enttäuscht sind, da dramatische Entwicklungen ausblieben. »Was haben Sie eigentlich gesucht?« fragte sie interessiert.

Er erzählte ihr, daß alle Kopien des Vortrags verschwunden seien und mit ihnen die Liste der Patienten und Kandidaten ebenso wie die Mappe des Steuerberaters. Die Familie habe ihr davon berichtet, als sie nachmittags dort war, sagte sie unbeeindruckt. »Die Kinder sind in einem schrecklichen Zustand, vor allem Nimrod, denn Nava läßt ihrem Schmerz freien Lauf, und ihre Beziehung zu Eva war liebevoll, aber Nimrod hatte schwere Konflikte mit seiner Mutter, und er ist zu zurückhaltend. Aber danach haben Sie nicht gefragt«, entschuldigte sie sich.

Ihre klugen braunen Augen ruhten auf ihm, als er sagte, er habe gehofft, von ihr etwas über den Inhalt des Vortrages zu hören, etwas, das sein Verschwinden erklären könnte, etwas, das auch ein Mordmotiv darstellen könnte.

Ihre Stirn lag in Falten, als sie die ihr bekannten Einzelheiten wiederholte. Sie habe keine Abschrift des Vortrags, denn sie verstehe kein Hebräisch. »Etwas hat Eva sehr beschäftigt, aber sie wollte sich nicht eingehender darüber äußern. Ich glaube, das Verhalten eines Kandidaten empörte Eva«, sagte Cathérine-Louise nachdenklich. »Sie nannte weder Namen noch Geschlecht, allerdings interessierte sich Eva sehr für einen Vorfall im Pariser Institut: Ein sehr erfahrener Analytiker hatte eine Liebesaffäre mit einer seiner Patientinnen.« Cathérine-Louise Dubonnets Gesicht verdüsterte sich, als sie über die Affäre sprach, und für einen Augenblick erlosch das Licht in ihren Augen, dann trank sie einen Schluck Wein und fuhr fort: »Woher wüßten wir mit Sicherheit, fragte mich Eva abends, als ich schon sehr müde war, ob die Patientin die Wahrheit sagte. Ich erzählte ihr, daß ich Beweise verlangt und auch erhalten hätte. Zeugenaussagen über Restaurantbesuche, Hoteleintragungen. Das war eine sehr häßliche Arbeit, aber man muß alles genau prüfen, bevor man einen Analytiker aus der Gesellschaft ausschließt und ihm verbietet, weiter in seinem Beruf zu arbeiten. Aber ich bin mir nicht sicher, ob das auch mit ihrem Vortrag zu tun hatte. Ich war sehr müde und hatte einen schweren Arbeitstag hinter mir und keinen leichten vor mir – ich stand vor dem Urlaub, Patienten ertragen das schwer, da braucht man seine ganze Energie, und ich bin nicht mehr so jung.« Sie lächelte und fügte sehr traurig hinzu, sie habe natürlich nicht geahnt, daß dies ihre letzte Begegnung mit Eva sein würde. Ihre Augen wurden feucht, als sie wie zu sich sagte, so sei es immer, immer habe man das Gefühl, man habe noch unendlich viel Zeit.

Michael überlegte, daß auch die Auskünfte Cathérine-Louise Dubonnets wieder darauf hindeuteten, daß einer der Patienten oder Kandidaten in den Fall verwickelt war und daß der Vortrag vermutlich eine Rolle gespielt hatte. Man konnte sagen, daß wir nichts Neues erfahren haben, aber sie bestätigt die Richtung unserer Ermittlungen. Es waren verschiedene Motive denkbar. Aber es wurde ihm immer deutlicher, daß sich jemand vor einer Information fürchtete, die sich in Neidorfs Hand befunden hatte. Ihr Interesse an dem Fall des erfahrenen Analytikers in Paris ließ ihn an Dina Silber denken, aber er hatte nichts als Vermutungen, und er verfluchte im stillen Nachrichtenoffizier Balilati, von dem er bereits seit zehn Tagen nichts mehr gehört hatte.

Die dritte Begegnung mit Cathérine-Louise Dubonnet fand am Sonntagmorgen statt und war äußerst formell. Die Französin legte unter Eid eine Zeugenaussage ab und versprach, nach besten Kräften behilflich zu sein. Noch am selben Tag reiste sie ab.

Jeden Morgen richteten sich bei der Lagebesprechung der Sonderkommission alle Augen auf Eli Bachar, der wortlos die Bankabrechnungen weiterreichte, die er tags zuvor durchgesehen hatte. Bachar brauchte zwei ganze Tage und die Unterstützung eines Computerfachmannes der Polizei, bis er alle Bewegungen der letzten zwei Jahre auf Neidorfs Girokonto erfaßt hatte. Es gab monatliche Daueraufträge und regelmäßige Bareinzahlungen. »Das hätten wir alles viel einfacher haben können«, setzte er hinzu, nachdem seine Ausführungen begriffen worden waren. Sie hatten nur erfahren, daß alle ihnen bekannten Patienten und Kandidaten Neidorf wirklich bezahlt hatten.

Bei Zila beklagte Eli sich über die Routine, in der er erstarrt war. Seit zwei Wochen fühle er sich wie ein Bankbeamter. »Jeden Morgen, wenn die Bank öffnet, begleitet mich der Direktor in den Keller, wo die eingelösten Schecks aufbewahrt werden. Und nachmittags treffe ich mich dann mit Michael und lege ihm die Früchte meiner Arbeit vor.«

Der Computermann der Polizei, der zu Elis Hilfe mobilisiert wurde, machte auf eine allwöchentliche Bareinzahlung aufmerksam. Erst nach einer Woche entdeckte Eli, daß Neidorf einmal eine ähnliche Summe per Scheck von einem neuen Konto, das ansonsten nicht mehr erschien, erhalten hatte.

Aus Gesprächen mit Hildesheimer und dem Steuerberater erfuhr Michael, daß die Patienten und Kandidaten zumeist einmal im Monat und manchmal auch wöchentlich bezahlten. »Aber es gibt Ausnahmefälle«, erläuterte Hildesheimer, »Patienten, die lieber jede Behandlung sofort bezahlen.«

An dem Morgen, an dem Eli Bachar die auffällige Einzahlung per Scheck entdeckte, die in den vorherigen Wochen stets bar geleistet worden war, teilte er der Sonderkommission mit, daß er den Vormittag in einer Filiale der Nationalbank in Bet-ha-Kerem verbringen werde. »Dort war ich noch nicht«, sagte er bitter. Michael versuchte ihn aufzubauen und ihm klarzumachen, wie wichtig seine Arbeit sei, aber Eli beklagte sich nur über die stickigen Bankkeller.

Zila behauptete, sie sei überzeugt, daß sich noch an diesem Morgen herausstellen würde, daß der Scheck, dessen Betrag mit den Bareinzahlungen übereinstimmte, von dem noch unbekannten Patienten stamme.

»Hör dir an, was sie sagt«, Michael schaute Eli an. »Auch ich habe das Gefühl. Geh schon!«

Eli traf den stellvertretenden Direktor der Bank, einen nichtssagenden, mageren Mann, der ununterbrochen seine gestrickte Kippa, die herunterzufallen drohte, zurechtrückte. Der Direktor sei zum Reservedienst eingezogen, erklärte der Stellvertreter, der über diesen Umstand glücklich zu sein schien. Nach einem genauen Blick auf die Kontonummer zog er eine graue Schublade aus einem großen Schrank im Erdgeschoß der Bank, und Eli Bachars müde Augen wurden wach, als er den Namen des Kontoinhabers las.

Ein dreißigjähriger Polizeiinspektor macht keinen Luftsprung vor Freude, wenn es sich herausstellt, daß seine Arbeit endlich Früchte trägt, dachte Eli Bachar, als er bat, telefonieren zu dürfen. Im Revier waren sie noch bei der Lagebesprechung; Rafi nahm den Hörer ab und reichte ihn schweigend an Michael weiter. Anfangs merkten die Leute von der Mannschaft nichts, doch dann erhob Michael sich von seinem Platz und sagte: »Es gibt doch einen Gott! Mach eine Kopie und komm her. Schnell.«

Als er den Hörer auflegte, herrschte im Raum gespannte Erwartung. Michael war blaß geworden, schwieg aber. Es vergingen einige Sekunden, und seine Hände zitterten, als er mit heiserer Stimme sagte, daß die Schwierigkeiten erst jetzt begännen. »Ich weiß nicht, ob ihr die Bedeutung dieser Information begriffen habt«, sagte er, »versteht ihr, daß wir den Oberst jetzt als Verdächtigen vernehmen müssen? Macht euch klar, wer der Mann ist.«

Zila protestierte natürlich zuerst und sagte: »Was soll's? Steht er über dem Gesetz?«

Michael mußte daran erinnern, daß sie nur wüßten, daß der Mann Neidorf ein Honorar gezahlt hatte, aber die Leute der Sonderkommission spürten, daß er aufgeregt war wie sie und verlangten, daß er das auch zeige.

Da erschien Balilati völlig unvermutet und wie aus dem Nichts. Er grinste so unschuldig wie die Katze, die eben die Sahne ausgeschleckt hat, und wollte nicht begreifen, daß Michael ungeduldig jemand anderen erwartete.

Als Michael den deutlich unterzeichneten Scheck schließlich mit eigenen Augen sah, und ihn an Zila weiterreichte, als handle es sich um einen Schatz, bat er, daß man diese Schrift mit der undeutlichen Unterschrift auf dem Zettel aus dem Büro des Steuerberaters vergleiche. Erst nachdem Zila mit der Spurensicherung gesprochen hatte und er Eli mit einem Schulterklopfen weggeschickt hatte, damit er »sich etwas in der Sonne ausruhe«, machte er sich für Balilati frei. Der lächelte schon etwas weniger, wirkte aber noch immer aufgeregt und weigerte sich, Michael innerhalb des Gebäudes zu sprechen.

312

Sie setzten sich in einem kleinen Café in der Jaffastraße an einen Ecktisch und unterhielten sich flüsternd. Balilati hob jeden Augenblick den Kopf und sah sich prüfend um, um sich zu vergewissern, daß ihnen niemand zuhörte.

Er habe zwei Dinge zu sagen, begann Balilati. Erstens, daß Frau Silber eine schreckliche Lügnerin sei, und zweitens, sagte er und senkte die Stimme noch mehr, habe er einiges über Oberst Joav Alon in Erfahrung gebracht. »Womit wollen wir beginnen?« fragte er und wischte den Schaum, den der türkische Mokka auf seiner Oberlippe hinterlassen hatte, ab.

Michael wollte mit Joav Alon beginnen. Er steckte sich eine Zigarette an und riß die Augen auf, nachdem er Dani Balilatis Worte gehört hatte. Ungläubig fragte er: »Woher kannst du so etwas wissen? Hast du unter seinem Bett gelegen?«

Nur ein einziges Mal, sagte Balilati, werde er Michael in seine Untersuchungsmethode einweihen. Diesmal, aber nur dieses eine Mal, und nur weil er so schwer gearbeitet habe, und während er sprach, leuchteten seine Augen.

Dani Balilati, ein untersetzter, glatzköpfiger, nachlässig gekleideter Mann Mitte Dreißig, ein Mensch mit groben Manieren, hatte einen schweren Schlag beim weiblichen Geschlecht, wie er Michael einige Jahre zuvor versichert hatte. Woran das lag, konnte Michael nie begreifen, aber er wußte, daß Balilati die Wahrheit sagte, wenn er auch nie bescheiden war. Er habe keinerlei Schuldgefühle wegen seines Doppellebens, erklärte er einmal. Seine Frau sei gut und warmherzig und stelle an das Leben keine hohen Ansprüche, sie interessiere sich hauptsächlich für das Haus und die Kinder, und er liebe sie sehr. »Nicht, daß du mich falsch verstehst«, sagte Balilati damals begeistert, »ich führe eine glückliche Ehe.« Aber er könne nun einmal nicht auf seine außerehelichen Aktivitäten verzichten. Wann immer eine Affäre zu eng zu werden drohte, brach er schnell die Verbindung mit der betreffenden Frau ab, weder auf aggressive noch auf gewalttätige Art, sondern so, daß sie stets in freundschaftlichem Kontakt blieben, behauptete er.

Jetzt steckte er mitten in einer neuen Affäre, die ihn zu Tode ängstigte, wie er sagte. Zum ersten Mal machte er einer unverheirateten Frau den Hof. Immer hatte er sie gemieden wie das Feuer. »Und diese ist nicht nur unverheiratet, sie ist gerade erst zwanzig, eine Blume, und das Schreckliche ist«, sagte er mit gewinnender Aufrichtigkeit, »daß ich mich verliebt habe. Diesmal habe ich mich wirklich in etwas verstrickt. Und alles deinetwegen.«

Michael hob überrascht die Augenbrauen und öffnete den Mund, um zu protestieren, aber vor dem Glanz in Balilatis Augen verstummte jeder Protest.

»Sie war die einzige Quelle, von der ich Informationen erhalten konnte, ohne daß es jemand mitbekommt. Und nur das habe ich beabsichtigt. Aber ich bin hereingefallen. Was kann man da machen, in solchen Dingen gibt es niemanden, der eine Garantie übernimmt.«

Michael steckte sich eine neue Zigarette an und wagte nicht, sich noch einen Kaffee zu bestellen. Balilati war nicht aufzuhalten. Erst nach einigen langen Minuten begriff Michael, daß der Nachrichtenoffizier die Privatsekretärin von Oberst Joav Alon, dem Truppenkommandanten des Bezirks Edom, verführt hatte. Sie wurde seine Geliebte, und niemand auf der Welt, so hoffte Balilati, würde je etwas davon erfahren. »Aber ich bin nicht ihr erster. Ältere Männer ziehen sie an«, sagte er verlegen. »Das beste ist, daß sie vorher etwas mit Alon hatte.«

Michael bestellte zwei Mokka, sie wurden gebracht, und Balilati wartete, bis die Kellnerin sich entfernte. Dann sagte er: »Und sie erzählte mir, daß er nicht konnte, es war schrecklich, sie schilderte es in allen Einzelheiten. Jetzt ist die Situation zwischen ihnen unerträglich, er spricht mit ihr nur noch über die Arbeit. Es herrscht eine Riesenspannung. Sie ist für ihr Alter sehr reif, trotzdem, es war eine große Erniedrigung für sie.«

»Wann ist das alles passiert?« fragte Michael.

»Sie ist dort schon seit zwei Jahren, als Berufssoldatin. Wird in zwei Monaten entlassen. Es geschah nach einem halben Jahr. Sie ist nicht hübsch, hätte nicht gedacht, daß es mich so packen wird. Ich dachte, wenn ich mit ihr ein wenig ausgehe, werde ich schon etwas erfahren.«

Michael interessierte sich nicht für Balilatis Liebesleben. Es fiel ihm schwer, Interesse vorzutäuschen, obwohl er genau merkte, daß Balilati die Ereignisse erzählen mußte, um sie zu verarbeiten. Langsam setzten sich die Teilchen in Michaels Gehirn zu einem Bild zusammen. Er erzählte Balilati von dem Scheck, von den Zahlungen an Neidorf, und Balilati wurde plötzlich ernst, die ganze Begeisterung eines verliebten Mannes verschwand, als sei sie nie dagewesen. »Ja«, sagte er zögernd, »sogar ein Oberst geht zu einem Psychologen, wenn er nicht steht. Und er wird das auch mit allen Mitteln geheimhalten. Man wird nicht Generalstabschef, wenn man einen Seelenklempner braucht. Darum geht es, was?« Michael nickte. Beide empfanden keinerlei Siegesfreude, und sie sahen große Schwierigkeiten auf sich zukommen.

315

»Eins paßt zum anderen«, sagte Balilati. »Er war auf der Party, er hatte den Revolver sogar gekauft, er war Eva Neidorfs Patient, und er hat ein Motiv, alles, alles was man verlangt. Was für eine Geschichte!«

Aber Michael spürte verwundert, daß dieser Durchbruch nicht wie üblich eine große Erleichterung brachte, sondern nur Unbehagen, das wuchs, bis es ihn völlig beherrschte und keinen Raum für irgendein anderes Gefühl ließ. »Dennoch verstehe ich nicht, weswegen sie sterben mußte«, sagte er. «Sie hätte doch niemals öffentlich über seine sexuellen Probleme gesprochen, nicht einmal über die Tatsache, daß er bei ihr in Behandlung war. Das Motiv leuchtet mir nicht ein.«

Balilati zuckte mit den Schultern. »Wer weiß, was er ihr noch erzählt hat. Sicher hatte sie ihn ganz in der Hand, und wenn sie an ihm etwas beweisen wollte, das heißt, während des Vortrags, dann hätte er mit seiner Karriere einpacken können.«

»Und was ist mit Dina Silber?« fragte Michael, »warum ist sie eine Lügnerin?«

»Balilati wird's dir sagen. Vor allem hat sie das Diplomatensöhnchen getroffen, den Gigolo, wenigstens zweimal vor der Beerdigung, und zwar – frag nicht, woher ich das weiß – bei sich zu Hause und im Institut. Außerdem: Wer sagt, daß sie nicht mit einem Revolver umgehen kann? Sie haben einen Revolver im Haus, er ist auf den Namen des Herrn und Meisters eingetragen, aber sie ist eine großartige Schützin und war sogar auf der Jagd, im Bologner Wald. Sie fürchtet sich so vor Waffen wie ich mich vor hübschen Mädchen. Deshalb ist sie eine Lügnerin. Außerdem schläft sie auch nicht mit ihrem Mann, wenn es dich interessiert: Sie

haben getrennte Schlafzimmer, und diese Ehe sieht – wenn
du mich fragst – ziemlich merkwürdig aus. Schade, daß ich
den Mitbewohner vom kleinen Naveh noch nicht fassen
konnte. Er ist im Ausland, alle sind im Ausland, nur wir sind
hier. Ich bin sicher, er könnte mir noch von anderen
Rendezvous erzählen, die der Schönling mit dieser Frau
hatte, die seine Mutter sein könnte.«

Balilati machte eine kurze Pause und kam dann auf sein
eigentliches Thema zurück. Er erzählte, daß Orna, wie die
Sekretärin des Truppenkommandanten hieß, viel über dessen Schwierigkeiten in seinem Amt geplaudert hatte. »Er ist
offensichtlich ein guter Junge, zu gut, um diesem Job gerecht zu werden.« Er lächelte halb stolz und halb mitleidig.
»Wer weiß, vielleicht hat er eine Geschichte vom General-
stab weitergegeben, etwas, was Neidorf nur schwer schluk-
ken konnte, ich brauch dir nicht zu sagen, daß da alles
mögliche vorkommt.«

Michael bezahlte den Kaffee, und als er endlich wieder
alleine in seinem Büro saß, erwog Michael seine nächsten
Schritte.

Er würde Schorr benachrichtigen müssen und auch den
Generalstabschef. Man konnte Alon unmöglich im Kommissariat vernehmen, man müßte ihn an einen abgelegenen
Ort bringen und alles geheimhalten, wenigstens bis Beweise
vorlagen, dachte er müde. Ungewöhnlich schwerfällig ging
er auf Schorrs Zimmer zu, der, wie es seine Gewohnheit
war, über Akten und Papieren gebeugt saß und Ochajon
entgegenlächelte.

»Was Neues?« fragte er in einem Ton, als erwarte er gar
keine Antwort, und er war beinahe verärgert, als er hörte,
daß es tatsächlich etwas Neues gab.

Schorr wurde zusehends ernster, und die Anzahl der zerbrochenen Streichhölzer auf dem Tisch mehrte sich, je weiter Michael in seinem Bericht gelangte. Er hörte sich die Geschichte über den Oberst an, fragte mehrmals nach dem Alibi und sagte schließlich: »Wurde auch Zeit. Das ist unsere erste vernünftige Spur nach zweieinhalb Wochen Ermittlung. Wir müssen den Polizeichef verständigen, ich übernehme für ein solches Verhör nicht die alleinige Verantwortung. Man muß ja auch die Möglichkeit in Betracht ziehen, daß der Mann unschuldig ist. Wegen einer Information zerstört man einem Menschen nicht sein Leben. Wir brauchen einen Durchsuchungsbefehl, um seine Schuhe mit dem Abdruck zu vergleichen, wir brauchen eine Gegenüberstellung mit der Angestellten von diesem Seligman. Da kommt einiges auf Sie zu! Geben Sie mir ein paar Stunden, dann können Sie heute abend anfangen. Und nicht hier! Haben Sie gehört? Diskret, damit niemand etwas erfährt.« Michael nickte und sagte, daß er warte, bis er seine ausdrückliche Erlaubnis erhalte.

Es dauerte einige Stunden, bis alles Erforderliche angeordnet war. Erst um sechs Uhr abends teilte Schorr Michael mit, daß er sich nicht unterstehen solle, das Gebäude zu verlassen, es sei denn, um sich am nächsten Kiosk einige Schachteln Noblesse zu besorgen. Der Verdächtige sei gerade zum Verhör festgenommen worden.

Schorr hatte sich um alles gekümmert, auch um die Wohnung in der Palmachstraße, die sie bei derartigen Fällen benutzten. Rafi, der an der Festnahme beteiligt war, erzählte Michael am selben Abend von Alons Frau, von ihrer schockartigen Reaktion. Sie bat um Zeit, um die Kinder bis zum Ende der Durchsuchung aus dem Haus zu schaffen, und wollte gar nicht wissen, worum es ging. Sie stellte nur eine Frage, auf die man ihr nicht antwortete. Die Festnahme war außerhalb des Hauses erfolgt, als der Oberst vom Dienst kam. Er protestierte, aber sie teilten ihm mit, daß der Generalstabschef von der Verhaftung wisse; wenn ihm Diskretion wichtig sei, verhalte er sich besser ruhig.

Professor Brandstädter aus dem zweiten Stock des Hauses in der Palmachstraße nickte dem sympathischen jungen Mann zu. Er kannte ihn, obwohl sie sich nur selten im Treppenhaus begegneten. Er mochte ihn gern. Der junge Mann, ein Angestellter des Verteidigungsministeriums, wie man ihm, Brandstädter, erzählt hatte, bezahlte die Miete an die Hausverwaltung pünktlich, und seitdem er die Wohnung gemietet hatte, erfüllten auch keine Studentenpartys mehr das Haus mit Lärm. Jetzt stieg der junge Mann mit einer kleinen Gruppe Männer und einer Frau zur Wohnung hinauf, und der Professor versicherte seiner Frau, daß »sie auf dem Weg zu einer Arbeitssitzung« seien. »Unter ihnen war auch ein sehr hoher Offizier«, sagte er mit feierlicher Miene und warnte sie vor Geklatsche mit den Nachbarinnen. »Es geht um die Sicherheit des Staates«, erinnerte er sie.

Frau Brandstädter erwartete kaum noch etwas vom Leben, und es kam ihr gar nicht in den Sinn, mit den Nachbarinnen zu klatschen, das tat sie nie. Sie widersprach der Mahnung nicht, wie sie vielem nicht widersprach, was ihr Mann zu sagen pflegte. Nachts aber, wenn sie nicht einschlafen konnte und mit ihren Wanderungen zwischen Küche und Salon begann und versuchte, die Stimmen zu vergessen, die sie seit ihrem zwanzigsten Lebensjahr verfolgten, hörte sie plötzlich die Stimmen aus der Wohnung über ihnen wie ein

Echo ihrer schrecklichen Erinnerungen an Berlin. Weinen, Schreie, Fußstampfen – manchmal von Frauen, manchmal von Männern. Zuweilen dachte sie, sie bilde sich die Stimmen nur ein, aber sie wußte, daß die Gestalten, die sie im Treppenhaus sah, wirklich waren. Und sie wußte, daß der junge Mann, der die Miete so pünktlich bezahlte, ein böser Mann war, der nur wie ein Jude aussah. Seitdem er im Haus wohnte, ging sie kaum noch auf die Straße.

Durch den Türspion sah sie – gleich nachdem ihr Mann mit dem Mülleimer hinuntergegangen war – die Gruppe, die hinaufging. Es waren zwei junge Männer, der Mieter und ein Mädchen. Zwischen dem Mädchen und den jungen Leuten ging ein Mann in Militäruniform, aber Frau Brandstädter wußte, daß sie nicht echt war. Nur eins verwirrte sie: Der Mann in Uniform wirkte so unglücklich, gebeugt ging er zwischen den beiden jungen Männern, und er strahlte nicht, wie es sich gehörte, Autorität aus. Später dann sah sie den hochgewachsenen Mann, der ihren Nachbarn manchmal besuchen kam. Vielleicht, dachte sie anfangs, war er ein Verwandter, denn er kam niemals mit der Gruppe. Doch als sie über alles, was sie gesehen hatte, nachdachte, wurde ihr klar, daß er immer erst erschien, wenn die Gruppe bereits anwesend war, wenn man bereits hörte, wie die Möbel verschoben wurden. Dann traf er ein, wie die Überschwemmung nach der Pest, dachte sie immer. Er machte ihr mehr Angst als die anderen, weil er ein so nettes Gesicht hatte. Einmal sah sie ihn von Angesicht zu Angesicht, als sie vom Einkaufen kam. Er öffnete ihr die Haustür und hielt sie geöffnet, bis sie mit der Tasche eingetreten war. Aber höfliche Manieren konnten Frau Brandstädter nicht täuschen. Gerade das schöne Gesicht, die durchdringenden Augen und das freundliche Lächeln überzeugten sie davon, daß er der wirklich Böse war.

Hätte Frau Brandstädter Michaels Augen gesehen, als er langsam ins dritte Stockwerk hinaufstieg, hätte sie vielleicht ihre Ansicht geändert. Seine Augen starrten auf die Treppen. Er dachte an die nächsten Tage, und mehr als alles fürchtete er, daß seine Müdigkeit bald von seinem gesamten Körper Besitz ergreifen könnte.

Etwas stimmte bei der ganzen Sache nicht, dachte er. Ununterbrochen kamen Unrichtigkeiten vor. Er versuchte sich, ohne Erfolg, in die Lage von Oberst Joav Alon zu versetzen, der sich in einer Wohnung befand, die ihnen der Nachrichtendienst für solche Zwecke zur Verfügung stellte. Drei Zimmer, Küche und Bad, sparsam und funktionsgerecht möbliert. Im sogenannten Wohnzimmer standen zwei Sessel im Kibbuz-Stil der fünfziger Jahre und ein Schwarzweißfernseher vor einem kleinen Tisch, auf dem »der Lebensnerv der Wohnung« stand, wie Zila sich ausdrückte: ein schwarzes Telefon.

In den beiden anderen Zimmern befanden sich Betten, zwei in jedem Zimmer, und einige Stühle. Aus den Wandschränken im Korridor konnte man sich Wolldecken aus Militärbestand holen. Außer den Leuten von der Sonderkommission war stets auch ein Beamter vom Kommissariat anwesend, der abgelöst wurde, wenn sich das Verhör länger als einen Tag hinzog. Und ein Verhör dauerte immer länger als einen Tag, denn nur die geheimen Vernehmungen fanden in der Wohnung statt, und das waren die kompliziertesten und langwierigsten.

Oberst Joav Alon, der Truppenkommandant des Bezirks

Edom, der eine ungewöhnlich rasante Karriere hinter sich hatte und große Erwartungen zu rechtfertigen schien, saß bereits auf einem der Stühle in dem Zimmer, das auf den Hinterhof hinausging. Er war kreideweiß und hatte seinen Militärparka nicht abgelegt. Auf dem Stuhl ihm gegenüber saß Rafi und spielte mit einem Schlüsselbund. Zila war ins Wohnzimmer zurückgekehrt und wartete dort mit Menni auf Eli Bachar, der die Ergebnisse der Hausdurchsuchung in der Wohnung des Verhafteten bringen sollte. Als Michael das Zimmer betrat, erhob sich Rafi von seinem Stuhl, stellte sich an das geschlossene Fenster und blickte hinaus, bevor er die Rolläden herunterließ. Dann blieb er stehen und betrachtete Joav Alon, der Michael anschaute und in einem sehr beherrschten Ton fragte, ob dies der Mann sei, der ihm sagen werde, weshalb man ihn festgenommen habe. Inspektor Ochajon steckte sich eine Zigarette an und flüsterte Rafi, der zu ihm getreten war, etwas ins Ohr. Dann zog sich Rafi in die Küche zurück, und man hörte das Klappern von Geschirr. Michael schloß die Tür.

Der Oberst hob nicht die Stimme, als er wieder fragte, weshalb er hier sei. Er wirkte wie eine Gestalt aus den Werbespots der israelischen Armee, und sein kurzes, helles Haar, seine hellen Augen, die vollen, von der Trockenheit aufgesprungenen Lippen erinnerten unweigerlich an Army-Jeeps im Wüstenwind. Er war braungebrannt, das sah man trotz der Blässe, und wirkte kräftig, wenn auch der Parka nur Vermutungen über seine Konstitution erlaubte. Als er zum dritten Mal, seit Michael das Zimmer betreten hatte, seine Frage stellte, fügte er hinzu, daß niemand mit ihm auch nur ein Wort gewechselt habe. Außer der Tatsache, daß der Generalstabschef von seiner Verhaftung unterrichtet sei, wisse er nichts, bemerkte er, wobei er seinen Zorn beherrschte.

Michael fragte, ob er sich tatsächlich nicht denken könne, warum man ihn festgenommen habe.

Er habe keine Ahnung, sagte Alon. Er sei sich bewußt, daß die verschiedenen Sicherheitskräfte notwendigerweise zusammenarbeiten müßten, und das sei der einzige Grund, warum er noch höflich bleibe. »Aber meine Geduld ist jetzt am Ende. Sagen Sie mir, worum es geht, und zwar schnell.«

Michael erinnerte ihn daran, daß die Polizei gesetzlich befugt sei, Verdächtige ohne Begründung für achtundvierzig Stunden festzuhalten. »Angesichts dieser Tatsachen ersuche ich Sie, keine Drohungen auszustoßen, sondern mit uns zusammenzuarbeiten. Sie wissen sehr gut, weshalb Sie hier sind.«

Alon sah ihn an und sagte: »Von was zum Teufel sprechen Sie? Sagen Sie mir, worum es geht, und ich werde Ihnen alles erklären. Und dann entschuldigen Sie sich, wie es sich gehört, und bringen mich nach Hause. Wer sind Sie überhaupt?« Bei seiner letzten Frage hob er zornig die Stimme, und Michael betrachtete ihn einige Minuten ruhig, ohne etwas zu erwidern. Dann klärte er ihn über seine Rechte auf: Alles was er sage, könne im Prozeß gegen ihn verwendet werden. Der Festgenommene verlor die Beherrschung. Er sprach von Kafka, von der Sowjetunion, von den südamerikanischen Diktaturen und schrie schließlich: »Das ist absurd, was hier geschieht, sagen Sie mir wenigstens, wer Sie sind und weswegen ich hier bin!«

Da erschien Rafi mit zwei Gläsern, aus denen Duft türkischen Kaffees aufstieg. Ein Glas stellte er Michael, das andere Alon vor die Füße. Alon blickte von Rafi zu Michael und schließlich wieder zu Rafi, der das Zimmer verließ und die Tür hinter sich schloß. Dann gab der Oberst dem Glas einen leichten Stoß, es kippte um, ohne zu zerbrechen, und eine schwarze, trostlose Pfütze entstand auf den Fliesen zwischen den Stühlen, Michael rührte sich nicht von seinem Platz und schwieg. Mit zunehmender Verzweiflung sagte Alon: »Sehen Sie, Sie sagen, das geschieht mit Wissen des Generalstabschefs, aber ich habe es nicht nachgeprüft, und wenn Sie gelogen haben, werde ich Ihnen das Leben zur Hölle machen, ich werde Sie verklagen. Wissen Sie, wer ich bin? Wissen Sie, wieviel Verhöre ich in meinem Leben durchgeführt habe? Ich kenne alle Tricks. Ich weiß auch, daß es Ihre Pflicht ist, sich auszuweisen, und ich verlange zu wissen, worum es geht!« Hilflose Wut verdrängte jedes andere Gefühl, die Farbe kehrte in sein Gesicht zurück.

Michael sagte ruhig, daß er erwarte, vom Festgenommenen selbst zu hören, weshalb er hier sei.

»Primitiv, mein Lieber, primitiv. Von mir werden Sie nichts hören. Sie haben keinen Grund für Ihre Maßnahmen, und ich sehe keinen Anlaß, über Ihre Motive zu spekulieren.«

Erst da betrat Menni das Zimmer. Oberst Joav Alon warf ihm einen Blick zu und erblaßte, und diesmal konnte man deutlich Frucht erkennen. Menni war der einzige, den er kannte, er hatte den rechten Augenblick abgewartet, um nun so überraschend zu erscheinen wie das Kaninchen aus dem Hut des Zauberers.

Michael fragte, ob er Menni kenne.

»Ja«, sagte Alon in einem veränderten, nachgiebigeren Ton. »Er hat mich vor einiger Zeit als Zeugen vernommen.

Jetzt verstehe ich. Aber ich habe ihm alles gesagt, was ich weiß. Warum verhaftet man mich dann?«

Menni blieb neben der Tür stehen, als Michael seinen Namen und seinen Rang nannte und sagte, worum es ging: um die Ermittlungen im Mordfall Eva Neidorf. Er solle dankbar sein, daß man seine Festnahme geheimhalte, nicht mal seine Frau habe man unterrichtet, man habe sie auch gebeten, nichts über die Hausdurchsuchung verlauten zu lassen.

»Was für eine Hausdurchsuchung?« schrie Alon. »Was können Sie schon suchen? Haben Sie einen Befehl? Geben Sie sich keine überflüssige Mühe, ich kenne diese Tricks. Ich habe genug Verhöre geleitet.«

Im Zimmer war es still, nur Alons schwere Atemzüge waren zu hören. Dann sagte er: »Ich soll Ihnen dankbar sein? Diesen Mist können Sie sich an den Hut stecken. Was hat Sie daran gehindert, mich in aller Öffentlichkeit zu verhören? Ich habe nichts zu verbergen. Ich habe Ihnen alles gesagt. Sie hätten mich zum Russischen Platz vorladen können, von mir aus. Auch dort hätten Sie nichts Neues gehört. Ich habe diese Frau Neidorf doch nur vom Hörensagen gekannt.«

»Was haben Sie denn gehört?« fragte Michael, der bemerkte, daß die Furcht aufs neue begann, Alon zu beherrschen. Sein Gesicht wurde wieder bleich, die Hände zitterten, die hellen Augen waren trüb geworden.

»Alles mögliche, nichts, was mit diesem Fall zu tun hat. Sie haben keinen Grund, mich hier festzuhalten. Ich werde jetzt gehen!« Oberst Alon erhob sich von seinem Stuhl und ging eilig auf die Tür zu.

Er benötigte genau vier Schritte. Michael rührte sich nicht vom Fleck. Menni blieb vor der Tür stehen. Alon hob die Hand gegen Menni. Menni packte blitzschnell Alons Handgelenk, verdrehte den Arm und führte ihn an seinen Platz zurück. Keiner sagte etwas. Menni kehrte an die Tür zurück, Alon setzte sich auf seinen Stuhl, inmitten der braunen Pfütze. Michael steckte sich eine Zigarette an und fragte ihn, ob er unter Klaustrophobie leide. Keine Reaktion. Als ob nichts geschehen sei, fragte Michael, weshalb er nicht ruhig bleibe und kooperiere.

»Kooperieren? Aber gerne! Zu Hause oder auf dem Kommissariat, nach einer formellen Vorladung, hier nicht. Ich habe nichts zu sagen, was ich nicht bereits gesagt hätte! Sind Sie taub? Ich habe die Frau nicht gekannt!«

»Nein?« fragte Michael und zog den Rauch seiner Zigarette ein, »und Sie sind bereit, sich dazu mit dem Lügendetektor befragen zu lassen?«

»Ich bin zu allem bereit. Aber nicht hier. Ich kenne diesen Ort, ich begreife, daß ich hier bin, weil Sie einen Verdacht haben. Zuerst lassen Sie mich gehen, und dann sprechen wir über den Lügendetektor. Hier kriegen Sie nichts aus mir raus!«

Michael zog aus seiner Westentasche einen gefalteten Zettel, reichte ihn dem Verhafteten und sagte: »Eine Fotokopie, versuchen Sie nicht, ihn zu zerreißen. Wir haben mehr davon.«

Der Verhaftete sah sich den Zettel an und warf ihn in die Kaffeelache. Seine Lippen zitterten, als er fragte: »Was ist das? Was hat das damit zu tun? Worauf wollen Sie hinaus? Sagen Sie es schon.«

»Es ist Ihre Handschrift auf dem Zettel, nicht wahr?« Michael schnippte gelassen die Asche seiner Zigarette in das Glas in seiner Hand.

»Jeder kann mit meinem Namen unterschreiben. Aber nehmen wir an, es ist meine Schrift. Ja und? Was ist so außergewöhnlich daran? Eine Nachricht an ein Mädchen. Na und?« Alons Stimme festigte sich, und er erhob sich wieder von seinem Platz. Im selben Augenblick war Menni an seiner Seite und drückte ihn mit einer heftigen Bewegung auf den Stuhl zurück. Michael fragte ihn, ob er sich in Handschellen wohler fühlen würde. Alon blieb sitzen und beantwortete die Frage nicht. Seine Schultern hingen herunter, er schaute auf die Kaffeelache und den Zettel darin, der sich bräunlich verfärbte. Dann hob er den Kopf. Sein Blick war feindselig geworden. »Wenn jeder Mann, der einem Mädchen einen Zettel schreibt, verhaftet wird, werden Sie die ganze Stadt einsperren müssen. Und ich sage nicht, daß ich ihn geschrieben habe.«

»Sie müssen nicht alles sagen«, meinte Michael unbekümmert, »manchmal sagen es andere.« Er zog aus seiner Tasche einen Zettel, der so wie der vorige aussah, sah ihn an und las vor: »Meine liebe Orna, es tut mir leid wegen gestern. Ich möchte dir alles erklären. Treffen wir uns um sieben am gleichen Ort? Ich erwarte dich, Joav.« Anschließend zog er aus derselben Tasche ein weiteres Blatt, auch eine Fotokopie, wie er dem Verhafteten erklärte, der es überflog und errötete. Eine Seite aus dem Gästebuch eines Tel Aviver Hotels. Dort war der zweitägige Aufenthalt von Oberst Joav Alon mit seiner Frau in einem Doppelzimmer eingetragen. »Ist Ihrer Frau dieses Hotel bekannt?« fragte Michael. Alon starrte den Bogen an. »Vielleicht möchten Sie, daß wir sie fragen?« Alon erwiderte nichts. »Vielleicht können Sie uns erklären, was Sie in der Nachricht an Orna Dan bedauern?«

Alon hob den Kopf und blickte Michael haßerfüllt an. »Und wenn schon? Damals hatte ich eine Sache mit einem Mädchen, was hat das mit diesem Verhör zu tun? Sie können es meiner Frau erzählen. Und wenn schon. Eine kleine Nutte, die ihren Mund nicht halten kann. Was interessiert Sie daran? Was geht Sie das überhaupt an?«

»Das«, sagte Michael und drückte den Zigarettenstummel in den Kaffeesatz seiner Tasse, »geht uns einiges an. Aus einem ganz bestimmten Grund. Und der hängt mit Ihrer Entschuldigung zusammen. Soll ich Ihnen sagen, für was Sie sich auf dem Zettel entschuldigen? Wollen Sie, daß ich es Ihnen sage? Oder wollen Sie es selbst sagen?«

Langsam und abgehackt sagte der Oberst: »Ich erinnere mich nicht mehr, es ist lange her, sicherlich konnte ich eine Verabredung nicht einhalten oder so was.« Auf seiner Stirn begannen sich unter dem kurzen Haar Schweißtropfen anzusammeln. Er wischte sie nicht ab.

»Nein, mein Lieber, Sie erinnern sich sehr gut. So etwas vergißt man nicht. Aber ich bin bereit, Sie daran zu erinnern.« Alons Gesicht verzog sich schmerzhaft, als Inspektor Ochajon sehr leise sagte: »Das hat damit zu tun, daß Sie nicht, wie sagt man es delikat, daß Sie nicht konnten. Behaupten Sie nicht, Sie hätten das vergessen.«

Menni war mit einem Satz bei der sich erhebenden Hand, aber es war gar nicht nötig. Die Hand sank von selbst. Der ganze Körper wirkte mit einemmal schlaff und leblos. Michael nickte, worauf Menni das Zimmer verließ.

»Nehmen wir an, daß es stimmt«, flüsterte Alon. »Aber nimmt man deswegen jemanden fest? Was hat das mit Ihrem Fall zu tun? Lassen Sie mich endlich in Ruhe.« Seine Stimme war schwach, und die letzten Worte klangen flehend.

Michael verschloß sein Gesicht vor jedem Mitgefühl, als er sagte: »Ich kann Sie nicht in Ruhe lassen, wenn Sie nicht mit uns zusammenarbeiten, und Sie wissen das. Wenn Sie kooperieren, lasse ich Sie zufrieden. Sie wissen, daß ich über Ihre Beziehung zu Neidorf informiert bin, Sie sind mit Ihrem Problem zu ihr gegangen, ein ganzes Jahr lang, montags und donnerstags um sieben Uhr abends. Wir haben Zeugen, die Sie gesehen haben, bevor Sie die Praxis betraten. Sie wissen, daß wir es bereits wissen. Und wir wissen auch, daß Sie niemandem von der Behandlung erzählt haben, nicht einmal Ihrer Frau. Und wenn Sie Ihren Sohn zur Judostunde brachten, dann haben Sie nicht draußen gewartet, wie Sie behauptet haben, sondern dann sind Sie schnell zur Sitzung mit Dr. Neidorf gefahren, und deshalb sind Sie immer verspätet zurückgekehrt. Der Junge hat nie begriffen, weshalb Sie immer erst um acht gekommen sind, wo die Stunde doch um halb acht zu Ende war. Sie sehen, wir wissen alles. Wenn Sie wollen, können wir Ihrer Frau erzählen, welche Bedeutung die Falafeltaschen und Pizzas hatten, die Sie Ihrem Sohn an Montagen und Donnerstagen gekauft haben, um Ihre Verspätung zu begründen. Sie wissen, daß ich weiß, daß Sie bei Ihrer ersten Zeugenvernehmung gelogen haben, warum erzählen Sie nicht den Rest?« Michael erhob sich, trat an Alon heran, stand vor ihm und blickte ihm in die Augen, die vollkommen leer waren, selbst die Furcht war verschwunden. Alon senkte den Kopf und starrte die Kaffeelache an. Im anderen Raum hörte man das Telefon klingeln. Beide lauschten dem Läuten, das abbrach, als eine weibliche Stimme »Hallo« sagte, weiter hörte man nichts.

In einem letzten Anlauf sagte Alon: »Sie können nichts beweisen. Sie stellen nur Behauptungen auf.«

»Tatsächlich?« fragte Michael, »Sie glauben, daß ich es nicht beweisen kann? Ich habe Zeugen, Menschen, die gesehen haben, wie Sie das Haus betraten. Aber auch das haben wir«, sagte er und reichte ihm eine dritte Fotokopie, die der Verhaftete einige Minuten lang betrachtete. Die Fotokopie des Schecks trug deutlich erkennbar die Unterschrift Joav Alons, die der Schrift auf dem Zettel an Orna Dan ähnelte. Der Name Eva Neidorf war von der Empfängerin eingesetzt worden. »Sie haben ihr einen offenen Scheck gegeben, aber sie war ordentlich und gab ihn nicht an irgend einen Laden weiter, wie Sie hofften, sondern füllte ihn aus und zahlte ihn auf ihr laufendes Konto ein. Wir haben das alles mühevoll zusammengesucht, mein Lieber, und jetzt sparen Sie sich den Quatsch von wegen mangelnder Beweise. Man behauptet, Sie seien ein cleverer Typ, und Sie haben uns selbst erzählt, wie gut Sie sich mit Verhören auskennen, also sehen Sie endlich ein, daß die Zeit für ein umfassendes Geständnis und eine vernünftige Zusammenarbeit gekommen ist.«

Oberst Joav Alon begann zu zittern, schließlich wimmerte er vor sich hin, und in diesem Wimmern lag etwas erschreckend Kindliches. Michael fragte sich, ob es das war, was jedes Triumphgefühl verhinderte. Die Müdigkeit, die zu Beginn des Verhörs nachgelassen hatte, kehrte zurück und machte sich bemerkbar. Er saß auf seinem Platz, steckte sich eine Zigarette an und dachte an Juval, der so stolz auf seinen Vater war und sich vergeblich bemühte, diesen Stolz zu verbergen. Auch an Maja dachte er. Ob sie ihn auch jetzt lieben würde? Die Leute im Nebenzimmer, vor dem laufenden Tonbandgerät, bemerkten die einsetzende Pause; die Tür öffnete sich, Eli Bachars Kopf erschien, nickte Michael zu und verschwand.

Joav Alon hob nicht einmal den Kopf, als Michael zu sprechen begann. »Wir können auch beweisen, daß Sie in Neidorfs Haus eingebrochen sind«, sagte er. »Ich bitte Sie, den Mord zu rekonstruieren. Dann lasse ich Sie in Ruhe.«

Schlagartig erwachte Alon zum neuen Leben. In einem Tonfall, den Michael heute noch nicht von ihm gehört hatte, sagte er: »Aber ich habe sie nicht ermordet. Warum sollte ich sie ermorden? Ich schwöre Ihnen, daß –«, und hier erhob er sich, Michael hielt ihn nicht zurück. »Ich sage Ihnen, ich habe sie nicht ermordet. Es gab keinen Grund.«

Inspektor Ochajon zeigte kein Interesse an diesen Beschwörungen. Da betrat Zila das Zimmer und kündigte eine Essenspause an. Michael verließ das Zimmer und betrachtete die Mahlzeit, die ihn neben dem Telefon erwartete. Zila blieb bei dem Verhafteten, der weder die Pita noch den frischen Kaffee anrührte, den man ihm gebracht hatte.

Nur weil Eli Bachar ihn so vorwurfsvoll anguckte, überwand sich Michael und nahm einen Bissen von der warmen Mahlzeit, die man auf unerklärlichen Wegen beschafft hatte. Die Art, wie ihn seine Leute – vor allem Zila und Eli – bemutterten, amüsierte Michael ein wenig, rührte ihn aber auch. Endlich stellte er den Teller beiseite und widmete sich dem Kaffee. In der Wohnung war es kalt. Menni erklärte, das Heizöl sei aufgebraucht und die Zentralheizung außer Betrieb. Es gab nur einen elektrischen Ofen, im Wohnzimmer.

Michael streckte die Beine aus und ignorierte die Übelkeit, die ihm der Essensgeruch bereitete. Nur unter großen Anstrengungen nahm er Elis Worte auf, der ihm im Sessel gegenüber saß und von der Hausdurchsuchung erzählte. Er sei nicht bis zum Schluß geblieben, sondern hierher gekommen, nachdem sie den Schuh gefunden hatten. Die Gummisohle passe genau zu dem Gipsabdruck aus Neidorfs Garten. »Er ist eingebrochen und hat die Papiere mitgenommen«, sagte Eli zufrieden, »ich warte nur darauf, daß sie den Kram bei ihm zu Hause finden, zusammen mit den Quittungen vom Steuerberater. Hast du noch Kraft, weiterzumachen?«

Michael sah auf die Uhr. Es war halb elf, am dritten April. Und schlagartig fiel ihm ein, daß er in der Schule sein müßte, daß Juval sein Zeugnis bekam, daß Elterntag war – er hatte es vollkommen vergessen, obwohl er den ganzen Nachmittag über mit Juval zusammen gewesen war. Er nahm den Hörer und wählte seine Nummer zu Hause. Zehnmal mußte er klingeln lassen, bis am anderen Ende abgenommen wurde und Juvals verschlafene Stimme erwiderte, es sei alles in Ordnung. Nein, Zeugnisse gebe es am sechzehnten, nicht heute. »In zehn Tagen, und ich werde dich vorher daran erinnern. Ja, ich habe gegessen, was du übriggelassen hast. Ich bin todmüde. Wann kommst du? Du Ärmster. Nein, ich habe morgen Prüfung. Bibelstudien. Ich gehe schlafen.« Aber Michael fühlte sich nicht erleichtert, auch nicht, als sich herausgestellt hatte, daß er weder die Zeugnisverteilung noch den Elterntag versäumt hatte. Eli fragte zögernd, ob er wolle, daß er ihn ablöse. »Noch nicht«, antwortete Michael, »warten wir, bis er etwas gesteht. Wimmern ist kein Geständnis.« Und er ging ins Zimmer zurück. Alon bat, auf Toilette zu dürfen. Menni begleitete ihn. Das kleine Toilettenfenster war vergittert, eine Flucht ausgeschlossen. Menni wartete neben der Tür und begleitete ihn in das Zimmer zurück, das auf den Hinterhof führte.

Fünfzehntes Kapitel

Während der ganzen Nacht brannten die Lichter, doch das Verhör dauerte nicht so lange wie befürchtet. Am Morgen hatten sie die ganze Geschichte.

Michael hielt durch, bis Oberst Alon in Gegenwart aller das Geständnis unterschrieb. Da war es fünf Uhr. Was an Fragen noch offenblieb, überließ er Eli Bachar, der sich um zwei Uhr für einige Stunden schlafen gelegt hatte und nun die Vernehmung übernahm.

Als der Festgenommene von der Toilette zurückkam und sich Michael gegenüber setzte, bat er um eine Zigarette. Er hustete, als er den Rauch inhalierte, nachdem Michael sie angezündet hatte. Während er die Zigarette in seiner Hand betrachtete, erklärte er, daß er schon seit Jahren nicht mehr rauche. Dann schwieg er wieder. Und dann sprudelte es aus ihm heraus: Erstens habe er Eva Neidorf nicht ermordet, und vor allem würde er selbst den Täter zu gerne zwischen die Finger kriegen.

In der Terminologie des Instituts hätte man, das wußte Michael, von Übertragung gesprochen, aber er persönlich neigte dazu, es Liebe zu nennen. So nannte es auch Oberst Alon, der wiederholt betonte, daß er sie geliebt habe, sie verehrt habe und ihr voll vertraut habe. Obwohl Michael seine Augen nicht sehen konnte – der Mann sprach zu der Kaffeelache auf dem Fußboden –, entnahm er seiner Stimme ein aufrichtiges Gefühl: Kummer und Schmerz. Die Furcht war gewichen.

Michael verlangte einen detaillierten Bericht.

Alles begann, sagte Oberst Alon zur Kaffeelache, mit dem

neuen Posten. Bevor er Truppenkommandant wurde, gab es keine Probleme, auch nicht in seiner Ehe.

Aber als die Probleme dann begannen, kamen sie von allen Seiten, sagte er bitter, sogar der einzige Seitensprung seines Lebens mißlang. Als er sich nicht mehr für seine Frau interessierte, gab er zunächst der Gewöhnung die Schuld. Sie waren schon in der Schulzeit befreundet. Jetzt empfand er nichts mehr, wenn sie miteinander schliefen, es »funktionierte« einfach nicht mehr. Deswegen fing die Sache mit Orna an. Sie war so jung, so ungewöhnlich. »Es dauerte ein halbes Jahr, bis ich es wagte. Und nachher tat es mir leid. Auch sie wollte ich nicht wirklich, und da begriff ich, daß es nicht nur Sex war, es war nicht nur das.« Apathie ergriff ihn, nichts reizte ihn mehr. Neidorf erklärte ihm später, daß er die Symptome einer Depression hatte.

Michael rauchte schweigend. Alon sah ihn von Zeit zu Zeit an, um sich zu vergewissern, daß er ihm zuhörte, dann heftete er seinen Blick wieder auf die Kaffeelache.

Diskret, geräuschlos wie eine Katze, verließ Menni den Raum, und Michael wußte genau, daß er im Nebenzimmer am Aufnahmegerät sitzen würde, ihm entging kein Wort.

Was hatte seine Depressionen ausgelöst, wollte Michael fragen, aber Alon kam ihm zuvor. Seine Hauptaufgabe als Militärgouverneur, sagte Alon, bestehe darin, Genehmigungen zu erteilen. »Ich weiß nicht, wieweit Sie im Bilde sind, aber diese Leute brauchen sogar zum Wasserlassen eine Erlaubnis. Unglaublich, womit ich mich befassen mußte, niemand würde das glauben.«

Obwohl er annahm, all dem gewachsen zu sein und bereits eine Zeitlang unter dem vorigen Gouverneur gearbeitet hatte, und wenngleich er Leute von den verschiedenen

stabschef. Und dabei sieht er so jung aus, nicht älter als fünfunddreißig.«

Menni sah sie zornig an und fragte, ob er fortfahren könne.

Michael legte seine Hand auf ihren Arm und sagte ruhig: »Sitz still, trink deinen Kaffee und hör einen Augenblick zu, gut?« Sie schwieg, und Inspektor Menni Esra setzte seinen Bericht fort. Der Verhörte habe unter Druck gestanden. Michael fragte, was er damit meine und betrachtete lange die Fahndungszeichnung des Mannes, der die Steuerakte an sich genommen hatte.

»So genau kann ich es auch nicht sagen. Ich erwarte von einem Oberst mit so einem Posten, daß er kooperativer ist, weißt du, entgegenkommender. Aber er sah auf die Uhr, sagte, er habe keine Zeit, wirkte angespannt...« — Mit einem Male herrschte eine konzentrierte Stille in dem Raum. Es entstand wieder jene charakteristische Spannung, die eine neue Entdeckung, eine zusätzliche Fährte hervorbrachte.

Alle blickten auf Menni, als Michael sagte: »Sieh dir mal eben die Fahndungszeichnung an, klingelt da nicht etwas bei dir?« Alle betrachteten die Fahndungszeichnung. Zila schüttelte ungläubig den Kopf, aber die Augen der anderen wanderten zwischen der Fahndungszeichnung und Menni hin und her, der sagte: »Ich weiß nicht. Habt Ihr wirklich nicht mehr aus dieser Sekretärin herausholen können? Vielleicht, wenn man die Brille abnimmt, hier sieht man nicht einmal den Schnitt der Augen. Ich weiß nicht, aber sagen wir, es ist nicht ausgeschlossen.«

»Sag mal«, wandte sich Balilati an Menni, »vielleicht hast du ihn zufällig gefragt, was er gestern früh gemacht hat, als die Sache mit dem Steuerberater war?«

»Du wirst dich wundern«, entgegnete Inspektor Menni Esra und wischte sich die Stirn, »aber gerade danach habe ich ihn gefragt, und tatsächlich sagte er, er sei zu spät zur Arbeit gekommen wegen einer Autopanne auf dem Weg nach Bethlehem, in der Nähe von Beth Dschalla, und er habe eine Stunde gewartet, bis er abgeschleppt wurde. Und damit ihr's wißt: Ich habe alle danach gefragt, auch Rosenfeld. Denkst du, daß du der einzige Schlaue bist, der seinen Kopf gebrauchen kann?« Seine Hände zitterten vor Zorn, als er die Mappe auf den Tisch legte und fragte, ob noch jemand Kaffee wolle.

Michael blickte erst ihn erstaunt an, dann Balilati, der die Zipfel seines Hemdes in den Hosengürtel unter dem Bauchansatz stopfte und sich verlegen umsah. Schorr unterbrach das betretene Schweigen, indem er fragte, ob eine Verbindung zwischen Oberst Alon und der Verstorbenen bestanden habe.

»Keine Verbindung«, sagte Menni, der auf halbem Weg zur Kaffeenische neben der Tür stand.

»Moment, Moment, keinen Kaffee jetzt, ich will Einzelheiten«, sagte Schorr. »Mein Herr«, Menni kehrte auf seinen Platz zurück, »jeder hier kann das Tonband abhören, es gab keine Verbindungen. Oberst Alon ist ein enger Freund Linders, den er schon zwanzig Jahre kennt. Er ist wirklich derjenige, der ihm den Revolver gekauft hat. Er hat ihn identifiziert. Und er kennt auch die, für die diese Party gegeben wurde, Tami Zvi'eli. Sie ist eine Jugendfreundin von ihm, daher ist er zur Party gekommen. Aber Neidorf, sagte er, hat er nicht gekannt.«

»Und wie ist sein Alibi für Freitag und Sabbat?« fragte Schorr, und die Spannung im Raum wuchs. Die Zeiger der

Uhr zeigten fünf Minuten vor neun, Dina Silver wird im Flur vor dem Zimmer warten, dachte Michael, als er das Fenster des Sitzungsraums öffnete, das auf den Hinterhof führte. Er blickte auf den blauen Himmel – die Helligkeit tat seinen Augen weh –, und keines von Mennis Worten entging ihm.

»Freitag nacht«, erzählte Menni, »ging Oberst Alon früh schlafen. Seine Frau war mit beiden Kindern bei ihren Eltern in Haifa. Er war allein und weiß nicht, wer ihn gesehen haben könnte. Am Sabbatmorgen ging er spazieren, es war ein schöner Tag. Er kam gegen elf nach Hause und hat niemand getroffen. Aber das bedeutet nichts, wie ihr wißt«, sagte er beschwichtigend. »Seit wann verschaffen sich die Menschen Alibis?«

Schorr schwieg und sah Michael an, und Michael erzählte von Linders Telefongespräch vom Institut aus.

»Um wieviel Uhr war das?« fragte Schorr.

»Um halb eins.«

»Das heißt«, überlegte Rafi laut, »daß er da bereits wußte, daß sie tot ist. Was bedeutet das für uns?«

»Alles mögliche, worüber wir uns jetzt noch nicht den Kopf zerbrechen müssen«, sagte Michael. »Warten wir ab, bis wir die Bankkonten gesehen haben. Ich habe so ein merkwürdiges Gefühl, aber es ist noch zu früh. Jetzt ist es wichtig, die Patientenliste zu vervollständigen und die Französin zu erreichen.«

Schorr begriff als erster. »Glauben Sie, daß er vielleicht der fehlende Patient ist? Glauben Sie das?«

Michael entgegnete, daß er es nicht wisse, einstweilen sei es nur eine Vermutung.

»Gut, dann teilen Sie uns Ihre Vermutung mit«, beharrte Schorr.

»Sie glauben, daß er in Verbindung mit Neidorf stand?«

Alle blickten Michael an. In das hartnäckige Schweigen hinein sagte er endlich: »Bekanntlich geht es im Leben seltsam zu. Auch die Art, wie der Revolver im Margoa-Krankenhaus gefunden wurde, klingt eigentlich unwahrscheinlich. Keine Dichtung kann so unwahrscheinlich klingen wie die Wahrheit. Daraus schließe ich, daß noch Seltsameres geschehen kann.« Dann sah er auf seine Uhr und wiederholte, daß eine Dame auf ihn warte, von der er unter anderem den Namen einer zusätzlichen Patientin erhalten werde.

Die Spannung schwand, als hätte der Raum selbst tief Luft geholt. Balilati bemerkte: »Habt ihr schon gesehen, daß er eine schöne Frau warten läßt?« Alle lächelten und begannen, die Aufgaben für den Tag zu verteilen. Einer nach dem anderen verließ den Raum. Zila, Menni und Rafi gingen, die Partygäste zu vernehmen, die für den Tag vorgeladen worden waren. »Wenn wir Glück haben, werden wir heute bis zehn Uhr fertig«, sagte sie seufzend. »Das ist keine Kleinigkeit, vierzig Verhöre.«

Schorr und Eli Bachar gingen zum Gericht, die Verhandlung sollte um zehn stattfinden. Balilati war ebenfalls im Begriff, das Zimmer zu verlassen, als Michael seinen Arm berührte und ihm bedeutete, noch einen Augenblick zu bleiben. Sie standen an der Tür, und Michael, der herausfinden wollte, was es mit Mennis Aggressivität auf sich hatte, fragte zunächst, ob Balilati durch den Nachrichtendienst etwas über den Oberst Alon in Erfahrung bringen könne, ohne daß jemand etwas davon erfahre.

»Auch Schorr nicht? Niemand?« fragte Balilati.

»Niemand, auch Schorr nicht, nicht der Polizeichef, niemand von der Militärsverwaltung, niemand. Ist das möglich?«

Balilati betrachtete seine Schuhspitzen und stopfte die Hemdzipfel in die Hose. Dann strich er sich über den Kopf und sagte: «Ich weiß nicht, ich muß sehen. Laß mir ein paar Stunden Zeit, damit ich meine Verbindungen prüfen kann. Ich geb' dir noch heute Bescheid, in Ordnung?« Michael stimmte zu, und Balilati war schon draußen, als sich Michael daran erinnerte, was er eigentlich wollte, ihn einholte und fragte: »Was war mit Menni los?«

»Ach so«, sagte Balilati verlegen, »das ist was anderes, nichts Aktuelles, und es hat nichts mit dem Fall zu tun. Ich erzähl' es dir ein anderes Mal.« Eilig ging er zu den Treppen, die ins Freie führten.

Der Sitzungsraum lag neben Michael Ochajons Zimmer, so daß er nicht viel über die Begegnung mit Dina Silber nachdenken konnte, die zornig im Flur stand und auf ihre Uhr blickte. Er ignorierte ihre Bemerkung über seine Verspätung und dachte, daß ihr Rot und Blau besser stünden als dieses schwarze Kostüm, das zwar die Blässe ihres schönen Gesichts betonte, es aber auch älter erscheinen ließ. Sie wies mit Abscheu die Zigarette zurück, die er ihr anbot. Michael öffnete das Fenster und sagte sich, daß dies das letzte Opfer sei, das er ihr bringe.

Kaum hatte er sie im Korridor gesehen, nahm sein Gesicht einen verschlossenen Ausdruck an, und er fühlte, wie ihn eine Woge von Feindseligkeit überkam. Schöne und kalte Frau, dachte Michael, und vollkommen beherrscht. Ich würde sie gern zittern sehen. Und der Impuls, den er empfand, als er ihr die Tür zu seinem Zimmer öffnete, der Impuls, ihre Selbstbeherrschung zu erschüttern, die Lang-

279

samkeit ihres Sprechens, bei dem jede Silbe betont wurde, dieser Impuls begann sich in Worten Luft zu machen.

Von vornherein wußte er, daß sie eine Erklärung für ihr Gespräch mit Hildesheimer am Sonntagnachmittag haben würde. Linder hatte erwähnt, daß sie bei dem Alten in Analyse gewesen war, damit würde sie den Wortwechsel auf der Straße begründen. Während er sich hinter den Tisch setzte, formulierte er für sich die Frage nach ihrer Beziehung zu dem Jungen. Er rauchte schweigend und versuchte, seine grundlose Aggressivität zu erklären. »Du hast keinen Anlaß«, warnte ihn seine innere Stimme. »Du weißt nichts, du hast keine Anhaltspunkte, du glaubst nur, daß sie vielleicht ein Motiv hatte. Aber das ist bedeutungslos. Da stand noch ein Kandidat zur Diskussion bei der Sitzung der Ausbildungskommission. Warte, bis du auch mit ihm gesprochen hast.« Je drängender seine Aggressivität wurde, desto bedächtiger und höflicher sprach er.

In ihren glänzenden Augen – die eher grün als grau waren – las er Zorn und Furcht, als er sie fragte, was sie am Freitagabend gemacht habe. Mit gesenkter Stimme, Silbe für Silbe betonend, antwortete Dina Silber, sie sei früh schlafen gegangen.

»Wie früh?« fragte Michael.

»Nach dem Unterhaltungsprogramm, vor dem Spielfilm«, entgegnete sie, und ihre Spannung begann nachzulassen.

»So früh? Gehen Sie immer so früh schlafen?« fragte er in aufgesetzt neugierigem Ton.

»Nein, für gewöhnlich nicht.« Sie wollte etwas hinzufügen, aber Michael unterbrach sie: »Und noch dazu am Abend vor der Abstimmung?«

Hier lächelte sie zum ersten Mal, nur mit den Lippen, in ihren Augen lag kein Lächeln, und sagte, daß sie deswegen tatsächlich nicht einschlafen konnte. »Aber ich wollte wenigstens ausgeruht sein, während der Vorlesung und bei der Abstimmung.« Ihre Hände waren mit dem Rollkragen ihres schwarzen Pullovers beschäftigt. Sie saß im offenen Mantel, einem weichen, langen Pelzmantel, und strömte eine Aura der Verwöhntheit aus.

»Ich dachte, Kandidaten nehmen nicht an der Abstimmung teil«, sagte Inspektor Michael Ochajon und zündete nun doch eine neue Zigarette an.

Ein Anflug von Furcht erschien in ihren Augen, als sie erklärte, sie habe beabsichtigt, vor dem Zimmer zu warten. Wenn die Abstimmung zu ihren Gunsten ausgefallen wäre, hätte man sie hereingebeten, und sie hätte das Ergebnis sofort erfahren.

»Sie sind wohl am Ende doch eingeschlafen? Wann?« fragte Michael und zog den Rauch seiner Zigarette ein.

»Spät, vielleicht nach zwölf«, sagte sie zögernd.

»Und was haben Sie bis dahin gemacht?«

»Was spielt das für eine Rolle?« begann sie, besann sich jedoch und sagte, sie habe versucht zu lesen, konnte sich aber nicht konzentrieren.

»Was haben Sie zu lesen versucht?« fragte Michael, der bemerkte, daß ihre Selbstbeherrschung bröckelte. Er erwartete schon den Wutanfall.

»Gioras Fallstudie, auch seine Aufnahme stand an diesem Tag zur Abstimmung. Wir sind die ersten vom Jahrgang und...«

Mit scheinheiliger Naivität fragte Michael, ob sie die Studie ihres Kommilitonen noch immer nicht gelesen habe.

Doch Dina Silber ging nicht auf diesen Einwurf ein.

»Offiziell wurden die Studien noch nicht verteilt, nur die Mitglieder der Kommission haben Kopien. Giora gab mir die Broschüre erst am Donnerstag, auch ich habe meine Arbeit noch niemandem außer ihm gezeigt.«

»Aha«, sagte Michael. »Und am Sabbatmorgen? Was haben Sie am Sabbatmorgen gemacht?«

»Ich war im Institut, selbstverständlich«, sagte sie erstaunt.

»Seit wieviel Uhr?« fragte Michael, »waren Sie um acht Uhr morgens bereits dort?«

Dina Silber wurde noch bleicher. Ihr Gesicht war grau. Sie sei um zehn im Institut angekommen, um acht sei sie erst aufgestanden.

»Ja?« fragte der Inspektor mit gespielter Ungläubigkeit, »an dem Morgen, an dem über Ihre Zukunft entschieden werden sollte, sind Sie erst um acht aufgestanden?«

Sie erklärte, sie sei erst spät aufgewacht, da sie nicht einschlafen konnte, aber auf ihrem Gesicht zeichnete sich bereits Empörung ab, und als er fragte, ob sie allein zu Hause gewesen sei, brach es buchstäblich aus ihr heraus: »Was soll das? Ich war nicht allein, ich bin ver ... auch mein Mann war zu Hause.«

»Haben Sie Kinder?« fragte Michael.

»Ja«, sagte sie, »eine zehnjährige Tochter. Aber sie hat bei einer Freundin geschlafen und ist erst mittags zurückgekommen«, erzählte sie ungefragt.

Er notierte eifrig den Familiennamen und die Telefonnummer der Freundin.

»Aber Sie werden meine Tochter doch nicht verhören?« fragte sie mit deutlichem Schrecken. »Sie ist noch ein Kind.«

»Gnädige Frau«, sagte Michael kalt, »wenn es sein muß, verhören wir jedermann.« Und er fügte hinzu: »Ihr Mann weiß, wann Sie schlafengegangen und wann Sie aufgestanden sind?«

Dina Silber sah ihn an und lächelte plötzlich, verzog wieder ihre Lippen und sagte, sie wisse nicht, um was es in diesem Gespräch gehe. »Worauf wollen Sie hinaus? Werde ich etwa...?«

Michael hielt inne, dann bat er, sie möge den Satz vollenden.

»Werde ich etwa des Mordes verdächtigt?« Ihr Ton war ungläubig und verärgert.

»Wer hat gesagt, daß Sie verdächtigt werden?« fragte Michael, »habe ich das gesagt?«

Nein, gab sie zu, das habe er nicht gesagt. Aber bei dieser Art Fragen müsse sie ja annehmen, daß er vielleicht glaube, sie habe irgendein Motiv gehabt.

Woher ihr die Art Fragen, die man verdächtigen Menschen stelle, bekannt seien, fragte Michael. Und er merkte befriedigt, daß ihr Satzbau konfuser wurde, ihr Atem kürzer, der Wortrhythmus schneller, als sie erwiderte, daß Fernsehfilme und Kriminalromane ihre Quelle seien. Michael spürte, daß sie mit sich kämpfte, ob sie ihm entgegenkommen sollte. Dann wandte sie sich mit hilflosem Ausdruck an ihn und fragte, ob sich die Dinge in Wirklichkeit denn anders verhielten als in Büchern und im Fernsehen.

»Ich weiß nicht«, sagte Michael. »Lesen Sie viele Kriminalromane?«

»Nein, manchmal nur, wenn ich Schwierigkeiten mit dem Einschlafen habe.«

»Und was regen Kriminalromane in Ihnen an?« fragte er.

»Was heißt das? Was meinen Sie?« Ihre Hände ruhten auf ihren Knien, um das Zittern zu beherrschen.

Er wolle verstehen, was sie an Kriminalromanen finde, sagte er naiv, was sie daran anziehe.

Sie sei kein gewalttätiger Typ, wenn er darauf anspiele, sagte sie.

Er hob die Schultern, als wollte er sagen, daß er nichts Bestimmtes meine.

Ihr Interesse sei psychologischer Natur, sagte sie.

»Ah, psychologisch«, sagte der Inspektor, als habe man ihm die Welt erklärt. Und was sei nun mit ihrem Mann, fragte er, wisse der, wann sie zu Bett gegangen und wann sie aufgestanden sei?

Sie sah ihn verzweifelt an und fragte, ob allen solche Fragen gestellt würden.

Michael entschied, daß es Zeit für eine andere Taktik war. Ja, er stelle allen solche Fragen, sagte er und bot ihr Kaffee an. Sie zögerte, blickte ihn an und nickte. Er brachte ihr Kaffee und betrachtete ihre zitternde Hand, als sie die Glastasse hielt. In väterlichem Ton erklärte er ihr, daß er einen Mordfall untersuche, einen komplizierten außerdem, er müsse viele Dinge klären.

Er lehnte sich auf den Tisch und beugte sich so dicht wie möglich zu ihr, als bringe er ihr besonderes Vertrauen entgegen. Sie beruhigte sich zusehends, taute auf, und freiwillig, ohne daß er die Frage wiederholt hatte, erzählte sie, ihr Mann habe die Nacht in seinem Arbeitszimmer verbracht, im Erdgeschoß. Er stecke in einem schwierigen Prozeß, erläuterte sie, er sei Bezirksrichter, und jedesmal, wenn ein Urteil bevorstehe – wie jetzt –, ziehe er sich in sein Arbeits-

284

zimmer zurück, um sich die Beweislage noch einmal zu vergegenwärtigen. Er spreche mit niemandem darüber. Daher sei sie ihm am Morgen nicht begegnet, auch nicht beim Verlassen des Hauses.

»Sicherlich ist es kein Problem, diese Aussage zu bestätigen«, sagte Michael liebenswürdig. »Sind Sie zu Fuß ins Institut gegangen?«

Nein, sie sei mit ihrem Auto, einem blauen BMW, gefahren.

»Der, aus dem Sie gestern vor Eva Neidorfs Haus gestiegen sind?« fragte Michael in einem Ton, als würden sie sich schon lange kennen.

Ja, das sei ihr Auto.

»Dann besteht gewiß kein Problem. Es gibt immer jemand, der einen gesehen hat.« Das solle sie ihm überlassen. Er betrachtete ihre Augen, las Unverständnis wegen seines neuen Tonfalls darin, ein Gefühl der Erleichterung vermischt mit Mißtrauen. »Wenn Sie mir nur sagen, um wieviel Uhr genau Sie das Haus verlassen haben. Um fünf vor zehn?« Er notierte einiges auf dem Formular, das vor ihm auf dem Tisch lag, und sah sie zufrieden an, als sei sie ihm besonders behilflich gewesen.

»Da ist etwas, das ich Sie gern fragen möchte«, sagte er und neigte sich ihr wieder zu, und sie war wieder auf der Hut. »Welche Verbindung besteht zwischen Ihnen und Elischa Naveh?« Michael richtete sich etwas auf und erwartete ihre Antwort. Er sah Überraschung in ihren Augen und auch eine neue Furcht, wie sie vorher nicht vorhanden gewesen war.

Da sie keine Antwort fand, fragte sie unruhig, weshalb er frage. »Was hat er mit all dem zu tun?«

»Nichts, soweit wir wissen«, sagte er in kollegialem Ton, »aber weil ich Sie beide miteinander sprechen sah, neben dem Auto, dachte ich...«

Offensichtlich wollte sie protestieren: Er konnte sie unmöglich gesehen haben, er war nicht in der Nähe. Dina Silber war ein berechnender Mensch. Sie blickte ihn an und fragte, wie sie eine Antwort mit ihrer Berufsethik vereinbaren solle.

»Aha«, sagte Michael, »er ist Ihr Patient?«

»Nein, das nicht, aber er war mein Patient.« Sie betonte das Wort »war«.

»Wo und wann?«

Sie habe ihn zwei Jahre lang behandelt, bis er achtzehn war, in der psychiatrischen Klinik im Norden Jerusalems.

»Also bis vor einem Jahr«, überlegte Inspektor Ochajon laut. »Und ist die Therapie abgeschlossen?«

Das sei eine komplizierte Geschichte, sagte sie, die nichts mit dem Fall zu tun habe, sondern mit der Beziehung, die der Patient zu ihr entwickelt habe. »Eigentlich ist die Behandlung unterbrochen, aber nicht abgeschlossen worden«, erläuterte sie, »und ich konnte ihm nicht mehr helfen, aber da müßte ich Ihnen schon mit Fachausdrücken kommen, wenn ich das erklären wollte.«

»Welche Fachausdrücke«, fragte Michael interessiert, »kann der Begriff Übertragung hier helfen?« Mit Befriedigung sah er, wie sich Überraschung und neuer Respekt in ihren Augen spiegelten.

»Ja, dieser Begriff kann gewiß helfen. Sehen Sie«, sagte sie im belehrenden Ton, »ich weiß natürlich nicht, inwieweit Sie mit dem Gebiet vertraut sind, aber der Junge hat verschiedentlich agiert, kennen Sie den Ausdruck?«

Nein, den kenne er in diesem Zusammenhang nicht. Ob sie ihn erklären könne?

Ihr Gesicht nahm eine selbstsichere Ernsthaftigkeit an, die Michael nicht zerstören wollte. »Mit anderen Worten«, sagte sie, »er fing an, mich mit Telefonaten zu belästigen, mit unerwarteten Begegnungen, mit Forderungen. Er wollte seine erotischen Phantasien realisieren.«

»Wollen Sie damit sagen, daß er sich in Sie verliebt hat?«

»Einfach ausgedrückt: ja. Der Fachausdruck wäre Übertragungsneurose. Das bedeutet, daß der Patient versucht, die Übertragung in der Wirklichkeit auszuleben, anstatt im Gespräch während einer Sitzung.«

»Und dann wird die Behandlung abgebrochen? Ich dachte, die Übertragung sei eine der Bedingungen für den Erfolg der Behandlung.«

Wieder blitzte ein Funke der Überraschung auf. »Grundsätzlich haben Sie recht, aber in diesem Fall kam es zu einer Gegenübertragung und...«

»Was bedeutet das?« fragte Michael ungeduldig, »wollen Sie damit sagen, daß er Sie nervös gemacht habe? Oder haben Sie bestimmte Empfindungen ihm gegenüber entwickelt?«

Ja, das habe sie. Er beschäftigte sie außerhalb der Sitzungen in einem Maße, das die Fortsetzung der Behandlung unmöglich machte. Sie habe nicht gewußt, was aus ihm geworden war. Bei der Beerdigung habe sie ihn zum ersten Mal seit dem Abbruch der Behandlung gesehen.

»Das heißt, daß Sie ihn ein volles Jahr nicht gesehen haben, und plötzlich erscheint er auf der Trauerfeier?« fragte Michael und hielt den Stift, um zu notieren. »Sind Sie sicher? Kein Kontakt?« Wieder klang seine Stimme feindselig, er konnte es nicht unterdrücken, ohne zu wissen, weshalb. Dann fing er sich und erklärte ihr, daß seine Notizen genau sein müßten.

»Sicher, aber warum sind diese Informationen so wichtig?« Sie war sichtlich nervös. »Es widerspricht meinen ethischen Grundsätzen, wenn Dinge publik werden, die der ärztlichen Schweigepflicht unterliegen.«

Michael fragte, ob der Patient sie während eines ganzen Jahres überhaupt nicht belästigt habe.

»Nein, nur manchmal telefonisch«, sagte sie zögernd.

»Wo hat er Sie angerufen?« fragte er und hielt den Kugelschreiber fest.

»In der psychiatrischen Klinik. Ich habe bis vor sechs Monaten dort gearbeitet.«

»Und seitdem haben Sie nichts von ihm gehört?« fragte Michael, der fühlte, wie seine Spannung wuchs. Er spürte, daß ihn etwas daran hinderte, die Tatsachen zu erkennen, aber er wußte nicht genau, was es war.

Nein, sie habe nichts von ihm gehört, seit sie die Klinik verlassen habe, und gestern bei der Trauerfeier habe sie ihn zum ersten Mal wiedergesehen.

Warum ihr der Junge dann vom Friedhof bis zur Praxis und von dort zu Neidorfs Haus und anschließend zu ihrem eigenen Haus gefolgt sei?

Ihr Gesicht wurde aschfahl. Heiser fragte sie: »Sind Sie sicher?«

Er nickte und fragte, was er nach der Beerdigung zu ihr gesagt habe.

»Er sagte, er müsse sich mit mir treffen. Ich habe ihm erklärt, daß ich nur Privatpatienten habe und ihn daher nicht annehmen könne. Es ist unserer Ansicht nach unmoralisch, wenn der Therapeut Patienten privat akzeptiert, die er im Rahmen des öffentlichen Gesundheitswesens behandelt hat. Ich habe ihn wieder an die Klinik verwiesen.«

Michael spürte, daß sie etwas vor ihm verbarg und fragte, ob sie sich vor Elischa Naveh fürchte.

Nach kurzem Nachdenken antwortete sie, daß sie sich nicht fürchte, er sei niemals gewalttätig gewesen, trotzdem wisse sie nicht, wie sie sein Verhalten interpretieren solle.

»Hat er möglicherweise Kontakt mit Eva Neidorf gehabt?« Dina Silber schüttelte verneinend den Kopf. »Unwahrscheinlich. Sie hätte ihn nicht zur Behandlung angenommen, sie hatte keine Zeit. Auch ansonsten gab es keine Berührungspunkte. Das hätte er mir mitgeteilt.« Auf Michaels Frage in väterlichem Ton, ob sie sich vor etwas fürchte, sagte sie, daß sie seit dem Geschehen am Sabbat sehr empfindlich sei. Alles versetze sie in Schrecken, aber dieser Schrecken habe keine rationale Ursache. »Das gehört zur Reaktion auf Dr. Neidorfs Tod und vergeht sicherlich.« Sie versuchte zu lächeln. Nach einer kleinen Weile behauptete sie, daß sie sich um den Jungen Sorgen mache. »Vielleicht wäre es klüger, ihn jetzt nicht zu verhören und zu warten, bis er ruhiger ist.«

Michael fragte erneut nach ihrer Beziehung zu Eva Neidorf, und wieder sagte sie, daß sie in ihrer Schuld stehe und daß sie viel von ihr gelernt habe. Ihre Worte klangen vollkommen hohl, keinerlei Empfindung begleitete sie, nicht einmal eine Empfindung, wie sie in Linders Worten gelegen hatte. Sie klang wie ein Tonband, als wiederhole sie Auswendiggelerntes.

»Ist es wahr, daß die Verstorbene kühl und distanziert gewesen ist?«

Nein, davon habe sie nie etwas gespürt. »Wir haben einander eigentlich sehr nahegestanden und voll vertraut. Eva Neidorf war einfach eine verschlossene und introvertierte Frau, aber sie war nicht kalt.«

Und dann fragte er sie nach ihrer Begegnung mit Hildesheimer, am Sonntagnachmittag vor seinem Haus.

Sie blickte ihn bestürzt an, fragte aber nicht, woher er davon wisse, und versuchte auch nicht auszuweichen, sondern sagte nach kurzem Bedenken, daß Hildesheimer ihr Analytiker gewesen sei.

»Wie lange?« Die Analyse sei vor anderthalb Jahren abgeschlossen worden, entgegnete sie, und habe annähernd fünf Jahre gedauert. Sie habe ihn zufällig auf der Straße getroffen, als sie unterwegs war, um eine Zeitung zu kaufen.

Warum sie dann so lange vor dem Haus hin- und hergegangen sei, erkundigte sich Michael, und diesmal fragte sie, woher er das wisse, sie unterbrach sich selbst, und wieder erschien ihr gequältes Lächeln. Sie wolle hier nicht darlegen, wie schwer ihre Lage sei, daher habe sie verschwiegen, daß sie vor seinem Haus auf ihn gewartet hatte. Sie wollte ihn dringend sprechen, sie brauchte ein Gespräch, und er hätte dem am Telefon niemals zugestimmt. Sie wollte ihn sofort in sein Zimmer begleiten, aber er erwartete einen Patienten und konnte sich auch für den folgenden Tag nicht frei machen, wegen der Beerdigung. Er habe erst in der kommenden Woche Zeit für sie.

Michael sah auf die Uhr, die bereits halb zwölf zeigte. Dina Silber begann schon ihren Mantel zuzuknöpfen, als er sie fragte, ob sie von Joe Linders Revolver gewußt habe.

»Was meinen Sie damit?«

»Wußten Sie, daß er einen Revolver besitzt?« Michael

verschwieg mit Bedacht, daß der Revolver, mit dem Eva Neidorf erschossen worden war, Linder gehörte, und er fragte sich, ob Linder selbst es ihr gesagt hatte.

Sicher wußte sie von der Waffe. »Wer wußte es nicht?« fragte sie und zeigte wieder ihr totes Lächeln. »Joe hat ununterbrochen davon erzählt.« Michael entging die überlegte Wortwahl nicht, und er fragte nach ihrer Beziehung zu Linder und seiner Familie.

»Schauen Sie, das sind sehr komplexe Beziehungen. Es bestand eine starke Konkurrenzsituation, als ich bei ihm und Dr. Neidorf zur Supervision war. Vorher hatten wir eine einfache, freundschaftliche Beziehung. Ich weiß nicht, ob Sie bemerkt haben, wie wichtig es für Joe ist, daß alle ihn mögen. Er war immer wegen meiner beruflichen Beziehung zu Dr. Neidorf besorgt.«

»Wissen Sie, wo sich der Revolver in Linders Haus befindet?«

»Irgendwo im Schlafzimmer, von dort hat er ihn jedesmal geholt, wenn er ihn zeigen wollte, aber ich weiß nicht genau, wo im Schlafzimmer.«

»Sie haben doch am Abend der Party sicher das Schlafzimmer betreten, um Ihren Mantel abzulegen? Waren Sie dabei alleine?«

»Es war niemand sonst im Zimmer. Ich weiß noch, daß ich das schlafende Kind betrachtet habe. Die Mäntel lagen auf dem Sofa.« Auf Michaels Frage sagte sie, daß sie niemals einen Revolver benutzt habe.

Während des Militärdienstes habe sie psychologische Tests durchgeführt und nach der Grundausbildung keine Waffe mehr angerührt. Ja, damals habe sie gelernt, ein Gewehr zu bedienen, ein tschechisches Modell, »aber es ist mir kein einziges Mal gelungen, das Ziel zu treffen. Ich bin technisch unbegabt«. Joe habe einmal erklärt, wie sein Revolver funktioniere und auch betont, daß er ständig geladen sei, aber sie habe es nicht versucht, obwohl er sie gedrängt habe. »Waffen jagen mir Furcht ein.«

Die letzten Worte sagte sie mit einer gewissen Koketterie, sie zeigte ihre Grübchen und zwinkerte sogar. Aber Michael fühlte sich wie jemand, der die Büchse der Pandora geöffnet hatte, ohne das Eigentliche zu erkennen.

Bevor er sich von ihr verabschiedete, schon in der Tür, fragte er sie so beiläufig, als sei es ihm eben eingefallen, ob sie bereit sei, sich mit einem Lügendetektor vernehmen zu lassen. Ein vorsichtiger Blick in ihre Augen enthüllte einen Anflug von Furcht, aber sie sagte nur, daß sie darüber nachdenken müsse. »Das eilt doch nicht«, – war das eine Feststellung oder eine Frage? Er schüttelte den Kopf, es eilte nicht.

Man kann nicht wissen, dachte er, ob sie einfach skeptisch ist, oder ob sie Zeit gewinnen will. Nach Michaels Erfahrung erschraken die Menschen manchmal auch dann vor einer Vernehmung mit dem Lügendetektor, wenn sie nichts zu verbergen hatten. Schon halb auf dem Gang fragte er, ob sie etwas über Neidorfs Vortrag wisse.

Nein, sie habe nur den Titel gehört, sagte sie, aber es sei ihr bekannt, daß Hildesheimer Dr. Neidorf stets bei der Vorbereitung der Vorträge geholfen habe, und sie sah Michael fragend an.

Er antwortete nicht und dankte ihr nur höflich dafür, daß sie ihm den Namen der zusätzlichen Patientin übermittelt habe. Sein Gesicht verriet nichts von seiner Verlegenheit und der Unklarheit, in der er sich befand. Als er wieder neben seinem Tisch stand, spulte er das Tonband zurück und hörte sich noch einmal das Gespräch an, das während der letzten drei Stunden in seinem Zimmer stattgefunden hatte. Er nahm den Telefonhörer ab, ohne das Gerät auszuschalten, und wählte die Nummer von Balilatis Zimmer im dritten Stock. »Ich bin gerade angekommen«, sagte Balilati kurzatmig, »ich hab' vergessen, wie das ist, wenn man mit dir arbeitet. Ich bin in zwei Minuten da.«

Aus den zwei Minuten wurden fünfzehn. Michael hatte es sich auf seinem Stuhl inzwischen bequem gemacht und die Beine ausgestreckt. Mehrmals hörte er den letzten Teil des Gesprächs ab, in dem es über ihre Beziehung zu dem Jungen, zu Neidorf, Linder und Hildesheimer ging. Als Balilati das Zimmer betrat – schnaufend und eine Tasse Kaffee in der Hand –, schob Michael ihm einen Bogen Papier zu und fragte ihn, ob er mit ihm einige Fragen durchgehen könne. Balilati war einverstanden. »Aber vorher«, sagte er, »kann ich deine Frage beantworten, was die Informationen über den Oberst betrifft.« Hier machte er eine Pause für die Ausrufe des Entzückens, die er erwartete.

Wenn Balilati auch bescheiden wäre, dachte Michael, wäre er wirklich vollkommen. Aber das Lob, das er verlangte, war kein zu hoher Preis für seine Mitarbeit. »Du bist wirklich großartig, unersetzlich«, sagte Michael, und das genügte, um dem Nachrichtenoffizier ein Lächeln von Ohr zu Ohr ins Gesicht zu zaubern. Balilati steckte die Hemdenzipfel, die unter seinem Pullover hervorschauten, in die Hose. Den Pullover hatte zweifellos seine Frau selbst gestrickt – Michael erinnerte sich undeutlich an eine einfache, etwas dickliche Frau, den Berichten zufolge eine erstklassige Köchin. Balilati fuhr fort: »Also, es ist dir egal, wie ich an die Information komme, unter der Bedingung, daß niemand davon erfährt, abgemacht? Es wird sich kaum in einigen Stunden erledigen lassen, es ist kompliziert, wird länger dauern, ich meine, einige Tage.« Michael drückte seine Verwunderung aus und fragte vorsichtig, wie viele Tage.

»Zwei, drei Tage, vielleicht fünf, ich kann dir nicht erklären, warum, aber ich habe es dir im voraus gesagt. Und jetzt kannst du mir deine Fragen zeigen.«

Balilati setzte sich hin und legte seine großen Hände auf den Fragebogen, den Michael vorbereitet hatte. Nachdem er einen flüchtigen Blick darauf geworfen hatte, sah Balilati auf und meinte: »Um wen geht's? Die Braut, die hier auf dich gewartet hat? Über die du gesprochen hast? Die der Bursche verfolgt hat? Rafi hat erzählt, sie wäre mit Hämmerchen verheiratet, stimmt das?« Michael nickte, und Balilati nahm sich eine Zigarette aus der zerquetschten Noblesse-Packung, die auf dem Tisch lag. »Wird mir ein Vergnügen sein, ihm eins auszuwischen. Vielleicht flirtet sie zuviel? Naheliegend. Du willst Auskünfte zum Militärdienst? Waffenschein? Verbindungen mit dem durchgedrehten Diplomatensöhnchen? Ob sie was mit ihm hat? Du übertreibst! Sie könnte seine Mutter sein!«

Hier erklärte Michael dem Nachrichtenoffizier, daß Dina Silber Elischa Navehs Psychologin gewesen sei, und er fügte hinzu, daß er sich undeutlich daran erinnere, daß zu einer gewissen Zeit das Leben des Richters bedroht gewesen sei. Er wolle wissen, ob eine Waffe angeschafft wurde und ob in dem großen Haus in Jemin Mosche jemand gelernt habe, damit umzugehen.

»Weshalb fragen wir nicht den Computer?« Michael setzte ihm auseinander, daß hier Diskretion erforderlich sei.

»Ist schon lange her«, sagte Balilati langsam, »daß ich so eine Untersuchung hatte. Schönheiten, Richter, Truppenkommandanten, was haben wir noch? Ah, Psychologen, natürlich.«

»Sag nicht, das Leben sei uninteressant«, bemerkte Michael und stellte das Tonbandgerät ab. »Gehen wir, laß uns sehen, wie sie unten vorankommen.«

Er nahm das Zigarettenpäckchen, und beide verließen das Zimmer.

Chedva Tamari, die junge Ärztin aus dem Margoa-Krankenhaus, wurde gerade von Zila verhört, die sofort den Raum verließ, als sie Michael hörte. Sie ging auf ihn zu und wischte sich die Stirn. »Die Frau wimmerte die ganze Zeit«, berichtete sie. »Das zweite Verhör heute, ich bin gleich fertig, aber wir haben von ihr nichts Neues erfahren. Jedesmal, wenn ich die Ermordete nur erwähne, bricht sie in Tränen aus. Seit einer Stunde geht das jetzt so, und das einzige, was wir noch nicht wußten, ist, daß sie eine besondere Regelung mit dem Bereitschaftsarzt hat: Er steht den ganzen Tag zu ihrer Verfügung, wenn sie Notdienst hat. Was die Männer nicht alles für ein Mädchen tun!«

Michael ließ sich von Zilas aufgeräumter Stimmung nicht irreführen. Ihre Verhörmethoden waren scharf und effektiv.

»Die erste Vernehmung hat länger gedauert, etwa zwei Stunden. Dr. Daniel Waller von der Ausbildungskommission, erinnerst du dich an ihn? Der mit den grauen Haaren. Auch aus ihm habe ich nichts herausbekommen. Beide sind bereit, sich mit Lügendetektor vernehmen zu lassen«, sagte sie, ohne gefragt worden zu sein.

Menni verhörte in einem anderen Raum Tami Zvi'eli, für

die die Party bei Joe Linder gegeben worden war, eine verwelkte Blondine mit rosa Augen. »Auch sie«, sagte Menni, »ist bereit, sich an den Lügendetektor anschließen zu lassen.«

»Jeder hat irgendein Alibi«, meinte Rafi. »Nichts Besonderes, nichts, was wie geplant wirkt, sondern ganz alltägliche Sachen. Sie waren mit der Familie zusammen, haben ferngesehen, sind schlafen gegangen, sind am Sabbat spät aufgestanden. Ich habe über keinen etwas Auffälliges herausbekommen.«

Balilati ging seinen eigenen Angelegenheiten nach, und Michael kehrte in sein Zimmer zurück, um sich mit Dr. Giora Böhm, Kandidat am Institut und Stationsarzt im Kfar-David-Krankenhaus, zu treffen. Es war der bärtige Glatzköpfige, der Dina Silber in die Einsegnungshalle begleitet hatte.

Dr. Giora Böhm sprach mit schwerfälligem südamerikanischen Akzent, er rollte die Worte, als genieße er ihren Klang. Am Freitagabend hatten ihn Freunde zum Abendessen besucht. Am Sabbatmorgen war er mit seinen Kindern spazierengegangen und um halb zehn nach Hause zurückgekehrt, wo er die Kinder – zwei Jungen und ein Mädchen, keins älter als acht – seiner Frau übergeben hatte, bevor er ins Institut fuhr.

Dr. Neidorf war seine Lehrerin im Institut, das heißt, sie unterrichtete seinen Jahrgang, zehn Leute, für die Dauer von zwei Jahren. Er erhielt von ihr weder seine Lehranalyse noch seine Supervision. »Ich habe sie verehrt«, erklärte er, »aber sie hatte keine Zeit für mich.« Als er sah, daß der Inspektor ihn nicht verstand, ergänzte er, daß sie ausgelastet war und eine Warteliste von zwei Jahren hatte.

Böhm hatte die Beine übereinandergeschlagen und sich zurückgelehnt. Er stopfte seine zierliche Pfeife, worauf er ein goldenes Feuerzeug aus der Westentasche seines grauen Anzugs zog und die Pfeife in den Mund steckte, den ein gepflegtes Bärtchen umgab. Michael erkannte sofort, welche Beziehung dieser Mann zu sich selbst und zu seinem Körper hatte. Das Behagen, das ihm seine eigenen Worte bereiteten, ermöglichte keinen Augenblick der Stille. Er hatte auf jede Frage eine Antwort, auch wenn er nichts zu sagen hatte: Er war auf der Party; er liebte Partys; er betrank sich wie ein Vieh, was ihn besonders froh stimmte; er habe Linder gern, sehr sogar, erhielt von ihm auch zwei Jahre Supervision. Es war unmöglich, von ihm Worte der Kritik über Leute aus dem Institut zu hören.

An einem bestimmten Punkt des Gesprächs, das trotz Michaels Bemühungen locker und oberflächlich blieb, fragte Michael: »Glauben Sie eigentlich, daß ich als unerkanntes Mitglied in Ihrer Ausbildungskommission sitze? Oder warum sonst kommt auch nicht die kleinste kritische Silbe über Ihre Lippen?«

Böhm brach in Gelächter aus und fragte, ob er ihm gestatte, diesen Scherz weiterzuerzählen. Er ließ aber keinerlei Spannung erkennen, sondern gab offen zu, daß er nicht beabsichtige, »gegen irgend jemand dort negative Gefühle« zu hegen, solange er nicht seinen Weg durch das Institut beendet habe.

Trotz Böhms ironischer und selbstsicherer Art begann Michael sich zu fragen, warum dieser Mensch diesen Beruf ergriffen hatte. Und er entdeckte eine tiefe Trauer, vor allem in den Augen des Mannes, die weder nervös noch ängstlich, sondern nur leblos wirkten.

Er glaube nicht, erklärte er Michael, daß jemand vom Institut mit dem tragischen Tod Dr. Neidorfs in Verbindung stehe, er glaube es einfach nicht, wie viele Beweise der Inspektor auch dafür vorbringe. Und dann spulte er die Antworten auf Michaels Fragen herunter: Ja, er könne mit einem Revolver umgehen, gewiß habe er Linders Revolver gesehen. Er erinnere sich nicht, ob er im Schlafzimmer war, sicher war er zu betrunken, um sich zu erinnern. Vielleicht habe seine Frau die Mäntel geholt, er erinnere sich nicht. Er habe nichts gegen den Lügendetektor, das könne eine aufregende Erfahrung werden.

Wäre nicht der traurige Blick seiner Augen, könnte man glauben, daß er irgendeine Kuriosität schildert, dachte Michael. Die Trauer schien tief und wesentlich zu sein, sie hatte nichts mit den Ereignissen zu tun.

Auf die Frage, wie er sich an dem Morgen gefühlt habe, an dem über seine Fallstudie abgestimmt werden sollte, erklärte er, er sei sehr aufgeregt gewesen, obwohl er sich gesagt habe, daß er schlimmstenfalls seine Arbeit korrigieren mußte, und darauf habe er sich von vornherein vorbereitet. Er habe nicht bezweifelt, daß man ihn als Mitglied des Instituts akzeptieren würde. »Wer schließlich das achte Jahr erreicht hat und drei Patienten behandeln darf, muß etwas sehr Schwerwiegendes anstellen, um nicht akzeptiert zu werden, ich kann mir nicht einmal ausmalen, was.« Er hob die Augenbrauen, als er sich die Pfeife ansteckte, und ließ Michael nicht aus den Augen, der – wenn auch widerwillig – lächeln mußte.

»Weshalb haben Sie diesen Beruf gewählt?«

Dr. Böhm lächelte verschmitzt, aber seine Augen blieben traurig. »Ich habe gehört, wie hart die Kandidaten gesiebt werden, und da konnte ich der Versuchung nicht widerstehen, mein Glück zu versuchen. Schließlich und endlich ist es ausgesprochen interessant. Und Psychiater war ich bereits. Ich hatte eine Menge Ideen zur Verbesserung der Strukturen und der Behandlungsmethoden, deshalb wurde ich Psychiater. Aber zum Institut kam ich aus purem Ehrgeiz. Es hat einige Mühe gekostet, Hildesheimer, der mit in der Prüfungskommission saß, zu überzeugen. Aber ich hatte gute Empfehlungen von der Klinik, und ich habe einen Freund, der das Institut absolviert und ein Wort für mich eingelegt hat.«

Mit diesem Mann konnte man über Gott und die Welt plaudern, und als Michael den Mord zur Sprache brachte, wirkte Dr. Böhm weder furchtsam noch angespannt, auch wenn sein Gesicht ernst wurde.

Michael Ochajon blieb auch diesmal mit bedrückter, unklarer Empfindung zurück, als er den Verhörten zur Tür begleitete. Es fällt dir schwer zu glauben, daß das, was du siehst, alles ist, sagte er sich. Aber das ist niemals der Fall, man sieht nicht einmal die Spitze des Eisberges. Aber vielleicht hat er tatsächlich nichts damit zu tun, dachte er, als er auf die Uhr sah, das Tonband zurückspulte und Zila zunickte, die, ohne anzuklopfen, hereinkam und sagte, es sei schon drei Uhr und Zeit für die Mittagspause. Die Versuche Michaels, auf den Berg Arbeit zu verweisen, mißlangen.

»Nur eine Kleinigkeit um die Ecke, ich hasse es, allein zu essen, das weißt du, und du hast mir Eli weggenommen, der nicht einmal angerufen hat.«

Seufzend nahm Michael seinen Parka, reichte Zila den Arm, und auf dem Weg nahmen sie noch Menni mit. »Alles kann warten«, sagte Zila zufrieden. Als Michael seinen

Mokka trank, den der liebenswürdige Alte am Imbiß bereitet hatte und ihnen an dem wackligen Tisch servierte, fiel
ihm plötzlich ein, daß Dr. Böhm mehr als jeder andere den
Wunsch gezeigt hatte, gefällig zu sein und sich beliebt zu
machen, auch wenn keinerlei Ähnlichkeit mit Linders Verzweiflung vorlag, der bereits am Ende seines Weges ange-
langt war. Aber auch dieser Gedanke half ihm nicht, die
Trauer in Böhms Augen zu begreifen. Auch das muß ich
einmal mit Hildesheimer erörtern, dachte er.

Vierzehntes Kapitel

Vierzehn Tage waren vergangen, seit Balilati begonnen
hatte, Erkundigungen über Oberst Joav Alon anzustellen,
und er schien wie vom Erdboden verschluckt. Zunächst
maß Michael dem keinerlei Bedeutung bei, als aber fünf
Tage verstrichen waren, begann er wie ein Verrückter zu
suchen. Er konnte ihn erst spät in der Nacht zu Hause
erreichen, aber Balilati weigerte sich, zu sprechen. »Ich
arbeite, mein Freund. Wenn ich etwas zu sagen habe, wirst
du der erste sein, der es erfährt, glaub mir.«

Michael glaubte ihm, war aber ungeduldig. »Was ist mit
dem Mädchen? Kannst du mir wenigstens über sie etwas
berichten«, drängte er Balilati, der ihn warnte, nicht am
Telefon zu sprechen.

Der Fall entwickelte sich immer mehr zu reiner Routine-
arbeit. Das Wetter wurde angenehmer. Die Partyteilnehmer

waren alle vernommen worden, auch die Patienten. Der Lügendetektor zeigte, daß alle die Wahrheit sagten. Dina Silber war noch nicht mit dem Apparat untersucht worden. Sie litt unter einer schweren Sinusitis und bat um Aufschub. Es zeichneten sich keine neuen Entwicklungen ab. Zeit, um etwas zu inszenieren, dachte Michael. »Wir müssen ein bißchen Aufregung schaffen, damit etwas geschieht«, sagte er zu Eli Bachar bei einer ihrer täglichen Begegnungen.

Jedesmal wenn Michael an einer Untersuchung beteiligt war, behaupteten seine Mitarbeiter, war »er von einem Dybbuk besessen«. So formulierte es Schorr anläßlich ihrer Gespräche in dieser Übergangszeit. »Jetzt ist Dina Silber Ihr Dybbuk? Ich behaupte nicht, daß Sie sich immer geirrt haben, aber sagen Sie nicht, daß Sie immer recht hatten. Sie hat eine Lungenentzündung, ich habe mit dem Hausarzt gesprochen. Und auch wenn sie nicht krank ist: Nichts berechtigt Sie, Druck auszuüben. Sie haben nur Vermutungen. Und vergessen Sie nicht, wer ihr Mann ist.«

Nach Dienstschluß, beim Abendessen im Restaurant auf dem Schuk, gestand Schorr, daß er mit ihr, wäre sie nicht mit »Hämmerchen« verheiratet, weniger nachsichtig umgehen würde. »Aber«, sagte er und legte die Gabel auf den Teller, »es liegt auch an Ihnen. Bringen Sie jemand, der ihr Auto an jenem Sabbatmorgen gesehen hat, bringen Sie jemand!«

Michael, der in den letzten Wochen seinen Appetit verloren hatte, erzählte frustriert von den Gesprächen mit den Nachbarn, mit den Tennisspielern, die morgens auf dem Platz gegenüber vom Institut gespielt hatten, und sogar mit Leuten von der Bürgerwehr. »Niemand hat gesehen, wie sie das Haus verließ. Eine Menge Leute hat sie pünktlich um zehn im Institut ankommen sehen, aber niemand am frühen Morgen. Trotzdem, ich habe ein merkwürdiges Gefühl.«

»Wie Sie wissen, arbeitet man hier nicht nur mit Gefühlen«, sagte Schorr, als er sich den Bierschaum von der Oberlippe wischte, »nicht daß ich die Bedeutung der Gefühle leugne, aber hier geht es um die Gattin des Bezirksrichters. Sie hat eine Lungenentzündung, sie flüchtet nicht aus dem Land, und vor allem: Ich sehe nicht, welches Motiv sie gehabt haben könnte. Sie haben selbst gesagt, daß ihr diese Klinik eine erstklassige Empfehlung mitgegeben hat und daß Rosenfeld zufolge keinerlei Zweifel an ihrer Aufnahme durch die Ausbildungskommission bestanden hätten. Welches Motiv also könnte sie gehabt haben?«

Michael Ochajon öffnete den Mund, aber schließlich stopfte er etwas von dem kleingeschnittenen Salat hinein und nickte trübsinnig.

Nira war tatsächlich nach Europa gefahren, und Juval wohnte bei ihm. Morgens beklagte sich der Junge, daß er nachts aus dem Nebenzimmer gehört habe, wie der Vater im Schlaf mit den Zähnen knirschte. Michael wurde immer verschlossener und versank in Depression, ohne zu wissen, weshalb.

Mit Maja konnte er sich unmöglich in seiner Wohnung treffen. Während der wenigen Begegnungen in ihrem kleinen Café an der Ecke beklagte sie sich nicht, sondern blickte ihn nur sehnsüchtig an. Er konnte ihr nichts erwidern, ihm war nicht nach Gesprächen, er wollte sich nur in seinem Bett an sie schmiegen und umarmt werden. Maja behauptete, daß er jedes Jahr, wenn es Frühling werde, unter Depression leide, das wiederhole sich, aber er wußte, daß dieser Fall an allem schuld war.

Die Vernehmungen ergaben nichts Neues. Sie waren zumeist interessant, aber unergiebig. Bei einer der beiden Begegnungen mit Hildesheimer, sagte ihm der Alte, daß das Leben im Institut unerträglich geworden sei. »Das Institut ist krank«, sagte er traurig und sah Michael mit einem fragenden Blick an.

Die Presse erleichterte die Lage nicht. Sie übte Druck aus, Polizeireporter protestierten energisch gegen den Mangel an Informationen. Jeden Morgen nahm der Sprecher am letzten Teil ihrer Lagebesprechung teil und erhielt, wie er es nannte, »die tägliche Instruktion, wie er mit vielen Worten nichts sagen könne. Wann gebt ihr mir etwas Wesentliches, damit ich ihnen was zu fressen geben kann?« Dabei warf er Michael einen vorwurfsvollen Blick zu. Auch die täglichen Begegnungen mit Arie Levi, dem Stadtkommandanten, hoben Michaels Stimmung nicht.

Cathérine-Louise Dubonnet erschien auf der Bildfläche und war in jener Zeit der einzige Lichtblick. Michael holte sie am Freitag selbst am Flugplatz ab, vier Tage, nachdem er durch die Familie der Verstorbenen von ihr erfahren hatte.

Auf dem Flugplatz, der ihm eine Ahnung von der großen, weiten Welt gab, dachte er neidisch, daß er selbst jahrelang das Land nicht verlassen hatte. Wieder träumte er von einem ruhigen Leben in Cambridge, vom Studium der Renaissance, von Italienreisen.

Er stand neben der Paßkontrolle und blickte auf die lange Schlange der Ankommenden. Schließlich verlor er die Geduld und ließ Frau Dubonnet über den Lautsprecher ausrufen.

Drei Gespräche führte er mit ihr. Das erste fand im Auto statt, auf dem Weg vom Flugplatz zum Hotel. Sie wollte im

Hotel wohnen, trotz der herzlichen Einladung von Familie Neidorf. Sie hätte es nicht ertragen können, erklärte sie, daß Eva nicht mehr da war.

Sie hatten ihr ein Zimmer in einem billigen Hotel bestellt, aber als Michael sie sah, fuhr er sie direkt zum Hotel King David, und Zila, die auf seine Bitte zur Zentrale ging, erledigte alle Einzelheiten.

Cathérine-Louise Dubonnet, erfuhr Michael Ochajon von seinen Pariser Kollegen, war die bedeutendste Analytikerin am Pariser Institut. Auch Hildesheimer sprach über sie mit Ehrfurcht und großer Hochachtung, trotz seiner grundsätzlichen Bedenken gegen die »Franzosen im allgemeinen«. Ihrem Paß hatte er entnommen, daß sie sechzig war. Ihr weißes Haar war über dem Nacken zu einem dicken Knoten zusammengefaßt, sie hatte braune Augen, die Klugheit und Wärme ausstrahlten und riesengroß waren, wie die eines Babys. Bevor er ihr in die Augen gesehen hatte, machte sie auf ihn den Eindruck einer liebenswürdigen Großmutter auf dem Weg in die Küche. Sie trug ein dunkles, unförmiges Kleid, darüber einen abgetragenen Mantel, ihr Gesicht war ungeschminkt, und ihre unregelmäßigen Zähne, die sie beim Lächeln entblößte, ließen sie ein wenig vernachlässigt aussehen. Ihre flachen Schuhe waren braun und paßten nicht zur Farbe ihres Kleides. Sie fügte sich nicht in das stereotype Bild, das er von französischen Frauen hatte. Wo ist die Eleganz, von der alle reden, dachte er, als sie auf dem Flugplatz voll Wärme seine Hand drückte. Doch als er ihr in die Augen blickte, verlor die Frage der Eleganz jegliche Bedeutung.

Noch im Auto fragte er sie nach der Zusammenkunft in Paris. Eva habe sich kaum vierundzwanzig Stunden in ih-

Armeegruppen zur Verfügung hatte, die für ihn einen großen Teil der frustrierenden Arbeit erledigten, begannen die
Dinge ihn doch zu belasten. Er hätte nicht gedacht, daß ihn
so viele Schwierigkeiten in dem neuen Amt erwarten würden. »Glauben Sie nicht, daß ich übertreibe«, sagte er wie
von Mann zu Mann, »auch Sie hätten das nicht ausgehal-
ten, glauben Sie mir. Sie sehen mir nicht so aus. Sie sind
nicht brutal genug, und das ist keine Sache der politischen
Anschauung. Ich habe mich nie mit politischen Fragen befaßt, das ist eine ganz persönliche Angelegenheit: Ist man in
der Lage, Gott zu spielen? Das war nie meine Stärke, aber es
wurde auch bis dahin nie von mir verlangt.«

Um drei Uhr morgens brachte Menni Kaffee. Michael
fragte Alon, ob er etwas essen möchte. Er wollte nicht essen,
sondern sprechen. »Wie ein Wasserfall«, sagte Menni zu
Schorr, der um vier Uhr morgens »vorbeikam«, »unmöglich ihn aufzuhalten. Seit er zu sprechen begonnen hat, hat
er den Mund nicht mehr geschlossen.« Schorr betrat das
Zimmer nicht, hörte dem Gespräch nur aus dem Nebenzimmer zu und verschwand dann wieder.

Michael hörte, wenn es an der Tür klopfte, er hörte die
Schritte, das Telefonläuten, rührte sich aber nicht von seinem Platz. Er konzentrierte sich nur auf den Oberst, der ihm
sein ganzes Herz ausschüttete. Die Worte strömten, vieles
wurde erzählt, das mit dem Fall in Verbindung stand, vieles,
was nichts mit ihm zu tun hatte, und Michael unterbrach
ihn nicht.

Alon sprach über seine alten Eltern, die den Holocaust
überlebt hatten. Darüber, daß er der einzige Sohn sei, es gab
auch eine Schwester, doch er war der *Kaddisch*, er würde
die Totenklage an ihrem Grab sprechen –, und Michael

335

verscheuchte Nira, Josek und Fela aus seinem Bewußtsein –
beinahe mit dem wörtlichen Befehl: »Geht fort, geht, ihr
stört nur meine Konzentration.« Alon sprach über die Ju-
gendbewegung, den *Schomer ha-Za'ir,* über das Ideal der
Gleichberechtigung, über den freiwilligen Dienst in Sonder-
einheiten der Armee, über die Auszeichnungen beim Studium, über die Hoffnungen, die man auf ihn setzte, als er
beim Militär aufstieg. Alles ging durcheinander, er erzählte
nicht der Reihe nach.

Dann sprach er über seinen ersten Tag als Militärgouverneur. Er erteilte einem alten Bauern aus der Gegend eine
Genehmigung zum Olivenanbau, und der Bauer blickte ihn
auf eine Art an, daß er sich dumm und vermessen vorkam.
Tag für Tag, sagte der Oberst, versuchte er, nichts an sich
heranzulassen, und es gelang ihm auch – so glaubte er
wenigstens –, als er Landesverweisungen unterschrieb, als
er Familienvereinigungen verbot, »alles nach den Richtli-
nien. Ich tat meinen Job. Ständig sitzt einem das Verteidi-
gungsministerium im Nacken. Ich weiß nicht, wo Sie politisch stehen, aber das ist auch irrelevant, glauben Sie mir. Es
ist unmöglich, ein liberaler Militärgouverneur zu sein, das
läßt sich nicht miteinander vereinbaren«. Joav Alon blickte
Michael Ochajon in die Augen und sagte: »Sie verstehen
nicht, was das eine mit dem anderen zu tun hat, aber ich
kann zitieren, was Eva Neidorf gesagt hatte. Sie erklärte
mir, daß alles, was ich nicht sagte, durch den Körper ausgedrückt würde, das ist ein wörtliches Zitat. Bevor ich zu ihr
ging, gab es Tage, da hatte ich alle möglichen merkwürdigen
Gedanken. Ich wollte diesem reizlosen Leben ein Ende machen. An nichts fand ich mehr Geschmack. Nicht am Essen,
nicht an meiner Frau, ich las kein Buch mehr, besuchte keine

Freunde, ging nicht ins Kino – nichts. Unmöglich, lange so zu leben, und ich bin zu meinem Hausarzt gegangen, wegen meiner sexuellen Probleme, und er fand nichts Organisches. Ich mußte meine Schlüsse ziehen. Ich hoffe, Sie nehmen diesen Teil nicht auf, und wenn, so ist es mir eigentlich auch egal, soll doch alles zum Teufel gehen.«

Als der Hintergrund schließlich aufgehellt war, ging Alon zu den Details über, die Michael interessierten. Ein Jahr lang kam er zweimal wöchentlich zu Eva Neidorf. Er achtete peinlich darauf, das Honorar bar zu bezahlen, damit wenigstens Osnat, seine Frau, nichts davon erfahre. Er konnte nicht erklären, weshalb er mit ihr nicht darüber reden wollte. Vielleicht befürchtete er, sie könnte es Joe erzählen, denn nicht mal ihm hatte er sich anvertraut. Er hatte sich an Neidorf gewandt, weil eine gute Freundin, Tami Zvi'eli, die mit ihm auf dem Gymnasium gewesen war, ständig von ihr erzählte, und auch Joe erwähnte sie häufig. Es war klar, daß er ihr nicht bei gesellschaftlichen Anlässen begegnen würde, denn sie kam nicht in Joes Haus. Er verließ sich auf ihre Diskretion, sagte er, und mit Recht. Niemand wußte, daß er bei ihr in Behandlung war, und wenn sie nicht auf diese Weise umgekommen wäre, hätte niemand etwas davon erfahren. Er hatte gleich am Sabbatnachmittag durch Joe von ihrem Tod gehört. Joe rief ihn an, um ihr gemeinsames Mittagessen abzusagen, und erzählte es ihm. Selbstverständlich hatte Joe nicht daran gedacht, ihn zu warnen, denn er hatte keine Ahnung von der Behandlung. Anfangs wußte Alon nicht, daß sie ermordet worden war; Joe erzählte nur, sie sei tot, und er befürchtete nur, daß man die Listen mit seinem Namen in ihrem Arbeitszimmer entdecken könnte. »In der Armee geht man doch davon aus, daß jemand, der zum Psychologen kommt, kein zuverlässiger Mensch ist und ganz bestimmt kein geeigneter Befehlshaber. Offenbar kein Irrtum, ich bin sichtlich nicht geeignet.« Nach dem Gespräch mit Joe geriet er in Panik, fuhr er fort, und wußte nicht, was er tun sollte. Joe erzählte ihm, Eva Neidorf sei eben erst zurückgekehrt, um den Vortrag zu halten, und er vermutete, daß sich die Familie noch nicht wieder zu Hause eingerichtet hatte. Deswegen wartete er bis zum Sonnenuntergang, es regnete noch nicht, und in der Dämmerung brach er durch das Küchenfenster ins Haus ein und nahm die Papiere aus ihrem Arbeitszimmer mit.

Michael hob die Hand und bat um eine Pause. Er wolle einige Dinge klären, sagte er leise. Warum er einbrechen mußte, fragte er dann, wo er doch den Hausschlüssel hatte? Alon war wie vor den Kopf geschlagen: »Welche Schlüssel? Woher sollte ich Schlüssel haben? Ich begreife wirklich nicht, wovon Sie sprechen«, und Michael ging nicht weiter auf das Thema ein, sondern konzentrierte sich auf die Frage, wie er eingebrochen sei.

»Kein Problem. Eine Eisenstange für das Küchengitter genügte. Die habe ich mit Leichtigkeit verbogen und dann das Glas zerbrochen. Das Fenster geht zum Garten, niemand hat etwas gesehen. Dann bin ich ins Arbeitszimmer gegangen. Ich habe alle Schubladen durchsucht, ich nahm die Liste, auf der in großen Lettern ›Patientenhilfe für Notfälle‹ stand, an mich, und auch den Stundenplan habe ich gefunden«, sagte er verlegen. »Sie müssen mir glauben, daß ich nichts gelesen habe, ich habe alles verbrannt, auch ihr Adreßbuch, dort habe ich auch meinen Namen entdeckt.«

»Und den Vortrag«, sagte Michael, als stellte er eine Tatsache fest.

»Den Vortrag?« wiederholte Alon verwirrt und sagte dann: »Ah, den Vortrag, den sie an jenem Morgen halten sollte? Weshalb hätte ich den an mich nehmen sollen, was ging mich der Vortrag an? Ich habe ihn nicht einmal dort gesehen, aber, um ehrlich zu sein: Ich habe auch nicht danach gesucht.«

»Sie sind also nicht alle Papiere durchgegangen?« fragte Michael, und er wußte, daß Alon die Wahrheit sagte, hoffte aber immer noch, sich zu irren.

»Ich habe dort nicht stundenlang gesessen und alle Papiere gelesen, ich habe nur gesucht, was mich verraten konnte. Es hat alles zusammen eine halbe Stunde gedauert, nicht mehr. Ich war unruhig und fühlte mich unbehaglich, jeden Augenblick konnte jemand erscheinen.«

Michael zündete sich eine Zigarette an und fragte, ob er mit Handschuhen gearbeitet habe.

»Ich weiß nicht, warum Sie das Wort Arbeit benutzen, aber ich trug die ganze Zeit Handschuhe, ich weiß, daß es nicht ganz legal ist, in ein Haus einzubrechen.«

»Wenn Sie nicht wußten, wie sie gestorben war, warum mußten Sie an die Polizei denken?« fragte Michael und ließ Alon nicht aus den Augen.

»Nein. Nein, das habe ich nicht gewußt, Joe hat kein Wort davon gesagt. Erst später erzählte er mir, daß Polizei da war und alles andere. Ich kann das mit den Handschuhen nicht besser erklären. Sie müssen mir glauben, ich habe das instinktiv getan. Kann ich noch eine Zigarette haben?« Er bekam noch eine und schilderte auf Michaels Bitten genau jede seiner Bewegungen im Hause Neidorf, wo er begonnen und wo er gesucht hatte, und wieder bestritt er, den Vortrag gesehen zu haben.

339

»Gut. Sie sind eingebrochen, haben die Papiere genommen, was haben Sie damit gemacht?« fragte Michael gespannt.

»Ich bin in mein Auto gestiegen und, Sie werden es nicht glauben, zum Friedhof gefahren. Ich wollte... Ich weiß nicht, was ich wollte, aber ich wußte, daß ich nicht zur Beerdigung kommen würde. Dort habe ich alles verbrannt.«

»Um wieviel Uhr war das?« fragte Michael.

»Ungefähr um halb neun, vielleicht auch neun, nicht später, denn um zehn war ich schon zu Hause.«

Michael dachte daran, daß der Regen erst gegen zehn begonnen hatte, an jenem Sabbat, an dem er bei Hildesheimer saß. Er erinnerte sich an den Rolladen, an das geöffnete Fenster, an Donner und an die Blitze, und er entschied schließlich, daß es erst nach neun begonnen hatte.

»Und anschließend? Was haben Sie anschließend getan?«

»Anschließend habe ich nichts getan. Am nächsten Tag sprach ich mit Joe, nachdem er von dem Treffen mit Ihnen zurückgekehrt war. Er erzählte mir von dem Mord, von seinem Revolver, den ich ihm selbst gekauft hatte, siebenundsechzig, gleich nach dem Krieg, da war ich gerade zweiundzwanzig. Ich geriet in Panik. Ein Mord, das bedeutete Ermittlungen... Gut, ich habe Ihnen gesagt, daß ich mich mit solchen Dingen etwas auskenne. Ich überlegte, wo es noch Unterlagen mit meinem Namen geben könnte.« Alon schwieg und starrte Michael an, der sich bemühte, seinen Gesichtsausdruck nicht zu verändern. Michael hoffte, daß er in diesem Augenblick nur höfliches Interesse zeigte, aber nicht verriet, daß dies der Prüfstein war: Würde Alon freiwillig von dem Steuerberater erzählen? Und wenn er es nicht erzählte, würde das bedeuten, daß auch alles andere gelogen war?

Aber er erzählte es. Alon erzählte, wie er sich an die Quittungen erinnerte, die sie ihm gab, ehrlich wie sie war, obwohl sie wußte, daß er nichts damit anfangen konnte. Sie wußte, daß er die Therapie unbedingt geheimhalten mußte, und trotzdem schrieb sie Quittungen, und er zerriß sie in kleine Schnipsel, sobald er allein war. Joe hatte ihm einmal erzählt, daß er einen neuen Steuerberater habe, Seligman und Seligman, denn Eva Neidorf habe ihn empfohlen. Von Joe, der sich ständig über seine finanziellen Sorgen beklagte, habe er erfahren, daß Quittungsdurchschläge und Patientenbögen dem Steuerberater übergeben wurden. Er habe Seligman angerufen und mitgeteilt, er wolle die Akte holen, die Angestellte wußte, worum es ging. Sie sagte ihm, daß die Polizei bereits angekündigt habe, sie komme morgen gegen neun, daher sei er bereits zwanzig nach acht dort gewesen, habe etwas unterschrieben und die Akte mitgenommen.

Es stimmte bis ins Detail mit dem überein, was Smira gesagt hatte, dachte Michael. Es bestand kein Zweifel, daß der Mann auch das getan hatte, die Frage war nur, ob er noch mehr getan hatte.

»Was haben Sie dann gemacht?«

»Dann bin ich in Richtung Ramat-Rachel gefahren. Dort, hinter Arnona, wo sie noch nicht bauen, habe ich die Akte verbrannt, das heißt, die Papiere, die sich darin befanden. Den Ordner habe ich mit ins Büro genommen, wir benutzen dieselben. Und dann hatte ich wirklich eine Autopanne, der Vergaser war defekt. Ich hatte nicht die Absicht, mir ein Alibi zu verschaffen, aber nachträglich hat es sich so ergeben. Es hat mir aber nicht sonderlich geholfen, wie Sie sehen.«

»Und nachher?« fragte Michael hartnäckig.

»Es gibt kein Nachher, weiter ist nichts passiert. Sie haben mich zur Vernehmung geladen, und ich war nervös, aber weiter habe ich nichts getan. Ich dachte, die Sache wäre erledigt. Genaugenommen habe ich gar nicht soviel darüber nachgedacht, sondern an Eva Neidorf, und wie ich ohne sie zurechtkommen würde. Sie starb, als ich mitten drinsteckte. Wissen Sie, der ganze Eiter ist hochgekommen, jetzt muß die Wunde gereinigt werden, und ich habe niemand, der das tun könnte. Glauben Sie, daß diese Geschichte geheim bleiben kann?«

»Geheim – vor wem?« fragte Michael und steckte sich noch eine Zigarette an. Die Uhr zeigte Viertel vor fünf. Sein ganzer Körper schrie nach Schlaf.

»Vor allem. Was weiß ich. Vor der Armee, der Presse, vor meiner Frau, vor allen. Was meinen Sie?«

Michael sagte, daß die Verhaftung mit Wissen des Generalstabschefs durchgeführt worden sei. Zwar habe man ihm nur ganz allgemein mitgeteilt, worum es gehe, aber er würde eine Erklärung verlangen, das ließe sich kaum umgehen. Sie müßten einiges mit seiner Frau klären. Und hochrangige Polizeibeamte verfolgten ebenfalls die Vorgänge, sagte er und streckte, wie Hildesheimer, die Hände aus.

»Kurz und gut«, sagte Alon bitter, »ich bin erledigt.«

»Nein, Sie sind nicht erledigt«, sagte Michael trocken, »Sie müssen Ihre Militärlaufbahn aufgeben, aber auch das nicht, weil Sie eine Therapie gemacht haben, sondern weil Sie Straftaten begangen haben – Einbruch, Vernichtung von

342

Zeugenmaterial, Betrug und Fälschung. Wir nehmen so etwas nicht leicht. Die Wahrheit ist, daß auch Sie nicht überzeugt davon sind, daß Sie sich wirklich zum Generalstabschef eignen oder zum Oberbefehlshaber. Ich werde versuchen, daß die Presse diese Geschichte nicht aufbauscht, aber auch das nicht, weil ich Sie schützen will, sondern aus Sorge um den guten Ruf der Armee und der Militärverwaltung. Aber bis zur genauen Rekonstruktion, die wir mit Ihnen vornehmen werden, und bis zur Untersuchung durch den Lügendetektor bleiben Sie in Haft. Es sind noch keine achtundvierzig Stunden vergangen. Wenn Sie bis zum Schluß mitarbeiten, werden wir darüber reden, was wir für Sie tun können.«

Alon senkte den Kopf bis auf die Knie und barg ihn in seinen Händen. Für einige Minuten sagte er nichts. Michael unterdrückte sein Mitleid, er erinnerte sich an die zwei Wochen, die Eli Bachar in den Banken verbracht hatte und an die Depressionen, die ihm dieser Fall bereitet hatte. Zorn stieg in ihm auf, aber auch den beherrschte er, sah wieder auf die Uhr und sagte, er müsse auch sein Alibi für die angenommene Mordzeit genau prüfen. »Inspektor Eli Bachar wird Ihnen in den nächsten Stunden Gesellschaft leisten. Wenn Sie schlafen wollen, sagen Sie es ihm, wir haben nicht vor, Sie zu quälen. Solange Sie kooperieren, jedenfalls.« Er stand auf. Seine Beine waren eingeschlafen, die Augen brannten. Er verließ das Zimmer, und Eli, der von Zila geweckt wurde, löste ihn ab.

»Die ganze Arbeit mit den Konten und den Banken – und jetzt stecken wir wieder in einer Sackgasse«, sagte Zila verbittert, als sich Michael noch einmal ins Wohnzimmer neben das Telefon setzte, bevor er nach Hause ging.

»Das klingt, als würdest du bedauern, daß er nicht der Mörder ist«, sagte Michael, und er lächelte nicht.

»Das habe ich nicht gemeint. Aber ich verstehe nicht, weshalb er ein solches Risiko eingegangen ist, nur damit niemand erfährt, daß er zu einem Psychologen geht. Einbruch, Diebstahl – das geht doch zu weit, findest du nicht?«

»Natürlich, es geht zu weit. Aber damit haben wir doch ständig zu tun. Scheint dir ein Mord wegen, sagen wir, hunderttausend Dollar denn nicht zu weit zu gehen? Wenn einer das Mädchen ermordet, das er geschwängert hat, nur weil er die Vaterschaft nicht anerkennen will – ist das nicht übertrieben? Aber darum geht es dir nicht, oder? Du wolltest sagen, daß wir alle gehofft haben, er ist unser Mann, und nun wissen wir, schon vor allen weiteren Untersuchungen, daß er die Wahrheit gesagt hat. Wir müssen wieder von vorne anfangen.«

Im zweiten Stock spähte Frau Brandstädter durch den Türspion und erkannte sofort den großgewachsenen Mann, der um halb sechs die Treppe herunter kam. Sie lächelte zufrieden: Ein Mann, der um halb sechs Uhr früh eine Wohnung verläßt, konnte kaum irgendein netter Verwandter sein. Nein, das war der Beweis für ihre Vermutung: Er ist der böseste von allen. Während er in der Wohnung oben war, hat er ununterbrochen die Möbel verschoben und telefoniert. Jetzt könnte sie vielleicht schlafen.

Drei Tage verbrachten sie mit Alon. Sie verhörten ihn von neuem, auch mit dem Lügendetektor, und es stellte sich heraus, daß der Mann die Wahrheit sagte. Sie ließen sich sogar den Ordner zeigen, den er vom Steuerberater geholt hatte, und die große Plastikmappe, die die Patientenbögen und die Quittungen enthalten hatte. Smira erkannte seine

Stimme wieder, wenn auch nicht mit Gewißheit, und der Schuhabdruck, den sie in Eva Neidorfs großem Garten entdeckt hatten, wurde ein wichtiges Indiz.

Alon führte sie zu der Stelle auf dem Friedhof, wo er die Papiere verbrannt hatte, und auch auf die Hügel in Arnona. Dort zeigte er ihnen die verkohlten Reste vom Einband der Patientenbögen, die unter einem großen Stein verborgen waren. Sie sammelten alles in einem großen Nylonsack.

Sie verhörten Linder erneut, und auch Osnat, Alons Frau, sowie seine Sekretärin Orna Dan, und auch die Nachbarin aus dem zweiten Stock seines Hauses, Frau Stieglitz. Man müsse, versicherte die, schon sehr früh aufstehen, um ihren achtsamen Augen zu entgehen. Sie hatte ihn wahrhaftig am Sabbatmorgen um halb neun das Haus zu Fuß verlassen sehen. Mehr konnte sie allerdings leider nicht sagen. Neidorfs Wohnungsschlüssel wurden nicht entdeckt. Sie suchten bei ihm zu Hause, in seinem Auto, seinem Büro, sie fanden nichts. Während der drei Tage beteiligte sich Michael an allen Vernehmungen, aber sein Herz war nicht bei der Sache. Er wußte, daß der Mann die Wahrheit gesagt hatte. Sie steckten – wie Zila gesagt hatte – wieder in einer Sackgasse.

Schorr behauptete, daß Michaels Vermutungen wegen Dina Silber Hirngespinste seien. »Es gibt keine Anhaltspunkte, und ich weiß nicht, was Sie gegen sie haben. Vielleicht untersuchen Sie das mit einem Ihrer Freunde von dort, von diesem Institut da, vielleicht mit diesem Alten, den Sie so verehren, wie heißt er noch?«

Schließlich lud Michael Elischa Naveh zum Verhör ein. Der junge Mann trieb sich weiterhin vor Silbers Praxis herum und später – da sie noch immer krank war – auch

345

vor ihrem Haus. Er sah zusehends verwahrloster aus, wie Rafi, der ihn beschattete, berichtete.

Er verweigerte jede Zusammenarbeit, leugnete jede Beziehung zu Dina Silber, und auch als Michael seine Behandlung in der Klinik erwähnte, zuckte er nicht mit der Wimper. Er ließ sich nicht unter Druck setzen.

Später würde Michael Hildesheimer erklären, daß er während des gesamten Verhörs das Gefühl gehabt hatte, der junge Mann sei nicht anwesend. »Er war in einer anderen Welt und hörte andere Stimmen, nicht meine. Ich versuchte sogar damit zu drohen, daß wir seinen Vater benachrichtigen, daß wir ihn wegen Drogenbesitzes festnehmen, aber er blickte mich immer nur verwundert an, wie von weit weg, als existiere ich nicht. Erst nachdem ich ihn laufengelassen hatte, was ich noch immer bereue, begriff ich, daß er bereits jenseits aller Furcht war, und wenn das der Fall ist, kann man nichts mehr ausrichten.« Aber dieses Gespräch mit Hildesheimer sollte erst einige Tage nach Beendigung der Ermittlungen stattfinden.

Michael ließ den jungen Mann frei, ohne von ihm irgend etwas erfahren zu haben. Er hatte nichts in den Händen. Juval beklagte sich wieder über das nächtliche Zähneknirschen.

Schließlich genehmigte man, daß Dina Silbers Telefon abgehört wurde, trotz der Bedeutung ihres Mannes, und Michael hoffte, daß das die Erlösung bringen würde. Zwei volle Wochen lauschten sie dem Schweigen. Er mußte zugeben, daß sie nicht geschwätzig war, auch nicht im Krankenbett. Daß sie krank war, ließ sich nicht widerlegen. Sie telefonierte nur mit Patienten, mit Joe Linder und wenigen anderen Leuten vom Institut.

346

Später erst erinnerte sich Michael an einen Anruf, den sie an dem Tag erhielt, als er in das Hadassah-Krankenhaus in Ein-Kerem gerufen wurde. Dina Silber wiederholte einige Male »Hallo«, und von der anderen Seite hörte man nichts, dann wurde das Gespräch abgebrochen. Sie ermittelten den Anrufer – Dina Silber war von einer öffentlichen Telefonzelle auf dem Zionsplatz aus angerufen worden. Michael maß dem keine Bedeutung bei, bis er zum Hadassah-Krankenhaus gerufen worden war. Und da war es schon zu spät, wie er Hildesheimer erzählte.

Sechzehntes Kapitel

Seit Schlomo Gold seine Ausbildung zum Psychiater abgeschlossen hatte, war er nur noch zweimal monatlich als Bereitschaftsarzt in der Klinik. Sechsmal im Monat war er als Bereitschaftsarzt zu Hause, aber nur selten wurde er nachts in die Abteilung gerufen. Er achtete darauf, daß seine Arbeitszeit nicht auf die Nächte fiel, in denen das Hadassah-Krankenhaus in Ein-Kerem für die Notaufnahme zuständig war, damit er einigermaßen Ruhe hatte, wie er Rina, der Oberschwester aus der Notaufnahme, erzählte.

Diesmal zum Beispiel erzählte er ihr in jener Freitagnacht, als sie ihre Schicht um halb elf begann, würde er die Zeit eigenen Angelegenheiten widmen können, weil das Krankenhaus auf dem Skopusberg Notdienst hatte. Er hatte vor, einige Sitzungen der vergangenen Woche zu protokollieren, denn am nächsten Tag hatte er Supervision bei Rosenfeld. Inzwischen, sagte er zu Rina, könne er aber noch mit ihr plaudern. Rina, eine alleinstehende Frau Anfang Vierzig, eher pummelig, mit flachem, breitem Gesicht, warf ihm einen verführerischen Blick zu, lehnte sich an den Schalter, brachte ihr Gesicht dicht an seins und fragte ihn mit weicher Stimme, ob er denn heute nacht unbedingt Protokolle schreiben müsse.

Gold war verlegen und errötete. Er hatte nie über die Sorglosigkeit verfügt, mit der manche Kollegen unverbindlich in den langen Nachtschichten mit Rina flirteten, ziemlich stürmisch, wie sie am anderen Morgen berichteten. Daß er so schüchtern war, amüsierte Rina und veranlaßte sie, sich noch näher an ihn heranzudrängen. Endlich sagte er: »Vielleicht hörst du auf, du bringst mich in Verlegenheit«, und seine hellen Augen wichen ihrem vergnügten Blick aus. Die Situation wurde vom diensthabenden Arzt der Intensivstation gerettet. Sobald er eingetreten war und sich ebenfalls an den Schalter lehnte, widmete Rina ihm all ihre Aufmerksamkeit.

Im Gegensatz zu Gold war Dr. Glauer ein junger Mann, der sich betont locker gab. Er sah nicht besonders gut aus, trat aber mit einem Selbstbewußtsein auf, das Gold niemals aufgebracht hatte. Glauer lächelte Rina aufmunternd zu, ging auf die andere Seite des Schalters, legte ihr den Arm um die Schulter und spielte mit dem Kragen ihrer weißen Bluse, die sie über ihren weißen Hosen trug. Der Reißverschluß der Bluse öffnete sich ein wenig unter den vorwitzigen Händen Glauers, der die halbherzigen Proteste der Schwester ignorierte.

Gold errötete noch stärker und war im Begriff, die Notaufnahme zu verlassen, als eine Krankenbahre hereingetra-

348

gen wurde. Rinas Gesicht wurde plötzlich abweisend, und sie sagte: »Wir haben heute keinen Notdienst.« In der Stille der fast völlig leeren Notaufnahme klang ihre Stimme hart und streng. Gold war überzeugt, daß sie die Träger mit der Bahre hinauswerfen werde, aber da betrat Jakob den Raum, und Rinas Gesicht wurde besorgt und interessiert. »Wer ist das, Jakob?« fragte sie. »Ist das jemand, den du kennst?«

Jakob, ein Medizinstudent im vierten Jahr, der sich sein Geld in der Notaufnahme verdiente, verstand es, in Rina mütterliche Empfindungen hervorzurufen, was keinem vor ihm gelungen war. Er war bleich und schweißbedeckt, er nickte nur und deutete auf die Bahre, von der ein Arm hervorschaute, der an einen Tropf angeschlossen war. Die Pfleger, die die Bahre getragen hatten, begannen, den Patienten vorsichtig auf das erste freie Bett, neben dem Jakob stand, zu heben.

Rina blickte auf den jungen Mann, der auf dem Bett lag, dann auf Jakob und sagte: »Ist das nicht der junge Mann, mit dem du zusammenwohnst?«

Jakob wischte sich das Gesicht und sagte mit zitternder Stimme: »Er hat alles mögliche eingenommen und auch etwas getrunken, sein Puls geht sehr schwach, er ist in keinem guten Zustand.« Er sah Rina an und sagte verzweifelt: »Nun, tut schon was, tut etwas, warum steht ihr alle so herum?«

Sofort begann ein Vorgang, den Gold immer den »Tanz der Dämonen« nannte. Blitzartig faßte Glauers Hand den Puls, das Bett begann sich zu bewegen, Rina rief: »Den Respirator, ich brauche auch den Respirator«, und jemand sprach von Magenspülung. Die Notaufnahme war vom

Lärm der in weißen Kittel hin- und herlaufenden Menschen erfüllt, das Bett wurde in den Korridor geschoben und Jakob nach Einzelheiten befragt. Er antwortete, während er hinter dem Bett herlief, daß er eine Flasche Cognac gesehen habe, er wisse nicht, wieviel Elischa davon getrunken habe, und er habe auch die leeren Behälter der Medikamente gesehen. Nach seiner Schätzung habe Elischa zwanzig Antidepressiva und zehn Barbiturate geschluckt.

Glauer sah ihn besorgt an und sagte endlich: »Bleiben Sie hier, Sie sehen nicht gut aus. Ich sage Ihnen Bescheid, wenn Sie hochkommen können, ich verspreche es«, und er rannte über den Korridor, hinter dem Bett her.

Jakob begann am ganzen Körper zu zittern, bedeckte sein Gesicht mit den Händen, setzte sich auf ein Bett neben dem Schalter und sagte mit bebender Stimme: »Das übersteht er nicht, ich habe ihn zu spät gefunden, mein Gott, das übersteht er nicht.«

Gold war sofort bei ihm und legte seinen Arm um den Medizinstudenten. Der Junge war der Liebling des ganzen Krankenhauses. Er finanzierte sein Studium mit seinen drei Nachtschichten, und er hatte immer ein Lächeln im Gesicht. Er bewunderte die Ärzte, er fühlte mit den Kranken, er brachte der ganzen medizinischen Wissenschaft kindliche Verehrung entgegen.

Erst vor einer Woche, wußte Gold, war er aus London zurückgekehrt, wo seine Eltern im diplomatischen Dienst tätig waren. Jakob war auf sich selbst gestellt, seit sie dorthin gegangen waren. Nach Beendigung seines Militärdienstes und seiner Zulassung zur medizinischen Fakultät verdiente er sein Geld selbst. Nur Miete brauchte er nicht zu bezahlen, da er als eine Art Vormund seines Mitbewohners

350

fungierte, der einige Jahre jünger als er war und dessen Vater ebenfalls an der Botschaft in London arbeitete.

Vor einigen Monaten hatte Gold sich mit Jakob unterhalten und von seinen Zweifeln im Hinblick auf die zukünftige Spezialisierung erfahren: Jakob dachte darüber nach, sich zum Psychiater ausbilden zu lassen. Er sprach mit großem Ernst und sah Gold an, als sei er ein Gott. Damals erzählte Jakob auch von seinem Mitbewohner. »Ein Junge, der wegen seiner Probleme vor die Hunde geht. Sie können sich nicht vorstellen, was das für ein Jammer ist«, sagte Jakob traurig und fügte hinzu, daß sein Mitbewohner ihm besonders nahestehe. »Er ist wie ein kleiner Bruder, und ich weiß nicht, was ich tun soll.«

Hinter den dicken Brillengläsern funkelten braune, vielleicht traurige, aber kluge und arglose Augen, und Gold hörte sich selbst einen langen Vortrag über die Spezialisierung zum Psychiater halten. Schließlich lächelte er, als er in diese ernsthaften Augen blickte und sagte, daß Jakob bis zum Ende seines Studiums gewiß noch häufig seine Pläne ändern werde. Doch Jakob antwortete nur, daß er vielleicht seine Meinung ändern werde, trotzdem aber sei sehr interessant, was er gehört habe. Außerdem wisse er nach wie vor nicht, was er mit seinem Mitbewohner, seinem Schützling, machen solle. Gold erinnerte sich daran, daß im gleichen Augenblick, als er dem Jungen riet, sich an eine psychiatrische Klinik zu wenden, das Gesicht Jakobs einen bitteren Ausdruck bekam und er fragte, ob Gold von einer Frau Dr. Neidorf gehört habe.

Gold lächelte wissend und sagte, er kenne sie persönlich.

»Auch Elischas Vater kennt sie persönlich — Elischa ist der Junge, mit dem ich zusammen wohne —, und er hat sich an sie gewandt. Sie hat ihn an die Klinik verwiesen, und seit er dort war, geht es bergab mit ihm, ich finde, es ist ein Unglück, was da geschieht.«

Aber da wurde Gold auf Station gerufen, und er vergaß das abgebrochene Gespräch völlig. Das war vor über einem Jahr, rechnete Gold nach, seitdem war er nur noch selten in Bereitschaft. Erst jetzt fiel ihm alles wieder ein. Er hatte nicht herausgefunden, was an dieser Klinik so schrecklich war und was Jakob bedrückte, der jetzt dasaß und ihn aus erloschenen Augen ansah.

Rina reichte Jakob die Hand und zog ihn in das Zimmer, in dem die diensthabenden Ärzte und das Personal der Notaufnahme aßen. Sie setzte ihn auf einen Stuhl und reichte ihm eine Tasse stark gesüßten Kaffee, blinzelte Gold zu, als wollte sie sagen: »Jetzt bist du dran«, und verließ den Raum.

Gold mußte seine Frage, was genau geschehen sei, einige Male wiederholen, zunächst sanft, dann hartnäckig. Schließlich erzählte Jakob, er sei um zehn vom Kino gekommen. Er war in der ersten Vorstellung, und als er das Haus verlassen hatte, dachte er, Elischa schlafe. Als er zurückkehrte, brannten alle Lichter, schon draußen habe er das gesehen. Beim Eintreten rief er laut, doch niemand antwortete ihm. Da betrat er Elischas Zimmer und sah ihn auf seinem unordentlichen Bett auf dem Rücken liegen. Neben ihm stand eine leere Cognacflasche, und das Zimmer roch nach Alkohol. »Elischa verabscheut Alkohol, verstehen Sie«, Jakob sah Gold zum ersten Mal an und erzählte von den Tablettenröhrchen, die er neben dem Bett gefunden hatte. »Ganz normale Apothekenpackungen, ich hab keine Ahnung, wo er die her hatte. Auf einem stand Eletrol und

352

auf dem anderen Prodormol. Ich weiß ja noch nicht viel, aber doch genug, um zu verstehen, daß es kaum eine Kombination gibt, die so zerstörerisch wirkt.« Er brach in Tränen aus.

Gold schwieg und ließ ihn weinen.

Während der zwei Stunden, die Gold mit Jakob zusammensaß, sprach er mit ihm über die Schuldgefühle, die den Schock bei einer solchen Entdeckung begleiten. Jakob fühlte sich schuldig, weil er Elischa einmal selbst erzählt hatte, »wie man ganz bestimmt nicht sterben wird«: Sie hatten einen Fernsehfilm gesehen, erzählte Jakob. Die Heldin versuchte, sich mit Valium das Leben zu nehmen. »Und ich mußte so superklug sein und anmerken, daß man, um davon zu sterben, an die zweihundert Tabletten schlucken muß, daß man von Schlaftabletten überhaupt nur stirbt, wenn man eine Riesenmenge nimmt. Er wollte wissen, wie man denn dann Selbstmord machen könne, und ich fragte ihn – aber erst nachdem ich alles erzählt hatte –, ob er gewisse Absichten habe. ›Spinnst du?‹, fragte er.« Gold murmelte etwas Beruhigendes, aber Jakob hörte gar nicht zu und fuhr aufgewühlt fort: »Ich kann es nicht fassen. Ich weiß nicht, ob Sie erkennen konnten, wie schön er ist, die Frauen waren verrückt nach ihm. Er hat Humor und Charme und Intelligenz, er zog die Menschen an wie der Honig die Bienen. Nicht nur, weil er schön war. Er gab einem das Gefühl, daß er einen wirklich braucht, dieses Gefühl gab er jedem. Wir standen einander sehr nahe, und ich habe ihm damals geglaubt, wenn ich auch vorsichtshalber seinen Revolver versteckt habe. Denn schon bevor ich abfuhr, wirkte er verstört, aber ich habe nicht geglaubt, daß er sich Eletrol beschaffen könnte. Das bekommt man doch

353

nicht ohne ärztliches Rezept, ich weiß nicht, wer es ihm gegeben hat.«

Jakob klagte sich an, weinte und schrie, und Gold sah befriedigt, daß der junge Mann aus dem Schock herausfand, daß der Schock sich in Ärger, ja in Zorn verwandelte. Gold versuchte, so überzeugt wie nur möglich zu klingen, als er sagte, daß man einen Menschen, der wirklich beschlossen hat, Selbstmord zu begehen, nicht aufhalten könne. »Sie können ihn höchstens in einer konkreten Situation aufhalten, aber Sie können ihn nicht davon abbringen; Sie müssen es als krankhafte Neigung betrachten, es ist eine seelische Krankheit, und daher tragen Sie weder Verantwortung noch Schuld: Sie konnten die Tat nicht verhindern.«

Dies sagte Gold, als Rina die Tür einen Spalt weit öffnete und vielsagend hineinblickte. Gold begriff sofort. Der Junge ist tot, dachte er, und sie möchte, daß ich es ihm beibringe. Aber auch Jakob hatte den Blick aufgefangen und verstanden er legte den Kopf auf seine Arme vor ihm auf den Tisch und brach in Tränen aus.

Später betrat Glauer das Zimmer, sein weißer Kittel war durchgeschwitzt und voller Blutflecken.

»Er hat es sehr gründlich gemacht, sogar wenn er früher gebracht worden wäre, hätten wir nichts mehr ausrichten können.« Der Arzt legte eine Hand auf den Arm von Jakob, der sich die Augen wischte und sagte: »Danke, ich wußte schon auf dem Weg«, und er brach wieder in Tränen aus.

Glauer schwitzte noch, obwohl die Klimaanlage voll eingeschaltet war. »Wir haben nichts unversucht gelassen«, sagte er. »Und ich hatte noch Hoffnung, weil Jakob ihm bereits auf dem Weg eine Infusion gegeben hatte, aber dann war der Blutdruck nicht mehr stabil.« Glauer setzte sich auf einen Stuhl neben Gold. Er sah sehr unglücklich aus und meinte schließlich: »So jung und ein solcher Idiot. Man muß wirklich sterben wollen, wenn man es mit Eletrol versucht.«

Endlich führte Gold Jakob ins Ärztezimmer der psychiatrischen Abteilung. Jakob legte sich nach einiger Überredung auf das Bett und nahm etwas Valium ein. Gold kehrte in die Notaufnahme zurück, wo ihn Glauer erwartete, der sagte, man müsse die Polizei benachrichtigen.

Schlomo Gold spürte den kalten Schweiß an seinem Rücken. Aufs neue kamen die Ereignisse des Sabbats vor zwei Monaten in ihm hoch, die Zeugenvernehmung auf dem Kommissariat, das ohnmächtige Gefühl, das er damals empfunden hatte. Aber er wußte, daß es unvermeidlich war.

»Unnatürlicher Tod, da muß man sich an die Vorschriften halten«, sagte Glauer und rückte seine Brille zurecht. »Los, ruf die Polizei an. Ich hab keine Lust auf Unregelmäßigkeiten. Er ist nicht in deinen Händen gestorben, also mach nicht so ein Gesicht.«

Gold schaffte es, Rina zu überreden, das Telefonat zu führen und ihm »den ganzen Ärger zu ersparen«. Kurz darauf kam der Einsatzleiter, der Rothaarige, der ihn an jenem Sabbat zum Russischen Platz gebracht hatte. Er las den Namen des Toten, wechselte eine paar Worte mit Rina und verlangte das Telefon. Dann erschien Ochajon. »Das ist nicht wahr, das kann nicht sein«, dachte Gold, als Ochajon und der Rothaarige sich dem Schalter näherten, wo er stand und ihnen mit wachsendem Schrecken entgegenblickte.

»Soso«, sagte der Rothaarige aufgeräumt, »man trifft sich bei freudigen Anlässen, wie? Dr. Gold, was sagen Sie?«

Gold fühlte den Zorn in sich aufsteigen und wollte protestieren, nahm sich aber zusammen, als er das blasse und gespannte Gesicht Inspektor Ochajons sah, der Jeans trug und die Ärmel seines blaugemusterten Hemdes bis zu den Ellenbogen hochgekrempelt hatte. Rina betrachtete zornig die Zigarette in Michaels Mundwinkel und warnte ihn davor, sie anzustecken. Doch da trafen sich ihre Augen, und ihr Gesichtsausdruck veränderte sich. Gold wurde Zeuge von Werbungsversuchen, die nicht mehr an einen unverbindlichen Flirt erinnerten, sondern an ernsthafte Bemühungen, die offensichtlich aus einem eindeutigen Interesse an einem bestimmten Objekt resultierten. Und während Rina den Polizeioffizier zur Intensivstation führte, damit er die Leiche, wie gewünscht, selbst sehe, dachte Gold zornig: Dieser hochgewachsene Mann mit seinen dunklen und traurigen Augen ist das Ideal jeder durchschnittlichen Gans.

Wieder saß Gold Michael Ochajon gegenüber, im Hinterzimmer der Notaufnahme, auf seinem eigenen Territorium, in dem sich der Inspektor offensichtlich wie zu Hause fühlte, als hätte er schon immer mit ihm Nachtdienst gemacht. Zu seiner Erleichterung stand er nicht im Mittelpunkt der Ermittlungen. Ochajon interessierte sich für Jakob und vor allem für den Verstorbenen.

Als Ochajon zurückkam und ihn bat, mit ihm in ein anderes Zimmer zu kommen und Gold auf das Hinterzimmer deutete, machte er noch einmal alle Empfindungen jenes Sabbats im Institut durch. Nur der Ausdruck des Inspektors, der anders war, erschöpfter und weniger verschlossen, veranlaßte Gold, sich zusammenzunehmen und sich klarzumachen, daß die Dinge diesmal anders lagen.

Die Gesichtszüge des Inspektors wirkten verhärtet, und

etwas darin erinnerte Gold an Jakob. Ein Gefühl der Schuld lag in diesem Gesicht. Ungeduldig fragte Ochajon: »Was ist mit dem Jungen passiert?« Er steckte die Zigarette nicht an, sondern legte sie vor sich auf den Tisch, und Gold sah die Abdrücke der Zähne auf dem Filter.

Gold berichtete, was ihm Jakob über die Mischung von Tabletten und Alkohol und die unstabile Persönlichkeit mitgeteilt hatte. »Das Thema meiner Abschlußarbeit ist die Eletrolvergiftung gewesen.« Eigentlich gab es auf diesem Gebiet keinen besseren Spezialisten in diesem Krankenhaus als ihn. Das sagte er nicht ausdrücklich, sondern er bestätigte nur, was Glauer dem Inspektor bereits erzählt hatte. Beinahe mit Vergnügen berichtete Gold dem Inspektor, der erschrocken zuhörte. Eine Überdosis konnte Herzstörungen zur Folge haben, eine Kombination mit Alkohol war sehr riskant.

Ochajon fragte, wie man Eletrol bekommen könne.

»Ah«, sagte Gold mit einer Sicherheit, die er vorher nicht an sich gekannt hatte, »vom Hausarzt, wenn Sie ihm sagen, daß Sie unter Depressionen leiden, vielleicht nicht beim ersten Mal, aber beim zweiten. Er wird Ihnen bestimmt Eletrol in einer stufenweisen monatlichen Dosierung verordnen und Sie zur Apotheke schicken. Die meisten Menschen«, Gold blinzelte auf die mit zitternden Händen angezündete Zigarette, »denken, man sterbe infolge von Schlaftabletten, Barbituraten oder Beruhigungsmitteln. Denn sie wissen nicht, daß man riesige Mengen davon einnehmen müßte, um zu sterben. Aber wer sich etwas genauer auskennt, weiß, daß eine ausreichende Menge Eletrol — sagen wir zwei Gramm, das kann die Dosis für zwei Wochen sein, kaum zu überleben ist, wenn man sie, wie der Junge es getan hat, mit Barbituraten und Alkohol einnimmt, besonders, wenn man erst nach zwei Stunden gefunden wird: Dann kann man den Magen auspumpen, wie wir es mit ihm getan haben, bis Gottes Reich wird – aber der Stoff ist bereits im Blut, da ist dann nichts mehr zu machen.«

Michael bat, den jungen Medizinstudenten zu wecken.

»Wozu brauchen Sie ihn jetzt? Er hat die leeren Packungen mitgebracht. Ich habe sie an mich genommen, als er sich hingelegt hat. Ich kann Ihnen genau sagen, was er genommen hat, sogar von welcher Apotheke er es bekam.« Und entschieden fügte er hinzu: »Der Junge befindet sich im Schock, gönnen Sie ihm etwas Ruhe.«

Aber Ochajon hatte sich wieder gesammelt, sein Gesicht bekam jene Entschlossenheit, die Gold noch so bekannt war. Michaels Stimme war leise, doch sie duldete keinen Widerspruch. Er verlangte, den Studenten sofort zu wecken und niemand außerhalb und innerhalb des Krankenhauses etwas davon zu sagen.

Gold gab nach und führte Michael auf die psychiatrische Abteilung. Dort weckte er Jakob, der sich sofort im Bett aufsetzte. Seine Augen wirkten nackt ohne die Brille, er tastete hinter sich und blickte beide niedergeschlagen an. Seine Lippen zitterten, als Gold ihm erklärte, wer Michael Ochajon sei. Michael setzte sich aufs Bett, und mit einem Zartgefühl, das ihm Gold nie zugetraut hätte, legte er seine Hand auf Jakobs Arm und sagte: »Es tut mir schrecklich leid, aber wir brauchen Ihre Hilfe.« Gold kochte Kaffee, während Jakob verzweifelt sagte, er wisse nicht, wie man jetzt noch helfen könne, aber er werde alles tun, was man von ihm verlange. Sein Gesicht verzog sich, und er war nahe daran, wieder in Tränen auszubrechen. Aber er riß sich zusammen und trank von dem Kaffee, den Gold aus der Kanne in der Ecke geholt hatte.

Gold saß etwas abseits und hörte zu; Michael Ochajon hatte ihn nicht gebeten, das Zimmer zu verlassen, und überhaupt wirkte Ochajon, als ob etwas in ihm zerbrochen wäre. Der Rothaarige war nirgends zu sehen, und Gold dachte nicht daran, sich nach ihm zu erkundigen.

Um vier Uhr früh begann Ochajon das Verhör. Anfangs stellte er Jakob die gewöhnlichen Fragen: Um wieviel Uhr er Elischa gefunden habe, woher die Medikamente und der Cognac seien, ob er einen Brief, eine Nachricht entdeckt habe. Jakob sagte, er habe nicht gesucht, er sei nur damit beschäftigt gewesen, Elischa zu retten. Wenn es eine gab, dann sei die Nachricht nicht sehr auffällig plaziert gewesen.

Als Michael bemerkte, daß man jetzt danach suche, begriff Gold, wo der Rothaarige war. Eine Gänsehaut überlief ihn, als er daran dachte, wie die Polizei die Wohnung der jungen Leute durchsuchen würde. Bilder von einer verwüsteten Wohnung stiegen in ihm auf. Und als Michael nach Neidorf fragte, verstand Gold plötzlich, was den Polizeibeamten so verändert hatte: Er ermittelte noch immer in dem Mordfall, beinahe zwei Monate nach dem Geschehen. Jetzt begriff Gold auch die Ursache der dunklen Ränder unter seinen Augen, und etwas wie Sympathie für den Inspektor stellte sich ein, beinahe gegen seinen Willen.

Dann erzählte Jakob von der psychiatrischen Klinik. Elischas Vater habe sich bereits vor drei Jahren mit Neidorf beraten. »Sie waren befreundet, sie waren mal Nachbarn oder so, ich erinnere mich nicht genau, aber Mordechai – das ist Elischas Vater – ging mit Elischa zu ihr, und Neidorf verwies sie an die Klinik. Und überhaupt war Mordechai sehr besorgt. Elischa war nicht wie andere Jungen in seinem Alter. Er war dort zweimal wöchentlich in Behandlung, zwei Jahre lang, dann hörte er auf.«

Ja, sagte er zögernd, er wisse, weshalb er die Behandlung abbrach, aber das sei eine sehr private Angelegenheit, und er sei nicht sicher, ob er es erzählen könne. Gold erwartete, daß sich der Polizist auf Jakob stürzen würde. Er war bereit, den Jungen zu beschützen und ballte bereits die Fäuste, als er zu seiner großen Verwunderung sah, daß der Inspektor sich geduldig an die Wand zurücklehnte, als habe er unendlich viel Zeit. Die Spannung war kaum zu ertragen, und Gold fühlte den Drang, die beiden zu schütteln und zu brüllen. Er erhob sich und bereitete neuen Kaffee.

Sehr ruhig fragte der Inspektor nun, in welcher Stimmung Elischa Naveh sich in der letzten Zeit befunden habe.

»Ich habe ihn nicht mehr häufig gesehen«, sagte Jakob schuldbewußt. »Ich bin erst vor einer Woche aus London zurückgekehrt, und seit meiner Rückkehr bereite ich mich auf eine Prüfung vor. Elischa ist tagelang verschwunden gewesen, ich weiß nicht genau, was er getan hat«, sagte Jakob verzweifelt. Wenn er jetzt zurückdenke, komme ihm alles merkwürdig vor, Elischa redete unzusammenhängend, wenn sie sich kurz sahen. Aber er habe angenommen, das habe mit Elischas stets sehr kompliziertem Liebesleben zu tun gehabt. Und dann schwieg er wieder.

Michael Ochajon zündete sich noch eine Zigarette an, und als er fragte, mit wem Elischa denn befreundet gewesen sei, da blickte sich Jakob erneut unbehaglich um. Gold brachte den Kaffee und betrachtete beide verständnislos.

360

Jakob starrte an die Wand, und Michael schaute auf den Kaffee in seiner Tasse. Dann fragte er ganz leise, ob Jakob wisse, daß Eva Neidorf tot sei.

Der junge Mann erstarrte auf seinem Platz. Mit zitternder Stimme fragte er: »Wann?« Michael gab die Antwort. Dann fragte Jakob: »Wie?« und erhielt einen kurzen Bericht. Einige Minuten war es still im Raum. Jakob atmete kaum, und Gold erhob sich von seinem Platz und stellte sich neben das Fenster, so daß er die beiden sehen konnte. Er verstand den Zusammenhang nicht, auch Jakob begriff nicht und fragte, was das alles zu bedeuten habe.

Anstatt zu antworten, fragte Michael Ochajon, ob er in London keine israelischen Zeitungen gelesen habe. »Nein«, sagte der junge Mann, »auch meine Eltern und Elischas Vater nicht, aber Elischa«, sagte er verwundert, »hat es sicher gewußt und nicht davon gesprochen. Wir haben eine Tour durch Schottland gemacht, während der ersten vierzehn Tage. Elischas Vater war irgendwo in Europa, wir haben uns nur während der beiden letzten Tage getroffen. Aber warum hat Elischa mir nicht davon erzählt?«

Michael fragte, ob Jakob Eva Neidorf gekannt habe.

Gold betrachtete den jungen Mann erst neugierig und dann erstaunt. Ja, er habe sie gekannt, sagte Jakob. Er sei sogar bei ihr gewesen und habe mit ihr gesprochen.

Gold drängten sich Fragen auf, doch er stellte sie nicht, sondern hörte gespannt dem Inspektor zu.

»Wann hat das Gespräch stattgefunden?«

»Vor drei Monaten ungefähr, ich erinnere mich nicht genau, aber ungefähr vor drei Monaten. Zwei Wochen später ist sie ins Ausland gefahren«, sagte Jakob. Er nahm die Brille ab, putzte die Gläser mit einem Zipfel des gestärkten Bettuchs, setzte sie wieder auf und starrte Michael an. Dann blickte er wieder an die Wand.

»Warum sind Sie zu ihr gegangen?« fragte Michael Ochajon, und Gold wußte, daß er diesmal nicht lockerlassen würde.

»Wegen Elischa«, sagte der junge Mann niedergeschmettert und klagte über Schwindelgefühle. Gold reichte ihm ein Glas Wasser und öffnete das Fenster.

»Was war mit Elischa? Weshalb seinetwegen?« fragte der Inspektor und steckte sich eine Zigarette an, während der junge Mann das Wasser trank.

»Wegen dem, was in der Klinik geschehen war.«

»Was war dort geschehen? Sie meinen die psychiatrische Klinik?« Michael schnippte die Asche in den Papierkorb, ohne Jakob aus den Augen zu lassen, der nickte und schwieg.

Höflich bat Michael Ochajon, daß Gold sie alleinlasse. Jakob protestierte nicht dagegen, warf aber dem Inspektor einen Blick zu, der Gold die Kühnheit verlieh, zu fragen, ob es notwendig sei. Das Gesicht des Polizisten war etwas verlegen, aber da bat Jakob, daß Gold im Zimmer bleiben möge. Gold sah Michael an, der mit den Schultern zuckte und sagte: »Wie Sie wollen. Ich will Sie nicht unter Druck setzen, Sie haben heute nacht genug durchgemacht.« Gold setzte sich hinter den dunklen Schreibtisch des kleinen Zimmers, in dem tagsüber Therapiesitzungen stattfanden. Michael blieb auf der Bettkante sitzen, neben dem jungen Mann, der sich an die Wand lehnte.

»Was geschah in der Klinik?« fragte der Inspektor leise.

»Jetzt ist schon alles egal, er ist ohnehin tot, und was ich seinem Vater sagen werde, weiß ich nicht.« Jakob sah den

Inspektor an, der nichts von seiner Geduld eingebüßt hatte, sondern die Frage wiederholte.

»Es war so«, sagte der junge Mann schnell, als wolle er sich von einer Last befreien, »daß sich dieses Miststück in ihn verliebte.«

Gold fühlte, wie sich das Zimmer um ihn zu drehen begann, er hielt sich am Tisch fest. Seine Kehle wurde trocken; und etwas von dem Entsetzen jenes Sabbats, als er Neidorf gefunden hatte, kehrte zurück. Er riß die Augen auf und hörte, wie Michael geduldig fragte: »Wer hat sich in ihn verliebt?«

»Seine Therapeutin, seine Psychologin, diese Dina Silber.« Der junge Mann sah auf die Wand ihm gegenüber. Gold traute seinen Ohren nicht und wollte schon protestieren, aber da begann Jakob in einem wahren Redefluß zu erzählen, gleichmütig und eintönig: Er habe zuerst nicht begriffen, was los sei. Elischa, der sich nie um seine Meinung gekümmert habe, der stets seine Mädchen mit nach Hause gebracht hatte, die häufig älter als er waren und manchmal auch verheiratet, wurde plötzlich vorsichtig. Er begann ihn zu fragen, wann er zu Hause sein werde, wann er weggehe. »Ich habe geglaubt, daß es endlich etwas Ernstes sei, verstehen Sie«, hier wandte er sich hilflos an Michael, »ich dachte, daß dieser Kerl, der sie alle flachgelegt hat – ich glaube, er verlor seine Jungfräulichkeit noch in der Grundschule, so scharf waren sie auf ihn –, ich dachte, endlich hat er sich wirklich verliebt und wird etwas feinfühliger, denn in diesen Angelegenheiten war er nicht besonders sensibel. Ich dachte, er wolle die neue Freundin nicht bloßstellen. Er erzählte niemals von Frauen, er prahlte nicht mit seinen Erfolgen, ich wußte nur, was ich gesehen und gehört hatte: die Telefonate, die Geschenke, die Briefe, die eintrafen. Aber diesmal wußte ich gar nichts und wagte nicht zu fragen. Das ganze vergangene Jahr über war eine Frau in der Wohnung, aber nur, wenn ich nicht da war, das heißt, in der Notaufnahme. Bis ich vor ungefähr einem halben Jahr Fieber hatte und Rina mich mitten in der Nacht nach Hause schickte. Und ich dachte, er ist nicht zu Hause, sonst wäre ich nicht in sein Zimmer gegangen, aber ich hatte ihm tags zuvor mein Aspirin gegeben, ich ging nur hinein, um es zu holen. Sie lagen im Bett und schliefen. Ich hatte Licht gemacht, erst dann sah ich sie, sie sind nicht einmal aufgewacht. Ich nahm die Tabletten und verließ das Zimmer. Sie lag auf dem Rücken, ein Bein unbedeckt, und ihr Gesicht war gänzlich im Licht; ich begreife nicht, wieso sie nicht aufgewacht ist. Er hat immer wie ein Toter geschlafen.«

Jakob schluckte und atmete schnell. Gold hatte zwar noch immer nicht den Zusammenhang begriffen, aber er war wie vom Donner gerührt: Etwas Entsetzlicheres konnte er sich auf der Welt nicht vorstellen, eine solche Situation kam nicht einmal als Thema in den theoretischen Seminaren vor, ganz zu schweigen von den klinischen. Selbst Linder würde darüber nicht scherzen, dachte Gold. Geschlechtsverkehr mit Patienten – das war *das* große Tabu, und ausgerechnet Dina Silber! Ausgerechnet sie! Ihre Schönheit war so kalt, nie hätte er ihr Leidenschaften zugetraut. Er mußte an die Bewegung denken, mit der sie sich so oft das Haar aus der Stirn strich, an ihren Ehrgeiz, daran, daß sie kurz vor der Mitgliedschaft im Institut stand.

Wieder hörte er Jakob, der auf eine Frage antwortete, die Gold entgangen war.

»Nein, ich wußte nicht, wer sie war, ich stellte überhaupt keine Verbindung her. Sie ist schön, dachte ich, sie sieht älter aus, wieder eine Verheiratete, dachte ich, denn sie trug einen Ring, fragen Sie nicht, wie ich das alles registriert habe. Ich wollte es sowieso nicht an die große Glocke hängen. Er war über achtzehn, und er hatte so eine Art, vollkommen dichtzumachen, wenn man ihn kritisierte. Ich ging schlafen und habe am Morgen nicht darüber gesprochen. Aber einige Tage später, Sie werden es nicht glauben, stand ich in der Bank in der Schlange, und da erkannte ich sie, ich weiß nicht, wie. Dort war ein neuer Angestellter, und als sie einen Scheck einreichte, fragte er sie nach dem Namen des Kontoinhabers. Sie nannte ihren Namen – ich habe zwei und zwei zusammengezählt –, und da bin ich beinahe in Ohnmacht gefallen. Denn ich wußte, wie sie heißt, seine Psychologin. Erst da begriff ich, daß sie es war. Und als ich nach Hause zurückkehrte, fragte ich ihn, was mit seiner Behandlung sei, denn er hatte mir schon erzählt, daß er nicht mehr hingeht. Das letzte Jahr war überhaupt eine Katastrophe, die Armee hatte ihn zurückgestellt, nachts schlief er nicht, er aß nicht und sah wie ein Toter aus. Also habe ich ihn gefragt, wann er wieder zur Behandlung geht, und er sagte, daß er das nicht mehr brauche. Er lief die ganze Zeit herum, als ob er gar nicht da sei, er ging nicht zu den Vorlesungen, saß den ganzen Tag am Telefon und begann, merkwürdige Fragen nach Medikamenten zu stellen. Sein Vater rief mich an und fragte, warum er nicht schreibe und was mit ihm los sei. Es gab Tage, an denen er sich im Zimmer umsah, als würde er es nicht kennen. Ich sah, daß er am Durchdrehen war, und schließlich beschloß ich, mich mit Dr. Neidorf zu beraten, denn sie hatte ihm ja die Klinik empfohlen. Sie trug die Verantwortung, nicht wahr?«

Gold wischte sich die Stirn und blickte Michael an, der die Hand in die Tasche seines Hemdes steckte und etwas betastete, das wie eine kleine Schachtel aussah. Gold erkannte, daß es ein winziges Aufnahmegerät war, wie es einer seiner Freunde, ein Journalist, besaß, aber dann beschloß er, nicht überempfindlich zu sein und lieber zuzuhören.

»Was geschah bei Neidorf?« fragte Michael, und wieder setzte ein Redestrom ein. Als er Neidorf anrief und erklärte, wer er sei, schlug sie vor, daß er Elischa mitbringe oder ihn veranlasse, anzurufen, aber er setzte ihr am Telefon auseinander, daß mit ihm nicht zu reden sei. »Aber ich versuchte es trotzdem, ich sagte, er soll hingehen. Aber er lachte mir ins Gesicht, er sei glücklich, es sei ihm nie besser im Leben gegangen und so weiter, und ich merkte, daß er einfach krank war, richtig krank. Man kann mir nicht einreden, daß ein gesunder Mensch untätig sein kann, einfach nichts tut, monatelang. Kein Buch, kein Film, keine Freunde, kein Studium und keine Arbeit, er saß nur rum oder verschwand einfach. Und ich sollte ihm glauben, daß alles in Ordnung ist. Ich wandte mich sogar an Dr. Gold, aber wir kamen nicht dazu, darüber ernsthaft zu sprechen, und damals, bevor ich wirklich begriff, was mit seiner Psychologin los war, glaubte ich, er würde die Behandlung vielleicht wieder aufnehmen. Endlich überredete ich Neidorf, mich zu empfangen. Ich hatte nicht die Absicht, auf Einzelheiten einzugehen, ich wollte ihr nur sagen, in welchem Zustand er war, aber sie brachte mich dazu, von seiner Psychologin zu erzählen, und als ich es erzählt hatte, schien es mir, als glaube sie mir nicht. Das heißt, sie glaubte mir, fragte aber zweihundertmal nach, ob ich auch sicher sei, sagte mir, dies sei eine sehr schwere Beschuldigung und so weiter. Ich meinte nur, sie solle sich Elischas annehmen, aber sie fragte nach allen möglichen Einzelheiten, und schließlich schlug ich sogar vor, sie das nächste Mal zu rufen, damit sie sich selbst überzeugen kann. Sie sagte, sie habe augenblicklich keine Zeit für Elischa, weil sie in zwei Wochen wegfahren würde, aber sobald sie zurückkehre, werde sie sich darum kümmern und einen vertrauenswürdigen Kollegen finden. Ich hatte nicht einmal Zeit, sie anzurufen, seitdem ich zurück bin. Ich habe ihn kaum gesehen, er war entweder nicht zu Hause oder lag auf seinem Bett und starrte die Decke an. Ich wußte ja nicht, wie dringend alles war. Er sprach kaum mit mir, und ich nahm mir immer wieder vor, Neidorf anzurufen, aber ich hab's nicht geschafft.« Seine Stimme machte einem tiefen Seufzer Platz, und wieder beherrschte ein Ausdruck von Schuld und Hilflosigkeit sein Gesicht.

Michael Ochajon sah Gold prüfend an. Gold fühlte, wie alles Blut aus seinem Gesicht wich. Aber dennoch sah er noch immer keine Verbindung.

Michael bat ihn, für einen Augenblick mit ihm hinauszugehen. Im Neonlicht eines langen Korridors des siebten Stockwerks, drückte Michael ihn auf einen der orangefarbenen Plastikstühle, hielt ihn am Arm und sagte auf eine so kalte und entschiedene Weise, wie sie Gold bis dahin noch nicht von ihm gehört hatte, daß er alles, was er soeben mitbekommen habe, in seinem Gehirn begraben solle und niemand etwas davon erzählen dürfe. »Verstehen Sie, wie wichtig das ist?« Gold nickte mechanisch.

»Machen Sie sich bitte klar: Ob es uns gelingt, den Mörder Ihrer Analytikerin zu ermitteln, hängt jetzt entscheidend davon ab, daß Sie niemandem – nicht Ihrer Frau, nicht Ihrer Mutter, nicht Ihrem besten Freund – von dem erzählen, was Sie eben gehört haben. Und außerdem halten Sie diesen Jungen fest. Er darf nicht weggehen. Ich brauche ein oder zwei Tage, mehr nicht, während dieser Zeit darf nichts von dieser Geschichte nach draußen dringen. Nichts von dem Selbstmörder, nichts von der Sache mit Silber – nichts, verstanden?«

Gold wollte protestieren, etwas sagen, fragen, aber die Stimme des Polizisten ließ keinen Einwand zu. Er werde den Vater benachrichtigen, sagte Michael, er werde alles im Krankenhaus regeln, man könne die Leiche zwei Tage zurückhalten, das sei schon vorgekommen. Golds Aufgabe sei es, zu schweigen und darauf zu achten, daß auch der Medizinstudent mit niemandem spreche. »Waschen Sie ihm ordentlich den Kopf, er fühlt sich verantwortlich, er leidet unter Schuldgefühlen, er ist zornig und traurig und was sonst noch. Sie haben dafür zu sorgen, daß er nicht verschwindet, hören Sie?«

Gold hörte, und er stimmte allem zu. Mehr als alles empfand er Furcht. Furcht vor Ochajon und vor dem, was er gehört hatte. Es gab niemanden außer Ochajon selbst, dem er seine Furcht mitteilen konnte, und so hörte er sich zu dem Polizisten sagen, der Akt des Selbstmords sei gegen Dina Silber gerichtet gewesen. Und Gold wiederholte, was Michael noch an jenem Sabbat von einem Mitglied der Ausbildungskommission erfahren hatte: Selbstmord sei immer ein Racheakt. »Ein Racheakt und auch noch anderes«, ergänzte er.

Michael Ochajon stellte nur eine Frage, und die erstaunte

Gold sehr: Ob sie Dina Silber wegen dieser Sache aus dem Institut entlassen werden?

Gold sah ihn entsetzt an: »Entlassen?« wiederholte er, »was heißt entlassen? Diese Person ist lebenslang in diesem Beruf erledigt, sogar als Studentenberaterin könnte sie nicht mehr arbeiten, nicht einmal mehr in irgend einem Privatinstitut von Scharlatanen. Das ist das Schlimmste, was jemand tun kann, noch dazu mit einem Minderjährigen!« Er blickte Michael Ochajon fragend an, der nickte und sagte: »Ja, es ist genau, was Sie denken, und verlangen Sie jetzt keine Erklärungen von mir, denn ich kann noch keine geben, aber tun Sie, was ich Ihnen gesagt habe, lassen Sie den jungen Mann nicht aus den Augen, sonst muß ich ihn in Haft nehmen – und vielleicht auch Sie.« Der drohende Tonfall versetzte Gold in Panik, und er versicherte wiederholt, daß er sich genau an die Anweisungen halten werde. Michael Ochajon wirkte aber immer noch nicht beruhigt und sagte endlich: »Bleiben Sie hier in diesem Zimmer, verlassen Sie es nicht, kein Telefon, nichts, ich schicke jemand, der draußen stehen wird.«

Um acht Uhr früh, als die Abteilung bereits völlig erwacht war und die Morgenvisite der Ärzte bevorstand, verließ Inspektor Ochajon das Krankenhaus. Er ließ Eli Bachar, den er beim Frühstück hatte stören müssen, vor der Tür im siebten Stock zurück, nachdem er das Telefon eigenhändig außer Betrieb gesetzt hatte, wobei er einen entschuldigenden Blick auf Gold warf, der sich über den Mangel an Vertrauen beschwerte. »Mein Freund«, sagte Ochajon, »das ist eine ernste Angelegenheit, zu ernst für Spielereien. Wir haben es mit einem Menschen zu tun, der zu allem entschlossen ist, und Ihr junger Student befindet sich in

Lebensgefahr, wenn bekannt wird, über welche Informationen er verfügt.«

Noch bevor Michael das Telefon unterbrach, hatte er Gold aufgefordert, seine Frau anzurufen, ihr etwas von einem Notfall zu erzählen und für die kommenden zwei Tage alle Termine absagen zu lassen. Das ließ Gold nicht wenig bedrückt und erschrocken zurück, aber auch, wie er nur sich selbst eingestand, mit einem gewissen Gefühl der Bedeutung.

Siebzehntes Kapitel

Genau fünf Minuten vor neun stand Michael vor Hildesheimers Haus. Er atmete die frische, kühle Luft ein und wartete auf der gegenüberliegenden Straßenseite, bis er einen Mann das alte Gebäude verlassen sah. Er wußte – es war ihm selbst nicht klar, woher –, daß dieser Mann von einer Sitzung mit dem Alten kam.

In der kurzen Zeit zwischen dem Verlassen des Krankenhauses und seiner Ankunft vor Hildesheimers Haus war es ihm gelungen, über Sprechfunk verschiedene Anweisungen zu geben: Er schickte Rafi los, der noch einmal mit Ali sprechen sollte, dem Gärtner aus Dehejsche, der wieder im Garten der Margoa-Klinik arbeitete, als sei nichts geschehen. »Was soll dabei herauskommen? Soll ich ihn hypnotisieren?« fragte Rafi. »Wenn er einen BMW gesehen hätte, warum sollte er es nicht gesagt haben?« Aber er wartete die

Antwort nicht ab, sondern beendete das Gespräch mit einem erschrockenen: »Gut, gut, ich gehe sofort los.«

Der Rothaarige ließ über die Zentrale ausrichten: »Wenn Ochajon mich sucht, sagt ihm, ich hätte hier alles untersucht und nichts von Bedeutung gefunden. Es waren keine Briefe da, ich bin in seinem Zimmer, warte auf weitere Anweisungen.« Naftali von der Zentrale zitierte Wort für Wort, und Michael sprach ungeduldig in das Funkgerät: »Sag ihm, er soll noch etwas warten. Bis er von mir hört. Und sag Zila, sie soll sich bereithalten, ich habe Arbeit für sie, sie soll nicht weggehen, bis ich komme.« Naftali reagierte nicht auf den ungehaltenen Ton. Sachlich entgegnete er: »Ich höre Sie. Ende. Geben Sie mir eine Telefonnummer?« Aber Michael antwortete nicht.

Fünf Minuten vor neun ging der erste Patient. Michael klopfte kräftig an die Wohnungstür. Hildesheimer öffnete sie mit einem erstaunten Blick und sagte: »Aber mein Herr!«

Es lag keinerlei Vertraulichkeit in seiner Stimme, der Alte klang überrascht und verärgert, und Michael, der nicht aufgefordert wurde einzutreten, schob sich hinein und sagte in drängendem Ton: »Professor Hildesheimer, ich muß sofort mit Ihnen sprechen.«

Nachdem er sich von seinem Schrecken erholt hatte, sah Hildesheimer ihn mißtrauisch an und sagte: »Aber ich habe Patienten, den ganzen Morgen«, und sein deutscher Akzent war stärker denn je.

»Ich fürchte sehr, daß Sie wenigstens einem absagen müssen, jetzt gleich.«

Hildesheimer musterte den Inspektor streng, als es an der nur angelehnten Tür, hinter der sie standen, läutete. Der blonde Kopf einer Kandidatin spähte hinein. Michael erinnerte sich, daß Zila sie vernommen hatte, eine magere Frau mit kurzen Haaren und einem schmalen Gesicht, das an einen Vogel erinnerte. Hildesheimer schien ratlos, Michael bewegte sich nicht von der Tür, und da bat der Alte zögernd, die Sitzung zu verlegen. Er erklärte, er müsse sich um »etwas Dringendes« kümmern, wobei er Michael einen anklagenden Blick zuwarf. Die Kandidatin wurde blaß, und sie fragte ihn, ob er sich wohl fühle. Ausgezeichnet, entgegnete er, es tue ihm nur sehr, sehr leid, daß er es ihr nicht vorher hatte mitteilen können, aber er müsse die Begegnung auf die nächste Woche verlegen. Michael hatte den Eindruck, daß seine Patientin jede seiner Erklärungen bereitwillig akzeptiere, solange der Mann nur gesund war und atmete.

Tadelnd sagte der Alte, daß es zu Michaels Glück keine Patientin, sondern eine Kandidatin gewesen sei. »Als nächstes erwarte ich einen Patienten, und ich beabsichtige nicht, diesen Vorgang zu wiederholen.«

Michael Ochajon blickte auf seine Uhr. Es war bereits fünf nach neun, er hatte bis zur Ankunft des nächsten Patienten nur fünfundfünfzig Minuten. Er bat den Alten abzusagen und fügte hinzu, er habe ihm, Professor Hildesheimer, bislang nie Grund gegeben, seine Ernsthaftigkeit anzuzweifeln.

Ohne ein weiteres Wort schritt Hildesheimer in sein Arbeitszimmer. Nach einem kurzen Blick in sein Notizbuch wählte er auf dem schwarzen alten Apparat eine Nummer und sagte die bevorstehende Sitzung ab.

Dann schloß Michael, der das Arbeitszimmer unaufgefordert hinter Hildesheimer betreten hatte, die Tür, und nachdem er einen Blick auf den Alten geworfen hatte, zog er auch den Vorhang zu, der an der Innenseite der Tür hing. Erwartungsvoll und gespannt setzte der Alte sich in einen der Lehnstühle, und Michael nahm schnell im zweiten Platz. Trotz der Helligkeit draußen war es im Zimmer dämmerig. Die schweren Vorhänge bedeckten das große Fenster. Am Fußende der Couch befanden sich Schlammspuren von den Schuhen des Patienten, der gerade gegangen war, und am Kopfende lag eine weiße Stoffserviette, auf der man noch immer den Abdruck des Kopfes erkennen konnte. Unvermutet sehnte sich Michael danach, auf der Couch zu liegen und in den dämmerigen Raum zu sprechen. Die weiße Serviette schien ihm trotz der Spuren, die ein anderer hinterlassen hatte, einladend, sie versprach Ruhe und verhieß die Möglichkeit, sich ganz in fremde, aber vertrauenswürdige Hände legen zu dürfen. Er wünschte sich, daß der Alte hinter ihm sitze und allein für das Kommando verantwortlich sei. Aber sein Verlangen nach der Couch teilte er dem Analytiker nicht mit.

Hildesheimer stützte den Kopf auf die Faust, sein Arm ruhte auf der Sessellehne, er wirkte müde und erwartungsvoll zugleich.

Michael wußte, daß es besser war, den Grund seines überraschenden Besuchs sofort mitzuteilen. Eine volle Stunde hörte der Alte ihm wortlos zu. Michael breitete alle Tatsachen vor ihm aus. Er erzählte von Linder, vom Revolver, vom Gärtner, von Oberst Alon und daß er, wie es sich herausgestellt hatte, der lange unbekannte Patient war, er erzählte von dem Steuerberater und von den Alibis, die alle aufweisen konnten. Dann legte er dem Alten die Ereignisse der letzten Wochen dar, ohne die Erklärung vorwegzunehmen, die ihn selbst in eine Sackgasse geführt hatte. Michael bezweifelte nicht, daß dem Alten kein Wort entging, obwohl er sich bis zu dem Augenblick, als er den Namen Cathérine-Louise Dubonnet erwähnte, nicht rührte.

Es war bereits zehn Uhr, als Michael zu seinen Gesprächen mit der Französin kam. Sie hatte Hildesheimer zu Hause besucht, bevor sie abreiste. Den ganzen Sabbat hatte sie mit dem Versuch verbracht, ihn zu trösten. Zu Michaels Überraschung erhellten sich seine Züge nicht, als sie von ihr sprachen, er wirkte sogar etwas distanziert, dachte Michael, oder betreten. Erst später erinnerte er sich an die Worte Dr. Dubonnets über die Eifersucht und daß auch Hildesheimer darunter leiden konnte.

Um Viertel nach zehn berichtete er von dem Selbstmord des Jungen. Er hatte die Begegnung bei der Beerdigung beschrieben und wie der Junge Dina Silber verfolgte, er erzählte von dem Verhör mit ihr, und anschließend bat er Hildesheimer, auch die kommende Sitzung abzusagen, eine Bitte, der der Alte erfolglos nachkam. Dreimal wählte er, ohne eine Antwort zu erhalten. Er sagte seufzend, wenn es nötig sei, werde er den Betreffenden fortschicken, wie er es um neun getan habe.

Der Inspektor zog aus seiner Hemdtasche ein winziges Aufnahmegerät, das der Alte erstaunt betrachtete, und er stellte es auf die höchste Lautstärke ein. Er erklärte, daß es sich um ein Gespräch mit dem Mitbewohner des Jungen handele, dann ließ er es ablaufen, und der Alte hörte zu.

Eine Minute nach elf Uhr klingelte es an der Tür, Michael drückte auf die Stopp-Taste, direkt vor der Geschichte mit dem Aspirin. Einige Minuten vergingen, bevor der Analytiker zurückkehrte. Wortlos setzte Michael das Gerät wieder in Betrieb, und der Alte sagte nichts, sondern saß bewegungslos da. Sein Gesichtsausdruck veränderte sich auch nicht, als Dina Silber und Elischa im Bett geschildert wurden, nicht bei Jakobs Erzählung von der Bank, nicht einmal, als Neidorf erwähnt wurde.

Sein Gesichtsausdruck erinnerte Michael an eine aus Stein gehauene antike Maske, die er in Griechenland gesehen hatte, und die zu sagen schien: »Es gibt nichts neues unter der Sonne. An mich kommt ihr nicht heran.« So wirkte er, bis sie zu der Stelle kamen, als Michael Gold bat, ihn nach draußen zu begleiten, und das Band abgelaufen war.

Da bedeckte Hildesheimer sein Gesicht mit beiden Händen und senkte den Kopf. So saß er eine Weile, ohne sich zu bewegen, und als Michael gerade begann, sich Sorgen um ihn zu machen, hob er den Kopf und sagte mit gebrochener Stimme: »Wissen Sie, sie war meine Patientin, fünf Jahre. Ich habe nie geglaubt, daß es eine gute Analyse war.« Wieder entstand ein langes Schweigen, dann richtete er den Blick auf Michael, der sich nicht zu rühren wagte, und sagte: »Ich hätte es wissen müssen. Nachträglich überraschen diese Dinge nicht. Wie Teilchen eines Puzzles, alles paßt.« Michael steckte sich eine Zigarette an, dann murmelte der Alte unzusammenhängend: »Drei Kontrollanalytiker... Wir hätten es wissen müssen...« Endlich ließ er ein: »Ach!« vernehmen, reckte seine Schultern und sagte unter großer Anstrengung: »Man muß sich allmächtig vorkommen, um zu glauben, daß man sich nicht manchmal irren könnte. Kein System der Welt verhindert Irrtümer.« Der Alte schien ein Selbstgespräch zu führen. »Fünf Jahre! Viermal wöchentlich! Und ich dachte, sie macht Fortschritte!« stöhnte er. Endlich blickte er wieder in die dunklen Augen, die auf ihm ruhten, und sagte: »Ich müßte sehr narzißtisch sein, um zu glauben, es sei alles meine Schuld, aber es ist auch schwer, diesen Gedanken abzuwenden. Wir sehen nie die ganze Wahrheit. Manchmal verliert man im Prozeß der Analyse die Maßstäbe.« Erst da wagte Michael einen Einwand. Seine Worte veranlaßten den Alten, ihm in die Augen zu blicken, schließlich zu nicken und zu sagen: »Sie haben recht. Es ist vielleicht Ironie. Therapeuten kennen ihre Patienten in- und auswendig, aber sie wissen nicht, wie sie sich als Menschen außerhalb der Therapie verhalten. Nur was man hier auf der Couch hört, wissen wir.«

Und wieder saß er in sich versunken. »Ich brauche diesen Studenten nicht einmal zu sehen«, sagte er dann, »um von ihm wieder und wieder alles zu hören, es sei denn, der Ordnung halber, dafür will ich es tun. Aber ich brauche es nicht wirklich. Irgendwo wußte ich es immer, alles.« Und auf einmal schwieg er, sein Gesicht wurde wieder zur Steinmaske. Er sah Michael minutenlang an, und im Zimmer hörte man nur das penetrante Ticken der kleinen Uhr, die auf dem Tisch zwischen ihnen stand. Das Zifferblatt war dem Analytiker zugewandt.

Um zwölf Uhr fünf antwortete Hildesheimer auf das letzte Türläuten an diesem Morgen, verlegte die Sitzung des Kandidaten auf die kommende Woche, sagte die beiden Sitzungen für den Nachmittag ab und wandte sich an Michael: »Ich möchte diesen Studenten treffen, der da in das Aufnahmegerät gesprochen hat.«

Sie fuhren mit dem Renault und wechselten während des ganzen Weges kein Wort. Der Alte blickte vor sich auf die

376

Straße, und Michael rauchte zwei Zigaretten, bis sie auf dem Parkplatz vor der Notaufnahme ankamen, wo er die Rufe des Wächters ignorierte und mit der Hand auf das Polizeinummernschild deutete. Dann eilten sie zum Fahrstuhl und fuhren in den siebten Stock hinauf.

Im Korridor, gegenüber dem Fahrstuhl, trafen sie auf Eli Bachar, der auf einem der orangefarbenen Stühle saß, und im Zimmer – sie hatten nicht angeklopft – war Gold mit seinen Protokollen beschäftigt. Jakob lag auf dem Bett, die halb geschlossenen Augen öffneten sich, als die Tür aufging. Gold stand in dem Augenblick auf, als der Alte das Zimmer betrat, und Michael lächelte fast über seine Erregung. Mit zusammengepreßten Lippen bat Hildesheimer Dr. Gold, den jungen Mann und ihn allein zu lassen. Michael verließ hinter Gold das Zimmer.

Sie saßen etwa eine Stunde draußen, ohne zu sprechen. Auch Eli Bachar schwieg. Michael rauchte noch zwei Zigaretten und dankte Eli für den Kaffee, den er brachte. Gold lehnte weiteren Kaffee mit einer Kopfbewegung ab.

Als der Alte das Zimmer verließ, war sein Gesicht grau. Michael begann, sich um seine Gesundheit Sorgen zu machen, und schlug vor, in der Cafeteria etwas zu trinken, was Hildesheimer wortlos, mit einer verneinenden Geste, ablehnte. Er nickte Gold zu und begann eiligen Schritts zum Fahrstuhl zu gehen. Der Inspektor mußte sich beeilen, um an seiner Seite zu bleiben.

In dem Augenblick, da sie beide im Auto saßen, noch bevor Michael den Wagen starten konnte, wandte der Alte sich ihm zu und sagte. »Gut. Und was jetzt?«

»Jetzt«, sagte der Inspektor heiser, »müssen wir alles beweisen, das ist der schwerste Teil. Wir haben ein Motiv, einen Anlaß, ihr Alibi können wir knacken, aber wir müssen alles beweisen.«

»Wie wollen Sie das tun?« fragte der Alte und trommelte mit seinen Fingern aufs Knie.

Endlich gelang es Michael zu antworten. »Ich habe einen Vorschlag, aber wir sollten das nicht im Auto besprechen. Der Vorschlag ist kompliziert und verlangt von Ihnen viel.« Hildesheimer erwiderte nichts.

Um halb zwei saßen sie beide im Arbeitszimmer Hildesheimers, als hätten sie es nie verlassen.

Michael steckte sich eine Zigarette an und lehnte höflich die Einladung zum Mittagessen ab, die der Alte halbherzig vortrug, nachdem Frau Hildesheimer ihren Lockenkopf gezeigt hatte, um auf deutsch eine vorwurfsvolle Frage zu stellen.

Hildesheimer hörte sehr konzentriert zu, als ihm Michael seinen Plan unterbreitete. Michael schilderte ausführlich, was den Alten erwarte. Einige Male wiederholte er, daß man auf konventionellem Wege in eine Sackgasse gerate, und zweimal sagte er entschuldigend, daß die Lage, in die der Professor gerate, ihn zwingen werde, seine heiligsten Prinzipien zu verraten. Aber der Alte unterbrach die Entschuldigungen und sagte, man könne es auch genau umgekehrt sehen, als Maßnahme zur Verteidigung eben dieser Prinzipien. Um zwei Uhr mittags wählte Professor Ernst Hildesheimer Dina Silbers private Telefonnummer; sie aß gerade zu Mittag. Hildesheimer bat sie, um vier Uhr zu ihm zu kommen.

Pünktlich um drei öffnete Hildesheimer den Polizeitechnikern die Tür. Sie untersuchten die Wohnung und durchstreiften die Zimmer. Michael saß im Sessel und wartete

378

schweigend. Der Alte stand neben dem Fenster. Jemand klopfte an die Tür und trat ein. Schaul wies mit einer Kopfbewegung zur Wand und sagte: »Gut. Meßt den Rest auch aus. Wir werden uns im Schlafzimmer aufhalten müssen. Dort ist eine Nische, die Wand ist dünner. Wir haben etwas Schmutz gemacht, aber später bringen wir alles wieder in Ordnung.« Er blickte den Alten fragend an, als habe er sich, trotz wiederholter Mahnungen Michaels, daß man den Analytiker vorsichtig behandeln müsse, nicht ausreichend entschuldigt. Hildesheimer wirkte, als ob ihn dies nicht berühre. Er war mit den Gedanken woanders, in einer anderen Zeit. Er stand am offenen Fenster und sah in den vernachlässigten Garten hinaus, der in der Mittagssonne des Jerusalemer Frühlings lag. Michael erschauerte, als er daran dachte, daß der Alte vor zwei Wochen achtzig Jahre alt geworden war.

Als man pünktlich um vier die Türglocke hörte, waren Schaul, Ochajon und die Techniker auf ihrem Posten.

Dina Silber trug das rote Kleid, in dem Michael sie zum ersten Mal gesehen hatte. Sie war blaß, und ihr Haar, das bläulich schimmerte, verdeckte ihre Augen. Mit einer anmutigen Bewegung strich sie eine Strähne zurück und fragte lächelnd, ob sie auf der Couch liegen solle. Der Analytiker bot ihr einen Stuhl an. Sie saß seitwärts, die Beine übergeschlagen, wie ein Modell aus einem Frauenmagazin; diese Haltung hatte, wegen ihrer dicken Knöchel, etwas Groteskes. Wieder bemerkte Michael ihre zu breiten Handgelenke, ihre kurzen Finger und abgebissenen Nägel.

Anfangs war sie still. Sie bewegte sich im Sessel und öffnete endlich auch den Mund, um etwas zu sagen, überlegte es sich aber und schwieg. Er konnte den Ausdruck des

Analytikers nicht sehen, da nur sein Profil sichtbar war, hörte aber, wie er sich nach ihrem Befinden erkundigte, worauf sie antwortete, es gehe ihr gut, wirklich gut. Die Stimme war tief und ruhig. Alle Silben wurden einzeln betont. »Sie wollten mich vor einiger Zeit sehen«, sagte der Alte, »wie ich annehme, hatten Sie ein Problem.«

Sie strich wieder eine Strähne aus der Stirn, schlug von neuem die Beine übereinander und sagte endlich: »Ja. Damals wollte ich es. Das war kurz nach dem Tode Dr. Neidorfs. Aber dann wurde ich krank und konnte nicht anrufen. Ich wollte mich melden, sobald ich gesund bin. Aber es ist nicht so dringend. Jetzt wollten Sie mich sehen. Gibt es etwas Neues?« – »Neues?« wiederholte der Alte.

»Ich nahm an, es sei etwas geschehen, das vielleicht...«, sie schwieg und suchte eine neue Haltung einzunehmen.

Hildesheimer wartete geduldig. Sie wagte nicht, geradeheraus zu fragen, was er von ihr wolle, und nur ihr Körper, die Bewegung ihrer Beine, die sie stets aufs neue überschlug, verrieten ihre Anspannung. »Ich dachte«, sagte sie etwas energischer, »Ihre Einladung stünde im Zusammenhang meiner Fallstudie. Ist darüber diskutiert worden? Gibt es Anmerkungen?«

»Warum glauben Sie, daß es Anmerkungen gibt? Sind Sie nicht mit Ihrem Aufsatz zufrieden?« fragte der Alte, der sich nicht in seinem Sessel rührte.

Sie lächelte auf die Art, die Michael bereits kannte, sie verzerrte die Lippen und erklärte: »Das hat doch nichts mit dem zu tun, was ich schreibe und denke. Sie haben Ihre Anforderungen, die nichts mit meiner Meinung zu tun haben müssen.«

Der Alte hob die Hände und ließ sie wieder auf die

Sessellehne sinken. »Tatsächlich«, sagte er, »wollte ich mit Ihnen wegen Ihrer Begegnung mit Dr. Neidorf sprechen.«

»Welche Begegnung?« fragte Dina Silber und ballte die Fäuste.

»Zunächst über die Begegnung vor ihrer Abreise, bei der es zur Konfrontation kam«, sagte Hildesheimer, als spreche er über etwas Selbstverständliches, das beiden bekannt ist.

»Konfrontation?« wiederholte Dina Silber, als begriff sie die Bedeutung des Wortes nicht. – Hildesheimer schwieg.

»Sie hat Ihnen von der Konfrontation erzählt?« fragte sie, und ihre Hände glitten über das dünne Wollkleid.

Hildesheimer schwieg.

»Was hat sie Ihnen erzählt?« wiederholte sie. Sie wiederholte die Frage zweimal und veränderte zwischen dem ersten und zweiten Mal ihre Haltung, bewegte sich im Sessel hin und her, ihre Hände zitterten. Ihre Stimme wurde energischer, als sie die Frage von neuem formulierte: »Sie meinen die Begegnung vor der Reise? Sie sagte, es würde unter uns bleiben, sie würde mit niemandem darüber sprechen.«

Hildesheimer schwieg.

»Gut, sie hat mich kritisiert, aber das war eine sehr private Angelegenheit.«

Hildesheimer wandte sich nicht einmal namentlich an sie, wie Michael bemerkte. Ohne seine Haltung zu verändern, sagte er kalt: »Warum nennen Sie das privat? Die Verführung eines Patienten? Finden Sie das privat?«

Dina Silber erstarrte, und dann veränderte sich ihr Ausdruck, sie kniff die Augen zusammen, ihr Gesicht wurde berechnend. »Professor Hildesheimer«, sagte sie, »ich glaube, Dr. Neidorf hatte ein Problem der Gegenübertragung, Sie war eifersüchtig auf mich, glaube ich.«

Hildesheimer schwieg.

»Ich glaube«, fuhr sie fort, als sie merkte, daß er nicht antworten wollte, »daß zwischen uns, zwischen Dr. Neidorf und mir, eine Konkurrenzsituation bestand, eine Konkurrenz um Ihre Aufmerksamkeit. Ich weiß, daß ich zu diesem Konflikt beigetragen habe, dieses Thema haben wir hier doch mehrere Male besprochen. Ich habe sie provoziert, ich spielte ihr eine bestimmte Rolle zu. Ich ließ sie verstehen, daß zwischen mir und Ihnen gewisse Beziehungen bestünden. Ich glaube, vor diesem Hintergrund muß man Neidorfs Wunsch, mich zu bestrafen, sehen – wie es sich hier während der Analyse mehrere Male herausgestellt hat.«

Michael hätte gern Hildesheimers Gesicht gesehen, als er seinen Kopf zum ersten Mal zur Seite wandte und zum Fenster hinausblickte. Nur den völlig kahlen Schädel konnte er sehen und den Nacken, der aus dem dunklen Jackett hervorschaute. Schließlich wandte sich der Alte wieder um, blickte Dina Silber direkt an und sagte: »Heute nacht starb Elischa Naveh.«

Augenblicklich schwand alle Berechnung aus ihren Zügen. Die Augen waren weit aufgerissen, der Mund begann zu zittern. Er ließ sie nicht sprechen und sagte: »Er ist Ihretwegen gestorben. Sie hätten den Tod verhindern können, wenn Sie verantwortungsvoll gearbeitet und auf die Befriedigung Ihrer Bedürfnisse verzichtet hätten.«

Dina Silber senkte den Kopf und brach in Tränen aus. Mit einer mechanischen Bewegung reichte der Alte ihr Papiertaschentücher, die sich in dem unteren Fach des kleinen Tisches befanden, und sagte: »Sie wußten, daß Dr. Neidorf Einzelheiten des Falles kannte. Die Beweise, die sie hatte, sind in meinen Händen. Ebenfalls die Kopie ihres Vortrags. Und dort steht alles, der dritte Abschnitt des Vortrags befaßt sich nur mit Ihnen.«

»Aber ich werde dort überhaupt nicht erwähnt!« schrie sie. Dann herrschte Stille, und sie erblaßte.

Michael befürchtete, sie werde das Bewußtsein verlieren, fürchtete, daß alles verlorengehe.

Aber da bekam das weiße Gesicht etwas Farbe, und der Alte sagte: »Suchen Sie keine Ausflüchte. Bemühen Sie sich nicht. Es gibt nur einen Menschen außer mir, der den Vortrag gesehen hat: derjenige, der sich mit Dr. Neidorf am Sabbatmorgen, vor dem Vortrag, getroffen hat. Derjenige, der sie ganz früh am Sabbat angerufen hat und um eine Begegnung bat – in einer Sache auf Leben und Tod –, um eine Begegnung, die sich nicht verschieben ließ. Ich weiß doch, wie Sie so etwas formulieren können. Und als Dr. Neidorf Ihnen auseinandergesetzt hat, daß es keinen Kompromiß gibt, keine Gnade für dieses kapitale Vergehen, sind Sie aufgestanden und haben sie erschossen. Sie hätten allerdings bedenken müssen, daß mich Eva Neidorf anrufen würde, bevor sie Ihnen die Tür öffnete. Sie rief mich an, um mir von Ihrer bevorstehenden Begegnung zu erzählen. Wie konnten Sie das vergessen, nachdem Sie an alles andere gedacht hatten – an den Revolver, den Sie zwei Wochen vorher gestohlen haben, an den Vortrag –, wie konnten Sie etwas so Einfaches wie ein Telefongespräch vergessen?« – »Sie hat Sie vorher angerufen?« fragte Dina Silber mit erstickter Stimme und begann sich aus dem Sessel zu erheben. Der Alte rührte sich nicht von seinem Platz. Seine Haltung blieb unverändert, als sie sagte: »Sie haben keine Beweise, niemand außer mir weiß etwas, aber niemand weiß etwas von der Begegnung mit Eva Neidorf, niemand hat mich gesehen.« Sie stand ganz dicht vor dem Alten, der sich noch immer nicht von seinem Platz rührte, als Michael das Zimmer betrat und sagte: »Sie irren sich, Frau Silber, es gibt Beweise, viele Beweise.«

Da verlor sie die Kontrolle und stürzte sich auf Hildesheimer, und ihre Hände würgten seinen Hals. Michael Ochajon mußte all seine Kraft aufbieten, um den Alten von den Fingern mit den abgenagten Nägeln zu befreien.

»Und jetzt«, sagte Schaul, nachdem er das Tonband geprüft hatte und die Ausrüstung zusammenpackte, »beginnt die wirkliche Arbeit.« Er hielt Dina Silbers Mantel in der Hand, einen weichen blauen Wollmantel, und bemerkte zufrieden, daß der Faden, den man neben der Ermordeten gefunden hatte, von diesem Kleidungsstück stamme. »Glaube ich doch«, fügte er hinzu und legte den Faden in dem kleinen Plastiktütchen vergleichend auf den Mantel. Es lärmte ringsherum, als sie im Schlafzimmer die ursprüngliche Ordnung wiederherstellten.

Hildesheimer saß in seinem Arbeitszimmer im Sessel, sein Kopf war zurückgelehnt, er wirkte unendlich müde, sein Gesicht war grau.

Michael setzte sich ihm gegenüber und steckte eine Zigarette an. Er wußte nicht, weshalb – vielleicht wegen der fehlenden Siegesfreude, vielleicht wegen der Niedergeschlagenheit, die ihm beim Anblick des Alten ergriff, und der Müdigkeit, die ihn die Kontrolle verlieren ließ –, aber Michael entschlüpfte ausgerechnet die seltsame Frage: »Professor Hildesheimer, was meinten Sie, als Sie im Zusammenhang mit Giora Böhm sagten, daß es mit den Argentiniern etwas Besonderes auf sich habe?« Und Hildesheimer lächelte.